MW01117989

CÉSAR

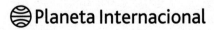
Planeta Internacional

ANTONELLA PRENNER

CÉSAR

Traducción de Estela Peña Molatore

 Planeta

Título original: *Caesar*

Antonella Prenner

© 2020, Mondadori Libri S.p.A. / Rizzoli, Milán

Traducción: Estela Peña Molatore

Diseño de portada: Planeta Arte & Diseño / Estudio La fe ciega / Domingo Martínez
Fotografía de la autora: © Anna Dies

Derechos reservados

© 2022, Editorial Planeta Mexicana, S.A. de C.V.
Bajo el sello editorial PLANETA M.R.
Avenida Presidente Masarik núm. 111,
Piso 2, Polanco V Sección, Miguel Hidalgo
C.P. 11560, Ciudad de México
www.planetadelibros.com.mx

Primera edición en formato epub: mayo de 2022
ISBN: 978-607-07-8696-9

Primera edición impresa en México: mayo de 2022
ISBN: 978-607-07-8694-5

Impreso en los talleres de Litográfica Ingramex, S.A. de C.V.
Centeno núm. 162-1, colonia Granjas Esmeralda, Ciudad de México
Impreso y hecho en México - *Printed and made in Mexico*

Sed ante alias dilexit Marci Bruti matrem Serviliam.
Pero la más amada entre todas fue Servilia,
la madre de Marco Bruto.

Suetonio, *Divus Iulius*

I

Tunc Caesar: «Eatur» inquit, «quo deorum ostenta et inimicorum iniquitas vocat. Iacta alea est».

Entonces dijo César: «Vayamos donde nos llaman las señales de los dioses y la iniquidad de los enemigos. La suerte está echada».

Suetonio, *Divus Iulius*

Idibus Ianuariis anno CDDV a.U.c.[1]
13 de enero del año 49 a. C.

Un relincho, un golpe seco, el grito de un hombre pidiendo ayuda. Me despierto sobresaltada, el corazón late en mi garganta.

Bajo al vestíbulo solo con mi vestido de noche, hace frío, algunos sirvientes que son más rápidos que yo ya se apresuran a entrar con lucernas y linternas, y ráfagas de viento me golpean desde el portón abierto de par en par. Tengo que apoyarme en el marco de la puerta y el pelo bate tras de mi espalda y cae sobre mi rostro. Siempre me suelto el cabello por la noche, desde que era una niña, me gusta sentirme envuelta, acariciada.

Un caballo está tumbado de costado en el suelo, jadea y sus flancos aún despiden vaho, emite largas y lentas bocanadas, se está muriendo. Un hilo de sangre gotea de su mordida. Es color rojizo, y sus ojos, negros y líquidos como las noches de lluvia, brillan con las llamas que el viento agita a su alrededor.

Retrocedo un paso y aparto la mirada de ese animal que yace allí, bello y poderoso, apagándose entre reverberaciones de fuego y la humedad de su propio aliento. Me asusta.

---

[1] a.U.c. Ab Urbe condita: «desde la fundación de la Ciudad». (N. de la T.).

El hombre, también en el suelo, gime y presiona con las manos una rodilla que sangra. La doncella me coloca una capa sobre los hombros y nos acercamos juntas. Sus rasgos se contraen por el dolor, viste harapos y está sucio, pero lo reconozco: Néstor, su mensajero de mayor confianza, que tantas veces me ha traído noticias secretas por la noche. Y tantas veces me ha visto con el cabello suelto.

—Ya sabes quién soy, ¿no? —Su voz es un siseo que sale de entre los dientes apretados. Clava sus ojos en mí, mostrándome todo su odio.

No respondo y dejo que el viento oculte mi rostro entre los rizos que reflejan el rojo de las antorchas; el terror me invade, no quiero encontrarme con su mirada.

—Me ordenó que me diera prisa, como siempre, más que siempre. Espoleé al caballo y aún pude oír su grito detrás de mí: «¡Rápido! Tan rápido como puedas». Y eso hicimos: nos apresuramos. —Voltea hacia la bestia, que ahora ha dejado de jadear. Sacude la cabeza, se pasa las manos por las mejillas y la frente y me mira de nuevo, manchado de sangre—. Tengo un mensaje para ti, ¿te digo quién lo envía?

La mueca de dolor es ahora un gesto de desprecio; este bastardo se burla de mí, me odia porque por mí murió su caballo, porque por mí ha tenido que cruzar la noche demasiadas veces, porque soy una mujer, la más importante, la más considerada, la que siempre ha existido, porque para hacerme llegar sus palabras —¿qué palabras? ¡Daría un brazo por saberlo!— le ordena que arriesgue su vida, y porque nadie puede decirle que no.

Pero nada de esto es culpa mía. Apenas puedo contener mi ira.

Se dirige a mi doncella:

—Ahí, en la bolsa —señala—, hay una carta. No quiero ensuciar tan preciosas palabras —y muestra las palmas de sus manos manchadas de tierra y sangre. Nervioso, ríe con dientes torcidos y manchados.

La doncella se agacha para rebuscar en el envoltorio y me entrega un pequeño pergamino.

Me dispongo a marcharme; tengo prisa por volver a la casa para leer, para escapar de la pesadilla del frío y la muerte, pero Néstor me detiene con voz ronca:

—También está esto.

Aprieta con fuerza una bolsa, quizás para ensuciarla más. Se la arrebato de las manos y corro hacia la casa. Doy instrucciones a los sirvientes de curar y alimentar al hombre, y de enviarlo lejos en cuanto esté mejor. Sobre todo, ordeno quitar el caballo de la entrada de mi casa. Antes de volver a entrar, le lanzo una última mirada: tiene los ojos abiertos y muestra los dientes. Los suyos son blancos.

Me apresuro a mi habitación y busco la luz de la luna cerca de la ventana: será suficiente para leer; en medio de la confusión, quién sabe adónde ha ido a parar la lucerna. Tengo prisa, siempre estoy ávida de sus palabras. Tomo la bolsa sucia y áspera: huele a animal, a piel sudada, a barro, pero ni el más vago indicio de él. Me siento tonta buscándolo a mi edad: cincuenta años de vida ya han pasado.

El viento ha dejado de soplar y las ventanas están perladas de lluvia.

Leeré palabras terribles. En Roma, muchos intentan evitar lo peor, mediante engaños o acuerdos de última hora, pero él nunca se doblega. Lo sé. Y en primer lugar voy a leer su nombre y el mío, en ese saludo que ha sido el mismo desde hace tanto tiempo, solo nuestro, indescifrable para cualquier otra persona. Cada vez que escribe mi nombre, traza la primera letra lentamente y con voluptuosidad: me ha confiado que se imagina que recorre con su estilete en la mano mi sinuoso perfil. Y cada vez, con mi dedo índice, rozo la marca de esa misma letra.

Rompo el sello, dispuesta a sumergirme en el abismo. Roma está en la incertidumbre, quizás todavía tiene esperanza. Yo ya no.

El cielo se aclara y de la oscuridad resurgen las formas de la ciudad, opacadas por la bruma. Mientras amanece leo, y desde la orilla de un río lejano oigo su voz mezclada con la niebla, su rostro orgulloso, sus ojos claros y tristes, y cada palabra es torbellino, pasión, tragedia. Leo el ardor peligrosamente sofocado y la indignación convertida en rencor, el suplicio de una decisión difícil y para todos funesta, la soledad que es el precio de su propia grandeza. Quiere que al menos yo comprenda el sentido de tanta locura. Y luego me habla de cuando los hilos del desorden se unieron en una trama, o eso le pareció a él.

Sucedió entre la noche y la mañana, hace unos días.

Servilia mía:

Cabalgué desde Ravena hacia la frontera, seguido a distancia por Marco Casio Esceva que conducía un carro. Tras las campañas en el interior llegué al río Rubicón cuando ya era casi de noche, no quería que me vieran. Exploré las orillas sembradas de rocas, densas de juncos, álamos desnudos y frondas más bajas que se inclinaban hacia el agua, tan abundantes como las lluvias. Alrededor, la llanura se ensanchaba sin bosques, aquí y allá las chimeneas de las pocas casas humeaban. Cuando el carro llegó, ya había caído la noche.

Al amanecer remontamos el río lo más cerca posible de la orilla. Todavía en la llanura abierta me encontré con un pequeño puente de madera escondido entre los juncos. Lo crucé primero a pie en ambas direcciones, luego a caballo; crujía, pero me pareció que iba a resistir. Será perfecto. Dejando al animal, lo crucé solo por tercera vez y me senté en la orilla opuesta. La tierra estaba húmeda y hundí mis manos en ella, sabía a lluvia y a escarcha. Es la tierra más allá de la frontera, todavía lejos de Roma, pero donde comienza Roma, sagrada e inviolable como la más casta de las vírgenes. ¿Y yo? ¿Qué estoy haciendo?

A lomos de mi caballo, lo azucé y cabalgamos cuesta arriba entre matorrales y rocas cubiertas de musgo; a la izquierda el agua fluía en dirección contraria. Quería llegar al nacimiento del río que marca la frontera sagrada, que no se puede violar con las armas, que lleva el color de la sangre en su nombre. Cruzarlo a la cabeza de un ejército, de mi ejército, es ofender las leyes de Roma, de mi Roma. Significa un desafío a nuestras instituciones, significa hostilidad. Pero ¿qué es lo justo? Al salir del bosque, caminamos por el crestón de una elevación que cae en las aguas caudalosas; mientras, el cielo se oscurecía con nubes y nevaba por momentos. Continuamos a pie, y detrás de un último acantilado apareció debajo de nosotros un polluelo gris como las nubes. Le hice una señal a Marco para que no me siguiera.

El agua surgía de la tierra y formaba riachuelos, luego un arroyo que se curvaba y desaparecía en un desfiladero. Así que ahí estaba. Me mojé la cara con el agua helada y bebí durante mucho tiempo: quería que el río entrara en mis venas y se uniera a mi sangre que nunca encuentra la paz. Lloraba, y las lágrimas se unían al agua: yo era el agua que fluye hacia el mar, hacia el horizonte tocando el cielo. Miré al cielo; el viento soplaba desde el oeste y, de repente, más arriba de las montañas, aparecieron dos manchas oscuras que volaban hacia mí.

Águilas.

Me buscaban y me encontraron, sus ojos brillaban y me sentí rodeado por chispas de fuego, o por estrellas. Planeaban sobre mi cabeza con las alas quietas; luego, el ave grande alcanzaba a la otra; ambas entrelazaban sus garras y se precipitaban unidas, lucha y pasión. Casi podía tocarlas, pero un segundo después remontaban el vuelo y se unían, gritando un amor salvaje, cruel, feroz, Como aquella vez, aquellas águilas. ¿Te acuerdas?

De nuevo me mojé las manos y la cara, pero el agua ahora sabía a sangre, y más arriba, entre rayos de sol como espadas, estaba yo. Amaba a una mujer, la besaba y me unía a ella, le hacía daño, ella gemía, era mi madre. A un lado, una cuna y un niño recién nacido, yo, y un hombre severo que colocaba en la cuna una pequeña águila de plata: Cayo Mario, mi tío, que había subyugado a los pueblos, que había hecho inmenso el ejército de Roma y había dado a las legiones águilas de metal brillante para que sirvieran de guía, porque las águilas nunca mueren.

El canto de las aves me despertó de la pesadilla. A mi alrededor, en el suelo, estaban las plumas que habían caído de sus alas. Las recogí y las sentí vibrar. Seguían volando una sobre la otra, muy lejos, más allá de los márgenes del río.

De repente todo estaba claro, como cuando se lanza un dado que revela el destino, señales de los dioses que surcan las nubes, que yo debo seguir.

13

Mañana, entre la noche y el amanecer, conduciré a los soldados a través del pequeño puente de madera, y será la guerra. Los soldados me aman. Ahora lloro contigo los golpes que infligiré, la muerte, el destino de Roma y el mío propio, ambos marcados por águilas de plata. Lloro por la furia que me ha invadido y que nunca me abandona, y mis lágrimas, confundidas en las aguas del río, fluirán hasta el mar, hasta las tierras más allá del mar que, por mi mano, se teñirán de sangre.

Pero renovaré mis fuerzas, alzaré mis ojos hacia la gloria y sostendré su luz cegadora, como un águila que asciende por las nubes y desafía al sol. Oigo la voz del cielo, la llamada de los astros, solo para mí. Yo debo volar.

Tal vez no volvamos a vernos. Tal vez un día lo entenderás.

Miro hacia afuera y lloro.

Los sonidos de Roma y de mi casa se elevan hasta mí, un monstruoso ruido de agua, un remolino de río que me arrastra, pero es solo la criada que prepara mi baño y esparce el aroma de los bálsamos, el despertar de las mujeres ricas y bellas, esas mujeres que son como yo.

Lloro, y la lluvia cae con más fuerza sobre los tejados y moja las calles, pero ahora solo oigo los pasos de los hombres armados y los cascos de los caballos; veo a un hombre rubio sentado en la orilla tocando una trompeta de guerra, y el puente de madera cruje; sigo llorando y el cristal refleja mi rostro descolorido.

Siento el impulso de escribirle: «¿Por qué más sangre? ¿Por qué una guerra en el corazón de Roma? ¿Por qué no depones las armas y vuelves a la ciudad?», pero un escalofrío me estremece y el estilete cae al suelo a mis pies. De todos modos, no serviría de nada. Me dejo caer en la cama, agotada, y me seco las lágrimas inútiles.

Tomo el espejo; ¡qué lejana la belleza, qué lejos la felicidad! Tal vez sean la misma cosa. Me irrita ver mis párpados caídos sobre mis ojos, más pequeños y apagados. Mi mirada era intensa, brillaba con destellos de oro, era encanto, conquista; fue solo ayer: ¿cuánto tiempo duró esta noche? Y las arrugas, insoportables. Sigo los pequeños surcos, con las yemas trazo caminos invisibles hasta el cuello y bajo hasta el pecho; retiro un pliegue de la preciosa tela, descubro la piel que ha perdido su candor y me avergüenzo de mis pensamientos y recuerdos, y la cubro inmediatamente con mi larga cabellera. Los ungüentos que la mantienen brillante sirven cada vez menos, y las mezclas de hierbas no bastan para dar a las canas el color de los atardeceres dorados: provienen de las lejanísimas tierras de los bátavos (él conoce ese pueblo, está en el fin del mundo, pero para él el mundo no se acaba nunca), cuestan tanto y, sin embargo, el resplandor en mis cabellos ya no se enciende. Los acaricio con una mano como si fuera la suya, mis dedos se enredan en los rizos y sonrío tras nuevas lágrimas, porque él decía que tan solo mis cabellos eran capaces de atraparlo. Reíamos juntos y él me acariciaba más y más, descubriendo la nuca y la espalda. Repito sus gestos sobre mí frente al espejo, ya no me siento sola; quizás ha dejado de llover y la luz se ha vuelto clara.

En el espejo ya no está mi rostro, tan solo mi cabello; un rayo de sol lo golpea y el gris empieza a brillar, la maraña de rizos se funde, se tiñe de juventud, fluye, ondas llevadas por el viento hacia un campo inmenso más allá de los rizos, más allá de las puertas de la ciudad.

En mi espejo es primavera, esa primavera, pero ¿cuántos años han pasado? Eran días de gloria.

*

Eran miles, tan inquietos como el mar antes de la tormenta, aquí y allá los estandartes se alzaban como velas, y las águilas de plata estaban listas para desplegar sus alas. Los soldados cantaban, los caballos relinchaban y los jinetes, por diversión, los hacían encabritar; no veían la hora de partir y algunos improvisaban combates para burlar la espera y luego se abrazaban. Eran felices. Iban a una fiesta, no a la guerra, hace diez años.

A toda prisa crucé el campamento, con los ojos perdidos entre las brillantes armaduras. Hacía tiempo que no nos veíamos. Los preparativos lo mantenían ocupado día y noche, al igual que sus intrigas, pero no lo culpaba: estaría lejos de Roma y de Italia durante quién sabe cuánto tiempo y no quería arriesgarse a ninguna sorpresa desagradable. Con un pretexto, también dispuso que enviaran a mi hermano fuera de la ciudad, en una misión a Chipre; lo lamenté, pero comprendí la necesidad: solo le causaría problemas. Eran adversarios y se odiaban desde la infancia.

La noche anterior me informó que estaba preparado para dirigir al ejército a través de los Alpes a marchas forzadas, así que me apresuré a ir al campamento, lo buscaba con la mirada y, mientras avanzaba, alguien me guiñó el ojo:

—¡Salve, bella señora!

Llevaba una estola azul, me había peinado y maquillado cuidadosamente, sí, quería que me viera guapa.

Por fin, un centurión me reconoció, me llamó por mi nombre y me indicó:

—Está por ahí. —Y extendió su brazo en dirección al río.

A paso veloz, me hice espacio entre la densa multitud de jóvenes. Alguien corrió a anunciarle mi llegada y lo vi venir hacia mí, escoltado por un pequeño grupo de sus lugartenientes. Me detuve; él también se paró en seco frente a mí, a suficiente distancia para que pudiera escuchar su voz en medio del estruendo. Me saludó con deferencia y me informó que al amanecer del siguiente día emprenderían su viaje.

—Los helvecios se encuentran bajo la presión de los germanos, están emigrando hacia el oeste y pasarán por nuestra provincia —añadió, explicando el motivo de sus decisiones—. Partiré de inmediato, debo defender nuestros territorios en la Galia. Soy el gobernador.

Hacía meses que buscaba la oportunidad propicia, y aquí estaba. El sol que comenzaba a descender lo circundó con una cálida luz dorada, el auspicioso abrazo de la gloria hizo que sus ojos brillaran.

Dio unos pasos hacia mí para despedirse, me tendió las manos y, en una de sus palmas, deslicé mi regalo de buena suerte: una pequeña lámina de oro con la efigie de Alejandro Magno. Sonrió sin decir nada. Yo también sonreí, conocía su sueño. Volvió a sujetarme las manos, con fuerza, y se acercó tanto que sentí los pliegues de su capa roja sobre mi cuerpo, mientras me susurraba al oído:

—Ven y únete a mí en cuanto puedas.

Lo alcancé en la Galia a principios del verano. Llegué cuando ya estaba casi oscuro, cansada por los días de viaje y las noches sin dormir.

Me contó desde que inició la marcha en Roma: en ocho días llegó a Ginebra con cuatro legiones, miles de hombres, animales, armas, equipaje. Ordenó a los soldados más experimentados y rápidos que construyeran una muralla de muchas millas a lo largo del Ródano, mientras los demás acampaban. Trabajaban en esta inmensa obra incluso de noche, y él vigilaba, incitaba, daba indicaciones yendo y viniendo y, cuando veía a alguien más lento, intervenía afanándose él mismo, y su fuerza se convertía en la fuerza de todos. Durante la primera noche se detuvo ante un grupo de legionarios, desmontó de su caballo, plantó muchas antorchas en el suelo y levantó por sí solo diez troncos de madera.

—¡Ahora, continúen ustedes! —ordenó a los sorprendidos y avergonzados soldados mientras volvía a montar en su caballo. Así, en pocos días, las fortificaciones estaban listas y nuestra provincia asegurada.

Los helvecios le habían prometido cruzar la provincia sin provocar daños, pero él no se fiaba. Intentaron pasar por encima del muro, atravesarlo, y él los rechazó. Luego se dirigió hacia el septentrión, a la tierra de los heduos, que le pidieron ayuda. Acudió, nunca se negaba. Los helvecios estaban cruzando el río Arar, atando balsas y botes, como le habían dicho sus informantes, y partió esa noche, dejando el campamento a Tito Labieno, su lugarteniente de mayor confianza; a él le confiaría su casa, sus posesiones, su poder, todo. Incluso a mí. Los sorprendió todavía ocupados en las operaciones de tránsito, y sin estar preparados para la lucha. Exterminarlos fue fácil.

Ya sabía yo de sus victorias, pues enviaba constantes informes al Senado y a los magistrados, y tenía muchos amigos que me mantenían informada. Pero solo su voz podía hacerme oír el atroz sonido del metal, el choque de las armaduras contra el suelo, el olor de la sangre que teñía de negro la primavera, los gritos de nuestros hombres al atacar, los gemidos de los moribundos, los legionarios regocijándose en medio de la muerte, porque el éxito los había vuelto eufóricos: amaban cada vez más a su líder. Desnudaban los cadáveres, revolvían los bienes esparcidos por el campamento en busca de un botín, se sentían fuertes, invencibles, gracias a él.

Pero aún no había terminado, y ordenó que se construyera un puente de una orilla a otra para perseguir a los que ya habían atravesado. En un solo día todo estuvo listo: ¡los helvecios habían tardado veinte días en cruzar el río! Y habían buscado una inútil mediación de paz.

No contuvo su satisfacción al decírmelo, apretando mis hombros y recostando su cabeza en la almohada. Podía oír su respiración, y podía verlo en el puente mientras miraba las montañas que se alzaban desde la llanura; podía ver a los otros helvecios que aún no sabían de la masacre, sentados en la hierba a la orilla del río:

—Fluye tan lentamente —me dijo—, que a primera vista no se puede adivinar la dirección del agua.

Casi amanecía. Entre sus brazos me deslicé por la corriente del perezoso río para dormir.

Los sonidos del campamento me despertaron poco después.

César estaba de espaldas a mí, atando su bálteo. Se dio cuenta de que estaba despierta cuando se ponía la capa.

—Vamos —me animó, sonriendo—. Te espero afuera, ¡date prisa!

Delante de la tienda estaban listos dos caballos y, juntos, cruzamos el campamento. Al salir se nos unió su perro, que corría y ladraba con fuerza, moviendo la cola. Nos dirigimos a la cima; el perro nos precedía más rápido, los cascos de los caballos golpeaban el suelo que, conforme ascendíamos, se volvía rocoso y a veces resbaladizo; soplaba un viento casi invernal, pero el cielo estaba tan limpio como pocas veces se ve en la ciudad. Dejamos los caballos en un claro y lo seguí mientras caminaba hacia la orilla de un arroyo que fluía abundantemente con la nieve derretida; el agua lo atraía y se parecía a él, era como él: jamás quieta, jamás igual, inasible. Se sentó entre arbustos de ramas finas y yo hice lo mismo; la tierra y la escasa hierba estaban húmedas.

—¡Te vas a ensuciar la ropa!

Miró las rocas, que sobresalían cubiertas de musgo y que bloqueaban la corriente entre espumas y remolinos resonantes.

Sonreí despreocupada, me habría gustado ser uno de sus soldados.

—Cuéntame de nuevo sobre los helvecios, ¡han llegado a Roma noticias de una extraordinaria victoria! Rechazaste el caballo, fuiste a pie al encuentro de los enemigos y lucharon cuerpo a cuerpo.

Los persiguió durante quince días. En un enfrentamiento con su retaguardia, perdió hombres de caballería y, para colmo, los heduos lo habían traicionado negándole el suministro de grano. Retrasó el ataque, pero cerca de Bibracte, su capital, desplegó su ejército en una montaña en acuerdo con Tito Labieno. A lo largo del siguiente día, las jabalinas volaron por los aires y los helvecios se dispersaron: arrojaron sus escudos horadados y ahora inservibles, se enfrentaron a nuestras espadas con las manos desnudas y cayeron.

Tras un largo combate, los romanos tomaron el campamento, y los capitanes y sus hijos fueron hechos prisioneros. El resto de los belicosos helvecios ofreció rendirse: no exigieron más que la paz, y él se las concedió. Podría haber masacrado hasta el último hombre, pero no lo hizo. Les ordenó que volvieran a sus tierras limítrofes con nuestra provincia, que reconstruyeran sus pueblos y reorganizaran sus actividades; así los helvecios impedirían el avance de los germanos, más peligrosos.

¡Incontenible ardor de guerra, clemencia y genialidad! Durante muchos días, en el Foro no se habló de otra cosa, incluso sus adversarios se vieron obligados a reconocer este extraordinario éxito y, con dientes apretados, lo alabaron.

Apartó la mirada del agua y se levantó de repente, tendiéndome la mano para que hiciera lo mismo.

—¿Y qué dijeron los distinguidos senadores y magistrados? ¿Y mi pueblo? Para todos ellos Roma es más grande, más poderosa, más segura gracias a mí. Si las montañas impiden la visión de las obras lejanas, envío cartas y las cuento como si sucedieran delante de ellos, en el Foro y en la Curia, ante los ojos de todos. Durante tres días y tres noches atendimos a los heridos y honramos a nuestros numerosos muertos. Deberías haber visto las piras, las fosas que cavamos… Y los gritos mientras los médicos extraían flechas, cosían heridas, amputaban. Pero la sangre y el dolor, contados con las palabras adecuadas, se convierten en gloria. Y en venganza.

Caminábamos desde el arroyo hacia el espacio abierto dominado por las montañas y su perro saltaba a su lado.

—Hace mucho tiempo —continuó—, la tribu de los tigurinos derrotó a los romanos. Mataron al cónsul Lucio Casio y a su legado Lucio Calpurnio Pisón, ancestro de mi esposa, e impusieron al ejército la humillación del yugo. Pero el yugo es para los bueyes que tiran del arado, ¡no para los soldados de Roma! Tú y yo aún no habíamos nacido, pero cada soldado de cualquier época es mi padre, es mi hijo, es mi hermano, es mi compañero: cada soldado soy yo, y tal ultraje no se puede olvidar. Los tigurinos fueron los primeros en ser masacrados por nuestra gente a orillas del río. ¿No te parece que la venganza lleva dentro el aliento de la justicia?

Lo miré, esperando entender sus razonamientos.

—Cayo Mario les puso fin a las repetidas derrotas y al peligro en nuestros territorios en la Galia. Adiestró al ejército a la velocidad de la acción, a marchas extenuantes, a base de esfuerzos inhumanos, y ganó. Cayo Mario, mi tío. Y debo celebrar su valor con mis actos. Fue entonces cuando dio a las legiones romanas las águilas de plata.

—Tú también, cuando naciste —añadí y, en ese instante, potentes gritos rasgaron el aire. Dos águilas volaban sobre nosotros, enzarzadas en combate. Nos invadieron la consternación y el ardor; era un presagio de guerra, de grandeza. Cerré los ojos, levanté la cara hacia el cielo y extendí los brazos como si fueran alas. Sabía que lo vería alzar el vuelo.

Tomó mi mano y posó sus labios sobre ella durante mucho tiempo.

*

Me pregunta si me acuerdo de las águilas, en esta noche de lluvia y locura. ¡Cómo me gustaría olvidar! Pero no puedo. Esa es mi condena.

Con rabia, aprieto con más fuerza el saco. ¿Por qué no puedo lanzarlo lejos? Es su llamada, indomable. Desato el cordón y rebusco con los dedos sin mirar dentro, siento algo suave y luego áspero. Madera. Lo vacío sobre la mesa: tierra y plumas, las águilas en la fuente del Rubicón, y un dado de madera. Lo giro en la palma de mi mano: está tallado; lo acerco a la luz: letras dispersas, su incomprensible juego de palabras hecho para confundir, para revelarse solo a quien lo merece, a mí.

Lo acerco a la luz: intento entender la conexión entre las letras, pero no lo consigo. No me importa su juego de dados con la muerte; lo lanzo lejos y lo odio, no quiero saber la razón de más dolor; luego lo recojo. En uno de los lados, entre las letras, está grabada una estrella. Rozo su surco con el dedo índice, como la inicial de mi nombre escrita por él; luego toco mis arrugas y mis dedos se humedecen de lágrimas, soy vieja, él también lo es, pero lo inflama un ímpetu que nunca muere, nunca se sacia de esperanza, de gloria, de victorias que una vez más serán la hermosa máscara del tormento. Y, en la soledad de una noche fatal, su fuego y su tormento me los ha escrito a mí.

Yo soy Servilia, la amante de Cayo Julio César de toda la vida.

II

His cunctae simul adsensere cohortes elatasque alte
quaecumque ad bella vocaret, promisere manus.

Todas las cohortes asintieron a estas palabras y,
levantadas en alto las manos, las ofrecieron para
cualquier guerra a la que él las convocara.

LUCANO, *Bellum civile*

Hace días que no salgo.

La lluvia y el viento azotan la ciudad y se pierde toda esperanza. ¿Qué esperaban los senadores? Después de haber ejercido todas las magistraturas, después de haber sido cónsul, después de largos años de guerra durante los cuales sometió tierras impenetrables y pueblos salvajes al dominio de Roma, César ha regresado. Merecería ser recibido con todos los honores, que se satisficieran sus legítimas peticiones, incluso que se le ofrecieran de forma espontánea los más altos cargos, ¡porque la ambición de los justos debe ser confiar el gobierno de los pueblos a los mejores hombres! Pero no. Los senadores de Roma no pudieron hacer otra cosa que negarse. Y ahora se quejan, maldicen contra él, huyen. Le temen.

Pero él no quería la guerra; solo pidió postularse como cónsul, aunque se ausentó de Roma, ¿y qué hay de malo en ello? ¿Es su valor demasiado grande y no lo merecemos? ¿O acaso es el intolerable insulto a las debilidades de la mayoría y debe ser castigado? Y luego quiso que se licenciaran todos los ejércitos, el suyo y el de Pompeyo, para que Roma e Italia vivieran en paz y prosperidad, y la gloria de los dos mejores y más valientes hombres fuera el gozo y el orgullo de todo el pueblo. Pero tampoco les sentó bien la suavidad, el deseo de concordia tras años de derramamiento de sangre al otro lado de los Alpes. Y también respondieron que no. Porque desató la guerra: la fiera indómita que anhela la matanza, como dicen todos. Y entonces no: así lo ha decidido la sagrada asamblea de senadores, padres de la patria sin valor, y eso es lo que han sentenciado los cónsules. No.

Él es indomable, sí, yo lo sé, y no soporta el ultraje. No tenía elección.

Debo salir aunque llueva a cántaros. En casa me siento como una prisionera, siempre sola, viuda de ambos maridos: el primero, un valiente que murió luchando por Roma; el segundo, un cónsul. Apenas veo a mis hijos; nadie viene a verme en estos días convulsos, ni mis tres niñas ni mi único hijo, el único vástago de mi primer marido, ambos de nombre Marco Junio Bruto.

Pero quiero saber, escuchar las charlas, incluso las inventadas, para ilusionarme con la idea de que la vida sigue a pesar de la tragedia.

En los ojos de los portadores de la litera brilla el desprecio; tienen frío, claro. La lluvia golpea sin tregua, pero son mis sirvientes, que se mojen, ¡no son más que unos insolentes! Ni que les hubiera privado de sus capas… A lo largo de la pendiente que desciende desde mi casa en la colina del Palatino hasta el Foro, uno apoya el pie en falso y por poco me dejan caer. El esclavo jura en un griego muy malo, pero el otro que está a su lado lo calma y lo insta a levantarse antes de que lo condene a muerte, saben que no sería la primera vez. Recorro apenas las cortinas empapadas y por todas partes se ve gris, las calles inclinadas parecen arroyos y las planas son lodazales que apestan a suciedad putrefacta.

Muchas tiendas están cerradas, pero la basílica de Emilia ofrece un buen refugio, el lugar ideal en un día tormentoso e incierto. Y, para mí, una soledad que me desgarra el corazón.

*

Es aquí en donde lo vi por primera vez, en mi undécimo cumpleaños. Un muchachito que corría veloz, saltaba de arriba abajo por las escaleras, desaparecía entre los pilares, como un rayo, y luego daba vueltas a las columnas y fingía no oír al hombre que le llamaba. Cuando mi doncella y yo entramos en la basílica, dio un salto torpe, me golpeó el hombro y casi me tira al suelo. Se detuvo un momento y nos miramos, yo indignada, él con ojos traviesos y alegres, pero no se disculpó y volvió a salir corriendo como si nada hubiera pasado. Qué maleducado, pensé, y también feo. Era arrebatado y flaco, su pelo del color de la paja, sus ojos grandes en un rostro demacrado y opaco, su piel demasiado pálida, parecía una chica.

—¿Quién es ese insolente? ¿Nadie le ha enseñado modales? —le pregunté a mi criada, que conocía a todo el mundo. Mi tía me aconsejó que no le diera demasiada confianza porque era la más chismosa de Roma, pero me gustaba.

—Es Cayo Julio César, y ese es su padre, desafortunado... No puedes estar tranquilo con un hijo así. Tiene más o menos tu edad, quizás un año mayor.

—¡Pero si parece un niño! —comenté riendo.

—Los chicos tardan más en crecer. Tú, en cambio… mira, ya eres una mujer. —Y señaló mi cuerpo que ya perfilaba mis caderas y mis pechos—. Y eres hermosa.

Sonreí y comenzamos a caminar de nuevo hacia el interior.

—Algunas personas no crecen en su vida. —Suspiró.

—¿Cómo lo sabes? No tienes marido, ni hijos.

—¿En realidad crees que para conocer a los hombres es necesario darlos a luz? ¿O casarse con ellos? Ah, mi pequeña, tienes mucho que aprender…

Me quería, disfrutaba jugando conmigo. Pero yo tenía prisa por crecer. Miré a mi alrededor, buscando sus ojos que se habían encontrado con los míos por un momento, eran acuosos, pero desde el fondo emanaban un brillo como de fuego.

Ella se dio cuenta y se puso seria:

—Vive en la Suburra, aléjate.

En la basílica de Emilia, las ráfagas de viento y lluvia mojan el suelo del pórtico, la gente resbala y los bordes de sus ropas se empapan de lodo.

Estoy sola, mi doncella lleva dos lustros muerta, era tan vieja que sus años ya no contaban, se llamaba Atte, y no sé qué hacer con las otras que vinieron después. Fue mi aya desde que nací y nunca me abandonó. Tras la muerte de mis padres, el hermano de mi padre me acogió en su casa y ella se quedó conmigo, calmando el dolor con su simple afecto, pero no la rabia. Si los dioses se llevan a los padres de una niña, es para castigarla por sus faltas, porque ha sido mala, me decía en las noches empapadas por el sudor del miedo y mojadas de lágrimas; tenía que encontrar la causa de mi infancia interrumpida y, así, me volví realmente mala, desafié al mundo, le grité en la cara, le exigí que pagara la deuda de mi infelicidad.

Dicen que soy una mujer capaz de todo, y quizá sea cierto.

Huele a tumulto y a humedad. En el interior, entre las columnas, el bullicio queda ahogado por los truenos y, bajo el pórtico, las tiendas de los banqueros están en plena actividad. Muchos libertos se precipitan a atender los asuntos de los patrones, retiran dinero, piden prestado, tratan de asegurar sus posesiones lo más pronto posible antes de huir.

Huyen porque ahora hay guerra, la guerra civil que querían con la obstinación del *no*, la peor de las guerras.

Huyen los senadores, los cónsules, el pérfido Léntulo y ese inepto de Marcelo, miserables y corruptos, descargando sus frustraciones de toda la vida contra César y contra la *Res publica*. Hace apenas unos días asumieron el máximo poder, se vistieron de púrpura, ocuparon las sillas curules de marfil y dieron nombre al nuevo año; la ciudad los vio marchar en procesión, por ellos los lictores llevaron varas de abedul y, el mismo día, Cayo Escribano Curión leyó ante ellos y los senadores la carta de César y sus sabias propuestas de paz, la última oportunidad para evitar la tragedia. César estaba dispuesto a entregar dos de sus legiones, obedeciendo las órdenes del Senado, y a deponer el mando de las otras; pidió conservar el proconsulado en las provincias de la Galia Cisalpina e Ilírica, como Pompeyo lo habría conservado en España, y propuso que todos los ejércitos, el suyo y el de Pompeyo, fueran dados de baja.

¿Qué mujer no lo habría aprobado si fueran las mujeres las que gobernaran? ¿Qué madre, qué esposa, qué hija no habría dicho que sí? Es un honor inmenso dar la sangre de hijos, esposos y padres en nombre de la grandeza de la patria; es una locura sacrificarla en nombre de la discordia entre ciudadanos alimentados por la misma tierra, que hablan la misma lengua, guardan la memoria de los mismos antepasados y adoran a los mismos dioses.

Podría haber sido un día de fiesta; en su nombre, Lucio Cornelio Léntulo y Cayo Claudio Marcelo, podría haberse establecido una concordia duradera, pero nunca las calendas de enero fueron más desastrosas.

Huye también Pompeyo, que en esta guerra debería defender a Roma a instancias del Senado, una tarea desbordante de honor, pero, en cambio, el gran comandante la abandona. Y lo llaman *Magno.*

Se marcharon también los tribunos de la plebe, fueron los primeros: los senadores los obligaron, les impidieron ejercer sus derechos, los trataron como si no fueran magistrados. Los tribunos Marco Antonio y Quinto Casio Longinos vetaron las resoluciones que abrían el camino a la guerra, por lo que la asamblea los declaró enemigos. Ya no podían permanecer en la ciudad y César los acogió.

En el Foro de Rímini, entre las ráfagas del gélido viento del Adriático, los presentó a los guerreros que, bajo su mando, habían vencido en la Galia y lo habían seguido al otro lado del río, los de la XIII legión, que enarbolaban el águila de plata y los estandartes con leones de oro. Los tribunos vestían ropas andrajosas, deshechas por el duro viaje invernal y el doloroso ultraje, y César los tenía a su lado en el estrado, desconsolados y conmovidos, mirando a unos y a otros como si fueran sus hermanos y, así, pronunció un sentido discurso a través de la plaza repleta de armaduras, inmóvil y muda, donde solo las ráfagas que se colaban por los edificios y las calles hinchaban las insignias. Lo explicó todo, era justo que los soldados lo supieran: sus propuestas de paz, la negativa, su disposición a renunciar a cualquier privilegio, incluso a sus derechos, por el bien de las instituciones y del pueblo, su disposición a reunirse con Pompeyo, seguro de que hablar entre ellos sin intermediarios favorecería el acuerdo. Lo había apoyado en todo; había facilitado su carrera y se había alegrado de su gloria; le había dado a Julia, su única hija, en matrimonio, y aún estarían emparentados si una muerte prematura no se la hubiera llevado mientras les daba a ambos un heredero y sellaba la comunión de sangre. Hasta el final había esperado sabiduría y honestidad, y todavía enviaba mensajes a Pompeyo a través de embajadores, pero el Senado seguía tratándolo como a un criminal, como si hubiera subvertido las leyes. Esta no era forma de responder al comandante que había llevado la paz a la Galia y a Germania con sus guerreros en nueve años de hazañas lejos de Roma. No era posible. Que se defendiera su reputación y honor, que se vengaran los insultos contra él y los tribunos de la plebe. Esto lo dijo a sus soldados en Rímini, llevándose las manos a la cara para ocultar sus lágrimas. Ante estas exhortaciones, las cohortes asentían y clamaban; el aquilífero levantó más alto su águila de plata, que lanzó siniestros destellos; todos golpearon sus escudos y, a coro, lanzaron un grito inquietante que desgarró el aire:

—*¡Rugit leo! ¡Rugit leo! ¡Rugit leo! ¡Rugit leo!*

En la insignia, los leones dorados azotados por los vientos parecían abrir bien sus fauces.

En Roma, los más autorizados se opusieron a las propuestas de César por intereses personales o viejos rencores. Incluso mi hermano Catón, que había querido ser cónsul dos años atrás, seguía diciendo que había fracasado por culpa de César. ¡Si Catón pierde, siempre es por culpa de César! Está convencido de ello desde que era un niño y perdía en los dados.

27

*

Lo volvimos a encontrar en casa algún tiempo después de nuestro encuentro en la Basílica Emilia, junto con su padre, que tenía que discutir no sé qué asuntos con nuestro tío. Me sorprendió, y su sonrisa socarrona y descarada me molestó; todavía no se decidía a disculparse por haber estado a punto de atropellarme. Su cercanía me produjo un placer y, al mismo tiempo, una ansiedad que nunca había conocido, y de repente me empezó a doler el estómago. Enseguida reconocí el brillo del fuego en el fondo de sus ojos. Era una tarde de otoño todavía cálida; mi tío saludó a su amigo con abrazos y sonrisas, era un hombre jovial, y se dirigieron hacia el jardín interior escoltados por el esclavo Filón que, poco después, sirvió dulces y bebidas a base de miel.

Atte se dio cuenta de mi turbación, y primero le dirigí una mirada casi desafiante, pero poco después agaché la cabeza.

—Síganme —nos dijo—, pueden entretener a Catón, que está jugando con su nodriza.

Uno al lado del otro, cruzamos el pasillo hasta la habitación del fondo, a la derecha del *tablinum*.

César miraba alrededor sin fijarse en dónde pisaba y, en dos ocasiones, estuvo a punto de tropezar; yo lo agarré por el codo para evitar que cayera en el impluvio. Se rio y me dio las gracias.

—Una vez tú y otra yo. Pero ambos nos mantuvimos en pie.

—¡Así que no lo has olvidado!

—No me olvido de nada.

—Yo tampoco. Sobre todo cuando alguien me debe una disculpa.

Hubo un breve silencio entre nosotros y él reanudó:

—¡Qué casa tan bonita! Son ricos.

—Soy huérfana y mi tío cuida de mí. Me quiere, me trata como a su propia hija.

Atte se dio la vuelta como para instarnos a seguir adelante y abrió la puerta de la habitación donde estaba Catón. Salió la voz de la joven aya y la de sus caprichos infantiles; él tenía seis años y no era nada amable.

Mi hermano estaba sentado en una estera en el suelo, rodeado de muñecos de madera y tela con forma de animales. Me miró asombrado, no estaba acostumbrado a mi compañía, me aburría con él; y luego se dirigió al chico que estaba a mi lado:

—¿Quieres jugar conmigo?

—¡Con mucho gusto! —respondió César alegremente—. ¿A qué jugamos?

—A los dados.

—¡Pero eres demasiado pequeño!

—Sé contar muy bien.

Era cierto. No despertaba simpatías y siempre fue más grande que sus años, grave y austero como un anciano incluso de niño; pero nunca le faltó inteligencia, era curioso y nunca olvidaba lo que aprendía.

—Qué mejor —concluyó César—, es mi juego favorito.

El aya sacó los dados y el tablero de una caja y César se sentó en la estera frente a Catón. Recogí del suelo un cervatillo de madera pintado, desgastado y de color desvaído. Mi padre me lo había traído como regalo de un viaje a la Galia; era un animal de las montañas, me había dicho, y ahora mi hermano, que ni siquiera sabía de dónde venía, jugaba con él. Debería habérselo explicado. Me senté en un taburete y lo apoyé sobre mis piernas, frotando los dedos contra la madera rugosa. Mientras tanto, a nosotros también nos habían dado pasteles de miel, y Atte se marchó, aprovechando la presencia del aya.

—Empieza tú —le instó Catón.

César lanzó los cuatro dados. Después de un breve ruido seco, cada uno mostró una cara de diferente valor.

—¡Sí! ¡Gracia de Venus!

Catón hizo una mueca de fastidio, tomó los dados, los agitó entre sus manos unidas y los lanzó con demasiada fuerza, uno se salió del borde del tablero y la combinación dio un mal resultado.

—No cuenta —dijo, recogiéndolos con rapidez—, uno se salió.

—Muy bien. Lánzalo de nuevo, ¡y te deseo la mejor de las suertes! —Le sonrió, era solo un niño.

De nuevo los dados estaban mal dispuestos sobre la mesa y ambos los miraban sin decir nada, uno resentido y cercano a la ira, el otro casi avergonzado. Uno, uno, uno, uno. El perro,[2] la puntuación más baja.

César le dirigió una mirada benévola e hizo ademán de levantarse, pero mi hermano se dirigió a él con voz chillona, como hacía siempre que estaba a punto de estallar en sollozos.

—¿Por qué me miras? Tu turno.

—Vamos, ya hemos jugado bastante, tengo que ir a casa pronto.

—¡Tu turno! ¿Tienes miedo de perder?

Con un suspiro, César volvió a sentarse y lanzó los dados con desgano. Aquellos objetos óseos malintencionados aterrizaron en el tablero para formar un cuadrado perfecto: de nuevo, gracia de Venus. ¡Ni yo podía creerlo!

César sacudió la cabeza, Catón tocó la superficie de cada dado con el dedo índice y, en cuanto se dio cuenta del resultado, dio un salto y se puso rojo.

—¡Hiciste trampa! —gritó—. ¡Fuera de mi casa! ¡Bribón, sinvergüenza, lárgate!

—¿De qué estás hablando? Es solo suerte. —Trató de calmarlo—. Además, estamos jugando por diversión, no se gana nada.

No había manera. Catón seguía gritando, llorando, dando pisotones, y el aya no tuvo más remedio que llevárselo a la fuerza.

Volví a meter los dados y el tablero en la caja y dejé el viejo juguete de madera en el suelo. Los pasteles de miel estaban intactos, César tomó uno y me entregó otro. Salimos de la habitación de mi

---

[2] En la antigua Roma, los dados se confeccionaban con pequeños huesos de animal; cada uno tenía cuatro caras y cada una de ellas tenía un valor: la cara plana valía uno y se conocía como *canis* («perro»), y el lado curvo valía 6, llamado *senio* («viejo»). Las otras dos caras, cóncava y convexa, valían 3 y 4, respectivamente. (N. de la T.).

hermano, mientras Atte se nos unía, atraída por la conmoción, y los hombres volvían del jardín interior al salón.

—Lo siento —dije—, tiene mal carácter desde que nació.

En el fondo, la ira de mi hermano era divertida, y César se encogió de hombros sin reparar en nada, dando un mordisco al pastel.

—¡Vaya! Bonita casa y buenos cocineros, tienes suerte.

—¡Tú mucha más, la gracia de Venus dos veces seguidas!

—Desciendo de su linaje, Venus es mi diosa. Un día le dedicaré un resplandeciente templo de bronce y oro, el más hermoso de toda Roma.

Se me escapó una breve carcajada, fijó sus ojos repentinamente helados en los míos y permaneció serio.

Nos despedimos en el umbral, pero un momento después volvió.

—¿Sabes que me voy a casar pronto? Se llama Cosucia, nunca la he visto.

Me dio un beso en la mejilla y corrió rápidamente a reunirse con su padre.

III

Ignota obscurae viderunt sidera noctes ardentemque polum
flammis caeloque volantes obliqua per inane faces crinemque
timendi sideris et terris mutantem regna cometen.

Las noches oscuras vieron estrellas desconocidas, el éter
ardiente, y las luces que atraviesan el cielo en medio
del vacío, y la cola de la terrible estrella, el cometa, que
sobre las tierras sacude los reinos.

Lucrecio, *De rerum natura*

Hay un cometa que brilla descarado cada noche desde hace casi un mes. Ominoso, dicen, una estrella que trae la desgracia. ¿Y por qué? Es luz que rasga las tinieblas, es fuego que calienta las regiones más remotas del cielo, allí donde hay oscuridad y frío, es destello que reconforta el invierno de Roma, es él. Es su ojo benévolo sobre la amadísima ciudad, severo con los ineptos y corruptos que la infestan y huyen en masa como ratas; arde sobre mí.

Cada noche extiendo la mano, coloco la palma sobre la ventana y capto su lejano resplandor, lo deslizo sobre mí hasta el último pliegue de la túnica, donde el dado, su dado, me ofrece su estrella grabada, el único pensamiento claro entre letras confusas, y lo acaricio y luego lo aplasto, y vierto toda mi rabia en esos surcos inertes.

Otras estrellas aparecen y desaparecen, nadie las ha visto nunca, nadie las comprende, el espanto llena cada callejón, cada casa, cada asiento vacío de la Curia, serpentea entre las columnas de los templos y alrededor de los simulacros de los dioses, pero ¿cómo se puede tener miedo a las estrellas?

Los sacerdotes realizan rituales y sacrificios cruentos entre el humo de linternas, los augures buscan aves de vuelo propicio y, mientras tanto, los rayos de oro y plata rasgan el cielo sin nubes y lo incendian incluso de día. Él es el rayo, el destello incandescente del intelecto y la acción.

—¿Cuántos años tienes?

—Veintiuno.

—¿Qué sabes hacer?

—Pastoreo las vacas y las ordeño y, junto con mi hermano, hago queso.

—Estás enclenque. ¿Cuántos años tiene tu hermano?

—Veinticuatro.

—Llámalo, vendrán conmigo.

—Mi hermano es fuerte, parte madera y lleva piedras sobre la espalda, pero cuando luchamos siempre gano yo. Soy más rápido.

—¡Alístenlos! —ordena a los dos legionarios que lo asisten—. Equipamiento para dos.

César le da una palmadita en la espalda al chico y pasa al siguiente, mientras sus lugartenientes eligen a otros reclutas entre los jóvenes que habían llegado a Rímini desde el campo con la esperanza de seguirle, deseosos de luchar por él.

Con sus cohortes ha ocupado pueblos y ciudades: Fano, Ancona, Pisa; por orden suya, Marco Antonio, con cinco legiones, ha tomado Arezzo, Curión tomó Gubbio y los soldados, dispuestos a atacar, se ven defraudados: nadie toma las armas, nadie se resiste, los pretores huyen y el pueblo se entrega de buen grado, acoge al glorioso caudillo y a sus ejércitos, feliz de estar de su lado. Incluso las mujeres y los niños se acercan a las murallas y a las puertas, todos quieren verlo, aclamarlo, sentir que es suyo. Pero él no se regocija, sino que monta en su caballo con la mirada fija y triste, y todos se preguntan por qué.

Al llegar a Ósimo, César acampa cerca de la muralla. Es imponente, alta y se extiende en una colina, y desde la llanura de abajo se puede vislumbrar la cima de un templo. Su llegada fue anunciada por los embajadores y, mientras espera para reunirse con los decuriones de la ciudad, pasea por las murallas con su perro, envuelto en una capa para protegerse del viento y de las miradas de los viajeros. Golpea el suelo con una vara de olivo y las ráfagas repentinas levantan los bordes de la capa en donde el animal, siguiendo de cerca su paso, busca refugio. Observa los bloques de piedra que se elevan hacia el cielo ennegrecido por la inminente lluvia, y se encuentra con una fuente atestada de esclavos que se abastecen de agua antes del mal tiempo, algunos conduciendo mulas para el transporte. El perro corre hacia los riachuelos que salen del fondo del depósito y se moja el hocico y las patas. César se mantiene al margen y, por detrás de la multitud, ve un tramo de escaleras que lleva a una pequeña puerta en la pared.

En ese preciso instante, dos centinelas salen de la estrecha y baja abertura, inclinan sus cabezas descubiertas para no golpear el dintel y descienden los escalones hacia la fuente, con sus cascos bajo un brazo.

César se ajusta la capucha y se acerca, recoge el agua en las palmas de las manos y bebe, esforzándose por captar su conversación entre el ruido de la multitud.

—¡Estaba en mi turno, aquí arriba, marchaban a tal velocidad que no podía creer lo que veían mis ojos!

—Él galopaba delante de todos, solo.

—No tiene miedo de nada.

—Dicen que conoce a sus soldados por su nombre, que habla con todos ellos, que come la misma comida. E incluso que se acuesta con los que más le gustan… —se mofa uno de ellos.

—¿Y si así fuera? Es el primero en saltar a la refriega, ¡es el que protege a los demás!

—Y nosotros aquí, haciendo guardia. ¡Daría un brazo por estar alistado en la última fila para obedecer a alguien así!

—Imposible.

—¿Y por qué?

—¡Sin un brazo no te reclutará!

Se ríen y vuelven a la escalera, pero a uno de ellos se le cae el casco al suelo.

César lo recoge y se lo entrega, sus ojos se encuentran por un instante.

—¿Lo conoces? —pregunta el otro mientras suben de nuevo—. ¿Viste las manos? Qué piel tan blanca.

—Nunca lo había visto. Tal vez esté con él, tal vez lo trajo de la Galia como esclavo.

—¡El único galo más bajo que yo!

Y, riendo, los dos desaparecen detrás de la puerta.

Me llegan noticias suyas; me dicen que el ejército se ha engrosado, que la marcha avanza con rapidez a pesar del frío, y que a los viejos legionarios expertos del mundo se unen nuevos reclutas, deseosos de experimentar su audacia y la emoción de la guerra. Sin embargo, César recomienda no luchar, utilizar las armas lo menos posible.

«¿Adónde quiere ir?», se preguntan sus soldados. «¡A Roma, sí, a Roma!». Y, más enardecidos, siguen los estandartes con leones dorados, cruzan la región del Piceno entre alturas y valles, entre mesetas empapadas de barro y acantilados cubiertos de nieve, y en las noches frías y claras los barrancos al oeste reflejan el color de la luna.

El terror se ha extendido por Roma al saber que César se dirige a la ciudad. Por la noche lo oyen a las puertas, las traspasa, invade la ciudad con monstruos, las pesadillas resuenan como el chocar de las armas, el sueño se quiebra con sacudidas, pero es solo una ventana que se azota, es solo un trueno, es solo la ignorancia de los cobardes. Él la ama, nunca le haría daño.

El viento arrecia, se cuela por las calles, fuera de las murallas corre en temibles remolinos entre la llanura y el cielo plomizo. Una columna de polvo y tierra negra se levanta en el Campo de Marte; de las cenizas, justo en el lugar donde su cadáver fue incinerado, reaparece la imagen de Sila, inmenso, que violentó a Roma al entrar con sus armas en la guerra más mortífera y sangrienta, la que por primera vez enfrentó a romanos contra romanos y bañó a Italia en sangre fraterna; Sila, el vencedor y dictador hasta el final de sus días, tenía el derecho de la vida y de la muerte en sus manos, y miles murieron; Sila, el enemigo acérrimo del pueblo, y Cayo Mario, el uno y el otro espectros de la discordia.

Y la lluvia incesante hincha los ríos; el Aniene se desborda y bulle como un mar tempestuoso; una ola más alta que las demás, más alta que las casas de los asombrados campesinos, revela un rostro severo hecho de gotas: Mario resucitado de las aguas que recibieron su cuerpo enterrado y burlado. Una vez más vivos, de nuevo uno contra otro, se levantan para invadir la luz plomiza del día, pero no es más que polvo y tierra, no es más que una corriente de río; sin embargo, el miasma de sangre que fluirá en otra guerra sin enemigos está soplando en los tejados y templos, todos lo ven, todos están convencidos de ello. Esto es lo que oigo, lo que me dicen mis amigos nobles.

Son los fantasmas de los que han perdido el juicio a fuerza del «no». También se consulta a los adivinos etruscos, como si no tuviéramos suficiente con los nuestros. Este vino de la ciudad que lleva el nombre de la luna y brilla con el blanco del mármol, su nombre es Arrunte, quién sabe lo que nos cueste su arte. Sucio de barro y atormentado por la lluvia, se inclina hacia el suelo para examinar los fuegos dejados por el rayo, los entierra, murmura las fórmulas de los ritos, parece un médico desesperado a la cabecera de un cuerpo enfermo. Como si fuera útil curar a quien es causa de su propia enfermedad y en ella se obstina.

Todavía estarían a tiempo de tener fe. Él ama a Roma más que a sí mismo, más que a mí.

Arrunte se aparta el pelo largo y húmedo de la cara, se seca los ojos y se levanta con dificultad, apoyado sobre su bastón. Ha sentenciado que la ciudad debe ser purificada: «pero ¿de qué, de quién?», quisiera preguntarle. Y esta mañana, con las primeras luces, la procesión encabezada por los pontífices, bajo la tormenta, se abrió paso alrededor del círculo de las murallas. Las vestales entonaron coros de lamento, una tropezó con su túnica empapada y fue arrastrada, los signos de la fatalidad no cesan, y los sacerdotes saliares golpeaban los escudos sagrados, caídos del cielo hace cientos de años por voluntad de Marte. Rezaban al dios con palabras antiguas que ya nadie comprende.

Llaman a la puerta de mi habitación: es mi hijo.

La doncella me trenza el pelo en un complejo peinado y él me mira con desprecio, soy frívola incluso a mi edad, cuido una belleza inútil y marchita, mientras César avanza sin dejar un solo muerto en el campo. Mientras la superstición se extiende y Roma gime por los golpes que nadie le ha asestado, yo me embellezco: no soy la madre que Marco Junio Bruto quisiera, soy su vergüenza.

Un rayo atraviesa el gris sombrío y hace que sus ojos brillen como el hielo. Nunca ha sido feliz, ni siquiera de niño, como mi hermano. Tiene los labios delgados, como yo, y el cabello del mismo color que el mío.

—¡No tendrás miedo también tú de estos prodigios! —Lo saludo burlona, señalando el techo como si fuera el cielo—. ¡Cuenta hasta tres y lo oirás! Uno, dos… —Y un violento rugido cimbra los batientes de las ventanas.

Mi doncella se levanta de un salto con un gritito y yo me río a carcajadas contra la naturaleza salvaje, contra la ignorante reacción de una sirvienta y contra mi hijo, que no deja de mirarme como si le diera pena.

—Pero tú has estudiado —continúo, mostrando seriedad—, eres un filósofo y nada te asusta —Y me doy la vuelta para mirarme de nuevo al espejo.

—Cicerón ha solicitado que nos reunamos.

—No tengo ganas de salir, está lloviendo. Ve y ya me contarás.

—Sobre todo quiere hablar contigo.

—Mañana, o cuando el tiempo mejore.

—Mañana dejará Roma.

—¿Él también? Dile que me escriba. Seguiremos siendo unos pocos, los mejores.

Bruto agacha la cabeza y yo me tiño los labios de cinabrio.

—Por favor, madre, él dice que es importante. Si no quieres molestarte, invítalo a venir aquí; seguro que acepta.

—¿Se va de Roma? Significa que ha decidido de qué lado está, no tengo nada que decirle.

—Pero él a ti sí, y tú no eres una mujer cualquiera —se burla, mirándome fijamente a los ojos.

Yo también le sostengo la mirada.

—¿Qué haces, hijo, me estás retando? No seré yo quien baje la mirada.

—Por favor —insiste—, el carro está listo.

Me rindo, no tengo más energía ni ganas de continuar esta discusión.

La casa de Cicerón está cerca y durante el corto trayecto mi hijo no pronuncia una sola palabra. Cerca de un *trivium* una mujer grita. Es una matrona, pero se mueve con desesperación con el pelo suelto y se rasga la ropa, llora, detiene a los transeúntes agarrándolos por los brazos y luego los persigue: «¡Escúchenme!», implora, y habla de los muertos, de lugares lejanos, como si la guerra fuera a desgarrar los mares y a estallar en todo el mundo, y al pasar nuestro carro se coloca delante de nosotros con los brazos extendidos: «¡Escúchenme!», grita más fuerte entre sollozos; uno de los caballos relincha y se encabrita, y ella se desploma en el suelo, su pelo se extiende como una corona sombría en el agua sucia de un charco. Pasamos a su lado, apenas puedo contener el llanto; mi hijo se da cuenta, me mira como si fuera culpa mía, como si no fuera su madre.

—Gracias —nos saluda Cicerón. Está cansado, se nota en su espalda encorvada, en los párpados caídos de alguien que solo quiere dormir. Su pelo es blanco desde hace mucho tiempo, tiene entradas y la pálida piel de su rostro está surcada por profundas arrugas. Ha engordado, pero su mirada ingeniosa y severa es la misma que cuando tenía veinte años. Nos conocemos de toda la vida, era amigo de mi tío y admira la sabiduría de mi hermano Catón.

—Si solo una pequeña parte de su virtud te perteneciera —me dijo una vez—, serías pura perfección: Servilia, casta y hermosa.

—La inmoralidad me hace hermosa —respondí, y nos reímos juntos. Después de todo, somos amigos y me quiere.

Hace unos días regresó de Cilicia y, animado por Pompeyo, celebró un triunfo por méritos de guerra inventados; él, que nunca ha tenido una espada en la mano. Mi hijo se acerca a él y se abrazan.

Un criado entra en el estudio para encender las lucernas, es primera hora de la tarde, pero parece que ya es de noche por las nubes grises que ocultan el sol; unos pasos detrás de él, lo sigue un hombre alto, tan delgado que sus manos con dedos larguísimos tienen la apariencia de garras. Se vuelve hacia mí e inclina la cabeza en señal de deferencia, el resplandor de la luz que trae el esclavo revela su identidad. Es el astrólogo más famoso de Roma, nadie habla con las estrellas como él. ¡El impostor que es capaz de engañar incluso al sabio Cicerón! Pero a mí no. En este momento no sabría decir cuál de las dos cosas detesto más.

—Salve, Nigidio. —Le tiendo la mano—. Nuestro anfitrión no podría haberme hecho más feliz al sorprenderme con tu presencia en su casa.

—¿Cómo puedes hablar de felicidad? ¿Te burlas de mí? —replica.

Mi hijo tuerce los labios en una mueca de fastidio y se dispone a salir de la habitación.

Cicerón lo retiene y nos invita a sentarnos junto al fuego, hace frío. Después de las formalidades, me pregunta si tengo mejores noticias que las que llegan de los ejércitos que descienden del Piceno.

—No me fío de los informadores —añade—, siempre hay quien, por su propio placer o interés, atiza la discordia.

—Tienes razón —le respondo—, y por eso debes confiar solo en César. Bien sabes que él nunca infligiría ningún daño a Roma, pues la ama al menos tanto como tú. Y más que Pompeyo.

Cicerón se levanta, reflexiona con las manos tras la espalda, se sirve un trago.

—Ya conoces nuestras leyes, sus exigencias eran absurdas.

—¿Se aplican las mismas leyes a Pompeyo, o no? ¿Y su ansia de poder? No le han puesto ningún obstáculo. Ustedes, los senadores y los magistrados, ¡estaban incluso dispuestos a nombrarlo cónsul único! ¿Qué ley permite esto?

—Una propuesta de tu hermano.

—Mi hermano… —Yo también me levanto, molesta—. Mi hermano reclutaría a todos los demonios del infierno para oponerse a César, es una vieja historia.

—Debe tener sus razones —interviene mi hijo, con una sonrisita.

—¡Cállate! —lo reprendo como si fuera un niño. Catón es su modelo, el padre que hubiera querido, el filósofo que se esfuerza por ser, la conducta inflexible, la complacencia ante el sacrificio, la intolerancia ante la imperfección humana. Impaciente conmigo. Me irrita, soy imperfecta.

—Debo admitir que no es el único —ataja Cicerón—. Muchos también están convencidos de que está en deuda, de que la guerra es un pretexto para…

—¿Deudas? —Casi lo ataco—. ¿La guerra es un pretexto? Llevó la paz a la Galia y a Germania, llegó hasta Britania, ¿no significa eso nada para Roma? Tulio, tú más que nadie, ¿cómo puedes hablar así? ¡Has vaciado el tesoro para Pompeyo, todo el dinero público destinado a equipar a su ejército! ¡Has olvidado cómo el propio César, el hombre que ahora es un enemigo, ayudó al ascenso de Pompeyo? Le ha dado a su única hija en matrimonio; ¿no es eso suficiente para demostrar hasta qué punto la *Res publica* es más importante para él que cualquier interés personal?

Cicerón no responde, y mi hijo también mira por la ventana, ambos recordando los hechos que me humillaron.

*

Lo había persuadido para que casara a nuestros hijos pero, justo antes de que partiera hacia la Galia descubrí que el matrimonio de Julia y Pompeyo era inminente. Fui a verlo hecha una furia, ¿cómo podía? Pero lo encontré sereno, como siempre que podía sumergirse en sus estudios.

—Es un tratado sobre nuestra lengua —dijo cuando entré en la sala poco iluminada, sin levantar la vista del pergamino—. Lo escribí hace unos años, pero no me convence. Las palabras… ¿están vivas, como nosotros? ¿Cambian? ¿Envejecen? ¿Mueren? Algunos dicen que sí. ¿Sufren? Me engaño a mí mismo pensando que son siempre iguales, eternas como el mundo, que existen para sobrevivirnos, para conservar nuestra memoria. ¿Qué te parece, mi Servilia? ¿Tienes miedo de morir? ¿De ser olvidada? Y si fueras una palabra, ¿cuál te gustaría ser? —Me miró y sonrió.

—*Matrimonio*: ¿esta palabra significa algo para ti? ¿Y qué me dices de *hijos*? ¿Y *promesa*? —Mi voz era estridente.

Se levantó de la mesa y se me acercó, acariciando mi cara con su mano. Con una mano suave, me besó en la cabeza y me llevó a sentarme a su lado en el mullido sofá de cojines que coloreaba la penumbra de verde y azul.

—Abandona tu resentimiento, que daña tu belleza. Sobre todo, créeme, los dioses no aprobarían su unión.

—Había un pacto entre nosotros.

—Mi pacto contigo es de confianza, no de ley, y cuidaré de nuestro Marco como si fuera mi propio hijo.

—*Mi* Marco es *mi* hijo —lo reté, pero nunca se gana con él. Recordé su visita unos días después del nacimiento del bebé: ordenó a la comadrona que nos dejara solos, lo sacó de la cuna, lo miró y rozó con sus labios su pequeña frente. Luego lo puso en mis brazos, besándome también.

Me levanté del diván y estaba a punto de irme, cuando me sujetó por el brazo.

—Espera. —Me entregó una caja de madera—. Un pequeño regalo para ti, ábrelo.

Dentro había una perla maravillosa, grande como una nuez: nunca había tocado nada tan terso, en la penumbra desprendía reflejos iridiscentes, parecía que había un arcoíris dentro. Sonreí y seguí contemplándola.

Me levantó suavemente la barbilla para que lo mirara.

—Te ayudará a brillar de nuevo. No quiero que nuestros hijos mezclen la sangre.

*

—No es momento de pensar en el pasado, Julia está muerta. —La grave voz de Cicerón me distrae de mis recuerdos, junto con un trueno que anuncia lluvia—. Esta guerra será larga, subvertirá el orden que garantiza la grandeza de Roma, trastornará las leyes y provocará matanzas inútiles; parece que hasta los astros lo dicen, ¿no es así, Nigidio?

Nigidio Fígulo se dirige a mí, despliega un pergamino y lee solemnemente su profecía. Me asusta; veo enloquecidas estrellas ardientes corriendo por el cielo, planetas que detienen sus órbitas y chocan entre sí, y Marte dominando el universo: oscurecen el Sol, la Luna y las estrellas, derraman sangre y lanzan dardos empapados de veneno por todas partes.

—... y ninguno de nosotros conocerá ya la paz —concluye. Su voz se quiebra en la garganta y modula hasta el llanto—. Ni siquiera César: la paz llegará dentro de muchos años, de la mano de un maestro.

Los relámpagos y truenos son más frecuentes.

—Arrunte, el arúspice etrusco, ha sacrificado un toro esta noche —prosigue Nigidio, y se aprieta las sienes con las manos—. Vio señales terribles. Los fluidos putrescentes fluían, manchas verdosas manchaban las vísceras, el lóbulo derecho del hígado colgaba flácido y de su interior se elevaba una monstruosa excrecencia; en pocos instantes se volvía enorme y turgente, densa, con venas rojas de sangre viva.

Es fácil para todos ver a Pompeyo ahora debilitado por su propia gloria de demasiados años.

—Pero César no es un monstruo —digo en voz baja, molesta, y toso por el humo que sale de los braseros. Miro a Cicerón—. ¿Qué quieres de mí? ¿Y tú? —me dirijo a mi hijo—. ¿De qué lado estarás? Recuerda que Pompeyo mató a tu padre.

—¿Mi padre? —sisea con toda la furia de la que es capaz.

De nuevo, Cicerón interfiere.

—Servilia, tenemos que detenerlos, y tú puedes ayudarnos.

Sacudo la cabeza, no puedo hacer nada.

Nigidio me mira con ojos tristes, ya no tengo ganas de burlarme de él; él lee el cielo y yo el corazón de César, y sabemos las mismas cosas.

—Podrás partir de inmediato, viajarás con total privacidad.

—¿Y Catón?

—Está lejos gobernando Sicilia y no le llegarán noticias, me encargaré yo mismo.

Una helada se apodera de Italia y las tierras del Piceno están cubiertas de nieve, mientras el bronce brillante de miles de armaduras desafía al blanco: desde la Galia los guerreros de la XII legión han llegado a reunirse con su general. Marcharon a toda velocidad, y al ver el campamento elevaron las águilas y cantaron con fuerza. Los compañeros de la XIII legión corrieron a su encuentro y gritaban a coro el nombre de César, tocaron trompetas y batieron tambores; el clamor rompió el silencio de los valles nevados. Los centuriones de las primeras líneas exhibían sus escudos y los abanderados levantaban sus insignias tan alto como podían, impacientes por otra guerra, por llenarse de su energía, por lanzarse a la conquista de una nueva gloria. Y en la insignia destacaba el símbolo de su legión, enviado por el padre de los dioses y destinado a brillar. El rayo.

IV

*Quanquam genus belli quod sit vides: ita civile est ut non
ex civium dissensione sed ex unius perditi civis audacia
natum sit.*

Tú mismo puedes ver qué clase de guerra es: una guerra
civil nacida no de la discordia de los ciudadanos, sino
de la audacia de un despreciable ciudadano.

CICERÓN, *Epistulae ad Atticum*, 23 de enero de 49 a. C.

Sufrí por el frío.

Ni las mantas del carro ni la capa más pesada que tengo fueron suficientes; la nieve estaba por todas partes y me angustiaba, al igual que la soledad. Los esclavos que me acompañaban nunca me dirigieron la palabra, quizá ni siquiera sabían quién era yo. Cicerón quiso que saliera de su casa, me ayudó a subir de prisa al carro y dio unos golpecitos con la mano en el costado de madera: todo estaba listo y podíamos partir. Creo que ninguno de ellos vio mi rostro. Se turnaban para conducir de dos en dos, mientras los demás se guarecían en el compartimento de equipajes, sobre todo a través de los desfiladeros de las montañas. Podía sentir las pesadas ruedas en la nieve, los caballos avanzando con un inmenso esfuerzo, deteniéndose continuamente. La helada era insoportable. Sentía compasión por esas bestias agotadas, cuando bufaban parecían gritar pidiendo clemencia. Varias veces ordené a los esclavos que se detuvieran en las estaciones de la Vía Flaminia, cuando sentía que se me entumecían las manos y necesitaba refugio y un poco de fuego: en cuanto podían, jalaban las riendas y extendían los brazos para facilitar mis pasos inseguros, pero siempre sin decir nada. No sentí pena por ellos. Los detestaba, me trataban como una mercancía que había que entregar intacta. El silencio de la nieve solo era perturbado por el viento y el relincho de los caballos, y yo enloquecía de melancolía. También me odiaban a mí, una mujer que los había expuesto a este infierno de hielo. Pero eso no me importaba.

Viajamos incluso en medio de la oscuridad siempre que fue posible, los dioses nos ayudaron ahorrándonos la niebla, pero en Carsulae nos detuvimos; Cicerón había previsto que pernoctáramos en una posada en el centro de la ciudad, entre las termas y el teatro, y se disculpó mucho:

—No es un sitio a tu altura, pero sería imprudente pedir hospitalidad a los amigos, si es que se puede estar seguro de reconocer a los amigos en medio de esta tribulación. —Otras veces me he reunido con él disfrazada y escondida.

Él asintió, sonriendo ante mi patética malicia.

La posada era decente, había elegido bien, y no había otros huéspedes. En mi habitación me sirvieron una sopa de farro y legumbres, y también cordero asado, que no comí. Desde el piso de abajo podía oír el traqueteo de los sirvientes, jugando a los dados, bebiendo vino y eructando; pero duró poco y, pronto, los oí subir la escalera de madera y retirarse juntos a una habitación al lado de la mía. Más voces, luego el silencio y un ronquido ensordecedor que no me dio tregua en toda la noche; me tapé la cabeza con las mantas, esos malditos eran los culpables de mi insomnio, y mientras tanto, lloraba.

Al día siguiente, sorprendentemente, el cielo estaba despejado de nubes y fuera de la ciudad la extensión de la nieve era deslumbrante. La luz engañaba a los deseos, el viento se había detenido, ¿y yo? ¿Podría detener la guerra? ¿Cómo? ¿Con mis consejos, que siempre ha escuchado y considerado sabios? ¿O con palabras juiciosas acompañadas de besos, con la pasión que quema las ofensas? Todavía no se han extinguido entre nosotros, tal vez todavía pueda consumir la violencia en el ardor de los cuerpos y los pensamientos.

45

«Haré todo lo que quieras», me dijo una vez hace muchos años, un verano, a la orilla del mar en una saliente de arena y roca. Éramos muy jóvenes, abrazados y desnudos, y soñábamos con el esplendor.

Pero no quiero que Cayo Julio César detenga la guerra. Quiero que brille como el sueño de un joven, que la gane.

En la mañana del tercer día de viaje, los esclavos me dejan no muy lejos del campamento, como se había acordado, y continúo a pie, pero él no está allí. Muchos caballos están abrevando en el río y veo entrar una columna de carros cargados de alimentos y ganado. Los soldados deambulan en pequeños grupos: algunos revisan sus armas, otros acampan al aire libre alrededor de las hogueras encendidas para combatir el frío, intercambian palabras y ríen, pero están ociosos y aburridos, la expectativa de combates que nunca llegan los está agotando. Nacieron para las armas, para estirar sus músculos en el combate, para comer el polvo de la refriega, para blandir la espada y atravesar la carne, o para caer de un arma enemiga: no pueden prescindir de ello, es como quitarles el aire.

Tres de ellos se aproximan pavoneándose, uno con los dientes cariados, todos con barba revuelta. El más alto no pierde el tiempo:

—¿Te bastan veinte ases por los tres?

Me tomaron por una prostituta; en situaciones así es fácil verlas deambular por las tiendas, hacen grandes negocios gracias a la inercia.

—Tienes buena pinta —añade el otro—, pero si antes nos enseñas lo que tienes debajo de la capa, ¡te daremos el doble!

Justo cuando uno se acerca para tocarme, alguien me arrastra por los hombros y me baja más la capucha sobre la frente.

—Camina de prisa y mantén los ojos en el suelo.

Frente a la tienda pretoriana, el hombre me indica que espere y, poco después, salen dos tenientes.

—Entra, aquí estarás caliente. ¿Has comido? ¿Quieres un poco de leche?

Marco Celio Rufo se quita el casco; es uno de los jóvenes más brillantes de toda Roma, y también uno de los más encantadores, sin duda el más desenfrenado.

—Cicerón debe confiar mucho en ti —exclamo, y me complace que me reciba—. ¡O los espías son más astutos que nuestro viejo senador, y muy rápidos!

—Ningún espía. ¿Conoces a un hombre más astuto que Cicerón?

Sonreímos juntos, pero Celio frunce inmediatamente el ceño.

—Poco antes de que César atravesara el Rubicón, fui a su casa en medio de la noche; todavía estaba en su mesa de trabajo, agotado, pálido. No recordaba que fuera tan viejo. Le hablé como un hijo a su padre, quería explicarle el motivo de mi elección e inducirle a reflexionar sobre la suya. Cicerón piensa que me mueven intereses banales, pero no es así.

—Cualquier interés que no sea el bien de Roma es banal —comento—. En esto nuestro amigo en común dice la verdad.

—Dice que debería ser más reflexivo —continúa, más emocionado—, pero ¿no está a la vista de todos la degradación en la que hemos caído? Nuestros cónsules, los nuestros, después... Esos dos serían suficientes para justificar la guerra.

—¡No exageres, cuida tus palabras! —lo reprendo, como una madre sabia que intenta contener el excesivo entusiasmo de su hijo, pero Celio no se deja domar.

—¿Pero, cómo? ¿No ves que Léntulo es tan corrupto y vicioso como ningún otro? Ha dejado de llevar la cuenta de sus deudas y ni siquiera le importa, ahora que las arcas públicas están a su disposición. ¿Y Marcelo? ¡Tonto, inepto, el hombre más inútil, y lo hacen cónsul! ¿De qué sirve el Senado, que mantiene a gente así? Cualquier barbaridad, con tal de conservar sus privilegios, aunque arruinen al Estado y a todo el pueblo de Roma.

—La situación es complicada —asiento—, y difícilmente podría imaginar dos cónsules peores. Pero Cicerón no escucha razones, ay de aquel que toque las instituciones de la *Res publica*. Y, sin embargo, le gustaría evitar la guerra...

—¡Viejo testarudo! Roma es más poderosa gracias a César, los gobernantes extranjeros se someten, las provincias se expanden. El pueblo hace oír su voz, debe ser escuchado, ¡pero ellos lo desprecian! Tribunos de la plebe obligados a huir, magistrados contra otros magistrados: ¡este es el verdadero conflicto, inaceptable, no cinco cohortes cruzando un río! Roma brilla, pero el Senado no quiere apoyar su grandeza, o no es capaz de hacerlo.

—Muchos temen a César.

—¡Los ineptos, los corruptos, ciertamente! Se lo dije a Cicerón: César conoce el camino, tiene la inteligencia y el ardor para seguirlo, para refundar nuestras instituciones cargadas de desidia y deshonestidad, y elevarlas a un destino luminoso. Los tiempos cambian, estamos en medio del camino y debemos ir más allá. Cicerón podría ser el árbitro de este pasaje: una palabra suya bastaría para detener las armas. Pero vacila, en lugar de adoptar una posición clara se esfuerza por alcanzar compromisos imposibles...

—Ya no —le interrumpo—. Él también ha dejado Roma.

Celio suspira.

—Viejo y obstinado, no escucha a nadie. Su *Res publica* es inmutable para siempre, o al menos mientras él viva. Pero en el fondo lo esperaba. ¿Y tú? ¿Por qué entonces aceptaste venir aquí?

Oímos voces de hombres y cascos de caballos acercándose.

—Ahí está, ya viene —anuncia Celio, sin darme tiempo para responderle.

—¿Sabe que estoy aquí?

—¡Por supuesto! No puedo ocultarle nada a mi general, especialmente las buenas noticias. Cuídate, Servilia, nos volveremos a encontrar tarde o temprano.

Desaparece de la tienda y me quedo sola.

Dos centuriones entran para la inspección habitual, comprueban todo, hablan entre ellos como si yo fuera invisible y, poco después saludan a los otros escoltas que se han quedado afuera.

En el umbral, una ráfaga de viento hincha su capa. Veo su figura a contraluz, el rojo de la tela es sangre impulsada por el aliento de Marte, lo siento sobre mí. César camina hacia su mesa de trabajo, donde yo estoy sentada; desabrocha la hebilla de oro y la capa se desliza hacia el suelo, el arroyo es ahora un charco inerte. La recojo: está tan fría como el aire invernal que trae la nieve, aunque hoy el cielo está despejado.

Gritos, vítores y choques de metal llegan desde el exterior, pero a nadie parece importarle.

César me atraviesa con la mirada perdida; me levanto y le sonrío, pero parece que mi presencia le es indiferente, como la trifulca de los soldados fuera de la tienda. Recoge algunos papeles de la mesa, hace sitio y luego despliega un rollo, es un mapa, y detiene los extremos colocando dos piedras lisas a cada lado.

—Ahí, ¿ves? —explica, señalando un punto—. Estamos aquí, y esta ciudad también se ha sometido espontáneamente, han ofrecido hombres y suministros, dicen que se sienten honrados de apoyar nuestra empresa. Ellos también... A veces el ser humano me resulta incomprensible.

Miro el mapa: en un lado está marcada la costa y pequeñas líneas azules curvadas como olas llenan un gran espacio para representar el mar; más allá, otra línea de costa marca el comienzo de otras tierras.

César nota mi mirada fija en el azul.

—Es el Adriático, espero no tener que cruzarlo.

Una larga línea roja atraviesa el papiro desde un extremo hasta el centro del pergamino, paralela a la costa y no muy lejos del mar. Se interrumpe en los puntos junto a los que se leen las ciudades, y luego continúa y se ramifica con líneas cortas del mismo color hacia los territorios más interiores, o se corta con finas marcas azules: los ríos. El último punto rojo es el que me señaló, la ciudad que hoy se sometió. Luego el tramo continúa en gris y menos marcado, todavía en línea recta hacia el sur para terminar en Brindisi, pero también desviado hacia el oeste, con dos puntos de llegada: Capua y Roma.

El largo recorrido parte de una marca azul que discurre como una serpiente hasta el mar y, justo ahí, en rojo, se dibuja una estrella. La toco. Incluso el nombre de Roma está escrito en rojo, con letras más grandes que las demás, y en ella destaca también una estrella.

—Partimos de ahí, lo cruzamos de noche, es el Rubicón —explica.

Me gustaría preguntarle por las letras grabadas al lado de la estrella en el dado que me envió desde las orillas del río; me gustaría leerlas con él y entender su significado, sus pensamientos y el indomable ardor que hoy más que nunca parece atormentarle: ¿por qué no se alegra de tenerme con él?

—Tenías miedo de que no volviéramos a vernos. —Me castañetean los dientes por el frío, ¿será que no puedo decir nada más? Pero el frío proviene de él, está lejano y me paraliza el corazón.

—En la guerra se puede morir, y esto es una guerra, aunque hasta ahora nadie ha blandido las armas. Y esto se está convirtiendo en un problema, mis hombres quieren luchar.

En este momento llegan golpes y gritos más fuertes que los demás.

—¿Puedes oír cómo se pelean? ¡Retírense! —les ordena a los dos soldados que esperan órdenes—. Hagan que se detengan. Aléjenlos de mi tienda si no pueden callarse, o consigan algunas mujeres y páguenles, pero asegúrense de que no se maten entre ellos. No podemos permitirnos perder hombres, tenemos dos legiones en este momento y solo los dioses conocen la gravedad de lo que hemos de encontrar.

—Cuando llegué al campamento, algunos pensaron que era una prostituta —añado, insinuando una sonrisa divertida.

—En esta situación son nuestra salvación —replica.

Poso de nuevo la mirada sobre el mapa, reconozco la minúscula letra de las notas en los márgenes, nadie más que él podría entenderlas, y luego números a lo largo del recorrido de los caminos, cálculos, símbolos misteriosos. Toda mi vida César me ha abrumado el cuerpo e invadido el alma, pero es un abismo incognoscible, su mundo es una vorágine y tratar de explorarlo es confundirse, ser devorado y perderse para siempre. Ni siquiera yo puedo hacerlo. César es su soledad.

Miro fijamente a Roma y la estrella en las fibras del papiro, ¿a qué distancia está? Un batir de alas bastaría para llevarme de vuelta a casa, ya puedo oler el aroma de los ungüentos y el baño caliente de la mañana. Sin embargo, entre Roma y yo, montañas y nieve, otro viaje a través de secretos y silencios. Fue un error venir aquí, será un dolor de cabeza irse.

Se da cuenta.

—No voy a ir a Roma, no ahora. Esos cobardes están aterrorizados, ¿verdad? ¿Cuántos quedan? Pero Cicerón no tiene nada que temer por ahora, díselo cuando vuelvas.

Me siento avergonzada, me vuelvo a sentar en el taburete y escondo mi cara entre las manos, incluso mis lágrimas. ¿Cómo pude dejarme convencer? Lo siento detrás de mí; coloca su mano en mi hombro y luego hunde sus dedos en mi pelo, en lo que queda de un peinado que ha sufrido el viento y la lluvia, la capucha baja sobre la frente y las incómodas almohadas. Su mano derrite el hielo, es el ungüento cálido y fragante de mis despertares.

—Quiero reunirme con Pompeyo —me dice con severidad—. Quiero hablar con él, él y yo solos. Lo perseguiré hasta encontrarlo y nos enfrentaremos, pero aún no he perdido la esperanza de evitar lo peor. No es de mí de quien Roma debe tener miedo.

—¿Adónde irás, entonces? Puedes confiar en mí, y yo en ti, siempre lo hemos sabido. No he venido a darle gusto a Cicerón.

—Iré adonde vaya Pompeyo. Con los suyos ha pasado por Capua para alistar a los colonos que cultivan las tierras gracias a mi ley: eran mis veteranos y no estaban nada ansiosos por volver a la batalla, especialmente por él. Mientras estaba allí, le envié a mi primo Lucio César con propuestas conciliadoras, pero la respuesta fue otra afrenta. Y nuestro cónsul Léntulo reunió a los gladiadores en la plaza, les proporcionó caballos y les ordenó que lo siguieran, prometiendo la libertad a cambio. Pero olvidó que yo fundé esa escuela de gladiadores, que pago el entrenamiento de muchos de ellos, que me son devotos. ¡Qué estúpido! Poco después se vio obligado a dividirlos y ponerlos bajo vigilancia con los esclavos de Campania. A Pompeyo le bastaba dar un pisotón para que aparecieran los soldados dispuestos a morir por él: ¡eso es lo que decía! Pero la gloria pasada le impide ver la verdad.

—¿Qué hará ahora? —pregunto.

—Está en camino a Apulia, dos legiones que le pertenecen están estacionadas en Lucera. Me reuniré con él y allí se decidirá el destino: si realmente quiere el bien de la *Res publica*, será la oportunidad de demostrarlo. Esas dos legiones también eran mías, pero el Senado me ordenó por decreto que las entregara, y yo obedecí. Me consideran responsable de esta guerra, pero ¿no crees, más bien, que son las instituciones de Roma las que toman partido contra mí?

Asiento con la cabeza y siento que su contrariedad está a punto de estallar en una furia desastrosa.

—¿Por qué tu itinerario llega hasta Brindisi?

—Me temo que quiere llevar la guerra fuera de Italia, al Oriente. En ese caso zarparía desde allí, y tendremos que estar preparados e impedirlo.

Vuelvo a la mesa, y en el mapa veo Lucera: calculando las distancias a ojo parece muy lejos.

—¿Así que esta será tu próxima parada? —le pregunto.

—No, primero debo asegurar el control de otros territorios. Ascoli, que Léntulo Espínter ya ha ocupado con diez legiones, Cicerón le tiene que agradecer su regreso del exilio, y sobre todo Corfinio, que es defendido por Lucio Domicio Enobarbo. En el año de mi consulado tramó un complot contra Pompeyo, y ahora está de su lado.

—Está del lado de Catón —añado—, lo que significa que está del lado de quien esté en contra de ti.

—Sí, siempre han estado de acuerdo en todo. Se casó con su hermana, que también es tu hermanastra.

—Porcia, el simulacro viviente de todas las virtudes, mujer detestable ¡y fea! Gorda y con una nariz como el pico de un águila.

César sonríe por primera vez desde que llegué.

—Tenemos padres diferentes y nombres diferentes —continúo—, pero somos hijas de la misma madre. A mí me toco otro destino y doy gracias a los dioses por ello todos los días.

—Tu madre era noble. Mi padre la mencionaba a menudo, Livia Drusila. La conocía y ensalzaba su virtud. Y también su belleza.

Me conmueve el recuerdo.

—Sí, una antigua familia. Su padre fue cónsul, el padre de su padre también. Si nos hubiera visto crecer, habría estado muy orgullosa de mi hermano.

—También de ti —añade César.

—No —replico—. La muerte temprana le evitó la vergüenza, como a mi padre.

La oscuridad ha caído y, desde el exterior, el viento trae un invitante aroma de comida. Las llamas de las linternas dibujan sombras que nunca son las mismas, más vivas que los cuerpos; la tienda se llena de una luz suave y dorada que me hace sentir calor. César coloca su mapa en la caja, la cierra con llave, y poco después se nos sirve la cena que, en mi honor, es muy suculenta: polenta de farro y cerdo asado con miel. Sabe que ambas cosas me gustan infinitamente y, para hacerme más feliz, pidió al cocinero que aromatizara la polenta con hinojo silvestre. También es una noche especial para él, ya que suele comer la ración de los legionarios.

Comemos en silencio y luego nos acercamos al fuego con un plato de frutos secos y una copa de vino con miel solo para él, sentados uno al lado del otro. Me ha dicho muchas veces que los pequeños sorbos de vino son un placer como ningún otro, el más preciado regalo de los dioses a los mortales para consolarlos de sus penas; ha intentado persuadirme de una ligera ebriedad, pero siempre he pensado que no le conviene a una mujer, y de todas formas no me gusta. La conversación se vuelve ligera: le cuento algunos chismes de Roma, de mi viaje por las montañas nevadas, del silencio de los esclavos, y luego de ese sabelotodo que es Nigidio Fígulo, y César se torna huraño por un momento, pero enseguida me rodea los hombros y lamenta el frío y la fatiga que he soportado.

Estoy cansada, mis párpados cubren mis ojos y mis pensamientos se pierden en la niebla del sueño.

—Vamos a dormir —dice en un susurro, y me lleva de la mano hasta el umbral de la cama.

Nos abrazamos, me acaricia los cabellos y envuelve los dedos en mis rizos, como un juego de niños, y con sus labios me roza el cuello. Su cuerpo se vuelve turgente contra mis caderas; apoyo mi cabeza en su pecho y siento el latido de su corazón, más rápido que el mío, y entrecierro los ojos en el claroscuro de la única lucerna que queda encendida.

—¿Por qué has venido?

Su pregunta me llega desde lejos y se cuela en la puerta aún abierta del sueño. Dudo, pero al final me decido.

—Mi hijo se ha puesto del lado de Pompeyo. Luchará en tu contra.

César apaga la lucerna, a oscuras llora en silencio durante el resto de la noche.

V

*Pudicitiae eius famam nihil quidem praeter Nicomedis
contubernium laesit, gravi tamen et perenni obprobrio et
ad omnium convicia exposito.*

Nada estropeó la reputación de su modestia, excepto su
intimidad con Nicomedes, y fue una grave y duradera
desgracia que lo expuso a la burla de todos.

SUETONIO, *Divus Julius*

Las luces del amanecer interrumpen mi inquieto sueño. Quién sabe
desde qué hora está trabajando, inclinado sobre la mesa, con el
mapa desenrollado frente a él. En cuanto se da cuenta de que estoy
despierta, se acerca y me ofrece un tazón de leche caliente y un poco
de pan negro, y sin dudarlo me propone salir, a pesar del intenso
frío:

—No llueve ni nieva —añade.

No quiero, pero soy incapaz de decirle que no, siempre ha sido
así.

Me trae una capa de lana gruesa y cálida, una de las suyas, y se
disculpa porque es negra; sabe que no uso ese color porque con-
trasta con mi tez pálida y con mis pecas.

—La uso para mis salidas en las noches de invierno, es ideal
contra la escarcha y me hace invisible.

Caminamos hacia el río, y César se detiene donde el agua se
curva en un recodo: frente a nosotros, en lo alto de una elevación,
se alza una majestuosa pared que flota en la niebla.

—Cuando ayer atravesé esas puertas, los más ilustres de la ciudad me recibieron como a un dios; un poco antes me habían enviado embajadores cargados de regalos.

Tiene la mirada fija en los muros de Cingoli y recuerdo el punto en el mapa: a un lado una cruz oscura con un trazo grueso anulaba dos letras rojas, TL. Allí nació Tito Labieno.

*

Cayo Julio César y Tito Labieno eran opuestos: uno de pelo rubio y fino y el otro de pelo grueso, rizado y oscuro, que solo se ha vuelto gris en los últimos años; el primero con miembros enclenques, el segundo con un cuerpo poderoso. Pero sus pensamientos eran los mismos, su inteligencia en la estrategia de la guerra y su astucia en el juego de la política eran las mismas, sus intenciones eran las mismas: la grandeza de ellos mismos y la gloria de Roma. Cayo Julio César y Tito Labieno, engranajes de una misma máquina en perfecta correspondencia. La misma edad y la misma nariz, prominente y demasiado grande para el tamaño de sus rostros, las mismas arrugas en la frente y el brillo en los ojos.

De jóvenes habían luchado juntos contra los piratas de Cilicia. A César lo capturaron mientras navegaba hacia Rodas; Sila, ya un dictador despiadado, había sido persuadido de perdonarle la vida, pero lo obligó a huir de Roma, exigiendo en vano que repudiara a su segunda esposa Cornelia.

A pesar de estar prisionero entre los piratas, César se comportaba como si estuviera al mando: «¡Cuando sea libre, los mataré a todos!», repetía a menudo, y ellos se reían, pensando que era una broma. Incluso se encariñaron con él, les encantaba su compañía, lo querían.

Componía poemas, los recitaba y los piratas aplaudían; mientras, enviaba cartas para recaudar el dinero del rescate, examinaba el territorio, las rutas de los barcos y las rutas de las caravanas, y años después me confió que una tarde de viento en esas mismas costas, con la luna llena y el mar lamiendo sus pies descalzos, sintió profundos escalofríos y le pareció que todo se encendía con la luz, y decidió que un día iría a la parte del mundo que mira el amanecer:

a las tierras donde Alejandro había llegado, al inmenso y misterioso imperio de los partos, al riquísimo trono del Rey de Reyes, y lo haría suyo. Ha pasado gran parte de su vida desde entonces, pero su anhelo nunca se detiene y renueva su sueño de Oriente en cada amanecer.

Pagó el rescate, casi el doble de la cantidad exigida, y fue liberado. Luego partió hacia Bitinia, donde el rey Nicomedes, que era mayor que él, lo acogió, y se hicieron amigos, demasiado amigos. Varias veces le pregunté si eran ciertos los rumores de un afecto que era casi amor, pero nunca supe la verdad, o quizás nunca quise saberla. Una vez, ante mi enésima insistencia en medio de las mantas deshechas por nuestro delirio, me miró con severidad y afecto: «Eres una mujer de verdad», respondió, lo que no significó nada, pero desde entonces no hemos hablado del rey Nicomedes de Bitinia.

En Bitinia reunió sus fuerzas, regresó a donde estaban los piratas y cumplió su promesa: fueron masacrados y tuvieron una muerte atroz. A los más afortunados se les cortó la cabeza, pero otros sufrieron espadas y puñales, vieron su sangre brotar junto con gritos desgarradores y el aliento de vida que se les iba. Junto a César, para consumar su justa venganza, estaba Tito Labieno; ambos eran jóvenes tribunos militares, y en aquella matanza cada uno admiraba la violencia del otro, su determinación para vencer y el reflejo de su propia llama, como en un espejo. Fue entonces cuando César comprendió: aquel tribuno de rizos oscuros que danzaba en el fragor del asalto podía acompañar sus ambiciones y apoyar su vuelo.

*

—Tito Labieno extendió esos muros —exclama, señalándolos—. También amplió el territorio de la ciudad para convertirla en municipio, a su costa. Y aquí está la gratitud de sus conciudadanos: se sometieron a mí sin resistencia. ¿Crees que estoy satisfecho con eso? No. Hombres ingratos y pusilánimes. Yo busco la grandeza, y en cada ciudadano romano me gustaría ver al menos un destello de ella.

—¿Por qué te traicionó? —pregunto.

—No me ha traicionado. Justo antes de cruzar el Rubicón, me avisaron que no iba a venir conmigo, y mandé que le entregaran su equipaje.

—Muchos en Roma se alegraron de su deserción.

—Sobre todo Cicerón y nuestros cónsules, ¿o me equivoco? ¿También tu hijo?

Me envuelvo con más fuerza a mi capa y no respondo; mantengo la mirada fija en los muros, como él. Están bañados por el aura del sol, cada vez más clara y, a contraluz, me parecen siniestros, lívidos.

—No me ha traicionado —continúa—. Labieno nunca ha sido leal a nadie. Solo concede su lealtad a Roma y a la *Res publica*, aunque haya hombres que la representen que no valen nada. Perderán, y él lo sabe, pero he violado las leyes: he introducido armas en el Pomerio,[3] que es tan sagrado como un templo, y para él las leyes son tan sagradas como los dioses; quien las rompe comete una afrenta en su contra, antes que contra el Estado, y se convierte en un enemigo. Yo también. No le interesan las contingencias del momento, la ley es una y debe ser respetada; Roma tiene el destino de la eternidad, el bien y la gloria de todo el pueblo son lo único que importa. Quiero el poder por las mismas razones, pero no le gustan mis medios.

—¡Marco Celio Rufo sí ha comprendido el significado de su empresa! Es fiel a ti y está ansioso por demostrar su valía. Habla bien ese joven.

—Sí, habla bien. Tu amigo Cicerón le enseñó el arte. Pero no me gusta y no lo aliento. Es demasiado inquieto, impulsivo e inconstante, y se lanza a la vida sin rumbo. La gente como él no conoce la devoción porque no tiene ideales. Son peligrosos y, a menudo, terminan mal.

---

[3] *Pomerium* (pomerio) eran los límites sagrados de Roma, sus fronteras. (N. de la T.).

Es implacable en sus juicios, pero he aprendido que nunca se equivoca.

—Se enfrentarán entre sí —digo en voz baja, y ya puedo verlos: a Cayo Julio César y a Tito Labieno con las espadas desenvainadas, mirándose a los ojos un instante antes del final, sin saber cuál de los dos dará la muerte y cuál la sufrirá, pero será como si ambos murieran.

—Una vez me desobedeció —recuerda.

*

—¡César! ¡César!

Un hombre rubio corrió hacia los cuarteles de invierno.

César había regresado recientemente de Britania y, ese año, el quinto desde el comienzo de la guerra, había decidido quedarse en la Galia con las legiones, debido a la inclemencia del tiempo y para supervisar él mismo los difíciles suministros.

Los centinelas le bloquearon el paso, pero César lo alcanzó en las empalizadas que fortificaban el campamento.

—¿Quién eres? —le preguntó.

—Soy un esclavo —respondió el hombre, hablando mal en latín—. Tengo un mensaje de Quinto Cicerón.

—¿Quién es tu amo?

—Su nombre es Verticón. Es de la tribu de los nervios, pero se ha refugiado en el campamento de Cicerón desde el comienzo del asedio, y yo con él.

—¿Qué asedio? Dame el mensaje —ordenó César, alarmado.

El esclavo le entregó un pequeño pergamino que había atado a su jabalina: si lo hubieran atrapado, habría lanzado el dardo muy lejos, para dispersar esas palabras. Pero era un galo, y consiguió pasar inadvertido entre sus enemigos.

César leyó y su rostro se ensombreció. El pueblo de los nervios estaba en medio de una revuelta y había mantenido durante mucho tiempo el campamento de Quinto Cicerón bajo asedio. Quinto estaba al límite, pero siguió resistiendo y animando a sus hombres. Solo más tarde, César supo que le había enviado muchas peticiones de ayuda, pero todos los mensajeros habían sido asesinados. Entonces César le confió una carta al mismo esclavo, para que no se rindieran, ¡llegaría con refuerzos! Y de inmediato se puso en marcha con cuatrocientos jinetes. Era la hora de la puesta de sol. Había escrito en griego, nadie debía entender sus planes.

Ordenó al cuestor Marco Craso, quien estaba acampado en el territorio de los belgas y se encontraba a veinticinco millas de distancia, que partiera a medianoche con su legión y que lo alcanzara lo antes posible, y al teniente Cayo Fabio que se trasladara de inmediato desde la tierra de los mórinos y se uniera a él en el territorio de los atrebates, que debía atravesar.

Craso y Fabio llegaron en pocas horas con sus legiones.

Tito Labieno estaba acampado entre los tréveros. César le escribió para que se trasladara con su legión a la frontera de los nervios. Cuando llegó a la frontera, no encontró a Labieno ni a su legión, pero le entregaron una breve carta. Su lugarteniente de mayor confianza le informó que todas las fuerzas de los tréveros estaban desplegadas a tres millas de su campamento, azuzadas contra los romanos por Induciomaro, uno de los líderes de ese pueblo: por tanto, concluyó, no era prudente ni oportuno sacar a los soldados.

Tito Labieno desobedeció.

César podría haberlo castigado con la muerte, pero aprobó su decisión, aunque decepcionado: conocía tanto su inteligencia estratégica como su lealtad, y depositó su confianza en ambas porque Labieno luchaba por Roma, igual que él, y no para complacer a su comandante.

Con sus jinetes, y las legiones de Craso y Fabio, reanudó la marcha y, en medio de la noche, el propio Craso interrumpió su breve descanso.

—Acaba de llegar una carta de Quinto.

—¡Por fin! —exclamó César—. ¿Y entonces? ¿Qué dice?

—Alguien ha informado a los nervios de nuestra llegada.

—Tal como lo tenía previsto.

—Han liberado el campamento de Quinto del asedio y vienen a nuestro encuentro para atacar.

—Bien, vámonos ahora, ya casi amanece.

—Son setenta mil —concluyó Craso.

Se pusieron en marcha y, unas millas más adelante, divisaron la masa de los nervios en un valle más allá de un río. César dispuso la construcción de un campamento pequeño y bien fortificado, con puertas que parecían cerradas, y cuando los enemigos estaban cerca ordenó elevar las empalizadas y correr y gritar para que parecieran pocos y en pánico: quería inducirlos a luchar en una posición desfavorable para ellos. Durante todo el día no pasó nada. Pero al día siguiente los nervios rodearon las fortificaciones, y desde todos lados lanzaron proyectiles contra ellas, rompieron las empalizadas con sus manos y forzaron las puertas; y poco después sus abanderados ofrecieron a César condiciones de rendición: ¡tontos además de salvajes! Habían caído en la trampa.

En ese momento, con una acción muy rápida, César echó a su caballería y los legionarios salieron en masa por las puertas. Los enemigos huyeron aterrorizados hasta los límites de los bosques y pantanos: muchos murieron y todos fueron despojados de sus armas, incluso sin la legión de Labieno.

César se dirigió de inmediato al campamento de Cicerón. Lo encontró muy afectado y sus soldados estaban heridos, algunos de gravedad. Su resistencia había sido heroica. Los elogió en un discurso sincero y emotivo.

—Combatieron como héroes —dijo—. Son guerreros resplandecientes de ardor, ¡y gracias a hombres como ustedes el nombre y la gloria de Roma cruza fronteras y llena el mundo!

Los soldados lo escuchaban con entusiasmo; algunos disolvieron su dolor en lágrimas, lo aclamaron y sintieron que sus cuerpos se calentaban, listos para nuevas hazañas.

Entonces César llamó a los centuriones y tribunos que se habían distinguido por su valor.

—Enviaré al Senado una carta oficial —les aseguró—. Sus nombres se escribirán, uno por uno, porque merecen la admiración de todos.

Quinto Cicerón apenas pudo contener las lágrimas. Cuando terminó su discurso, César se retiró con él a su tienda y lo abrazó durante largo rato.

—Gracias —dijo Quinto.

—Soy yo quien te da las gracias —respondió César—. Has demostrado un valor infinito y unas virtudes extraordinarias.

Ese mismo día, desde el campamento de Quinto, envió una carta a Labieno informándole de su éxito y, al conocer esta noticia, Induciomaro, que había decidido atacar el campamento al día siguiente, se retiró con todo su ejército hacia el interior.

Con un acto de desobediencia, Tito Labieno había logrado la huida de sus enemigos sin que sus hombres se arriesgaran a un solo rasguño.

*

—¡Un hombre genial! —comento, y César sonríe, con los ojos encendidos como si la refriega de la batalla siguiera a su alrededor.

—Ese invierno fue duro —recuerdo—. Y tu decisión de no volver a Roma incluso dio lugar a rumores maliciosos.

—No me extraña. ¡Ya me veían conspirando con los galos!

Nos reímos, resignados, en el fondo, a la inevitable mezquindad de los hombres cobardes.

—En realidad, muchas poblaciones estaban resentidas por nuestra supremacía y preparaban revueltas. No me quedaba nunca en el mismo lugar, me reunía con los jefes de las tribus, amenazaba y prometía, quería evitar por todos los medios que mis legionarios se vieran obligados en esas condiciones a la dura lucha; los galos estaban acostumbrados al frío, conocían los territorios y se orientaban entre montañas, bosques y pantanos, incluso en la niebla, tenían la ventaja de su propia barbarie. Fue uno de los peores inviernos que recuerdo, y me atormentaba la gota.

—¡Uno de los peores para mí también, te lo aseguro! —Casi lo regaño—. Tenía muy pocas noticias, además de que me impediste reunirme contigo.

—No quería exponerte al peligro —explica después de tantos años—. Los caminos eran inseguros por la nieve y el hielo, y los bandidos mataban a cualquiera que se dirigiera a los campamentos romanos, los espías se escondían por todas partes.

—¿E Induciomaro? —pregunto—. ¿Al final se sometió?

—¡Claro que no! Durante todo el invierno había ido por ahí incitando a la mala voluntad contra nosotros, y en la primavera volvió a dirigir a los tréveros contra Labenio.

—No tengo ninguna duda de quién lo hizo mejor…

—En efecto —confirma César—. Labieno hizo exactamente lo que yo hubiera hecho. Entre los enemigos que huían, Induciomaro fue alcanzado sin dificultad, desmontado de su caballo, apuñalado y decapitado. Un centurión le llevó a Labieno su cabeza: la sostenía por la barba, boca abajo, y la sangre que aún manaba de su cuello le corría por la cara e impregnaba sus oscuros cabellos, sus párpados girados y su boca abierta. Era monstruoso; parecía mirar el mundo al revés, sin creer todavía que estaba muerto. A partir de entonces, el pueblo de los tréveros fue completamente subyugado.

Permanecemos en silencio, ambos perturbados por las vívidas imágenes de una brutalidad inhumana, pero necesaria. César no es un hombre sanguinario.

Se levanta y yo lo sigo, caminamos una corta distancia a lo largo de la orilla del río y luego cortamos por la llanura, el estruendo del campamento se escucha cercano y sobresale de la corriente del agua.

—Pienso en ello a veces, cuando me despierto en medio de la noche, o cuando veo salir el sol y el momento es propicio para la batalla. —Habla casi solo—. Será inevitable —continúa—, si ese cobarde de Pompeyo y sus amigos más cobardes no se deciden por una negociación. Nos enfrentaremos, y Labieno caerá. Con valor de guerrero y honor de comandante, pero caerá. Ha elegido el lado equivocado. Él lucha por Roma, como yo, pero yo lucho para ganar.

—Su voz vibra de resentimiento—. Nadie, sin embargo, puede conocer los designios del destino —retoma con tristeza—, ni siquiera yo. Y si me tocara a mí, querría que fuera su mano la que me quitara la vida. Solo la suya.

Entre los soldados del campamento hay agitación, los jinetes acicalan a los animales y los alimentan en abundancia, alguno pule las armas poco usadas.

—Nos moveremos mañana al amanecer. No vuelvas a Roma, ven conmigo.

No me mira; es resolutivo, es una orden: César ordena, somete, rige la vida de los demás.

No quiero hacerlo y, sin embargo, lo seguiré, seré una mujer de esta guerra. De su lado, contra mi sangre.

VI

Qualiter expressum ventis per nubila fulmen aetheris inpulsi
sonitu mundique fragore emicuit rupitque diem populosque
paventes terruit obliqua praestringens lumina flamma.

Así el rayo, liberado por los vientos a través de las nubes,
brilla en el estruendo del éter agitado y en el fragor del
universo, y atraviesa el día, y aterroriza a los pueblos
temerosos, cegando sus ojos con una llama punzante.

Lucano, *Bellum civile*

Maldita nieve, horrible blanco nada, blanco muerte, blanco luto
que no se puede celebrar, porque ni siquiera una gota de sangre
ha manchado su blancura, viento furioso que agudiza el frío, siega
los pasos y congela los pensamientos, los míos, y yo lo sigo, in-
cauta.

Sigo a César, que es el viento: galopa de un lado a otro de la columna de soldados en marcha, incluso entre los auxiliares, entre
los carros de equipaje; él es el caballo indómito: suelta chispas en la
opacidad de la nada, sopla alientos ardientes sobre las espaldas ple-
gadas bajo el peso de las armas, con palabras de fuego y gritos más
fuertes que las ráfagas espolea a la carrera, a la guerra, a la victoria,
invoca a la Fortuna, su diosa que nunca lo abandona, y todos elevan cantos que hacen vibrar el cielo plomizo, y su aliento en el aire
helado toma la forma de un humo que envuelve el metal y la carne,
una densa nube de anhelos y del sueño de una nueva gloria que sobrevuela las extensiones de Italia.

Lo sigo una vez más, como una niña que persigue un dado lanzado en medio de la niebla, que por la noche levanta los ojos y estira
su cuerpo y su brazo, demasiado pequeños, haciéndose la ilusión de
poder tocar una estrella.

Un solo día de descanso para abastecerse y la marcha continúa más rápido hacia Corfinio. Justo antes de que cayera la noche, un mensajero trajo la noticia de que también Ascoli se había rendido sin luchar, ante el mero anuncio de la llegada de César. Léntulo Espínter también había huido con algunas falanges en dirección a Corfinio y muchos soldados lo abandonaron de inmediato. Es una guerra que no entienden: «¿quién es el enemigo?», se preguntan; pero ahora han sido alistados por los nuestros y parecen contentarse con seguir al rayo antes que luchar por un Senado lejano y cobarde; por Pompeyo, que está ausente, un roble que ahora es estéril e incapaz de expresar su fuerza, de producir nuevos brotes y nuevas ramas. Otra llama iluminará sus pechos cubiertos de metal, sus armas reflejarán su luz.

El campamento duerme; el silencio, roto solo por los sonidos de la noche, habla del cansancio de los soldados. Los gritos de los animales y los pájaros invisibles me asustan y me mantienen despierta. Con su capa negra y una linterna, deambulo entre las tiendas; al pasar un búho, más asustado que yo, vuela de la rama y hago un gesto de dolor, pero sigo caminando hacia su tienda; hace días que no lo veo, estoy agotada de las marchas forzadas, y cuando nos detenemos al atardecer no tengo más fuerzas, ni siquiera para escribir a mis hijas, ni siquiera a Cicerón que me envió a este infierno, mientras César aparece y desaparece a lomos de su caballo: a veces oigo su voz, pero nunca se dirige a mí. Quiero una palabra; me ha arrastrado a la nieve, me ha inyectado su locura.

Los guardias son numerosos, en su tienda las lucernas están encendidas y las siluetas de una decena de hombres se mueven a su alrededor; reconozco el perfil de su cuerpo entre los demás: él es diferente, incluso cuando solo es una sombra. Algunos gesticulan, me acerco y puedo oír algunas de sus voces, pero están exaltados y no puedo distinguir las palabras, y un poco más tarde salen de la tienda: son los doce tribunos y legados de las dos legiones. En el secreto de la oscuridad ha convocado un consejo de guerra. Corren a sus cuarteles, yo me escondo detrás de una empalizada y los pasos de los hombres se hacen más lejanos. Sigo viendo su forma oscura, se mueve lentamente; el perro se le acerca y él se agacha, extiende el brazo, le atusa el pelo y el animal mueve la cola. Finalmente, el animal también sale y, con cortos aullidos, se echa en el umbral. En el interior, las luces se apagan una a una, y el telón y su figura se desvanecen, engullidos por la noche.

En el campamento se duerme poco, hay agitación por todas partes; muchos informadores merodean y los tribunos convocan a los centuriones que dan órdenes a los soldados, mientras los jinetes de la avanzada, espoleados por César, preceden al ejército, e incluso antes del amanecer galopan velozmente hacia Corfinio.

Fue Marco Celio Rufo quien me informó de la situación anoche en el campamento. Ese joven siempre lo sabe todo.

—Domicio Enobarbo defiende la ciudad con veinte legiones —explicó—, y él también lucha por la *Res publica*, no por Pompeyo. Daría su vida por Roma y sus instituciones.

—Todos quieren el bien de Roma —observé—; sin embargo, luchan unos contra otros. ¿Esto es bueno para la *Res publica*?

—¡Todos nobles e ilustres! Domicio ha sido pretor y cónsul, ha gobernado la Galia, tiene muchos hombres que le serán leales y sabe que aún puede ganar: ¡será él quien detenga la furia del viento!, así le dice a su pueblo, incluso a su hijo. Iluso. ¿Qué barrera puede repeler el viento? Solo un viento más fuerte. Pero más fuerte que César no hay nadie, lo sé bien, y tú también. Ningún viento, ningún hombre.

Hay un río a pocas millas de las murallas y, sobre el río, un puente. Domicio esperaba, se aprovisionaba de víveres, preparaba armas y máquinas para la defensa y el ataque, revisaba las puertas y daba instrucciones a los centinelas; y en cuanto le llegaron noticias de que César estaba cerca, envió cinco cohortes a demoler el puente sobre el río. ¿Creía que eso sería suficiente? Ingenuo, además de iluso. ¿O quería que un río los detuviera? ¿Que otra corriente repeliera a los arrogantes que habían cruzado las aguas inviolables y sagradas, contra las leyes, contra los dioses? Pero la valentía adquiere fuerza con las acciones audaces, se convierte en impaciencia y ya no se detiene. Es posible que Domicio no lo supiera, así como no ignoraba la velocidad a la que iban. Los jinetes sorprendieron a sus soldados, entorpecidos por las herramientas, las enormes vigas de madera y las estructuras que se les había ordenado cortar, fatigados y mojados. El agua fría de sus cuerpos casi se congelaba con el aire que Boreas soplaba desde el norte, y les arañaba la piel.

Y Celio me sigue contando. Le gusta hablar conmigo por la noche, después de la cena, y yo lo espero, eso alivia mi soledad.

—Los hombres de César —me dice Celio—, llegaron en una nube de polvo levantada por sus cascos, exaltados por la tan ansiada batalla, blandiendo sus lanzas, golpeando los costados de los animales, gritando. Las legiones de Domicio abandonaron entonces sus palos y sierras, dejando el puente prácticamente intacto, y se retiraron a la ciudad, cerrando y reforzando las puertas. Nuestros caballeros arreglaron el puente para el paso de las legiones de César, que llegaron poco después. Cabalgó a la cabeza y pasó primero, el ejército detrás y, en un solo día, acamparon bajo las murallas y organizaron el asedio.

Mientras el sol que cae arroja sus últimos rayos, veo una nube rojiza que se mueve en la distancia, llena de estruendo. El puente sobre el río resuena con galopes: es la octava legión, precedida por una multitud de jinetes enviados para ayudar al rey de Nórico, esto es lo que murmuran algunos de los auxiliares. Las antorchas de los legionarios recién llegados se unen a las del campamento, y parece que el día ha vuelto.

César se apresura a recibirlos, abraza a los tribunos, saluda a los centuriones de la primera línea, y las insignias de las otras dos legiones se unen a las de la octava: el toro está flanqueado por el león y el rayo; él, vestido con el manto rojo de mando, pasa revista mientras los soldados lanzan gritos de júbilo y golpean sus escudos. Luego se dirige hacia los jinetes, su jefe se baja del lomo del animal y lo sujeta por las riendas; se quita el casco, es muy alto. César le estrecha la mano, le da las gracias y lo abraza; retrocede unos pasos y, en voz alta, se dirige a todos ellos con un breve discurso en un idioma que desconozco, quizás el suyo. Los veo sonreír, asienten con la cabeza.

—César llevó ayuda a su pueblo, entre los Alpes y el Danubio, ¡yo estuve allí! —comentó con orgullo un soldado.

Todo el campamento estalla en un grito con los puños levantados, y los legionarios se unen para golpear sus escudos.

Todos lo aman, querrían ser él; se sienten como una extensión de sus brazos, con unas cuantas palabras y unas miradas que brillan, los conquista, incluso en la oscuridad, incluso a los extranjeros, aprende su idioma y les llega al corazón; en un instante los hace suyos y todos están dispuestos a dar la vida. No importa por qué. La darán por él, y eso es suficiente. ¿Quién puede entenderlos mejor que yo?

Veo que César convoca a los tribunos de la legión que acaba de llegar, sin perder tiempo: les ordena montar un segundo campamento en el lado opuesto de las murallas y se lo encarga a Curión. Luego desaparece en su tienda.

Durante toda la noche oigo a los hombres trabajar sin cesar, los posee un demonio que repele la fatiga y multiplica el vigor. Al amanecer salgo de mi tienda: la ciudad de Corfinio está sitiada.

Nadie ha dormido, ni los soldados de Domicio Enobarbo ni yo. Busco a César entre los hombres que corren apresurados de un lado a otro, y cada vez que creo ver su capa roja descubro que es solo el resplandor de una antorcha. Pero desde lejos reconozco a Domicio, corriendo por las murallas y entre las torres, y, junto a él, a un joven de esbelta figura a la luz del cielo lunar: su hijo, que es también hijo de mi hermana, primo de mi hijo, sangre romana de la misma familia, la mía. Todos juntos unidos contra César, contra mí.

La vida en el campo es angustiante. Sufro el frío y la soledad, nunca me encuentro con él; le he pedido audiencia a través de un legado, pero no me ha recibido, ni siquiera me ha enviado una respuesta, tiene otras preocupaciones. La guerra se está decidiendo en Corfinio, «pero ¿qué guerra?», me pregunto una y otra vez, y las otras mujeres me evitan, son matronas y esposas, es indecoroso relacionarse con alguien como yo, incluso aquí, lejos de las basílicas y de las calles alrededor del Foro, llenas de chismes, incluso en un campamento en medio de la nada. Indecoroso, aunque sea el hombre más poderoso del mundo.

Los embajadores entran y salen por las puertas, quizás esta ciudad también quiera negociar la rendición. César envía mensajes a Domicio, tiene tres legiones completas, y con poco esfuerzo podría romper las murallas, escalar las torres y ocupar Corfinio, pero no quiere que se derrame sangre. Pompeyo y los corruptos que dijeron que no lo tendrían en cuenta y que todos volveremos a Roma: esa es la esperanza de César y, mientras tanto, es difícil contener a los caballeros de Nórico; para los hombres de las montañas lejanas la guerra es enfrentamiento, no diplomacia; están inquietos, se preguntan a qué han venido. Pero no son romanos.

Después de tres días inmóviles de asedio y negociaciones, sintiéndome como una bestia enjaulada; con el sol que se pone y se desvanece, salgo del campamento.

Los centinelas me detienen.

—¿Adónde crees que vas? Vuelve a entrar. —Intentan bloquearme, pero reacciono con desprecio; los trato muy mal, no estoy aquí para recibir órdenes.

—¡No te alejes! —me advierte uno de ellos.

—¡Y cuidado con los asaltos, que todo el mundo sabe quién eres! —grita el otro—. ¡Vuelve antes de que anochezca!

Podrían matarme, ¿y qué? Mi hijo y mi hermano Catón se alegrarían; «se lo merecía esa desvergonzada», dirían. Pero se decepcionarán porque no moriré; las malas, desde niñas, son capaces de todo y nunca mueren.

Llevo una linterna conmigo, contra la noche y la muerte. Camino impulsada por la rabia, envuelta en su capa negra, pero el aire frío que acaricia mi rostro suaviza el tumulto de mis rencores. Nadie que conozca parece estar intrigado por mi paso, mi capucha está bajada hasta las cejas y quizás me confunden con un varón.

Mientras subo con dificultad un pequeño acantilado y miro las murallas de Corfinio, observo la figura de un hombre que se mueve con rapidez, cubierto por una capa oscura; mira a su alrededor con frecuencia, veo su rostro y me parece reconocer a Marco Celio Rufo. Intento llamarlo, su presencia me reconforta; es el que me ha saludado nada más llegar al campamento, alegre y atrevido, y es el único que me habla aquí, pero aprieto los labios y retengo la voz en mi garganta. ¿Adónde va? ¿Y por qué es tan precavido? Me oculto entre los troncos de un pequeño robledal y le sigo con la mirada sin ser vista. De una estrecha y oculta grieta en las paredes sale otro hombre y se reúne con él. Cuando se encuentran frente a frente, ambos se descubren la cabeza. Sí, efectivamente es él, Marco Celio Rufo; está de espaldas, pero su pelo negro rizado es inconfundible. El joven se acerca sigilosamente y habla bien; César tenía razón: no se puede confiar en él; tendré que decírselo, no es la concubina del general, no puede salir del campamento envuelto en una capa, ¡no puede hacer lo que quiera! Pero ¿y el otro?

La niebla se ha disipado, una ráfaga de viento mueve su pelo hasta los hombros y los rayos oblicuos del atardecer iluminan su tez aceitunada: es Cneo, el hijo de Domicio Enobarbo, el único hijo que lucha al lado de su padre. Los dos jóvenes discuten, gesticulan sobresaltados, uno cubre las palabras del otro con las suyas; ahora gritan, pero no entiendo nada, el viento sopla, alzan más la voz. Marco lo empuja, Cneo vacila, pero pronto se recupera y se abalanza sobre él con un grito salvaje; llegan a las manos, luchan, ruedan por el suelo y levantan polvo como caballos salvajes. Cneo forcejea, consigue liberarse de las garras de Marco y corre inseguro, tropieza con sus pasos, se cae y se vuelve a levantar; Marco lo persigue, tropieza y se cae también, se gritan, son de la misma edad, quizás fueron amigos, quizás

71

en Roma se conocieron en el Foro y veían juntos a las jóvenes, quizás jugaron juntos de niños. Cneo se apoya en una roca entre los arbustos bajos y se cubre la cara con las manos, jadea, se dobla de rodillas y llora. Marco se acerca a él; le toca suavemente los hombros, que tiemblan por los sollozos; le habla, luego lo escucha largamente y ahora asiente, ahora sacude la cabeza; y cuando Cneo no tiene nada más que decir y su llanto se vuelve desesperado, también Marco le cubre el rostro y lo consuela, abrazándolo con fuerza contra sí como si fuera un niño, y el viento une y desdibuja sus rizos y su larga cabellera.

—Pequeñas desgracias en la gran tragedia que no se consuma. —Una repentina voz de mujer detrás de mí me sobresalta, pero inmediatamente me tranquiliza—. Yo tampoco soporto el aburrimiento del campamento. Te vi salir y te seguí, y los guardias no me detienen. No soy tan valiosa como tú. —Se trata de Fulvia, la esposa de Cayo Escribonio Curión, que llevó las sabias propuestas de César al Senado y volvió para informar de todos los noes, que ha tomado Gubio, que ahora preside el campamento al otro lado de las murallas, porque César confía en él, y que se casó con Fulvia diez meses después de la muerte de su primer marido. En el brillo rojizo del atardecer, sus ojos son oscuros y demasiado grandes.

Nunca hemos sido amigas; es descarada y arrogante, pero desde que sigo al ejército es la primera vez que una mujer me habla, y me alegro.

—Salve, Fulvia. Me has asustado. ¿Qué habrá pasado entre esos dos? ¿Los has reconocido? —pregunto señalando a los jóvenes, que parecen más angustiados que los demás.

—Por supuesto que los reconocí, Servilia. Así es la guerra civil, amistades rotas, familias divididas. Tú mejor que nadie sabes cómo es.

Descarada e inoportuna, incluso en una situación como esta.

—Son jóvenes, me entristece lo que he visto —exclamo.

—Soy más joven que ellos y ya he conocido la viudez. Como tú, por cierto: tu primer marido también murió a manos de enemigos, ya sabes lo que se siente.

72

Su marido Clodio fue asesinado; la había humillado con trai-
ciones infinitas y lujuria, incluso había amenazado a Pompeya, la
tercera esposa de César, y, sin embargo, Fulvia se desesperó durante
días, expuso el cadáver a la vista de todos, exigió que Roma sufriera
con ella y, durante el juicio, sus quejas fueron tan sonoras que Cicerón apenas pudo pronunciar la defensa de Milo, el presunto asesino, y perdió el caso.

Lo recordamos juntas y Fulvia todavía se alegra.

—Cicerón balbuceaba. Fue mi venganza. ¡Él, que detestaba a
Clodio como nadie! Cobarde, acude a las villas costeras para despre-
ciar la guerra y envía a una mujer a las nieves para intentar evitarla.

Los rumores corren tan rápido como el viento.

—¿De verdad crees que he venido para eso? —Me atraviesa con
sus inquietantes ojos negros, es hermosa y tiene un alma de hierro,
como un hombre. Me defiendo.

—Celio habla demasiado y fuera de lugar. Se golpea las manos y
luego llora. ¿Te lo ha dicho? Es amigo de tu marido, se lanzó a esta
guerra solo para seguirlo, al igual que tú, que sufres el frío y el aburrimiento no menos que yo. Y Curión siguió a César porque lo salvó
de las deudas. Todos carecemos de ideales y cada uno tiene sus propias razones para estar aquí, mejor no preguntarse si son correctas.

—Mi razón se llama marido, ¿no crees que es suficiente? —replica
con sarcasmo, y no puedo evitar hacer una mueca—. Ríe, Servilia,
tú más que nadie... Ríes porque Curión es cínico y disoluto, porque
su reputación es muy mala. Así es. Pero, por otra parte, se honra a sí
mismo en la guerra, y a mucha gente le gusta como orador, incluso a
César y, sobre todo, a tu amigo Cicerón: ¡esa habría sido una buena
razón para no casarse con él! —Y estalla en una sonora carcajada.

Le lanzo una mirada de indignación. Puede decir lo que quiera,
pero aquí soy la mujer del comandante, ante la que todos inclinan
la cabeza.

—Sin embargo —prosigue Fulvia—, el matrimonio con él tuvo
sus ventajas: tras la muerte de Clodio, justo el tiempo de luto y de
nuevo se encendieron las antorchas de la boda. Tú también te ríes

de Clodio, ¿verdad, Servilia? Te ríes de mí, que fui la esposa del más disoluto de los disolutos, el campeón de los perversos. Pero tal vez me gustaba, porque me casé con uno peor que el primero. Uno se acostumbra a los depravados y al final resulta imposible prescindir de ellos. Ya sabes lo que quiero decir, amiga mía.

Tengo el instinto de atacarla, pero ella es más rápida que mi ira y sigue vomitando provocaciones repugnantes.

—Y luego te ríes porque Curión no tiene ideales, porque hasta ayer era amigo de Pompeyo y ahora está aquí, luchando por el general que pagó sus deudas, por él como por muchos otros, porque los ideales se pueden vender y la lealtad se puede comprar; mi marido lascivo y corrupto y César magnánimo y sabio, tu César. Así es, en eso también tienes razón, no te faltan años ni experiencia, ¡lo sabes todo! ¿Pero sabes, mi Servilia, que César no solo compra la lealtad y no solo paga las deudas? Claro que lo sabes.

—Basta, deberías avergonzarte.

—No te enojes. Nuestros hombres son así. Pero te aseguro que tú eres la predilecta… —La voz de Fulvia se vuelve persuasiva, sonríe y se acerca a mí con pasos lentos, extiende un brazo y toma mi mano rígida por su costado—. Te lo aseguro, solo tú —repite con una dulzura que es enigma y lascivia y, con su otra mano me toca la cara, desliza sus ligeros dedos por mi cuello y los insinúa en mi pelo, la capucha cae sobre mis hombros y me mira fijamente, con su mirada desdeñosa a la luz del crepúsculo que el bosque tiñe de púrpura, acerca sus labios carnosos a mi oreja y envuelve mis rizos en su dedo índice; al igual que con él, su tierno juego que ahora maldigo, oigo el aliento húmedo de Fulvia que suena como el suyo, pero este está empapado de veneno, me susurra palabras como espinas—: Siempre te llama por tu nombre, ¿lo sabías? Servilia… Servilia… En la oscuridad, entre suspiros y jadeos, cada cuerpo que jadea en sus brazos eres tú, cada mujer, quizás incluso cada hombre…

—¡Basta! —grito con toda la fuerza que tengo. Me separo y la abofeteo, violentos temblores sacuden mi cuerpo y me doy cuenta de que estoy llorando.

Pero Fulvia permanece impasible, sus ojos turbios siguen fijos en mí y sus labios se doblan en una sonrisa burlona.

Recorro el camino de vuelta con la linterna encendida, atravesando la aterradora oscuridad con pasos rápidos. Tras una curva pronunciada cuesta abajo, veo la luz de muchas antorchas y algunas cohortes alineadas; las cuento, son cinco, con las insignias de la XIII legión, los soldados entonan cantos orgullosos y festivos

—*¡Rugit leo! ¡Rugit leo! ¡Rugit leo!* —Y levantan los puños. Tal vez tomaron otra ciudad.

Me acerco, frente a los centuriones de la primera línea; Marco Antonio empuja a un hombre hacia César, vestido con la capa roja que cae a plomo desde los hombros hasta los tobillos en pliegues perfectos, parece una estatua. El hombre inclina la cabeza, César le habla y le pone la mano derecha sobre el brazo. El hombre se arrodilla a los pies de César y este le hace una señal para que se levante, se da la vuelta y camina escoltado por cuatro guardias hacia su retiro.

Vuelvo también a mi tienda, agotada y abatida por la amargura, y en mi cama encuentro un mensaje escrito por él:

La ciudad de Sulmona se ha rendido a Marco Antonio, y Azzio Peligno, que la defendía, se entregó a mí. Lo dejé libre, sin infligirle ningún castigo. Mañana, al amanecer, irás al robledal donde hoy has hablado con Fulvia. Allí encontrarás un caballo y esperarás. Que los dioses te concedan el sueño, y que la noche te dé descanso y dulces pensamientos.

Me vigila, sabe todo de mí y me deja sola, nombra a la mujer que me ofendió, ¿sabe siquiera lo que me dijo? Lo odio, me da órdenes porque soy un soldado devoto, porque soy suya y me ha arruinado la vida.

Obedeceré.

Me duermo con su mensaje apretado entre las manos y el pecho.

VII

Utebatur autem equo insigni, pedibus prope humani, [...]
quem natum apud se, cum haruspices imperium orbis
terrae significare domino pronuntiasset, magna cura aluit.

Tenía un caballo excepcional, con patas casi humanas.
[...] Nació en su casa. Los arúspices habían predicho
la dominación del mundo para su amo, y lo crio con
todo cuidado.

SUETONIO, *Divus Julius*

Lo reconozco a la luz lechosa del amanecer, envuelto en un manto
que se confunde con la corteza de los troncos. Tiene la cabeza cubierta y sujeta a su caballo por la brida; el otro, con un pelaje más
claro, está atado a un árbol a poca distancia.

Una mujer de mi condición no puede montar, pero me gusta,
y siempre lo he hecho a escondidas con él, como tantas otras cosas
prohibidas. Cuando éramos jóvenes y felices.

*

Más allá del Tíber, lo suficientemente lejos de la Vía Aurelia como
para no ser vistos, pero no demasiado como para evitar el difícil terreno de los pantanos que infestaban tramos de campo, había un
bosque de pinos. El lugar de nuestras reuniones secretas.

La primera vez estaba muy nerviosa, a mi gorda y glotona doncella le bastaban unos cuantos dulces para montar cualquier tipo de
espectáculo, pero tenía miedo de mis tíos y de su enfado si se ente-
raban de dónde estaba y, sobre todo, con quién.

Apenas llegué, César se percató de mi presencia. Dejó libres a los
dos caballos que había traído para que pastaran, me rodeó con sus

brazos y levantó los ojos hacia el follaje de los árboles, invitándome también a mirar el cielo de la mañana que brillaba entre las ramas y las gruesas agujas. Entonces comenzó a contarme:

—Son los árboles consagrados a Cibeles, la Gran Madre que dio vida a todo, que no se sometió a nadie, ni a dioses ni a hombres, y no tuvo miedo de nada. Pero era celosa. Su amante era Atis, nacido de ella, y cuando el apuesto joven la traicionó por el amor de una ninfa, la Gran Madre le infundió el veneno de la locura, por lo que Atis se emasculó y se arrojó por un acantilado. Pero ninguna madre quiere ver morir a su hijo. Mientras caía, lo agarró de los cabellos, que la mano de la diosa transformó en verde follaje, el cuerpo se convirtió en un tronco y los pies tocaron el suelo y fueron fuertes raíces. Cada pino que ves es Atis, es la Gran Madre Cibeles, es la vida venciendo a la muerte. ¡Toca! —Y guio mi mano, pude sentir en el dorso su cálida piel, sus dedos que me apretaban y, en la palma, la áspera madera—. Lo aguanta todo y nos sobrevivirá. No tengo miedo de nada, y tú tampoco has de tenerlo cuando estás conmigo.

Ese día me enseñó a cabalgar.

Fue una época despreocupada y feliz, desde la primavera hasta las primeras lluvias del otoño nos reuníamos a menudo en la arboleda, y mis tíos se acostumbraron a mis largas ausencias: a veces volvía al atardecer y ni siquiera me preguntaban adónde había ido. Yo no era su hija y ya era mayor, así que ¿por qué iban a preocuparse por mí? Disfruté y sufrí de la libertad que me dio su descuido.

En los espacios interminables y desiertos de la llanura, trotábamos lentamente bajo el primer sol cálido, en el calor del verano buscábamos la sombra o galopábamos hacia las orillas del río y seguíamos la corriente. Me divertía, aprendí a establecer la armonía con el caballo, lo gobernaba y me respondía; me conmovió su obediencia.

César era increíblemente hábil a lomos de su animal. Lo llamaba Asterión porque su raza provenía de las tierras asturianas, y era casi humano, era la parte inferior de su cuerpo, era una parte de su mente que interpretaba sus pensamientos y los convertía en movimiento: correr, encabritarse, relinchar. Leonado, fornido, con pezuñas que parecían pies humanos y buenos ojos, había nacido en su casa y habían crecido juntos, exclusivos el uno del otro: para César ningún otro caballo, para Asterión ningún otro hombre. A veces lo lanzaba al galope salvaje y gritaba con todo el aliento de sus pulmones: «¡Juntos conquistaremos el mundo!», y el grito de alegría resonaba en aquella inmensidad sin horizonte. César tiraba de las riendas y lo hacía encabritarse, yo reía y Asterión relinchaba, como si lo entendiera o lo supiera.

Exploramos lugares desconocidos para mí, le gustaba sorprenderme.

Una vez nos encontramos temprano por la mañana y me animó a cabalgar más rápido de lo habitual.

—¿Adónde vamos? —le pregunté, pero fingió no oírme y no respondió.

Tras atravesar bosques y ciénegas, más allá de una pequeña elevación en dirección a la costa, aparecieron espejos de plata entre la tierra y el mar. En el interior de las cuencas, delimitadas por muros bajos, el agua brillaba bajo el sol, ahora alto, pero no era solo agua. Aquí y allá, manchas sólidas de agua brillaban como fragmentos de cristal; parecía nieve, me habían dicho que era deslumbrantemente blanca, pero nunca la había visto. Algunos hombres con grandes sombreros recogían el material con palas y hacían montones, otros llenaban sacos y los cargaban en carros.

—Aquí es donde se produce la sal. —Comenzó a explicar, complacido por mi asombro—. Es el agua del mar que sube al cielo, cristalizada por el calor del sol, y nos deja a la tierra y a nosotros su preciosa sustancia. Los carros que ves llegar al Foro y los comerciantes que la venden en las tiendas provienen de aquí.

Todavía no había cumplido los catorce años cuando cabalgamos juntos por última vez en una época que hoy no sé si fue real. Pocos días después me convertiría en la esposa de Marco Junio Bruto, no en la suya. Ya no era verano y aún no era otoño.

Hubo pocas palabras entre nosotros y aún menos sonrisas.

César azuzó al caballo, espoleando sus flancos con violencia; corrió como nunca lo había visto y me costó seguirle el paso, solo con mucha dificultad logré reducir la distancia; el viento soplaba con fuerza y pude ver los bordes de su ropaje extendidos como alas, mientras la crin y la cola de Asterión se agitaban en desorden. No se detuvo y lo perseguí, sentí el cansancio del caballo y el mío propio, él estaba lejos y yo sola, temía no resistir. Lo perdí de vista y me sentí desesperada. Seguí presionando al animal, no tenía otra opción, hasta que me di cuenta de que el suelo y la hierba se volvían polvorientos y luego blandos, y me encontré en la cima de una duna de arena entre plantas y arbustos de aroma salado y acre. César estaba de pie en la playa junto a Asterión, ambos miraban al mar.

Volvimos al bosque cuando la tarde avanzaba y el sol del oeste despedía rayos oblicuos y dorados. Estaba agotada, me dejé caer en el suelo apoyada en el tronco de un esbelto pino, miré el follaje y me sentí mareada. Me encontré con la cabeza apoyada en su hombro, él estaba sentado a mi lado y me tomaba de la mano. Nos miramos, mi visión era borrosa y, sobre mi rostro, su aliento susurraba palabras.

—Cabellos de atardecer, ojos de mar y hierba, piel de leche. —Me tocó las mejillas con la punta de los dedos y me sentí como materia del mundo y arco iris—. Me pregunto en qué estarás pensando, mi exhausta y melancólica amazona.

Apretó más mi mano, y con la otra descendió lentamente por mi cuello, dudó entre mis hombros y mi garganta, y luego la deslizó bajo la tela que cubría mi pecho.

El viento con olor a sal alimentó mi fuego. Contuve la respiración y sentí mi corazón galopar, temblando como una brizna, y mi cuerpo líquido. Con los ojos cerrados, me embriagué con esas caricias ocultas e instintivamente llevé su otra mano, que aún me sostenía, hacia mi regazo. La estola crujía y se arrugaba en una maraña de pliegues, me abrumaba un anhelo desconocido, me dolía, pero lo deseaba con todos mis miembros, con toda mi alma.

César fue presa de un ímpetu y me besó, pero solo por un instante y, de nuevo, llegó hasta mí su aliento y su susurro:

—Ahora no, ahora no —repitió—. El hombre que será tu marido tendrá que hacerlo primero.

No estaba segura de lo que me haría mi marido, pero, fuera lo que fuera, lo quería allí, en ese momento y de él, de Cayo Julio César, mientras el sol bajo en el horizonte teñía de rojo las murallas de Roma.

*

—Gracias por venir. Hace frío, lo sé.

La voz de César es suave pero firme, y me arranca de un recuerdo feliz y perdido. Ese muchacho ya no existe, solo vive entre mis recuerdos. Miro a Asterión y sus ojos, siempre iguales, siempre buenos, cuántos años han pasado... y luego al caballo destinado a mí. Lleva un arnés ligero y tachones metálicos adornan su cuello en las correas de cuero.

César me ayuda a montar y hace lo mismo.

—¿Adónde vamos? —le pregunto.

Hoy no hay sorpresas para mí.

—Al santuario de Hércules. No está lejos, sígueme a distancia. Cuando estemos fuera de la vista de los campamentos y las murallas, podremos acercarnos.

Y, sin más, incita al animal.

En el fondo del valle, el viento me corta la cara y las manos y, cuando el camino se curva hacia arriba, César se detiene y me espera. Avanzamos en fila, él delante y yo inmediatamente detrás, y el sendero lleno de curvas cerradas y piedras se hace cada vez más estrecho, flanqueado por densos bosques de robles, encinas y abetos bajos y aquí y allá, salpicado de nieve fresca que forma placas de hielo en los tramos más sombríos.

—Ten cuidado —me advierte—. Esta resbaloso.

Pero el caballo está bien domado y tiene buen carácter, lo manejo con facilidad. Me pregunto cómo se llamará. El mío se llamaba Albio, porque era blanco. Las ramas invaden el camino y a menudo tenemos que apartarlas con las manos para no rasguñarnos. No nos encontramos con nadie: en esta época y en un día tan frío los peregrinos son pocos.

Tras el último recodo, el santuario se alza grandioso e imponente contra la montaña, con amplias terrazas que miran hacia el valle y con las colinas enfrente. La cumbre vertical se eleva hasta donde alcanza la vista, se cierne sobre nosotros, y las nubes empujadas por el viento en dirección contraria me provocan un breve vértigo, incluso hoy y aquí, pero César ni siquiera lo nota.

Dejamos los caballos y subimos hacia el templo. La ruta está marcada por el agua, que fluye desde un manantial en la parte alta y alimenta cuencas y fuentes. César se detiene a menudo y medita, se moja las manos y bebe pequeños sorbos, realiza los ritos de purificación. Yo no; no he violado el río sagrado con hombres armados, no he emprendido una guerra, no necesito infundir en mí la fuerza del más poderoso de los dioses y, sobre todo, tengo frío.

*

Siempre honró a los dioses y se sintió fascinado por ellos, impulsado por el deseo de penetrar en el misterio de su omnipotencia y eternidad. Cuando aún era muy joven fue elegido *flamen dialis*,[4] sacerdote del supremo Júpiter. Solo tenía diecisiete años y, ese mismo día, me dijo:

—¿Y si me convierto en un dios? ¿Y si tuviera mi propio *flamen*?

Alzó los ojos al cielo y al sol sin que le cegaran; me pareció un ser prodigioso, más que un hombre, y me dio miedo. Con los años he llegado a comprender que sus visiones pueden hacerse realidad.

Sin embargo, siempre despreció las profecías:

—Los dioses no hablan. —Le gustaba repetir—. Susurran al corazón secretos que ninguna palabra humana puede revelar.

---

[4] El *flamen dialis* era el sacerdote de Júpiter. (N. de la T.).

Se burlaba de los creyentes, los llevaba a la muerte, como a los germanos de Ariovisto, que invadieron la Galia ya subyugada por Roma y confiaban en las sacerdotisas, criaturas silvestres que habitan los bosques y las cuevas, vigilan los ríos embravecidos, escuchan el borboteo de las corrientes y pronuncian oráculos: no vencerían antes de la luna nueva. Así lo dijeron, y los germanos permanecieron a la espera, observando los caminos de las estrellas y el ciclo de la Luna en la noche. ¿Qué mejor ocasión que su inercia? De repente, y sin perder tiempo, César asaltó los refugios y colinas donde estaban acampados y los condujo a la batalla, mientras sus mujeres intentaban retenerlos y les rogaban que no se dejaran esclavizar por los romanos. Los combatientes de ambos bandos parecían enfurecidos, y luchaban con tal rapidez e impetuosidad que no tenían tiempo de lanzar sus dardos; luchaban cuerpo a cuerpo, y cuando los germanos conseguían reunir sus filas y colocar los escudos sobre sus cabezas como si formaran un techo, los legionarios saltaban sobre ellos y se los arrancaban de las manos, y desde lo alto asestaban violentos golpes y atravesaban a sus enemigos en el cráneo, la garganta y la espalda. Cientos cayeron, y el resto buscó seguridad en la huida; César los persiguió durante muchas millas hasta las orillas del Rin, y la llanura quedó sembrada de cadáveres. Ariovisto logró vadear el río y regresó a su territorio, pero sus esposas e hijas perdieron la vida. El oráculo de las sacerdotisas que escuchan las aguas provocó ochenta mil muertes.

*

Aquí, las masacres del pasado ya no asustan y el agua de Hércules lava la sangre y el horror, incluso el que está por venir.

En las terrazas, los mercaderes ateridos de frío exhiben estatuillas y objetos votivos de madera, terracota o metal, chucherías mal hechas por unos pocos ases, y cerca de las dependencias de los sacerdotes se acerca un tullido que camina con dificultad apoyándose en un bastón: está ciego de un ojo, vestido con harapos y estira la mano en busca de limosna. Un vendedor le grita que se vaya, temiendo que moleste a los posibles compradores, pero César se acerca a él y le entrega una bolsa llena de monedas. El pobre infeliz, incrédulo, sopesa el inesperado regalo, mientras nosotros subimos el último tramo al nivel más alto, donde se encuentra el templo.

Frente al pórtico comprendo que quiere permanecer solo, y me aparto.

De nuevo se lava las manos en una fuente y entra en el *sacellum*.[5] Los colores de las paredes son brillantes y César observa la gran cantidad de ofrendas de los peregrinos apiladas en el donario. Cuando llega al centro de la pequeña estancia, mira el suelo de mosaico: una armoniosa geometría roja y blanca sobre un fondo oscuro parece enviar rayos que se superponen en todas las direcciones, como los pétalos de una flor y, a su alrededor, en cornisas más amplias, altas olas curvadas, murallas y torres almenadas y, finalmente, una grácil danza de delfines, capaces de conocer las profundidades del mar, conquistar el aire y llegar al cielo. Pero, de pronto, César se detiene ante una estatuilla colocada en un rincón sobre una columna baja, embelesado por la perfección y la belleza convertida en materia de bronce.

En este instante, un sacerdote llega apresurado; tal vez alguien lo ha reconocido, o han llegado noticias de que Cayo Julio César ha subido al templo. Pasa delante de mí como si no estuviera allí y llega hasta él, quedándose un paso por detrás.

—Es un objeto antiguo y precioso —dice, y César se gira sin ocultar su molestia por esta repentina presencia, pero el sacerdote no entiende y continúa—: Fue donado por un rico comerciante de estos lares. Hércules ha hecho próspero su oficio y ha querido agradecérselo al dios de la forma más espléndida. —Hace una larga pausa, ambos se sumergen en la contemplación; luego retoma la explicación—. Ha cumplido su primera tarea, ha matado al león que aterrorizaba al pueblo de Nemea y está descansando. Muestra la piel del león que cuelga del garrote, el rostro del dios cubierto de barba,

[5] *Sacellum:* pequeña capilla consagrada a una divinidad. (N. de la T.).

reclinado y pensativo, su cuerpo todo musculoso, con el brazo cansado apoyado en el mismo garrote, su desnudez, completa y sublime.

César no dice ni una sola palabra, pero deja una ofrenda tan generosa que provoca el agradecimiento excesivo del sacerdote que, finalmente, se va, y nos deja solos. Las luces del *sacellum* iluminan con tonos cálidos los muros, y la pequeña estatua desprende suaves reflejos dorados. César tiene los labios apretados y un rostro turbado por quién sabe qué pensamientos; entrecierra los ojos y una lágrima cae por su mejilla.

En el campamento me invita a entrar en su tienda y despide a los guardias. El perro corre hacia él, mueve la cola y se estira sobre sus patas traseras para recibir sus caricias. Yo también lo acaricio y me lame las manos, es un animalito cariñoso.

—Hay un poco de pan de hierbas, también higos secos, si quieres. Yo no tengo hambre. —Me tiende un plato.

Tampoco me apetece comer, y las viandas se quedan sin tocar en la mesa mientras nos calentamos junto al brasero.

—Corfinio caerá muy pronto —exclama de repente, tras un silencio que había durado casi todo el día—, y Domicio Enobarbo está perdido.

—Como todas las demás ciudades —intervengo, sin entender el porqué de su melancolía.

—Cuando se enteró de las fuerzas de que disponemos, Domicio pidió ayuda a Pompeyo. Habría derrotado a nuestro ejército; si tan solo el gran general le hubiera enviado refuerzos; estaba convencido y seguro de que Pompeyo habría intervenido con muchos soldados. Yo también lo pensé: necesitábamos sus legiones aquí, no en Apulia, para defender a Roma del monstruo, ¡de mí! En cambio, Pompeyo el Grande dijo que no. Precisamente él, que por resolución del Senado tiene el deber de destruirme. Domicio está preparando en secreto su huida, pero no lo conseguirá, la sospecha se extiende entre sus hombres.

—¿Te lo ha dicho Marco Celio? Lo vi reunirse en secreto con el hijo de Domicio, lloraban juntos.

—Tengo informantes más experimentados y de confianza que ese muchacho. —Saca un pergamino de la caja cerrada y me lo entrega—. Es la respuesta de Pompeyo a las peticiones de ayuda.

Leo y no doy crédito a mis ojos: es la respuesta de un cobarde.

—¿Qué piensas hacer?

—Podría entrar en Corfinio y tomarla por la fuerza esta misma noche. Pero no será así, porque seré un vencedor que no necesita derramar sangre. Hércules estaba triste y siempre lo estaría, no luchaba por la victoria, sino para expiar una culpa, pues en su locura había matado a sus hijos que eran su sangre. La fuerza de su brazo no curaría las heridas de su corazón. No seré Hércules. Venceré, pero de los romanos quiero la felicidad y el dominio del mundo, no su sangre, que es igual a la mía.

—Entonces, ¿no vas a invadir Corfinio? —pregunto.

—No lo haré, y hasta el último atisbo de esperanza intentaré negociar la paz con Pompeyo. Ahora más que nunca sería útil que tu amigo Cicerón interviniera o permaneciera neutral. Me llegan noticias de su desprecio por Pompeyo, de su desánimo ante la situación que han provocado los suyos. No me engaño al pensar que un hombre tan sabio como tu hijo se pondría de mi parte, pero ¿Cicerón? Ningún odio personal hacia mí le ciega tanto como para dejar que Roma caiga en otra ruina.

Me gustaría responderle que yo soy Hércules, y que cada día lucho con los fantasmas de toda una vida, que mi culpa nunca se ha expiado desde que era poco más que una pequeña; me gustaría explicarle lo insoportable que es el castigo que me inflige mi hijo, cuyo honor manché incluso antes de que naciera, pero eso ya lo sabe.

Es de noche, está cansado e inquieto, se quita el calzado y se desviste.

—¿Dormirás conmigo esta noche? —me pregunta, y yo también estoy cansada e inquieta. En la oscuridad, insinúa sus dedos en mi cabello y juega con los rizos.

—¿Sabes lo que me dijo Fulvia en la robleda? —le susurro mientras me abraza.

No contesta, me aprieta más fuerte y me acaricia los brazos y la espalda hasta las caderas, busca mis labios y los abre con los suyos, respiro el olor de su piel y lucho por resistir al abandono, por no perderme.

Pero de repente César salta. Me suelto de su abrazo y vuelvo a abrir los ojos: en la oscuridad, más allá de la tienda, se extiende el rojo de las antorchas y un tumulto de voces y pasos sacude el campamento.

VIII

«Vive, licet nolis, et nostro munere» dixit «cerne diem.
Victis iam spes bona partibus esto exemplumque mei».

«Vive», dijo, «aunque no quieras, y sigue mirando la
luz, es mi don. Serás una buena esperanza para los
vencidos y un ejemplo de mi benevolencia».

Lucano, *Bellum civile*

Los legados de la legión intercambian emocionadas palabras con
César en el umbral de la tienda y señalan los muros de Corfinio.

Vuelve a entrar, se recompone rápidamente y, mientras se pone
la capa, me anuncia:

—Ya está. Léntulo Espínter ha pedido reunirse conmigo. Antes
de que amanezca, Corfinio también será nuestra.

En un espacio abierto entre el campamento y las murallas de la
ciudad, se sitúan uno frente al otro. Léntulo es escoltado por los
guardias que lo han conducido fuera de la ciudad sin dejarlo un instante, por temor a que intentase escapar, y junto a César están los
tribunos y algunos centuriones; un numeroso grupo de soldados se
coloca en círculo y enciende sus antorchas. El viento ha amainado,
pero la noche es fría.

Publio Cornelio Léntulo Espínter es el fiel amigo de Cicerón,
el ejecutor de sus planes; ha conocido las soleadas tierras de España y Cilicia en el fin del mundo y las ha gobernado, en las arenas
de Egipto ha restituido al faraón a su legítimo trono, siguiendo el
camino de la paz y sin ejércitos, como quería Cicerón y como le

gustaba también a la vieja Sibila, que se lo hizo saber a todo el pueblo romano, imposible escaparse; fue pontífice y cónsul a instancias de César, y hace solo dos años celebró su triunfo. Pero esta noche suplica que lo perdonen y le salven la vida, se envuelve en su capa y tiembla de frío.

César lo escucha con el mentón tenso y los ojos semicerrados; asiente porque es cierto lo que recuerda Léntulo, los beneficios que ha recibido, el apoyo a su carrera, pero le interrumpe con un gesto brusco de la mano cuando dice que dentro de los muros de la asediada Corfinio todos tienen miedo de Cayo Julio César y que, algunos, a estas alturas desesperados, están pensando en suicidarse. Da unos pasos hacia él, un soldado lo sigue y le acerca la luz al rostro. Léntulo parece estar rebasado por una turbación que sobrepasa la vergüenza, quién sabe lo que vio en el halo de la llama.

—Quizás a estas alturas alguien ya lo haya hecho —murmura.

—¡Miedo de mí! —comienza César—. ¡Hasta el punto de matarse! Abandoné la Galia y entré en Italia con una sola legión para restituir a los magistrados en sus puestos, para devolver la dignidad a los tribunos de la plebe y al pueblo romano, porque yo mismo he sufrido gravísimos ultrajes, y para defender a Roma de un puñado de corruptos que están preparando la ruina de todos desde el Senado. ¿Tienen miedo de mí? Las ciudades de Italia abrieron sus puertas a nuestro paso, enviaron embajadores, regalos y suministros, y me recibieron con honores. Ninguno blandió las armas, ninguno cayó en el campo. Persigo a Pompeyo para negociar una paz justa, pero huye, ha dejado a Roma a su suerte, y pronto dejará también Italia. Y ustedes, en cambio, me temen.

Léntulo inclinó la cabeza.

—César…

De nuevo, un gesto de la mano le detiene.

—Ahora, ve y dile a todo el mundo que no tenga miedo. Cayo Julio César solo quiere el bien de cada ciudadano romano.

Léntulo intenta darle las gracias y está a punto de tomarle las manos, pero César se da la vuelta y se dirige al campamento.

Del cielo caen ligeros copos de nieve.

En la tienda, esperando a que volviera, mantuve las brasas vivas.

Sufre el frío, pero disimula: estira cada fibra de su cuerpo más allá del límite de las posibilidades humanas para controlar los escalofríos que le sacuden. Pero no es un hombre como los demás, nadie debe verlo temblar. No me habla, pero está satisfecho, puedo verlo. Se sienta en la mesa de trabajo, traza marcas en el mapa, hace cálculos, pasa los ojos de un punto a otro, se toca la frente con una mano, pensativo, mientras con la otra mueve el cálamo.

—Ganamos sin luchar —declara.

Entiendo lo que pasó fuera de la tienda sin que tenga que decírmelo.

—Pompeyo tratará de navegar hacia el Este en cuanto pueda; debo impedirlo. Mañana acamparemos y partiremos de inmediato hacia Bríndisi, esperando llegar a tiempo.

—Ven a descansar, por lo poco que resta de la noche —lo animo.

—No. He ordenado a Domicio Enobarbo que se presente con su gente ante mí con las primeras luces, y el amanecer está cerca. Pero tú duerme.

Por un instante se vuelve para mirarme, sonriendo.

—¿Qué le harás? —le pregunto llena de angustia, y pienso en su hijo corriendo desesperado y llorando.

—Nada.

Antes del amanecer, César sale escoltado por sus guardias y acompañado por los tribunos, legados y centuriones de primera línea de la legión, y muchos soldados se unen a la pequeña multitud. Lleva una capa roja sujeta al hombro por una llamativa fíbula de bronce dorado, cuya forma curvada evoca el aspecto de un caballo, y a cada paso muestra sus zapatos de cuero oscuro, sujetos por robustos cordones por encima de los tobillos y, al abrirse las solapas de su capa, su espada colgando de la balda. Se sitúa a una distancia intermedia entre el campamento y las murallas de Corfinio, en la puerta norte de la ciudad, ordena a sus hombres que se detengan y se mantiene a la espera.

La nieve cae espesa y el viento que anuncia el amanecer la mueve en pequeños torbellinos que blanquean la oscuridad. La impaciencia es incontenible, al igual que la preocupación; nadie ha dormido, los centinelas han cambiado su turno de guardia, durante toda la noche se han mantenido en sus puestos, y las cohortes están listas para intervenir si es necesario. Los ojos de César y de los soldados se esfuerzan por penetrar la cortina de nieve y oscuridad; ni una voz humana, incluso las respiraciones parecen callar, el silencio solo se rompe con los cantos de los pájaros.

Pero, en el momento en que se vislumbra una delgadísima línea de color bermellón hacia el este en una grieta entre las nubes, se oye un ruido de pasos y un resplandor de antorchas. Lucio Domicio Enobarbo emerge de la noche.

Se miran fijamente, cada uno soportando con orgullo la mirada del otro.

Un paso detrás de él aparece su hijo, seguido por Léntulo Espínter y los demás senadores, también con sus hijos, y luego los tribunos y los caballeros romanos y, finalmente, los decuriones llegados de los municipios vecinos. Todos, excepto Domicio y su hijo, agachan la cabeza y se abrigan con sus capas para protegerse de la escarcha y la vergüenza, mientras la nieve se posa sobre sus hombros, al calor de las antorchas se derrite y en los remolinos de humo, sin convertirse en agua, se eleva al cielo.

Entre los soldados de César hay murmullos y gritos, se agitan como el mar antes de la tormenta; la luz, aún incierta y aprisionada en el manto de nubes, alienta el insulto.

—¡Canallas!

—¡Cobardes!

—¡Domicio! ¿Has dormido bien?

Había corrido la noticia de que Lucio Domicio Enobarbo, temiendo la muerte, había pedido a su médico un veneno más rápido que el de César. Pero el médico solo le dio un somnífero.

César se vuelve indignado y pide silencio.

—¡Callen! —Luego lanza a los suyos una mirada llena de rencor—: Quien les falta al respeto, me ofende.

Domicio Enobarbo parece una estatua, con el cansancio, la amargura y la decepción grabados en sus arrugas. Su hijo, en cambio, vibra de resentimiento, y de su desordenado pelo negro cuelgan copos de nieve sobre sus mejillas.

—Esperaba que lo entendieras, Domicio, y que me lo agradecieras.

Padre e hijo permanecen impasibles ante las palabras de César.

—Me has sucedido en el gobierno de la Galia Comata; sabes quién soy, no deberías tenerme miedo, y a tus hombres deberías haberles dado un buen ejemplo.

El muchacho se pone rígido de ira y aprieta los puños en los pliegues de su capa. Domicio lo aferra por el brazo.

—Te pusiste del lado de Pompeyo —continúa César—, intentaste demoler el puente sobre el río, ocupaste la gloriosa Corfinio y me cerraste las puertas a mí y a mis legionarios. Sabes que persigo a Pompeyo para negociar la paz. Pero Pompeyo huye, te ha abandonado y traicionado. —Calla durante un largo instante, callan también las aves de la noche, que ahora se convierte en lechosa luz del día—. Sin embargo —prosigue—, no es mi intención perjudicar a ningún ciudadano romano, ni siquiera a aquellos que, como tú, han cometido errores imperdonables. Eres libre, Domicio; todos son libres. Pero que los legionarios me sean fieles desde hoy y para el futuro, ¡júralo en nombre del pueblo romano!

Desde la opalescencia de la nieve que sigue cayendo se oye un rugido. Las cohortes que obedecían a Domicio, que habían salido de Corfinio, gritan el nombre de César, y a su grito se unen las voces festivas de los nuestros, unos y otros golpeando sus escudos y levantando los puños.

Los magistrados de la ciudad se adelantan y entregan a César un pesado cofre de monedas de plata: seis millones de sestercios, que

Pompeyo sacó de las arcas del Estado y envió a Domicio para los salarios del ejército.

César levanta los brazos y, cuando se hace el silencio, ordena que se lo devuelvan a Lucio Domicio Enobarbo. Los soldados claman, asombrados, y temen por su paga.

—Los hombres que han luchado conmigo más allá de los Alpes conocen mi prodigalidad —aclara—. El valor, la prontitud y la virtud nunca carecerán de recompensa, y a todas las hazañas se añadirá el premio supremo de la memoria y la gloria. Esta enorme cantidad de monedas pertenece al pueblo de Roma. Tú, Domicio, las has recibido injustamente, y es tu deber devolverlas si eres un magistrado, un ciudadano y un hombre honesto. Les he perdonado la vida y no quiero un solo as; el dinero no vale más para mí que el honor.

Alza los brazos en señal de despedida, los soldados gritan su nombre y golpean sus escudos, los senadores y caballeros inclinan la cabeza, esta vez también Domicio y su hijo, infeliz y furioso por el innoble destino de su padre, mientras el manto púrpura que desciende de sus hombros es un presagio de sangre en el blanco de la nieve.

Veo a los soldados volver, animando y cumpliendo las órdenes de su comandante, levantando el campamento.

En cuanto se entere de la caída de Corfinio, Pompeyo apresurará las operaciones de embarque, quiere cruzar el Adriático y llevar sus legiones a Oriente lo antes posible. Solo el invierno, el fuerte viento y el mar agitado pueden retrasar la partida. Por esta razón, me dice César, debemos partir de inmediato hacia Bríndisi. Pero primero quiere entrar en la ciudad que ha asediado durante siete días. Confía las legiones a Curión y me invita a seguirle.

Con un carro ligero que conduce él mismo, nos dirigimos al río. La nevada ha dejado la llanura blanca y perfecta, los caballos hunden sus cascos en el suelo blando y su trote es lento; las ruedas dejan surcos que son la única señal de paso, junto con las raras huellas de animales.

A pocos pasos de la orilla, cerca del puente que Domicio había intentado en vano cortar, César recorre la distancia que nos separaba del agua. Corren fuertes torrentes y la corriente es impetuosa.

Murmura oraciones al dios del río en una lengua antigua e incomprensible, sonidos modulados por el viento como un canto de lamentos; luego se arrodilla, el agua y el barro de la riba le mojan los pies y la capa; se echa el paño sobre el brazo y sumerge un ámpula hasta llenarla. Me la entrega y espolea a los caballos hacia la puerta de Corfinio.

La sostengo con fuerza en mis manos, está fría y tiemblo, respirando con dificultad.

Más allá de la puerta, la calle principal está desierta. Domicio Enobarbo ya se ha marchado con todo su séquito, dejando a los habitantes de Corfinio vulnerables tras duros días de penurias. Unos pocos deambulan cerca de los baños y las únicas tiendas abiertas son las más cercanas al Foro, pero todo escasea, incluso los patronos. Aquí y allá, frente a las salidas, unos braseros descascarados desprenden humo y un poco de calor, y un transeúnte solitario con una capa negra que le cubre de pies a cabeza se detiene unos instantes para calentarse, luego reanuda su marcha y desaparece en un callejón, pisando basura que es comida para perros.

No hay un alma en el templo, el viento silba entre las columnas y extingue los fuegos sagrados. Está dedicado a Júpiter, aquí todavía lo llaman Júpiter Vérsor. El Júpiter que vino a los pelignos que habitaban estas tierras desde quién sabe dónde, quién sabe cuándo, antes de que llegara Roma; Júpiter que hace girar a los ejércitos.

¿Y si este fuera el camino correcto para la paz? ¿Y si el gran misterio se revela aquí mismo, hoy, susurrado en la nieve?

César se dirige al altar.

Me castañean los dientes.

César ofrece el ámpula al dios.

Quiero ir a casa.

César liba el agua de un río, el agua que siempre es la misma, incluso el río, el inviolable y maldito.

César quiere la paz y hace la guerra.

Lo odio.

César quiere a Roma y me quiere a mí, desde siempre. Roma y yo somos lo mismo. Estamos solas, tenemos frío.

Desde el templo, decenas de cuervos graznan y emprenden el vuelo.

Al día siguiente, César conduce al ejército de regreso a Bríndisi. Y yo estoy con él.

IX

Sed hoc τέρας horribili vigilantia, celeritate, diligentia est.
Plane quid futurum sit nescio.

Pero este prodigio viviente asusta por su astucia, rapidez
y perspicacia. Lo que pasará, realmente no lo sé.

CICERÓN, *Epistulae ad Atticum*, 25 de febrero de 49 a. C.

Nieva. Viajamos hacia el sur en un carro cubierto, los caballos son
ágiles y, por el frío, emiten vaho que se desliza sobre su pelaje leonado dejando una especie de manto de niebla. Pronto nos reunire-
mos con el ejército.

César está entusiasmado y parlanchín; ni siquiera parece sentir
el frío, insoportable para mí. Repasa los acontecimientos de Corfinio, la noche de la rendición, y se congratula de haber perdonado
a todos y de haberlos dejado libres, ahorrándose el castigo y recha-
zando el dinero.

—Ninguna virtud de combate —explica— habría valido tanto
como mi benevolencia. Todos esperaban de mí una carnicería, y el
miedo sembrado por doquier con crueldad. En Roma no hicieron
más que temer, hasta el punto de huir lejos: vieron mi espectro convirtiendo las calles en ríos de sangre, cabezas de conciudadanos cortadas por los gladiadores, y me vieron a mí disfrutando de la matanza.

Se ríe de su visión enferma de soberbia.

—¿Puedes imaginarme así? El monstruo que devora la ciudad.

—Y hace una mueca horrible, aprieta los dientes y extiende los brazos, como cuando quieres asustar a un niño por diversión.

Pero no me hace gracia. Vuelve a ponerse serio.

—Cuando se enteraron de la negativa de Pompeyo de acudir en ayuda de Domicio Enobarbo, todos lloraban ya la muerte de Corfinio. El propio Cicerón lloró más que los demás, maldiciéndome y culpando a Pompeyo, el cobarde que abandonó a Roma, que no quiso la paz y no supo hacer la guerra. En esto tenía razón. ¡Pompeyo deseaba la masacre de Corfinio! Podría haber defendido su cobarde conducta, justificar su despreciable negativa y brillar por su previsión, pero comprendí el juego de ese traidor sinvergüenza y no le di ninguna satisfacción. Medita en sus propias palabras, completamente absorto en sí mismo, no se da cuenta de que estoy temblando, ni le importan los ataques de tos que me sacuden.

Me callo y ni siquiera lo miro. Me lleva de un lado a otro como si fuera un equipaje y no le importa cómo estoy, ni lo que pienso.

—Cicerón es sabio —continúa tras un largo silencio—. Antes de que esa despreciable panda de partisanos se opusiera a alguna de mis propuestas, y antes de que me obligaran a defenderme de atropellos que ni el peor de los criminales merecería, Cicerón había animado al Senado a considerar mis peticiones. Me detesta y me admira, soy el mal, pero también soy lo que le gustaría ser, el valor que no tiene, el brazo que empuña las armas, soy el ardor de los pensamientos capaces de diseñar el futuro. Si intentara mirar donde yo miro, ¡vería maravillas! Grandeza y esplendor para Roma, Señora del Mundo. ¡Otro mundo! Él y yo juntos, sería posible. En cambio, Cicerón sufre. Se reviste de una gloria inventada que ya no existe y asiste a la dolorosa muerte de su *Res publica*. Pompeyo es el asesino, y lo sabe. ¡Anhela el poder absoluto, como Sila! Es el propio Cicerón quien lo dice, quien lo escribe incluso. Y también sabe que, sin luchar, gané la guerra, y sin embargo soy yo quien sigue persiguiendo al general Cneo Pompeyo el Grande, defensor de Roma, para negociar la paz. Cicerón también escribe esto a sus amigos.

César es imparable, y mi indignación también.

El carro se detiene para cambiar de caballo. En torno hay colinas cubiertas de matorrales oscuros y desnudos, quemados por la escarcha y manchados de nieve. Un sonido de agua viene de lejos, tal vez un torrente crecido, pero no lo veo. Echo de menos el Tíber, echo de menos el mar.

César me ofrece un trozo de pan de hierbas y agua de una pequeña jarra, pero el pan está duro y seco y el agua demasiado fría. No presta atención a mi ayuno y, mientras come, sigue hablándome como si yo fuera su imagen en el espejo.

—Quiero detenerlo en el puerto de Bríndisi. Antes de abandonar Corfinio, he enviado a Lucio Cornelio Balbo con una carta mía y un mensaje para que se lo transmita a nuestro cónsul Léntulo: si no abandona Italia con Pompeyo y regresa a Roma inmediatamente, tendrá el gobierno de una provincia. Le he aconsejado que corra todo lo que pueda, ¡debe llegar a tiempo! Te acuerdas de Balbo, ¿no? El español siempre alegre.

Asiento con la cabeza, indiferente.

—Se ocupa de mis asuntos, especialmente cuando estoy fuera de Roma, y es amigo de nuestro Cicerón. No sabría qué hacer sin él. También he enviado cartas a Cicerón, alabando su decisión de no tomar partido: se queda en Formia con su familia, en su finca junto al mar, y se excusa por no unirse a Pompeyo en Apulia. Hace bien.

Un tirón de los caballos anuncia el fin de la breve parada, y el viaje continúa, como las palabras de César.

—A tal punto busco la paz, ¿me comprendes? Me dicen que el viejo senador está cada vez más sorprendido por la rapidez de mis acciones, mi perspicacia, incluso mi mansedumbre. Si solo se atreviera, una vez en su vida, sería su más espléndida hazaña por el bien de Roma. En sus tratados, teoriza sobre quién es el mejor gobernante del Estado: el timonel, que saca el barco de las olas, o el médico, que restaura la buena salud. Sabe que la *Res publica* atraviesa una tormenta, que está enferma, y solo yo puedo ser ese timonel, ese médico, ese gobernador, ¡yo, por todos los dioses!

Levanta la voz, los nudillos de sus dedos contraídos están blancos, pero rápidamente recupera el control:

—A Ático le escribió que soy un prodigio, y reconoce cuánto me quieren los que antes me temían y, por el contrario, hoy me temen los mismos hombres que antes apoyaban mis logros. Me apoyaron porque estaba lejos, ¡hipócritas! —Hace una larga pausa y luego sisea y casi se burla, mientras que yo estoy agotada y solo espero que deje de hablar—. Pero he vuelto.

En el exterior, acaba de caer la oscuridad y, a la luz de las lucernas, sus ojos llenan el vagón de un brillo inflamado y siniestro. El hombre por el que he sacrificado toda mi vida está lejos, es un inquietante desconocido.

Vuelvo a toser y me lloran los ojos. Es fiebre, rencor, llanto.

—¡Pero si estás enferma! —exclama alarmado, como si solo en este instante se fijara en mí, como si el demonio que lo posee le hubiera devuelto al mundo mortal, a una mujer perdida. Pero pronto volverá por él, se lo llevará para siempre. Lo siento, lo sé—. ¡Nos detendremos en Larino! —ordena al cochero—. Está a unos pocos kilómetros por el camino de la costa. Necesitas comida caliente, una cama y un mejor refugio que este carro. —Me abraza para darme calor, apoya mi cabeza en su hombro y susurra—: Qué tormentos para mí, mi Servilia Pasaremos la noche allí, mañana te sentirás mejor. —Y envía a un soldado a caballo a buscar una posada.

En el camino de tierra cuesta arriba, el ladrido convulso de un perro rompe el silencio de la tarde. Es blanco y poderoso, con un grueso pelaje. Se acerca a nosotros y luego corre junto a los caballos, que relinchan molestos.

—¡Baco! Ven aquí. —Una mujer gorda y discreta en la puerta, quizá la esposa del posadero, lo llama y nos saluda con una gran sonrisa—. No muerde, solo sabe ladrar, ¿no es así, bestiecilla? —Y el perro mueve la cola y se agacha a sus pies—. ¡Entren, son bienvenidos! Tomen asiento allí, junto al fuego.

La posada está justo fuera de las murallas, rodeada de viñedos y olivos. El viento mueve las nubes y deja entrever el cielo estrellado y la luna llena, que ilumina el contorno de los imponentes edificios, pero la ciudad parece desierta.

—¿Qué quieren comer? —pregunta alegremente la mujer—. Esta noche tenemos nuestra sopa, muy buena y caliente. ¿De dónde vienen? ¿De qué gran ciudad? ¡Tal vez desde Roma? Me gustaría ir allí antes de morir. Está claro que no son de estos rumbos, ¡tu mujer es muy guapa! —Y, sin darnos tiempo a contestar, desaparece en la cocina.

César se divierte y me sonríe.

—Que eres hermosa es cierto.

—Pero no lo es que sea tu esposa. Ella está en la comodidad de Roma, la noble Calpurnia. ¿Cómo es que no ha venido contigo?

Me aprieta la mano, el calor que desprende el fuego me alivia.

—No hay nadie. —Observo, para cambiar de tema—. Qué desolación en esta ciudad.

—Sin embargo, una vez fue espléndida y floreciente. —Se queda pensativo y recuerda—: Hace muchos siglos los samnitas estaban en esta parte de Italia.

—Lo sé —intervengo—, y aquí es donde vivían los frentanos.

Yo también he estudiado y quiero que lo recuerde.

—Roma los conquistó a todos —continúa—, pero no fue fácil. Largas guerras, terribles derrotas, eran guerreros valientes. Pero nosotros más, y nada ha podido detenernos desde entonces.

—¿Puede el ejército romano perder alguna vez? No me lo puedo imaginar.

—A veces sí, perdió en el pasado. Ya no.

—Ahora Roma tiene dos ejércitos.

—El único ejército es el que lucha por las causas correctas.

—¿Acaso el tuyo? —Lo provoco. Pero en una guerra civil la causa justa no existe.

—¡El mío, por supuesto! —responde—. El otro no es un ejército. Las dos legiones que siguen a Pompeyo antes me pertenecían, y todavía se lamentan. Los entregué porque el Senado me lo ordenó. Para el resto, ha reclutado a campesinos, pastores, hombres que nunca han visto un arma y no tienen ganas de ir a morir.

—¿Qué ha pasado? ¿Qué derrotas? Una vez, durante un banquete, estaba escuchando a escondidas a los adultos y oí a mi tío hablar de los samnitas y de esas guerras, recuerdo palabras como «vergüenza», «yugo»… Las pronunciaba en voz baja, luego interrumpió y dijo que solo había que olvidar.

—Y dijo bien. Olvídate. —Se queda mirando el fuego crepitante, una brasa que echa humo y chispas.

—¿Sucedió aquí?

—No, fue en los desfiladeros inaccesibles del territorio de los samnitas Caudinos cerca de la ciudad de Caudio, a unas veinte millas del interior de Capua.

—¿Cómo sucedió?

—¿Por qué quieres saberlo? Eres una mujer.

—Soy la mujer del general que tendrá poder sobre el mundo. Debo conocer nuestro pasado, incluso el no glorioso.

—Los samnitas atrajeron a nuestra gente a los desfiladeros de esas malditas montañas, y no hubo escapatoria.

—¿Eso es todo?

Calla.

—¿Por qué susurró esas palabras mi tío? Y luego olvidar, ¿por qué?

Los destellos de fuego colorean su rostro, luces y sombras como una danza. El viento se intensifica, golpea las persianas y los truenos rugen desde lejos.

Ardo en fiebre.

Sus ojos se tornan vidriosos, ausentes, sacudidas rápidas y apenas perceptibles estremecen sus hombros y hacen que sus manos se sacudan con rigidez sobre la mesa del comedor. Me asusta, nunca lo había visto así. Pero, en unos momentos, parece recuperarse y su voz brota de los recovecos de un recuerdo atávico y doloroso.

*

—¡Los samnitas marchan hacia Lucera, la devastarán!

Así dijeron los pastores a los romanos, y estos se apresuraron a ayudar a la ciudad aliada. Pero no eran pastores: eran samnitas que estaban tendiendo una trampa mortal a los romanos.

El camino era intransitable, los bosques y desfiladeros tan tortuosos que los llamaban horcas. Intentaron dar la vuelta, pero, entretanto, los samnitas les habían puesto obstáculos insuperables y, desde las alturas de las montañas, observaron con satisfacción: los habían encerrado como ratas en una jaula. Los romanos lo entendieron, se miraron atónitos, no tenían escapatoria.

Cayo Poncio comandaba a los samnitas.

—Su padre, Herenio —me explica César—, había sido un comandante valiente y sabio, pero la vejez y la fatiga lo habían convencido de retirarse. Gayo, en cambio, era un tonto que solo mandaba por ser hijo de su padre.

Cayo envió embajadores a su padre, pidiendo consejo.

—Libéralos a todos —dijo su padre.

¿Liberarlos? ¿Pero cómo? ¿Justo cuando los invencibles romanos no tenían ninguna posibilidad? Así que, no contento, envió más embajadores.

—Mátalos a todos —repuso el padre. Si los hubieran liberado, los romanos habrían expresado su gratitud; si los hubieran matado a todos, les habría llevado mucho tiempo organizar un nuevo ejército. Pero el hijo necio no entendió y no escuchó a su anciano padre, precisamente porque era un necio.

No los liberaron ni los mataron. Los despojaron de sus armas y de todo, les escupieron, los insultaron, algunos murieron, y los obligaron a pasar bajo el yugo, vestidos solo con sus túnicas.

—De vuelta a Roma —concluyó César—, avergonzados, se encerraron en sus casas: ¡mil veces mejor hubiera sido la muerte!

Algunos no volvieron a salir.

*

—¡Pero el pueblo de los frentanos siempre ha sido leal a Roma!

La voz del muchacho que reaviva el fuego nos sobresalta. Lo miramos sorprendidos, nos estaba escuchando y no nos habíamos dado cuenta.

—¡Vete a la cocina ahora, majadero!

La mujer se acerca por detrás con los cuencos en las manos, se contonea desgarbadamente como si fuera a darle una patada y se le cae algo de sopa al suelo.

—Perdónalo —lo justifica—. Es solo un niño pequeño. Le enseñamos modales, ayer mismo los aprendió, y bien que los aprendió, ¡pero nos hace maldecir! Tiene malas compañías, el hijo del pastor y su hermana, la más descarada de todo Larino, y hasta le hace regalitos a escondidas... ¡Si yo les contara! —Y, mientras tanto, desde la cocina llegan los gritos del padre y el sonido de las bofetadas.

La sopa está deliciosa. Lentejas y garbanzos, con un buen aroma a col, y junto a un pan de hierbas crujiente. Me pierdo en ese sabor que me calienta, me reconforta. Quizá la guerra sea solo un mal sueño. El aroma de las legumbres es un lirio blanco.

César entrecierra los párpados, inhalando las nubes de humo aromático y sutil.

—¿Te acuerdas?

—Sí, lo recuerdo.

César y un día de primavera, lleno de flores.

Yo y las hermosas esperanzas de un tiempo feliz.

Eran los dulces días de mayo, hace muchos años.

X

Omnia vincit amor, et nos cedamus amori.

El amor lo conquista todo, entreguémonos al amor.

VIRGILIO, *Égloga*

Desde las llanuras del valle llegaban largos y continuos coros de balidos y bramidos sordos, y los rebaños y manadas fluían como agua plácida en ríos de hierba aplastada por las pezuñas. Las amapolas teñían de rojo los campos circundantes. Muchos pastores conducían al ganado y los perros lo contenían, su suave marcha en el umbral del verano era un flujo inverso del mar a la montaña, darían buena carne y buena leche, y nuevas vidas. Innumerables cencerros sonaron, aumentados por el eco, y los ligeros vientos los llevaron por las calles para acompañar la fiesta, que se regocijaba en color y belleza. Eran los ritos de la diosa Flora, esposa del cálido Céfiro, que renace cada primavera en frutos y cosechas, y trae alegría.

Ese momento era especial, un aniversario importante: treinta años antes, como comunidad aliada, Larino se había convertido en un municipio y sus habitantes en ciudadanos de Roma.

Habían invitado a César a las celebraciones, porque fue su primo Lucio Julio César, entonces cónsul, quien había promulgado la ley de concesión de la ciudadanía.

Acogieron nuestra llegada con todos los honores, pero no sabían quién era yo, y que para mí su fiesta era un luto que se renovaba.

Era la muerte de mi padre.

Treinta años antes, los aliados de Roma se unieron en rebelión. Los primeros en sublevarse fueron los ascolanos, en la región de Piceno: mi padre era pretor e intentó hacer frente a los revoltosos, pero fue masacrado junto con muchos de los suyos. Romanos y aliados volvieron a enfrentarse, se movilizaron cien mil soldados por un lado y otros tantos por el otro, incluso intervino Cayo Mario, que tuvo cierto éxito, pero el cónsul decidió poner fin a una guerra que corría el riesgo de acabar en tragedia, y concedió a los aliados la ciudadanía romana, siempre que depusieran las armas.

Apenas veía a mi padre. Me dijeron que era un hombre importante y rico y, cuando llegaba a casa, me gustaba mirarlo, lo encontraba hermoso. Sus ojos eran claros e iridiscentes, como los míos. Por lo demás, no sabía nada de él.

Me enteré de su muerte casi por accidente, después de mucho tiempo. Nadie se había molestado en informarme, quizá porque era demasiado pequeña, o quizá porque yo contaba muy poco. No lloré, estaba acostumbrada a su ausencia, al fin y al cabo, solo sería una ausencia más larga que las otras, una ausencia para siempre, y seguí sosteniendo una muñeca de trapo en mis manos y fingiendo que jugaba con ella. Simplemente pregunté cómo y dónde había ocurrido.

—Muy lejos —respondió mi tío—. Tu padre murió con honor, defendiendo a Roma. Un día lo entenderás y estarás orgullosa de ser su hija.

No sé si las palabras de mi adorable tío se hicieron realidad: no sé si lo entendí y, en la infinita vergüenza que es mi vida, no estoy orgullosa de nada.

Pero el magistrado de Larino, ahora ciudadano romano, que me recibió con tanta deferencia, no podía imaginar que sus antepasados habían contribuido a dejarme huérfana, y que mi maldad era también culpa suya. Si se lo hubiera dicho, habría arruinado su fiesta.

En cambio, fue maravillosa. Y me sentí feliz.

Una procesión llenaba las calles de la ciudad hasta donde alcanzaba la vista, en todas partes los carros estaban cubiertos de flores.

Lirios, anémonas, rosas y adelfas, azafranes amarillos como manchas de sol, y luego ramas de laurel, mirtos y brotes de hiedra, cada carro desprendía olores que embriagaban los sentidos.

El primero, y más grande que los otros, que abría la procesión, era todo azul con acianos: era el carro de Flora, de aspecto aterciopelado gracias a las flores que la diosa amaba más, porque Flora se había enamorado de un hermoso joven, y el joven Ciano de ella. Pero un día Ciano murió y la diosa lo encontró sin alma, tendido en un prado de acianos: lloró, sus lágrimas cayeron sobre los pétalos y brillaron como gemas preciosas, y consagró aquellas corolas color cielo a un amor nunca realizado.

Grupos de muchachas vestidas con telas finas y con el pelo suelto, salpicadas de flores de color malva, seguían al carro, danzando al ritmo de los címbalos. Cada carro era tirado por un par de vaquillas blancas.

Junto con el magistrado, nos dirigimos hacia el Foro, pasando por calles laterales menos concurridas, en las que flotaba en el aire el olor de la comida que se ofrecía a los transeúntes por unos cuantos ases.

—¿Por qué se atan vendas a los cuernos de las vaquillas? —le pregunté al magistrado. Hasta ese momento, había hecho todo lo posible por explicarnos las costumbres, los significados de los símbolos, nos había contado historias gloriosas de su ciudad y de su familia, misteriosas o asombrosas, eran su preciada herencia, ¡no le parecía cierto que el mismísimo Cayo Julio César lo estuviera escuchando, que incluso asintiera y sonriera!

César solo sonreía porque aquel día de primavera era perfecto y porque era feliz, conmigo y como yo.

Pero el magistrado no lo sabía y la curiosidad multiplicó mi entusiasmo.

—Son vendas de lino —respondió—. Es el vestigio de un ritual muy antiguo. Hace cientos de años, en la primera noche de luna llena después del equinoccio de primavera, nuestros antepasados samnitas elegían las dos novillas blancas más floridas, trenzaban las vendas de sus cuernos y las llevaban al nacimiento del río Biferno. Allí las sacrificaban para los dioses, derramaban su sangre en las aguas más puras y luego, cantando letanías que los ancianos del campo aún recuerdan, mojaban las vendas. Con la primera luz del alba, las vendas se traían de vuelta y se guardaban en el templo durante todo el año, hasta el siguiente equinoccio de primavera y la luna llena.

Caminaba en silencio, fascinada y perturbada. Los dioses siempre están contentos con la sangre, como los guerreros, como los hombres. Nosotras las mujeres no.

—Sacrificar las mejores novillas era duro sacrificio —comentó—, sobre todo en tiempos de hambruna y al final de los inviernos amargos, pero lo consideraban una inversión, seguros de que los dioses propiciarían cosechas abundantes. Se dice que las vendas de las vacas que tiran del carro de Flora siguen siendo las mismas que mojaban en el agua sagrada de la sangre: desde que el rito dejó de realizarse, los padres las regalan en secreto a sus hijos y los hijos a sus hijos. No sé si esto es cierto.

En el Foro, las ancianas ponían las mesas; sus rostros y sus manos mostraban las marcas del trabajo de toda una vida, pero estaban alegres y se ayudaban mutuamente a llevar grandes vasijas de vino y calderos de bronce llenos de sopa hirviendo.

El otro magistrado nos esperaba y, poco después, una pequeña multitud de notables de la ciudad se acercó, ansiosa por saludar a Cayo Julio César, que había llegado desde Roma. César no escatimó palabras de elogio, y ellos lo amaron de inmediato. Todos iban acompañados de sus esposas, y me llamó la atención el estilo llamativo de algunas de sus ropas.

Era el final de la tarde, y el sol oblicuo calentaba la plaza con una luz dorada.

Yo me mantenía aparte, como siempre que César estaba ocupado con las presentaciones y las cortesías, y vi frente a mí a una niña que jugaba con un dado de madera. No me gustaban los niños, me irritaban, pero esta era diferente. Llevaba una túnica turquesa hasta los tobillos con un lazo dorado en la cintura, un vestido de fiesta, sandalias del mismo color que el lazo y una corona de flores de azafrán en su rubio cabello. Se fijó en mí y me miró. Nunca había visto unos ojos tan celestes y luminosos, que brillaban con una gracia que parecía venir de quién sabe dónde.

Sonreí y me acerqué a ella.

—¡Qué hermosa eres! —le dije.

Sus ojos se entrecerraron y sus mejillas color leche se sonrojaron de feliz vergüenza.

—¿Cómo te llamas? —le pregunté.

—Plautila. ¿Y tú?

—Me llamo Servilia.

En ese momento, una mujer se acercó corriendo.

—Plautila, ¿qué haces? Perdónala, espero que mi hija no te haya molestado.

—Tengo una hija de tu edad, acaba de cumplir nueve años. La llamamos Tertula.

—¡Como Plautila! Los cumplió en el solsticio de invierno.

La mujer era también muy bella, rubia, y los rasgos de su rostro no revelaban nada de aquella campiña itálica encerrada en las montañas. Me contó que su padre era un comerciante, que había venido de una tierra lejana del norte, y que había atravesado montañas inmensas, con picos nevados incluso en verano.

—Comerciaba con ganado. Al principio fue a Roma, pero no gustaron sus animales, eran demasiado grandes y fornidos, mientras que los campesinos de por aquí nunca se han preocupado por la elegancia, ¡mira a tu alrededor y te darás cuenta en un instante!

Nos reímos juntas sin que nadie nos viera, ¡era ingeniosa!

—En fin —continuó—, aquí los apreciaron mucho porque eran resistentes para el arado y, así, mi padre hizo su fortuna. Todos lo querían para sus hijas en edad casadera, se había hecho rico, pero se enamoró de una joven apuliana sin dote, que vivía con su madre y una hermana, y se casó con ella a los pocos meses. Un año después nací yo. Desde entonces, nunca salieron de Larino; están enterrados aquí. —Se perdió por unos instantes, quizá su pena seguía viva, o quizá era remota, como la mía, pero seguía doliendo—. Ese de ahí es mi marido —continuó—. Es el platero más apreciado de la ciudad. —Y señaló a alguien entre la multitud que rodeaba a César.

Me costó reconocerlo, y ella estiró más el brazo.

—El alto de delante, allí, está saludando a tu marido ahora mismo. Su familia ha vivido en esta tierra desde que tengo uso de razón. Tienen una buena situación económica, cultivan muchas hectáreas de tierra y producen fruta y aceite que venden en los pueblos vecinos. ¡Aquí se acuñaban monedas! Nos casamos pronto, y casi perdí el aliento cuando lo vi por primera vez… Tiene los ojos verdes. —Se sonrojó un poco.

—Tú también eres hermosa.

Me giré, era la niña de nuevo, y sus palabras eran para mí.

Un rayo de luz la rozó lateralmente y sus ojos se transparentaron. Se sacó una flor del pelo y me la dio.

La acaricié, pensando en cuántos hombres y mujeres en este lugar alejado de Roma y del mar se casaron solo por amor. Me abstuve de decir que César no era mi marido.

La música y las voces de los festejos se escuchaban con más fuerza, ya que las carrozas pronto llegarían al Foro.

Los dos magistrados nos invitaron a sentarnos y llamaron a unas ancianas para que nos sirvieran el banquete cuando la multitud aún estaba lejos, pero César se mostró muy agradecido y dijo que prefería esperar.

—Me invitaron y me acogieron en su ciudad, amigos, con inmensos honores, ciertamente mayores que los que me corresponden. Pero mayor honor será compartir la mesa con el pueblo de Larino, no solo con ustedes que son los más ilustres y que me otorgan el precioso regalo de su compañía. Es el día de la fiesta de Flora, es el día que celebra la ciudadanía, es el día que hace treinta años hizo a todos los hombres que habitan esta tierra ciudadanos de

Roma iguales a mí. Iguales sean la comida y el vino, iguales sean los himnos a los dioses, iguales sean las almas de todos nosotros.

Se miraron desconcertados: a ninguno de los dos se les habría ocurrido mezclarse con los campesinos y los pastores en el banquete. Pero César tenía razón, en el día de la diosa Flora todas las diferencias parecían desaparecer, y los dos magistrados se encontraron con su mirada: no vieron a un solo hombre.

No volvieron a verse pero, desde ese momento, nunca fueron los mismos. Uno de ellos murió el año pasado y, tras el funeral, su hijo envió a César una carta en la que le revelaba que, desde el día en que lo conoció, su padre siempre había llevado consigo una efigie suya y lo adoraba como a un dios.

Llegó la fiesta, colorida, ruidosa, incluso más fragante que las flores que, con la puesta de sol, desprendían un intenso aroma. Los carros se apretujaron y las novillas se encontraron muy juntas, mugían y movían la cabeza y el rabo, molestas por las moscas. La sopa se distribuía en cuencos de barro y los curtidos, y musculosos conductores de carros servían el vino e intercambiaban las copas. Sopa de lentejas, garbanzos y col, con pan de hierbas crujiente: imposible de olvidar, porque sabía a alegría, a dulzura.

En las calles se cantaba, las últimas golondrinas volaban en el cielo lila sobre el Foro y caía la tarde. Se encendieron antorchas y linternas por todas partes, el aire se llenó de humo y de un olor acre a vino que dominaba las flores y embriagaba las mentes.

De repente, en medio del ruido y el clamor, se coló un silbido largo, insistente y agudo, y solo cuando todos los demás ruidos se hubieron apagado a su alrededor, se moduló en un tono más bajo y estridente y se convirtió en una melodía melancólica.

Todos se detuvieron, incluso yo, cada uno cautivado por ese sonido que evocaba pastos y soledades, y que derretía el corazón.

Entre la multitud, un joven se abrió paso, con la boca apoyada sobre su antigua flauta de madera y, detrás de él, otro joven añadió la voz de un aulós. Los sonidos se llamaban y se encontraban, se buscaban, se perseguían. Los dos jóvenes se miraron a los ojos y sonrieron, aunque sus labios se encargaron de soplar, y sus cuerpos siguieron la música, que había tomado consistencia, era una corriente más sonora al fluir río abajo y, justo cuando parecía desbordarse en cascadas cortas y plateadas, otros jóvenes con címbalos y sistros se apresuraron a dar un ritmo más rápido a los sonidos, ahora cada vez más fuertes, hasta que la multitud gritó y todo el mundo golpeó con las manos y los pies.

Las jóvenes que habían seguido los carros, con la malva entre los cabellos sueltos, se dirigieron juntas al centro de la plaza. Al principio giraron en círculo, con pasos indolentes, pero pronto se liberaron de la cadena de manos y cada una bailó sola y libre, poseída por su demonio. Se arremolinaban con los ojos cerrados, dejaban volar sus cabellos y los pétalos, doblaban la espalda hacia atrás y sacudían la cabeza, sus rostros expresaban éxtasis o tormento, como si vieran ora los Campos Elíseos, ora los más negros infiernos; agitaban sus brazos y luego se acariciaban: las manos a lo largo de los costados, en las nalgas y los muslos, hasta la entrepierna, y de pronto sus ligeras y delgadas ropas se desprendían de sus hombros y se descubrían los pechos. Continuaron danzando, con el cabello empapado de sudor y el cuerpo chorreando y, mientras tanto, los hombres recogían las flores marchitas de los carros y las arrojaban entre sus piernas desnudas, y la música seguía ensordeciendo, atormentando sus respiraciones y haciendo que sus pensamientos fueran inenarrables.

Un hombre pasó tambaleándose a mi lado, sentí su aliento de borracho y se le cayó un lirio blanco. César lo recogió y me lo ofreció. Los pétalos estaban frescos y turgentes como si estuvieran recién cortados, la flor más pura, pero esa tarde olía a deseo.

—Vámonos —susurró. Atravesó mis ojos, que ardían como los suyos, nuestras bocas casi se tocaron y desaparecimos rápidamente, tomados de la mano.

Un carro nos llevó a nuestra casa, a una milla de la ciudad y, en la oscuridad, entre los traqueteos del empedrado, sus manos buscaron mi piel, y las palabras en mi oído que brotaban de sus labios húmedos me llenaron de escalofríos.

Pasó sus dedos por mis rizos y luego por el tallo del lirio.

—¿Te desatarás el cabello para mí esta noche? Te quiero vestida solo con tus cabellos.

Los campos estaban desiertos e impregnados de silencio, y nuestro carro iba escoltado por luciérnagas.

XI

Nec quemquam iam ferre potest Caesarve priorem
Pompeius parem. Quis iustius induit arma? Scire nefas.

César no puede tolerar a un superior, Pompeyo a un
igual. ¿Quién toma las armas con más razón? No está
permitido saberlo.

Lucano, *Bellum civile*

Mis cabellos amalgamaron nuestros cuerpos y fueron la trama de
nuestra pasión toda la noche. Cubrían un pudor inventado por diversión, nos envolvían como brazos de seda y dejaban que los fré-
mitos llegaran hasta las profundidades más ocultas. Nuestros rostros
se estremecían y mis ojos grandes y lánguidos, como sonrisas de
luz, en los suyos, inflamados por una oscura lujuria capaz de todo,
deseándome solo a mí esa noche, y nuestras bocas abiertas jadeaban
intercambiando besos furiosos. Los labios iban por todas partes,
tumultuosos, ávidos y, sobre la piel, trazaban caminos húmedos y
brillantes en el resplandor de las lucernas, mientras las puntas de
los dedos dibujaban caricias, estremecimientos intensos que dolían.
Era una lucha por dominarnos, y luego una competencia por dar
y recibir placer; nuestras manos exploraban cada recoveco y la habitación se llenaba de susurros obscenos y encantadores, como las
palabras nocturnas de los amantes.

Lo miré por un momento, estaba conmigo y estaba distante;
incliné mi cabeza, mis hombros, mi espalda, apreté sus caderas y
escondí mi cara en los pliegues de su vientre. Mis cabellos se extendieron como rayos sobre los cuerpos y sobre las sábanas, ondas de
fuego que surgen de remolinos indomables. Me embriagué con su

aroma, húmedo y sudoroso; paladeé su sabor secreto en mi boca durante mucho tiempo, mientras él contenía los gemidos, cada fibra tensada al máximo, hasta que su energía estalló de repente, me levantó y me dio la vuelta en la cama. Se cernía sobre mí, un guerrero listo para desenvainar su espada y golpear el corazón, jadeaba y respiraba y, desde las ventanas abiertas, soplaban ráfagas perfumadas de flores.

Miradas perdidas, la mía en la suya distorsionada por el frenesí y, en torno a las vigas del techo desaparecieron en una neblina y el cabello nos envolvió, cálido y ligero como una nube roja, los brazos y las piernas unidos eran alas y, afuera, las estrellas nos invitaban a volar.

Cerré los ojos y un tórrido abandono se apoderó de mí; entre los mechones extendidos y, con sus manos excitadas sobre mis pechos, me traspasó con fuerza, insaciable, impetuoso; quise que no terminara nunca, un vigor interminable que derramaba palpitaciones, y las lucernas agotadas se apagaron.

La noche se inundó de delirio, y el delirio se ahogó en los sueños.

La luz y el aire suave y fresco de la mañana nos despertó, y el lirio que había caído de mis cabellos yacía entre nosotros, cercano y desnudo, sus pétalos deshechos por la larga noche como nuestros cuerpos lo estaban, y todo lo que quedaba de su perfume era un olor acre y rancio que ya no embriagaba.

Soñábamos con la gloria y la fortuna, la suya y la mía porque, en pocos meses se convertiría en cónsul por primera vez: el hombre más poderoso de Roma, lo que significaba el hombre más poderoso del mundo. Y porque, mientras tanto, había reunido al más rico, Marco Licinio Craso, y al más valiente en las armas, Cneo Pompeyo, que entonces era, sí, ¡Magno!

*

Diez años antes, Pompeyo había sido cónsul al mismo tiempo que Craso, y ya había derrotado a Espartaco y a toda su chusma de siervos rebeldes, a los que ni siquiera Craso había podido domar, a pesar de las ocho legiones que decía comandar.

Solo gracias a Pompeyo, después de años de humillantes fracasos para la *Res publica*, la Vía Apia se llenó por fin de miles de cruces, como merecían aquellos desgraciados. ¿Qué querían? ¿Libertad, quizás? Pero es imposible, su destino es obedecer, como los perros, o como los bueyes que tiran del arado y, cuando se equivocan, deben ser debidamente castigados, preferiblemente con la muerte. No son ciudadanos, ni son hombres. Son como cosas sin alma ni intelecto, nada más que esclavos.

Y, después de los esclavos, les tocó el turno a los piratas, aquellos que en su día secuestraron a César y que infestaron el Mediterráneo con sus barcos ligeros. Llegaron a tener más de mil.

—¡Deberías haberlos visto! —me dijo, recordando aquellos sucesos una vez que hablábamos de Pompeyo sentados en la playa, cerca de la desembocadura del Tíber, y un velero pasó frente a nosotros—. Eficientes, pero también magníficos, con proas doradas, alfombras de púrpura y remos de plata.

—Imaginaba que los piratas eran insignificantes y sucios, y sus naves oscuras sobre el mar...

—¡Al contrario! Hacían alarde de la riqueza que habían conseguido asaltando y secuestrando a personajes ilustres: los capturaban y luego pedían rescates. Sembraban el terror en alta mar, en las islas, en los puertos, en muchas ciudades costeras e incluso en los santuarios provocaban el hambre y dificultaban el suministro de grano, incluso en Roma.

—Es difícil de creer semejante aumento de poder —comenté.

—En efecto —coincidió César—. Y, al terminar el día, pasaban las noches en las playas disfrutando de banquetes, música de flauta, mujeres y vino.

—¿Y el pueblo de Roma toleraba tan vil insulto?

—Parecía imposible derrotarlos, hasta que el propio pueblo propuso una ley, para que Pompeyo recibiera un mando de tres años sobre todo el Mare Nostrum y las tierras que lo bordean, a lo largo de cuatrocientos estadios hacia el interior. El único senador que apoyó esa ley fui yo.

—No tenía ninguna duda... —Sonreí.

—Así, en cuarenta días, Pompeyo con sus legados despejó el mar occidental hasta las Columnas de Hércules.

—¡Una hazaña extraordinaria!

—Extraordinaria, sin duda —repitió César—. En Roma, el pueblo lo recibió en las calles y lo acogió como a un héroe: los había salvado de la vergüenza y del hambre. Entonces, Pompeyo navegó hacia Oriente y Cilicia, dispuesto a luchar de nuevo, pero no fue necesario, pues los piratas restantes se sometieron a él y le pidieron perdón.

—Ganar sin luchar, ¡el éxito más espléndido! —Pronuncié esas palabras sin saber que luego se convertirían en la síntesis de su benevolencia estratégica.

—Se detuvo en Atenas —continuó—, y ofreció un sacrificio a los dioses. Cuando se dirigía al puerto del Pireo para partir, encontró en la puerta de la ciudad una inscripción en griego en su honor: «Cuanto más seas capaz de ser un hombre, más te convertirás en un dios»; y luego otra, que expresaba aún más la confianza de los griegos: «Te hemos esperado, te hemos adorado, te hemos visto, te acompañamos con nuestros votos».

Sabía que César habría querido esas palabras para sí mismo, que habría hecho cualquier cosa por tenerlas, al igual que la estrella de Pompeyo brillaba en el firmamento de Roma.

Brilló aún más cuando otra ley, de nuevo propuesta por los tribunos del pueblo, le dio el mando de la guerra contra el rey del Ponto, Mitrídates, y contra Tigranes, rey de Armenia: un mando absoluto sobre todo Oriente. Muchos aristócratas se opusieron, Catulo gritó desde la tribuna:

—¡Es una afrenta a nuestro orden! ¿Debemos huir de Roma y buscar refugio en acantilados remotos para preservar nuestra libertad?

Pero César volvió a dar su voto favorable, y todos guardaron silencio por temor a las reacciones del pueblo.

En aquellas tierras en los confines del mundo, Pompeyo sometió a los pueblos, fundó ciudades, pasó entre el Éufrates y el mar Caspio y, desde Siria, a través de Arabia, llegó hasta el mar Rojo y alcanzó el océano que rodea todas las tierras. También luchó y venció en el Cáucaso, entre las montañas de las Amazonas, hasta que Tigrana se sometió, y Mitrídates, que nunca había cedido y había hecho vacilar el poder de Roma, se quitó la vida, después de que su hijo se rebelara y se rindiera a los romanos.

César me contó que Mitrídates también tenía una concubina, Hypsicratea, que se mantuvo a su lado con el valor de un guerrero; lo siguió en las agotadoras marchas y lo cuidó, incluso cuando todos los demás lo habían abandonado.

Mitrídates también tenía un hijo, Farnace, que lo traicionó.

Nunca se le había conferido a nadie un poder tan inmenso, nunca nadie había sido tan aclamado por el pueblo y tan temido por el Senado, nunca nadie, como Pompeyo, puso su propia gloria al servicio de otro y, sin darse cuenta, alimentó su grandeza. Nadie se habría preparado para su propia ruina como lo hizo Pompeyo, halagado por las alabanzas de un ambicioso aliado, César, que lo apoyaba en todos los éxitos, cómplice en el ejercicio del poder, que solo quería para sí mismo y que pronto, a su pesar, se convertiría en su verdugo. Mientras afirmaba el dominio de Roma en Oriente, César se atrevió a seducir a su esposa Mucia, para obligarlo a repudiarla a su regreso y ofrecerle luego a su hija en matrimonio.

Pero Pompeyo estaba deslumbrado por la celebridad, por la aclamación del pueblo, y no entendía nada. Volvió a Roma, y muchos temieron que se desplazara con el ejército y conquistara el poder absoluto: en primer lugar le temía Craso, que huyó en secreto, llevándose a sus hijos y sus riquezas. Por su parte, nada más desembarcar en Italia, Pompeyo se dirigió a sus soldados, los despidió y continuó desarmado con unos pocos amigos. En los lugares por los que pasaba, los habitantes, incrédulos, se echaban a las calles y lo seguían, formando una masa superior en número a los que habían luchado bajo su mando, que lo acompañó hasta la ciudad. El favor del pueblo creció: podría haber derrocado al gobierno, establecer una dictadura, pero no lo hizo.

César observaba complacido.

Pompeyo se alegró de coronarse de laureles y celebrar su tercer triunfo, magnífico, pues tras sus victorias en África y España el mundo entero era suyo. Los estandartes de los países y pueblos subyugados abrían la procesión, y un interminable séquito de prisioneros procedía con las cabezas inclinadas, los piratas, pero también miembros de las familias reales de Tigranes y Mitrídates.

Septiembre llegaba a su fin. Ese día, Cneo Pompeyo Magno cumplió cuarenta y cinco años y no vio las sombras alargarse sobre sus trofeos.

Pompeyo y Craso, la gloriosa popularidad del uno y la riqueza del otro: César los necesitaba, los hizo suyos y se dio a la fuga. Mientras, yo era testigo privilegiado de sus éxitos. Juntos llegaron a acuerdos secretos, arrebataron el poder al Senado y la *Res publica* romana quedó bajo su exclusiva autoridad. Los llamaron triunviros: solo tres hombres que gobernaban toda Roma. César quería para sí mismo el mando de las provincias de Ilírico y de la Galia durante cinco años y, después de haberse elevado por encima de la Urbe y de Italia, le parecía posible elevarse por encima del mundo. Fueron hostigados y también fueron motivo de burlas; algunos decían que eran un monstruo de tres cabezas. Pero las cabezas que aúllan y se comen a los hombres solo existen en las espantosas fábulas: Cerbero vive con los muertos y Escila está enterrada en el tormentoso mar; en ese monstruo la cabeza era solo una, y las otras dos eran solo brazos que hacían inmensas sus ideas, dibujando una grandiosa visión del futuro.

De su futuro y del mío, un anhelo que incendiaba nuestras noches que, entre los sobresaltos del corazón y los pensamientos, se hacía realidad.

Y que ahora es una pesadilla.

*

Pero hoy es de noche y llueve, respiro el olor de la leña quemada y de la sopa de col y lentejas. La noche pasa entre toses solitarias, mi cama está vacía de él, como mi vientre, como los cabellos grises y encrespados, como los labios marchitos que se tensan solo para contener el llanto, y los estremecimientos de mi cuerpo son causados por el frío.

Me gustaría ser Hypsicratea, la concubina de Mitrídates, fuerte como un hombre, para galopar a su lado y seguirlo hasta el fin del mundo. En cambio, solo soy Servilia, vieja y enferma, y lo seguiré en un carro con el corazón sacudido por la tos, por la desesperación de una vida equivocada y por sueños que se han burlado de mí, porque solo eran suyos, cuando yo creía que eran míos también. Lo seguiré de nuevo y a la fuerza, esperando no morir.

El amanecer llega benévolo para interrumpir el insomnio.

César paga nuestra estancia en la posada de Larino con una pequeña cantidad de dinero, y nos despedimos del propietario y de su amable familia. La esposa desea conversar, no le falta la alegría, ¡bendita sea! Quiere saber adónde vamos y nos desea un buen viaje, espera que volvamos y que el tiempo sea mejor; ella no soporta el frío. Mientras me ajusta la capa y reprime la tos, me da un trozo de queso y panes calientes:

—Tienen un largo camino por delante, esto te dará fuerzas. No te canses demasiado, y si puedes, acuérdate de mí. Y cuidado con los bandidos, ¡estamos en guerra!

Mientras subimos al carro, veo al posadero contando las monedas. De repente se queda mirando una, le da la vuelta entre los dedos, mira a César y luego vuelve a la moneda, se la enseña a su mujer y nos señala con el brazo; hablan entre ellos, emocionados, incrédulos y felices, ella se lleva las manos a la cara, es el mismo perfil de la efigie, ¡el mismo hombre! ¡Cayo Julio César ha comido y dormido en su posada!

El hijo corre detrás de nosotros durante una corta distancia, pero los caballos trotan rápido y pronto lo perdemos de vista; el camino se curva cuesta abajo y la posada y los viñedos desaparecen, las murallas de Larino se hacen lejanas.

En poco tiempo alcanzaremos al resto del ejército, al mar y a Pompeyo y en el mar, quizás, habrá una última esperanza de paz.

En el carro no tardo en sucumbir en un sueño febril e inquieto, mientras el dado se desliza de mi manto hasta las tablas de madera. Un pequeño golpe me despierta, casi lo había olvidado; lo tomo y lo maldigo, también arde con mi fiebre, y de nuevo caigo en el sopor de los sueños.

Ahora ya no estoy sola y me siento bien. Tantas voces en esta suntuosa villa. Qué hermosas las fuentes y las estatuas de bronce: tienen ojos que parecen vivos, los chorros de agua brillan al sol y el mar debe estar cerca. Llega la brisa, el rugir de las olas. El aire huele a sal y a flores de almendro.

Una niña de pelo oscuro aparece y se esconde entre las columnas del gran pórtico, corre por entre las pinturas, ¿quién es? ¿Y quién es el hombre que la persigue y la toma del brazo? Le sonríe, le dice algo, ¿acaso es su padre? Pero no, su padre está allí, cerca de la adelfa con las corolas blancas, hablando con César, y César mira a la niña y también sonríe. Es desgarbada, ¿por qué la mira y sonríe? ¿Y qué estoy haciendo en esta villa? Estoy segura de que los conozco a todos, pero no sé quiénes son.

El dado está caliente, me quema las manos.

Hay un alta cumbre alargada cerca de la villa y del mar, la gente de aquí la llama Vesubio. En las laderas cubiertas de verde, se perfila el rostro de un hombre, hinchado por la tierra, con el pelo revuelto e infinitamente triste; ¿está muerto? En la cresta más alta se encuentra la joven, como si emergiera de las entrañas de la montaña: se ha convertido en una bella y joven mujer , con ojos anhelantes de melancolía, es inmensa, llega hasta las nubes. ¡Ese es mi dado, devuélvemelo! Lo aprieta contra sí, lo besa, lo muerde, lee las letras y las compone en palabras, es como una canción, ¡dímelas, por favor! Pero la montaña ruge y cubre su voz, esparce llamas, y la bella joven lanza los dados hacia arriba junto con las chispas.

Una estrella de fuego se ilumina en el cielo.

XII

Me despiertan los gritos de los hombres y el ruido del metal fuera del carro. Hemos alcanzado al ejército y ardo en fiebre.

Avanzamos antes del amanecer, debemos apresurarnos; entretanto César incita continuamente a los cansados soldados a no luchar. Mientras hay luz, marchas extenuantes en medio del frío; por la noche, en cambio, tiendas de campaña montadas a toda prisa, pero ¿cuándo dejará de llover? Ni siquiera durante las horas de descanso y, tan pronto como vuelve la luz del día, se reemprende la marcha. A estas alturas, todo el mundo sabe que no habrá ni guerra ni paz, pero él quiere una y la otra: persigue la guerra como si se tratara de una hermosa mujer a la que hay que someter y busca la paz que, a fin de cuentas, es solo una puta con la que basta acordar el precio.

El camino se vuelve menos empinado, las colinas descienden en suaves pendientes hacia el valle y, en los intervalos de la lluvia, la tierra exuda el aroma de un invierno que se acerca. También yo me sentiré mejor. Me recuperaré de la fiebre y la tos; mi semblante volverá a ser rosado, salpicado de pecas y arrugas; me pondré vestidos de colores claros que resalten mi belleza, con telas bordadas con hilos de oro, porque soy rica y, de nuevo, cuidaré mi cabello, caerá con suavidad; ahora está descuidado y encrespado y no tengo fuerzas ni para mirarme el espejo. Pero soy hermosa, todavía.

Lo dijo también la posadera, que pensó que yo era su esposa. Pero él tiene una esposa: ha tenido muchas, y no solo esposas. Pero, si soy tan hermosa, ¿por qué nunca me he convertido en su esposa? Sin embargo, cuando éramos tan felices en Larino en primavera, y el mundo parecía perfecto, él no tenía esposa, y yo también estaba sola.

*

El año anterior había muerto mi segundo marido, Décimo Junio Silano, que había sido cónsul; durante nuestro matrimonio di a luz a tres hijas, todas ellas mujeres.

Mientras tanto, la esposa de César, la tercera, fue repudiada por sospecha de adulterio: solo una sospecha, pero el honor de César debía ser preservado por encima de todo. Se llamaba Pompeya, no era hermosa pero sí rica y de una familia muy ilustre, descendiente de Sila, y César necesitaba, como necesitaba el aire, una buena relación con los aristócratas: quería el favor de todos para conseguir lo que deseaba, al más alto nivel. Y, de hecho, durante ese matrimonio, obtuvo el más alto cargo sacerdotal: se convirtió en pontífice máximo.

¡Qué tiempos! Al recordar, mi fiebre empeora.

Esa posición se había convertido en una obsesión, durante meses lo vi muy poco y, cuando nos encontrábamos, me parecía insoportable, no le interesaba nada. Incluso había conseguido que cambiaran la ley para poder ser electo. Le había ayudado Tito Labieno. Compró votos, los gazmoños lo cubrieron de calumnias y los sobornó con regalos y cantidades desproporcionadas de dinero, sin restricciones. No tenía ni la sombra de un sestercio. Solo deudas que, si hubiera tenido que cumplirlas, no le habría bastado toda una vida. Pero César no estaba acostumbrado a pagar, y no tenía intención de empezar a hacerlo.

La mañana de la votación estaba nervioso.

A Pompeya, que acudió a él con dos copas rebosantes de leche y dulces de miel, le dijo que prefería ayunar y estar solo. Caminó de un lado a otro entre las habitaciones, luego se retiró a su estudio y meditó sobre algunos de los escritos de Epicuro dedicados a los dioses. Los podía ver, a sus dioses, sabía dónde estaban. Y aquella mañana estaban en los asientos del Senado, en los templos y basílicas, entre los magistrados que deliberaban, entre los jueces, entre la gente que abarrotaba las calles y compraba vino y pasteles en las tabernas. Habían descendido del cielo y era necesario creer en ellos, hacer que todos creyeran en ellos para sentirse unidos y grandes, porque los destinos eternos y espléndidos de Roma habían sido decididos por Júpiter y sus hijos. Sí, esta era la verdad, y nadie debería dudarlo. César la escudriñó como se escudriña el firmamento por la noche para contar las estrellas, su verdad y la del pueblo romano: había penetrado en su esencia, se sentía la verdad y la estrella, y podía narrarla, decir que conocía el número de las estrellas y que había comprendido la naturaleza de lo divino. ¡Todo el mundo le creería!

Cuando llegó la hora de salir de casa, hizo que un criado llamara a su hija Julia, que entonces tenía catorce años y era hermosa, con ojos dulces; la besó y se despidió con unas palabras cariñosas luego de Aurelia, su madre, la única mujer de la que no podía prescindir.

Madre e hijo hablaron en voz baja. Pompeya se esforzaba por escuchar a escondidas detrás de una columna, pero lo único que pudo percibir fue la ardiente desesperación de no valer nada para su marido e inmóvil detrás de la columna, para no ser vista, solo pudo llorar en silencio.

Antes de cruzar el umbral, César abrazó con fuerza a su madre, que apenas le llegaba al pecho; la tomó por los hombros, le dijo palabras de hombre, pero la miró a los ojos como un niño que busca valor y, sin embargo, tiene miedo.

—Me voy, madre mía. Volveré a casa como pontífice. Pero, si no soy pontífice, me convertiré en un exiliado y no me verás nunca más.

123

Aurelia sonrió.

—Te espero.

Esa misma tarde, los cuatro abandonaron la casa donde había nacido César y se trasladaron al Foro, a la residencia del *pontifex maximus*, que pertenecía al Estado, suntuosa, con vistas a la Vía Sacra y cercana al templo de Vesta, donde arde el fuego sagrado de Roma, que nunca debe apagarse, como el que arde en su corazón desde que nació en la Suburra.

Pero César nunca olvidaría a su Suburra.

Sucedió una noche de diciembre, al año siguiente, justo en esa suntuosa casa. Aurelia lo vio todo y yo también estuve allí.

Las mujeres más ilustres de Roma, con las sacerdotisas vestales, celebraban los ritos secretos en honor de la diosa Bona, y la diosa prodigaría su benevolencia con todos. Incluso con los hombres, gracias a las mujeres. Su verdadero nombre solo lo conocíamos nosotras, pero nadie podía revelarlo. Durante una noche los maridos debían dejarnos solas, la presencia de un solo hombre profanaría la ceremonia y provocaría la ira de la diosa.

Todo estaba listo.

La habitación más hermosa de la casa estaba adornada con retoños de vid, y en las paredes las imágenes de los hombres habían sido veladas con telas blancas. Las matronas se paseaban emocionadas y solemnes, como si realmente creyeran en estos ritos y pudieran hacer de Roma y del mundo un lugar feliz; mantenían un comportamiento altivo y solidario, como si fueran mujeres de conducta irreprochable y, entre ellas, verdaderas amigas.

Noche de fuegos en los braseros y de vino en la crátera de plata, de sonidos de flautas, de oraciones y de responsos que auguraban buena fortuna a todos. Noche de ilusiones y mentiras. Por una noche, cada una de esas mujeres se sentía importante y escenificaba una vida que no le pertenecía. Por un corto espacio de tiempo, antes de un amanecer como cualquier otro.

Yo no.

Me paseé sola entre las mesas y todas me observaban. Muchas susurraban mi nombre y sentí sus miradas maliciosas sobre mí. Yo era la más bella, y era la amante de Cayo Julio César: del *pontifex maximus* que vivía en aquella casa; del marido de Pompeya, que aquella noche supervisaba los ritos en su casa; del hijo de Aurelia, nobilísima y respetada por toda Roma. Esposa y madre me detestaban, era lo único en lo que estaban de acuerdo, y me saludaron con frialdad cuando llegué. Pero yo no podía quedarme fuera: era la esposa del cónsul en turno, la mujer más importante de la ciudad, además de la más bella.

Mientras admiraba en una pared una escena de Diana tensando su arco con su perro al lado, se me acercó Fausta, que dos años antes se había casado con Lucio Licinio Murena, colega de mi marido en el consulado. Había mala sangre entre nosotras: mi hermano Catón lo había acusado de corrupción pero, en el juicio, Cicerón había asumido su defensa y había ganado. Murena fue absuelto y se convirtió en cónsul, pero seguía siendo corrupto.

—No esperaba encontrarte aquí, ¡qué sorpresa! —Su voz sonaba como el cacareo de una gallina.

—¿Por qué? —respondí sin apartar los ojos de la pintura—. ¡Tú y yo somos las más ilustres! —la reté—. Si las esposas de los cónsules desatienden los ritos, la diosa Bona podría considerarlo una afrenta, quién sabe cuáles serían consecuencias para nuestros magistrados, para nuestro pueblo...

—Te admiro y te envidio —siseó—. Nunca sería capaz de tal descaro.

—Mi querida amiga, dirige tu admiración a otra parte y ahórrate la envidia. La única verdaderamente casta en esta sala es ella.

—Y señalé a Diana, que apuntaba con su flecha a la luna.

Las doncellas mantenían los fuegos encendidos y las flautistas tocaban sus instrumentos, cuando una gran conmoción y gritos histéricos llegaron desde las habitaciones interiores.

Miré a mi alrededor, Pompeya no estaba allí.

Una criada se apresuró a acercarse a Aurelia, que estaba asustada y llorando, y le habló al oído. Aurelia se puso pálida y abrió los ojos, como si hubiera visto un fantasma.

¡Pero el fantasma estaba realmente allí! Era Clodio disfrazado de mujer. Publio Clodio Pulcro, el hombre más inescrupuloso que he conocido. El más licencioso, astuto, sin principios, despectivo de todo peligro y de todo respeto; de muy nobles ancestros, feliz esposo de Fulvia y nunca satisfecho con las mujeres. A César no le desagradaba. Le sería útil en el futuro, y luego, en el momento adecuado, moriría. Pero esa noche, con la complicidad de una esclava, entró en su casa e insultó a su mujer.

Aurelia se apresuró y todas la seguimos, llevando lucernas y fingiendo desconcierto. Manos cubriendo los rostros, grititos de escándalo, de la boca de cada mujer: culpa, juicio, condena. Hipócritas.

Yo me reía.

Un hombrecillo con los labios embadurnados de cinabrio, los ojos ennegrecidos y lampiño como un niño, y frente a él, una anciana que lo ahuyentaba gritándole las palabras más infames, jadeando y tosiendo, y en medio de todo este tumulto, una mujer que se convertiría en la fábula de toda Roma.

La diosa Bona profanada en la casa del pontífice máximo por un hombre afeminado que entra por la noche para tentar a su esposa: una esposa casada por conveniencia, siempre infeliz y traicionada cada día, patética, ridícula, finalmente seducida, pero descubierta antes de llegar a la alcoba, Pompeya sin fortuna y sin esperanza. ¡Ni el más irreverente poeta de la comedia habría imaginado tanto!

Pero fue tan real que todos acabaron en el tribunal.

Clodio fue acusado de impiedad por profanar la ceremonia, y Cicerón testificó contra él: nunca he entendido por qué, en aquel entonces eran amigos. Al parecer, lo convenció su esposa Terencia, que estaba con nosotros esa noche.

Mientras tanto, César repudió a Pompeya; su madre había insistido en ello, pero en el juicio dijo que no sabía nada de las bravatas de Clodio.

Un murmullo recorrió la multitud que llenaba la basílica.

Los jueces estaban listos para dictar sentencia, pero la declaración los dejó atónitos.

—¿Entonces por qué has repudiado a tu esposa Pompeya? —le preguntó el magistrado que presidía el juicio.

César los miró fijamente, luego dirigió su mirada al pueblo y respondió en voz alta:

—Porque la esposa de Cayo Julio César no debe ser ni siquiera tocada por la sospecha.

La multitud aclamó y Clodio fue absuelto de inmediato.

Cicerón fue uno de los primeros en marcharse, solo, con las manos a la espalda y la cabeza inclinada.

Y así nos encontramos los dos sin cónyuge, yo por viudez, él por defender su honor.

Más tarde le pregunté por qué había decidido salvar a Clodio, yo misma le había contado todo.

Me contestó con palabras cuyo significado solo comprendí años después:

—Porque lo necesito.

*

Aquí estoy, por fin me cubro los desordenados cabellos; ¡qué hermoso es este velo color fuego! Es el velo de las novias, lo reconozco; ya me he cubierto con él dos veces, pero ¿quién es? No puede ser él, nunca nos casamos, ni siquiera en esa primavera, nunca nos casaremos. Pero también llevo la corona de mejorana y verbena, ¿por qué? No la necesito, no la quiero, soy vieja y mi virginidad ni siquiera sé si alguna vez existió, ¿por qué no puedo arrancarla de mi cabeza? ¿Y qué hace el augur? No, el perro no, ¡deténganlo! Debe sacrificar una oveja, o un cerdo, no un perro, ¡no su perro! Hasta las antorchas nupciales deben llevarlas a su casa, gotean resina y las sigo atraída por el olor, pero su casa está al otro lado, no vayan, se los ruego, allí no, solo está el campo abierto y el ejército preparado, ya suenan los tambores, se los ruego, no quiero que combata y muera. Se están apagando. Antorchas nupciales negras, no queda más que una brizna de humo. Moriremos. Las antorchas en la boda de su hija Julia con Pompeyo se han apagado, Julia ha muerto.

Pero ahora lo hemos dicho: *ubi tu gaius, ibi ego gaia*; yo lo he dicho, él lo ha dicho, seremos felices para siempre.

—Servilia, soy yo, Cayo.

No está oscuro sin las antorchas, aquí entra un soplo de aire frío y un rayo de sol me obliga a apretar los ojos.

—Servilia, despierta, Servilia… —Me toma de la mano como el novio a su novia, no estoy durmiendo, acabamos de casarnos, ¡no podemos dormir! Pero solo mi tienda está en el campamento, he dormido la mayor parte del viaje.

En cuanto me despierto me asalta una fuerte tos, mi pelo está despeinado y no lo cubre ningún velo color de fuego. Quién sabe dónde estamos, ya no llueve. Intento recomponerme lo mejor que puedo.

—¿Cómo te sientes? —Me sonríe pensativo, pero no oculta su preocupación. Hay otro hombre con él—. Me gustaría que conocieras a Herófilo, mi médico. Aprendió su arte en Pérgamo.

Y, sin que me dé tiempo a decir nada, le dirige un breve discurso en griego.

El médico lo escucha, asiente y ambos me miran, le está hablando de mí y de mi enfermedad, no entiendo más que unas pocas palabras y me siento ansiosa. Pero, sin dudarlo, Herófilo me calma: lo hace en mi idioma y le estoy doblemente agradecida. Tiene modos elegantes y discretos; mide el pulso, el latido veloz le confirma la fiebre; luego me pide que abra la boca todo lo que pueda, y acerca una lucerna y me examina la garganta, que está ardiendo; finalmente, me aparta la ropa del pecho para apoyar su oreja en ella, animándome a una respiración profunda, a menudo interrumpida por la tos.

—Tomarás rábano picante y miel, al menos dos veces al día, incluso tres. —Mientras tanto, de una pequeña ámpula vierte unas gotas de un bálsamo aromático amarillento en la palma de su mano y lo unta en mi pecho—. Esto también te hará bien. Pronto sentirás calor y los efluvios aliviarán tu respiración.

Le doy las gracias, me cubro hasta el cuello y añado una manta. Tengo frío y, sobre todo, me avergüenza que un hombre toque mi cuerpo desnudo bajo la mirada de César.

Por fin estamos solos.

—¿Por qué le hablaste en griego? ¿Me estoy muriendo y no querías que lo entendiera?

—Solo porque lo respeto. —Se pasea alrededor del brasero—. Nos salvan la vida —comienza a explicar—, saben cómo somos bajo la piel, hasta las tripas y el corazón; curan con hierbas y manos y, sin embargo, muchos los consideran impostores. No te puedes imaginar cuántos romanos siguen pensando que comer coles es suficiente para curarse de cualquier enfermedad, ¡qué necios que son! No confían en ellos porque son griegos que vinieron a Roma para exterminarnos. Pero son muy pocos. —Me quita los ojos de encima y su mirada se pierde a lo lejos, como hace cada vez que concibe grandes ideas—. Me gustaría que cada ejército tuviera sus propios médicos, para tratar a los que caen enfermos en las marchas, cuando hace frío y escasea la comida, cuando los contagios hacen estragos en los campamentos, o cuando el calor mina los miembros, y luego para vendar los miembros heridos después de las batallas, para sacar flechas y proyectiles, para coser la piel desgarrada y detener la sangre, para amputar; e incluso para los soldados sin esperanza de prolongar su vida, aunque estén cojos, aunque les falte una pierna o un ojo, para ayudarles también a morir mejor, con menos dolor. Ahora los heridos son llevados a pueblos cercanos al campo de batalla y abandonados a la buena fortuna. ¿Te parece justo?

Niego con la cabeza, no, eso no está bien.

—De hecho —continúa César—, no es correcto. El ejército romano, el mejor organizado y más fuerte del mundo, que lleva el poder de Roma más allá de todas las fronteras, este inmenso instrumento de nuestra grandeza confía la salud de los cuerpos a los dioses. Pero tengo la intención de equipar a cada legión con sus propios médicos. Son tan necesarios como los herreros, como los cocineros, como los auxiliares e incluso más, porque ayudan a la vida y a nuestro dominio del mundo. Por eso les hablo en griego. Cuando nuestra lengua aún no existía, el griego dio nombres a las enfermedades y encontró palabras para enseñar las curas. —Reflexiona largamente, como si quisiera volver a hablar, pero se limita a tranquilizarme—. No te estás muriendo, mi Servilia. Solo me he inclinado ante su arte.

Sigue caminando entre el brasero y mi cama, emocionado por sus visiones: las palabras las convierte en proyectos y sé que, tarde o temprano, serán realidad.

—Pero tu médico puede haberse equivocado —me quejo—. ¡Incluso puedo morir, tal vez su arte tan antiguo y noble sea falaz! Estoy enferma y te sigo. —Con la poca fuerza que tengo, le lanzo el dado, que cae al suelo—. ¡Al menos, revélame esto!

Lo recoge y mira las dos caras más grandes, lo acaricia con un dedo.

Continúo implorándole, y casi despotricando contra él.

—¡Sé que entre esos signos has escondido el sentido de tu locura, la tuya, solo tuya! Dime antes de morir, dime qué significa este frío, el viento, un ejército que no lucha y tú persiguiendo un fantasma. Me has arrastrado a tu infierno, quiero al menos saber por qué.

Dirige sus ojos a los míos.

Qué lejos están las miradas de aquella primavera. Siento que mis mejillas se llenan de lágrimas.

Pero César sonríe, se pone la capa y, antes de llegar a la puerta de mi tienda con pasos lentos, deja el dado sobre la cama.

—No te estás muriendo, mi médico no se equivoca. No son letras griegas, ya tendrás tiempo de recordar y entender.

De recordar, me dice. Pero no es la fiebre, son la memoria y los recuerdos los que me están matando.

XIII

*Primum Graius homo mortalis tollere contra est oculos
ausus primusque obsistere contra.*

Por primera vez, un varón griego osó levantar hacia él
sus ojos mortales y desafiar al miedo.

Lucrecio, *De rerum natura*

Durante el día viajo en el carro envuelta en muchas mantas y,
cuando los soldados preparan mi tienda hacia el atardecer, disfruto
del calor del fuego del brasero y de una sopa caliente. Pero es casi
primavera: el tiempo de luz es más largo, la noche tarda en caer y ya
no vence mi miedo. La lluvia dura poco, dejando el cielo desierto
de nubes, y cuando la oscuridad abraza el campamento, sé que las
estrellas me iluminan. Son distantes y frías, pero me protegen y me
curarán.

Él también emerge de la oscuridad cada tarde, después de que se
pone el sol. Lejano, frío, pero está ahí, y quiere curarme.

—¿Cómo estás? ¿Tomaste el rábano picante?

Siempre la misma pregunta, y siempre la misma respuesta:

—Sí, lo tomé, y me siento mejor.

Aunque no es verdad.

Se aproxima a mi cama y todos se marchan; de la pequeña ámpula que ha dejado el médico vierte en la palma de su mano el bálsamo con su buen aroma, aspira también su penetrante olor y,
mientras tanto, me libero de las mantas y aparto la ropa del pecho.

Entrecierro los ojos, recuerdo como en un sueño cuando mi
madre me curó una vez con una pomada: entonces también tenía

fiebre y deliraba, no quería saber nada del aya, solo quería a mi madre, pero pronto tuve que aprender a prescindir de ella; y mientras me duermo entre la fiebre y las estrellas, su mano frota mi piel desnuda y sudorosa. César tiene manos sabias. Apuñala, mata, acaricia, cura. Mi madre no, ella solo curó.

Cada noche es igual.

Pero esta noche me siento realmente mejor, y no es necesario hacer la pregunta de siempre porque la respuesta está en la sonrisa.

Se sienta a mi lado y me aprieta la mano.

Me la llevo a los labios y la beso largamente.

—Gracias —digo despacio—, me has curado.

—Mi médico nunca se equivoca, y yo tampoco. Este medicamento hace milagros, pero apesta. —Nos reímos juntos, y añade—: Quién sabe qué secretos de la naturaleza comprendían los griegos, nosotros nunca lo sabremos. Su lengua está tan rica de palabras, de ideas; puede expresar cualquier pensamiento, revelar los arcanos del mundo; quien la habla y escribe es como un dios. La nuestra, en cambio, es pobre, y siempre sabremos demasiado poco. Parece que los griegos hablan con las plantas y estas les responden. Pero no solo hablan con las plantas, ¿sabes? También con la tierra, con los ríos y el mar embravecido, con el rayo y el fuego de los volcanes, con el viento y con la negra muerte. Entonces, en una noche de luna llena como esta, miran al cielo, desafían a los dioses y hablan con las estrellas.

—¿Y las estrellas responden? —le pregunto, encantada, con un hilo de voz.

—Siempre.

Me entrega una pesada manta.

—Ven conmigo.

Respiro la noche y me embriaga el olor de la hierba húmeda, de la leña que arde en el campo y en las pobres casas de los pastores esparcidas por el páramo, y el humo se eleva para velar la oscuridad. Desde el acantilado de la única colina, se levanta la luna, blanca y brillante; es muy grande: si estiro la mano quizá pueda tocarla, pero pronto, antes de que siga su curso y llegue a la cima del cielo, y un ritmo lento y lejano de agua y tierra conmueve mi corazón. El mar. El mar que nunca duerme. Y un río que fluye quién sabe dónde, en la oscuridad.

Inmóviles y silenciosos, como la noche.

César da un paso adelante, es una silueta oscura en la blancura lunar, y modula los sonidos como si fueran música:

—ὡς δ' ὅτ' ἐν οὐρανῷ ἄστρα φαεινὴν ἀμφὶ σελήνην φαίνετ' ἀριπρεπέα, ὅτε τ' ἔπλετο νήνεμος αἰθήρ...

Me dejo acariciar, hasta que la última vibración se pierde en el canto de un pájaro, mientras el perro se acerca y gime melancólico.

—¿Qué significan estas palabras? —susurro.

—Quieren decir todo esto. —Extiende sus brazos y los eleva hacia el cielo—. Hablan de la luna, de las cumbres y de los valles, del aire sin viento y de las estrellas brillantes, de todos estos astros. ¡Míralos! Dan luz a la noche. Su respuesta es la voz de las estrellas. Quién sabe cuándo, desde las secretas regiones del universo, este canto fue recogido por un aedo, lo llaman Homero; lo reveló en la lengua que todo lo puede decir y llegó a nosotros sobre las olas, llevado por el viento que sopla desde el Oriente.

Señalo una estrella más brillante que las demás, no muy lejos de la luna.

—Cómo brilla...

—Es un planeta —explica—. Venus. Al final del invierno es la señora del cielo, y siempre dueña de todo, Venus administra la vida. Ella es mi diosa, y yo soy suyo.

—Todavía eras un niño y querías dedicarle un templo. Lo recuerdo como si fuera ayer...

—Lo haré. Muy pronto.

Volvemos a mi tienda, apagamos las lucernas, y se echa en la cama a mi lado, confiándome sus pensamientos antes de dormir.

—De buena gana, renunciaría al poder sobre el mundo para saberlo todo acerca de todo, para comprender la esencia de cada hoja, de cada gota del agua, la luz que revela los misterios y que cada fragmento del cosmos contiene en sí mismo. Hasta en cada peca de tu rostro, de tu cabello que brilla con el atardecer y se nubla con las nubes grises. —Los toca, yo sonrío y me sonrojo un poco, y él no me ve—. Pero a este conocimiento nunca podré llegar; al dominio sobre las tierras y los hombres, sí.

Me hago la ilusión de que yo también puedo comprender la voz de la estrella suya y mía grabada en la madera, y toda la noche dormimos abrazados, como dos viejos esposos que ya no quieren hacer el amor.

Bríndisi está cerca.

La marcha avanza ágil sobre la llanura a lo largo de la costa. Las legiones están entusiasmadas, especialmente los reclutas que César ha reunido durante su descenso por el Piceno y tras la rendición de Corfinio, y la visión del mar movido por el viento que nunca amaina aquí abajo les refresca el ánimo. Por la noche desprende el olor de la sal, junto con un profundo y sombrío canto que para muchos es una grata compañía para el insomnio. También para mí y para César, que estudia su mapa, escribe cartas y envía mensajeros al amparo de la oscuridad, lee a los filósofos, reza a Venus y a la Fortuna, y busca en la sabiduría y el ejemplo de sus antepasados el apoyo a sus proyectos, las raíces de su destino para conquistar el mundo. Velo, y vislumbro el halo de las lucernas hasta tarde en su tienda.

Con cada nuevo amanecer, el viento es más fuerte, pero el camino está libre de obstáculos y las manchas de flores nuevas en los campos son más espesas: amapolas y acianos, los pétalos amarillos del trébol, aquí y allá las copas de los almendros como nubes blancas, y la plata de los olivos con troncos como miembros retorcidos, hombres que se han convertido en madera cansada por el peso de demasiados siglos, pero condenados por un dios bifronte, cruel y generoso, a dar frutos para siempre.

Hoy se ha encendido una esperanza de paz. Algunas de las cohortes que marchaban desde el Tirreno para reunirse con Pompeyo, al ver la caballería de César, abandonaron a los pretores que las dirigían y unieron sus insignias a las nuestras. Pero, sobre todo, esta mañana, junto a un río que es poco más que un arroyo, los jinetes que avanzaban con una división de infantería se encontraron con unos cuantos hombres que examinaban las orillas y discutían. Eran romanos, y el viento que soplaba en una dirección favorable permitió a nuestros hombres entender su idioma: hablaban un latín perfecto, y bajo sus mantos pudimos ver sus lanzas. Sospechando que eran pompeyanos, los capturaron y los llevaron ante César, desarmados, alineados uno detrás de otro y con las muñecas atadas.

—¿Quiénes son ustedes? —pregunta, y ordena que los liberen de sus ataduras. Al no recibir respuesta, se dedica a observarlos atentamente y se detiene frente al hombre más alto y de aspecto más autoritario—. Te reconozco, te llamas Magio y vienes de Cremona, en la Galia Cisalpina. Eres arquitecto, te encontré en mi provincia, y en muchas partes se habla de tu extraordinaria capacidad. Te has puesto del lado de Pompeyo para comandar al genio militar, ¿no es así?

El hombre asiente y los lugartenientes al lado de César intercambian miradas de satisfacción, la captura del comandante de los zapadores es un duro golpe para los adversarios: los implementos de guerra, las máquinas, las fortificaciones, los campamentos; en fin, toda la estrategia se verá comprometida. Además, los informantes nos dijeron que el ejército de Pompeyo tenía pocos soldados de verdad, solo las legiones cedidas por César: por lo demás, era un amasijo de esclavos, campesinos, pastores, gente desesperada y sin experiencia reunida a la fuerza en el campo y las aldeas.

—Acércate —le ordena, y confía a sus compañeros la vigilancia del doble de centuriones. Luego continúa, mirándole a los ojos—:

136

Perteneces al ejército que por voluntad del Senado debe defender a la *Res publica* y luchar contra mí, pero ahora eres un prisionero en mis manos: podría darte muerte o mantenerte encadenado y obligarte a seguir a mis legiones.

El hombre agacha la cabeza, una ráfaga más fuerte levanta su capa.

—Pero no lo haré.

Hay un murmullo entre los lugartenientes y el propio Magio se muestra asombrado, todos esperan más palabras de César.

—Volverás a Bríndisi con Pompeyo, pero debes darle un mensaje de mi parte. Le dirás que quiero encontrarlo. Varias veces he buscado en vano una entrevista, y le he enviado propuestas de paz a través de embajadores, pero entiendo que la distancia no ayuda a las negociaciones. Sin embargo, dentro de unos cuantos días yo mismo llegaré a Bríndisi, y quiero hablar con él mirándole a los ojos, como estoy haciendo contigo.

Muchos se sienten decepcionados, algunos apenas pueden contener su indignación, pero guardan silencio y nadie se atreve a contradecirle. Magio está a punto de decir algo, pero César no le permite ni siquiera una palabra y lo despide con brusquedad.

—¡Ahora vete!

El estado de ánimo de las legiones es muy elevado.

La captura de Magio y la cercanía de su objetivo los hizo sentirse guerreros preparados para todo. Su comandante los condujo a través de la nieve; con él superaron el hielo de las montañas, vieron abrirse de par en par las puertas de las ciudades, los hombres y las mujeres los aclaman, los magistrados se someten y traen regalos, han sido recibidos como héroes, incluso el último recluta se sintió protagonista de una inmensa hazaña, todo gracias a él. Por primera vez ganaron una guerra sin luchar, sin matar.

En una noche de enero cruzaron un río cuyo nombre resonaba como una tormenta de sangre, eran pocos, la oscuridad los cubría y no podían imaginar que, más allá de ese pequeño y chirriante puente de madera, los esperaba la experiencia más extraordinaria de sus vidas, impensable para la mayoría de los soldados.

Pero son los hombres de Cayo Julio César, *sus* soldados: han recibido un destino extraordinario de los dioses, y nada los detendrá. Nunca.

Los pasos son firmes, los hombros derechos y los rostros tensos y orgullosos, las armaduras relucen, golpeadas por el todavía frío sol de invierno, y cantan con todo su aliento, los estandartes y las águilas de plata se elevan en lo alto del viento.

César cabalga entre las cohortes, animándolas, y su perro corre junto al excitado caballo como si fuera un soldado, moviendo la cola y ladrando, sin separarse de él ni un instante.

*

—Llévalos contigo, son los perros que han defendido al rey de Bitinia durante siglos.

Cuando César estaba a punto de embarcarse en Bitinia para volver a Italia, su amigo el rey Nicomedes le regaló tres perros jóvenes machos y tres hembras, de la misma raza. Eran poderosos, pero ágiles y de cuerpo delgado, rápidos para correr, con pelaje corto color gris oscuro y hocico largo.

Le habló de una larga tradición de afecto exclusivo, que en una ocasión había acabado en tragedia.

—Mi antepasado, el rey Nicomedes I, tenía un perro como el mío que lo seguía día y noche, incluso hasta a su dormitorio: lo protegía mejor que todo un cuerpo de guardias y nadie podía ni siquiera tocarlo, a no ser que el rey hiciera el primer gesto. Una noche, su esposa, la bella Consinge, se había acercado a su marido y lo había acariciado, con esa intimidad juguetona a la que se atreven las esposas, entiendes...

César sonrió y bajó la mirada por un momento. Nicomedes continuó:

—Pero el perro no pudo soportar ver otras manos en el cuerpo de su rey; pensó que la mujer quería atacarle, y en la oscuridad le mordió en el hombro, desgarrando su carne hasta el hueso. Consinge perdió mucha sangre, enfermó de fiebre y murió a los pocos días.

César quedó muy impresionado y respondió al rey:

—Me haces un regalo terrible, pero no soy un rey. Los reyes no han existido en mi tierra durante siglos, y nunca volverán.

Pero el otro añadió las siguientes palabras:

—Un día gobernarás sobre muchas tierras y sobre muchos pueblos, aunque no te llamarán rey. Tendrás un perro como compañero, nacido de estos que te doy, o de sus descendientes. Sabrás cuando haya llegado el momento y, entre todos los cachorros, reconocerás al tuyo.

De vuelta a Roma, César crio a los perros como si fueran sus propios hijos. Unos años más tarde, su amigo el rey Nicomedes murió, y le hizo otro inmenso regalo: dejó su reino al pueblo romano.

El día que nació era otoño.

Un criado vino a avisarme que una de las perras estaba a punto de parir y César quería que estuviera presente, como hacía cada vez que nacía una nueva camada. Años antes había explicado por qué.

—Cuando nazca mi perro, tendrá que verte a mi lado y aprender a reconocerte desde el primer día de su vida. No quiero que se repita el triste destino de la Reina Consinge.

—Pero yo no soy tu mujer —respondí con malicia.

—Puedes atreverte conmigo a cualquier intimidad juguetona y atrevida, a cualquier palabra lasciva, como a ninguna esposa se le permitiría. Me gusta cuando eres tú, en medio de la noche, quien toma la iniciativa. El perro tendrá que aprenderlo. Si intentara gruñirte, yo mismo lo mataría.

Nacieron tres cachorros, todos machos. La perra los lamió para liberarlos de la membrana que los envolvía, y uno de ellos se mostró inmediatamente más robusto que los otros. Buscaban sus mamas y los observamos en cuclillas en el suelo, a poca distancia de la estera que los criados habían extendido para el parto. Cuando estuvieron satisfechos, se acomodaron entre las patas y el vientre de su madre, pero no el más corpulento, que había nacido primero: el perrito se movía torpemente, se revolcaba y trataba de levantarse sobre sus patas inestables; poco después empezó a gemir y abrió un poco los párpados húmedos: solo un poquito, pero fue suficiente para encontrarse con la figura de César.

César extendió una mano y el cachorro frotó el hocico contra su dedo y empezó a mordisquear.

Sonreímos. Era él.

Se quedó con la perra algún tiempo más para recibir su leche, César lo visitaba casi todos los días, a menudo íbamos juntos, jugaba con él y le hablaba, y el perro se sentaba sobre sus patas traseras y ladeaba la cabeza hacia un lado, como si le entendiera. Cuando ya no necesitó de los cuidados de su madre, lo llevó con él a la casa del *pontifex maximus* en la Vía Sacra, y las palabras de su amigo el rey Nicomedes resonaron como una profecía: «*Un día gobernarás muchas tierras y muchos pueblos...*». El año de su consulado estaba llegando a su fin y esperaba liderar la expedición a la Galia en pocos meses. Ese día, quizás, estaba cerca.

—¿Ya le has puesto nombre a esta pequeña bestia? —le pregunté una vez cuando vino a mi casa con el perro. Todavía era pequeño y lo tenía en brazos, le gustaba que lo acariciaran.

—Se llama Péritas.

—¿Péritas? —repetí sorprendida, casi riendo—. ¡Ese es un nombre extraño!

—No, es un nombre importante y noble. Péritas era el perro favorito de Alejandro Magno. Cuando murió, fundó una ciudad en su honor.

Cayo Julio César y Alejandro Magno, su modelo, su obsesión.

Péritas partió hacia la Galia con su amo, que era y sería rey solo para él. Desde entonces ha atravesado los Alpes, ha cruzado los mares en barcos de vela impulsados por los remos y el viento, ha pisado la nieve y los páramos y ha vadeado ríos embravecidos; ha cumplido su décimo año de vida y hoy, en los campos de hierba del Sur, sigue corriendo a su lado, contento de otra aventura, vive como un soldado, como su más fiel guardaespaldas, dispuesto a morir por él, como todos sus legionarios.

*

Los cánticos pierden su ritmo y la columna en marcha retumba cada vez más, el perro ladra hasta que los hombres de la XIII legión, a la cabeza del ejército, levantan sus puños y estandartes y hacen resonar sus poderosas voces: *¡Rugit leo! ¡Rugit leo! ¡Rugit leo!*

A lo lejos, en la llanura hasta donde alcanza la vista, en la tersa luz próxima al atardecer, aparecen las murallas de Bríndisi, altas y oscuras.

El sol bajo ilumina los ojos de César, que brillan como el fuego, y el fuerte viento agita su capa roja en remolinos desordenados. Mira los muros, ajeno a la exaltación de los soldados, y luego se vuelve hacia el fragoroso mar al este, donde ya está anocheciendo.

No tiene flota y nadie ha vuelto para informar de la respuesta de Pompeyo.

El horizonte y la tierra frente a él son una línea larga, negra y lívida.

XIV

—Ya se han ido.

—Sí, hace dos días.

—Todos lo dicen: los cónsules se han ido.

—Cneo, el hijo de Pompeyo, también se ha ido.

—Sí, él también con muchas cohortes, no sabemos cuántas.

Los dos informantes se intercambian palabras, jadean por la carrera e inclinan la espalda hacia delante, apoyando las manos en las rodillas para aliviar la tensión de los músculos. Fueron muy rápidos, todavía no es de noche.

César está furioso.

—¡Cobardes! ¡Primero dejan Roma y ahora Italia, cónsules innobles e indignos! ¿Y Magio? ¿Lo han visto? ¿Saben algo?

—No, nada, ni sus luces.

—¡Maldita sea, llegamos demasiado tarde! Ese bastardo me engañó, como esperaba. —Su rostro es oscuro y apremia a los dos hombres—. ¿Pompeyo sigue en la ciudad? ¿Cuántos barcos hay en el puerto?

—Sí, está en la ciudad con un buen número de soldados, pero hemos visto muy pocos barcos, todos de carga —respondió uno de los dos, y el otro asintió.

Sin perder tiempo, César decide asediar Bríndisi: quiere impedir que Pompeyo se haga a la mar y abandone Italia. Da instrucciones a los oficiales que le acompañan, especialmente a los responsables del castro, en voz alta para ahogar el viento y con grandes gestos para indicar los lugares.

—Quiero tres campamentos: uno allí, al oeste, frente a la puerta principal de la ciudad; otro al norte, desplazado hacia el brazo que cierra el puerto, y el tercero enfrente, al sur, en el otro brazo del lado opuesto. En cada uno de ellos se ubicará una legión de veteranos y otra de reclutas, la XIII en la central frente a la puerta. Yo mismo iré de un campamento a otro. ¡Dense prisa!

Mientras tanto, coloca tropas de jinetes e infantes, armados con flechas y hondas, frente a los campamentos y a lo largo de las murallas.

Pasa la noche sin cerrar los ojos y, como él, muchos oficiales van y vienen por el campamento, algunos entran en su tienda. Con demasiada frecuencia me levanto de la cama, enciendo y apago la lucerna y no puedo dormir, me asomo, intento comprender y escudriñar sus movimientos. Todavía hace frío.

De repente, fuera de la tienda pretoriana junto con el fiel Péritas, César monta su caballo y sale del campamento con un grupo de legionarios, todos completamente cubiertos con capas negras, como él. Los sigo hasta la puerta, son casi invisibles. Da instrucciones, señala a un lado, al otro, son exploradores, y se mueven de inmediato, algunos a pie, otros a caballo, no tienen antorchas, se conformarán con la luna menguante en lo alto de las murallas y, en pocos instantes, se pierden en la oscuridad.

Al volver al campamento, me ve y viene hacia mí.

—¿Por qué estás afuera a estas horas?

—¿Qué pasa?

—Vuelve a tu tienda y trata de dormir, al menos tú.

A la mitad de la noche convocó a los legados y les expuso su plan: asediar la ciudad y cerrar el puerto.

—Despierten a los soldados antes del amanecer —ordenó.

Lo escucharon en silencio, perplejos.

—Necesitamos materiales —continúa—. Piedras y cantos rodados, tierra y mucha madera. Cortaremos árboles en los bosques del interior, a menos de dos millas de aquí; prepararemos los carros y llamaremos a los carpinteros y herreros, y enviaremos a los más fuertes al mar. Dense prisa, el trabajo es arduo y tenemos poco tiempo.

Todavía no es de día cuando el bosque retumba con los golpes de hacha y los troncos caen con fuertes golpes y temibles crujidos de follaje.

César galopa entre los hombres, anima, desmonta de su caballo y, donde es necesario, ayuda él mismo, instruye.

—Corten troncos de igual longitud y cárguenlos en los carros. —Y los envía hacia ambos brazos—. Talen y corten, vuelvan con los carros vacíos para seguir cargando. No paren hasta que tengan nuevas órdenes. —A toda prisa, se dirige a la costa. Los soldados ya han acumulado mucha tierra y mucha roca, el sol aún está bajo, pero ya están sudados y sonrojados.

—¡Más, quiero más! Llamen a los demás, divídanse en turnos para tener siempre refuerzos frescos.

Hace una señal a los tribunos y centuriones que supervisan los trabajos para que se acerquen. Extiende un papiro en el suelo, todos se inclinan para mirarlo y César les muestra los signos que él mismo ha escrito durante la noche, tras el regreso de los exploradores.

—Esta es la ciudad de Bríndisi vista desde el cielo, con el puerto y el mar, como la ven los pájaros. Imaginen que son gaviotas y miren debajo de ustedes.

Muestra con el dedo índice la zona edificada en el interior de las murallas, adosada a la tierra por el oeste y, por lo demás, rodeada de agua, con los muelles del puerto mirando hacia el este. Pero el mar que rodea la ciudad está delimitado por otras tierras, dos brazos al norte y al sur que se extienden hacia el Adriático como cuernos curvados, como si siguieran más ampliamente el contorno circular de la ciudad, y dejan una salida al mar abierto frente a la cual emerge una isla. Es un puerto seguro y cómodo, con tierras en varios lados que lo protegen de vientos y tormentas.

—Eso es todo —concluye César—, quiero que este espacio de mar entre los dos brazos quede bloqueado, ningún barco debe entrar o salir.

—Pero es una hazaña imposible, ¡se necesitarían meses de trabajo! —objeta uno de los oficiales, y otros lo confirman. Un murmullo recorre las filas.

—¿Cómo piensas proceder? —interviene Marco Antonio.

—Cerca de la punta de los brazos, donde el fondo marino aún lo permite, construiremos terraplenes y diques con los cantos rodados apilados para extender la tierra hacia el mar, y en el centro, donde el agua es más profunda, uniremos los muelles artificiales con un puente de balsas.

Antonio mira el dibujo pensativo, muchos sacuden la cabeza.

A César no le importa.

—Mientras tanto, los legionarios prepararán torres, escalas y arietes a lo largo de las murallas: cuando el puerto esté cerrado, abatiremos las puertas, escalaremos las murallas y entraremos en la ciudad.

Divide a los hombres en dos grupos, de modo que el trabajo en los extremos de los dos brazos se desarrolle en igual tiempo, y los despide sin admitir réplica.

—Manos a la obra, no hay tiempo para indecisiones.

Monta en su caballo y lo espolea hacia el campamento, con la misma fuerza que las ráfagas que se precipitan por la llanura.

Los soldados trabajan en los bosques, en los brazos y a lo largo de las murallas, y cuando cae la noche prosiguen a la luz de antorchas y de los fuegos encendidos en tierra. Se turnan para dormir lo mínimo necesario y comer; nunca se detienen.

Algunos de los soldados arrojan las piedras más ligeras donde el agua es poco profunda, hacen rodar los guijarros con ayuda de tablones de madera inclinados, y los terraplenes que extienden los brazos de tierra están listos en poco tiempo; mientras tanto, otros construyen balsas atando troncos entre sí, las colocan en el mar al final de los terraplenes, una al lado de otra, y las aseguran con cuatro anclas, una a cada lado. A un par le añaden otra, y otra más. Sobre los troncos atados echan tierra, de modo que sean transitables por los soldados, y protegen los flancos y el frente con empalizadas, una especie de puente fortificado sobre el mar; también, a intervalos regulares, torretas de dos niveles para vigilar y defender.

Los arquitectos lo disuaden, las corrientes son demasiado fuertes y, a pesar del anclaje, las balsas cederán al impactar con barcos más grandes, pero César no escucha y sigue impulsando la obra, que avanza con dificultad: Pompeyo armó los cargueros con máquinas de guerra y torres, y las lanzó contra las obras de César.

Todos los días en el puerto combaten con proyectiles y dardos, los honderos desatan lluvias de perdigones y los arqueros lanzan flechas con las puntas empapadas de brea en llamas, que se clavan en los maderos y provocan incendios.

Parece una guerra, pero César no se resigna, quiere encontrarse con Pompeyo en persona.

—Hablaremos, lo persuadiré para que negocie la paz.

Así se lo dice a sus lugartenientes, y encarga a Caninio Rebilo que organice el encuentro. Caninio combatió en la Galia, siempre había estado entre los más leales, dispuesto a hacer cualquier cosa por su comandante.

Pero Pompeyo se evade y envía un mensaje de su puño y letra: no puede decidir nada en ausencia de los cónsules. Así escribió el cobarde que se llama a sí mismo Grande, ahora ha perdido hasta la vergüenza.

César lo arroja al suelo con desprecio.

—¡Más rápido! ¡Más rápido! —grita a los soldados—. ¡Pónganse a trabajar en esas escalas! ¡Los quiero contra los muros mañana al amanecer! Y tú —se dirige a un teniente que le sigue—, ¡reúne a todos los legados y tribunos y tráelos a mi tienda de inmediato!

Palabras como rugidos.

Será la guerra, y Pompeyo pagará caro el insulto a la paz.

Durante toda la noche, golpes ensordecedores, sonidos de metal, madera y piedras provienen del interior de la ciudad, y los exploradores enviados por César son repelidos por honderos y arqueros que custodian la parte superior de las murallas. También resuenan los gritos de los habitantes, que asisten a la violación de sus casas y templos y juran contra Pompeyo y los soldados que tratan a Bríndisi como tierra de conquista. Desde los tejados, intentan enviar señales al ejército en la llanura y en los brazos del puerto, pero la oscuridad y el ruido se los impiden.

—¡César! ¡Barcos! ¡Los barcos vienen del oriente!

A lo lejos, en el horizonte, con el telón de fondo del cielo bermellón debido a la aurora que surge de la niebla extendida sobre el mar, se alzan las naves con las velas desplegadas, siluetas oscuras. Se deslizan por el agua serena y se acercan en silencio, como espectros que atraviesan un muro de niebla y se hacen reales.

—Estas son las naves que trajeron a los cónsules a Dirraquio, vuelven para apoyar a Pompeyo con el resto del ejército —comenta César para sí mismo, montando su caballo frente al mar.

—¡Hay que impedirlo! No tenemos una flota —responde Marco Antonio.

—¿Crees que no lo sé? —le grita furioso y, sin mirarlo, sisea indignado—: ¡Idiota! —Lo considera un luchador de gran valor: Antonio es valiente, posee un cuerpo poderoso, no teme ningún peligro y ve en César la suma de todas las virtudes. Pero César no aprecia su intelecto ni su codicia y ansias de poder. El poder que no está respaldado por la sabiduría es solo una locura insensata y temeraria.

—¡Prepárense para derribar las puertas y escalar las murallas! Difunde la orden, rápido

147

Y golpea los flancos de su corcel con los talones, lanzándose al galope.

Desde lo alto de la muralla, los soldados con armaduras ligeras repelen el asalto. Las hondas disparan plomo, las flechas surcan el aire con silbidos ensordecedores y los hombres de César vacilan en las escaleras, caen, mientras las cabezas de los arietes son inútiles para romper las puertas: Pompeyo las ha tapiado desde dentro. Desde los tejados, los habitantes de la ciudad siguen enviando señales a los soldados de César, como para advertirles, mientras los barcos destruyen lo que queda de las balsas y entran en el puerto.

Desde un estrecho camino de tierra bordeado de matorrales, que va desde el puerto hasta debajo de las murallas, dos hombres agitados intentan llegar a Marco Antonio y luego a César:

—¡Escúchanos! —gritan desde lejos—¡Somos magistrados de la ciudad!

César tira de las riendas y desmonta su caballo, Antonio hace lo mismo, tras él.

—Escúchanos —repite uno de ellos.

—Detengan a los soldados, si irrumpen saltando los muros será una carnicería.

—Habla conmigo. Cayo Julio César soy yo.

Antonio retrocede.

César le llama de nuevo.

—Quédate aquí y escucha también. ¿Qué ocurre? —pregunta a los magistrados.

—Hay trampas por todas partes, el general Pompeyo el Grande ha llenado la ciudad. Ha abierto las calles, ha plantado estacas con puntas afiladas y las ha ocultado con finas espalderas y una capa de tierra, y no aguantarían ni el peso de un perro.

—¡Apenas renovamos hace poco las calles! —añade el otro.

—Sí, enormes gastos e inconvenientes. Los carros no pudieron circular por días.

—Quieres que esas calles se conviertan en la fosa común de mis guerreros, ¿es eso? Porque mis hombres no son soldados, son guerreros, ¿lo entiendes?

Los magistrados asienten y bajan la cabeza.

—¡Pero primero quiere destrozar sus cuerpos!

Está furioso.

—Maldita sea, le di a mi hija. ¡Malditos senadores! ¡Vamos, Antonio, detenlos! Apúrate.

Les agradece y vuelve a montar, pero los magistrados lo retienen.

—Hay algo más.

—Los escucho.

Los dos hombres conocen los planes de Pompeyo y se los revelan a César, y mientras tanto cae la tarde.

A medida que avanza la noche, las escaramuzas disminuyen y, en silencio, sin antorchas y con la luna cubierta por las nubes, el grueso del ejército llega al puerto. Solo resuenan los gritos de los animales, reacios a entrar en los barcos ante la oscura extensión del mar.

Poco después, a una señal acordada, los soldados que defendían las murallas también desembarcan y se dirigen al puerto, siguiendo una ruta establecida, con cuidado de no hacer ruido.

Con balsas y botes ligeros, los hombres de César enviados a las armas logran llegar a dos barcos varados en los terraplenes, los atacan y se apoderan de ellos. No es gran cosa.

Salgo del campamento, César está solo, parado en un espolón de la costa.

La flota que se aleja; la valiente lucha por detener a las dos naves, al menos dos de ellas; los maderos de la quilla rotos arrastrados por las olas; los remos batiendo el agua para salir del puerto y luego las velas desplegadas.

No aparta la vista del mar, su capa roja cuelga de un arbusto, movida por el viento.

Pompeyo ha abandonado Italia de noche, en silencio, como un exiliado lleno de vergüenza; ha huido como un ladrón que ha robado la libertad y la paz a los ciudadanos de Roma.

Me acerco a él y me aferro a su brazo, con el cabello suelto y disperso.

Pero César se separa de mí y se aleja, como si no me hubiera sentido, como si ni siquiera me hubiera visto.

Voy detrás de él durante un rato, lo llamo, pero pronto me detengo y lo sigo solo con la mirada hasta que desaparece en la oscuridad, y el rugido del mar queda detrás de mí.

Vuelvo a mi tienda, sacudida por un llanto convulso; ya no tengo fuerzas ni para sufrir. Me abandono en la cama, no enciendo la lámpara, y un pergamino presiona entre mi mejilla y la almohada.

Busco luz, lo leo:

En cuanto amanezca, te estará esperando un carro con todo lo necesario; volverás a Roma.

XV

Appia longarum teritur regina viarum.

Sigue la Vía Apia, reina de las largas calzadas.

CECILIO STAZIO, Silvae

Le gusta que yo tome la iniciativa, ¡por supuesto! Cuando no le agrada pasar las noches solo, ¡o cuando la atención de una mujer hermosa lo hace sentir importante! La mujer más hermosa, toda para él, dispuesta a todo. Incluso a irse en cuanto se haga de día porque él lo ordena, ¿y de qué vale la Italia que hemos atravesado juntos? Ni siquiera una despedida, ni un deseo de buen viaje antes de enviarme a través de desfiladeros y montañas, como una prostituta que ya no es necesaria y que no merece ni siquiera el pago de unos ases. Tal vez no era lo suficientemente buena.

Dejé su capa negra en la tienda, tirada en el suelo a los pies de la cama: un soldado se la dará, le dirá dónde la ha encontrado y César comprenderá mi desprecio.

—Podemos partir, todo está listo —me dice uno de los dos esclavos que conducirán el carro.

—Aquí está tu equipaje —añade el otro, señalando una caja—. Aquí estarás. También puedes recostarte para descansar, es el carro más cómodo que he visto nunca. Por la noche nos detendremos en posadas y haremos frecuentes paradas para cambiar de caballo.

Tienes todo lo que necesitas: agua, comida, mantas; el propio César se aseguró de que no faltara nada.

—Vámonos —ordeno con impaciencia.

—Ah, se me olvidaba. También te deja esto. —Y me entrega un rollo de papiro.

Yo interpreto una pequeña parte; la escritura es densa, es un poema. ¿Qué hace, me envía poemas para compensar? Lo dejo caer sobre las tablas de madera; estoy cansada, no he dormido y me irrita aún más.

La Vía Apia está casi desierta, todo el mundo sabe que hay una guerra, los soldados provocan temor. Unos pocos comerciantes, y durante varias millas un solo viandante, a pie, apoyado en un bastón. Al pasar mi carro, se detiene al borde del camino y nos sigue un rato; nuestras miradas se encuentran, es viejo y severo.

El paisaje es siempre igual: una llanura que nunca se acaba, rebaños de ovejas inmóviles aquí y allá e incluso el cielo es todo idéntico, sin nubes. Por primera vez voy a recorrer todo el camino, desde Bríndisi hasta Roma: la Vía Apia es la calzada más importante del mundo.

*

Hace veinte años, cuando era cuestor, justo al principio de su carrera política, se le encomendó la tarea de supervisar la red de caminos: llegó en el momento adecuado, una oportunidad preciosa para centrar la atención de los demás en él. Quería conocerla hasta la última milla y, antes de irse, al despedirse, me confió:

—Miraré cada adoquín, y sustituiré los desgastados uno a uno.

A su regreso, cumplió su palabra y también mejoró las estaciones de correos y las posadas para los viajeros. Incluso hizo restaurar muchas tumbas a lo largo del camino, mausoleos suntuosos o simples lápidas, todo a costa suya. Sus detractores se burlaban de él: no le bastaba con sobornar a los vivos, decían, ¡también buscaba los votos de los muertos! Pero a César no le importó y no respondió a estos comentarios sarcásticos de mal gusto.

—¿Qué pasa, por qué te detienes?

La voz chillona de Bíbulo molestó a César, que contemplaba una lápida de mármol grisáceo, sin ornamentación.

Marco Calpurnio Bíbulo era su colega edil y lo odiaba: como su magistratura lo requería, organizaban juntos espectáculos, partidas de caza, pero el pueblo solo aplaudía a César; ofrecían banquetes, compartiendo los gastos, pero todo el mundo creía que solo los ofrecía César, y luego César embellecía el Foro y las basílicas, incluso los pórticos del Capitolio, y presentaba un combate de gladiadores que dejaba a la ciudad sin palabras. En poco tiempo, se convirtió en el más querido de los ciudadanos de Roma: competían por honrarlo, se jactaban de ser sus amigos y exigían nuevos cargos para él. Era como si no existiera Bíbulo y, sin embargo, no sabía que Cayo Julio César no haría de él más que una sombra, y que moriría devorado por su propio odio.

Aquel día caminaban juntos por la Vía Apia, en dirección a los arcos del acueducto y, justo a la salida de Porta Capena, tiró repentinamente de las riendas de su caballo, en el tramo de la calle donde los sepulcros discurren a ambos lados.

—Lee —le dijo César, señalando la modesta lápida.

—Ahora no, tenemos prisa.

—Lee.

Bíbulo, impaciente, se quedó mirando la piedra grabada.

—En voz alta —lo animó César

Bíbulo obedeció.

«Oye, tú que pasas por aquí, ven. Descansa solo un momento. Parece que dices que no, ¿acaso no quieres? Pero debes volver aquí».

—¿Has oído eso?

Bíbulo miró a César sin comprender.

—¿Has oído su voz? La voz de Marco Vitelio Teodoro: ¡lee su nombre! ¿Lo conocías?

—¡No, claro que no! César, tenemos que irnos.

—Claro que no, solo era un liberto, está escrito... ¡Lee! —Se burló de su estupidez y Bíbulo, ofendido, hizo por marcharse, pero César continuó—: Pero ahora lo conoces, has prestado tu voz a sus palabras. Sabes que existió, y le has hecho hablar como si estuviera vivo, tú más que nadie, ¿no te parece un milagro? A mí sí, un milagro cada vez que paso por una tumba y leo las palabras de los muertos. —Volvió a mirar la lápida como si ante él sonriera el liberado Marco Vitelio Teodoro, un alma cautiva, feliz con un instante de sol. —Suben del Hades a la luz, por un momento se detienen en la hierba y charlamos, nos hacemos amigos, hombres importantes o simples como este; una vez me hice amigo de un panadero, y en el camino nunca me siento solo. —Luego se dirigió de nuevo a Bíbulo, despectivamente—. Al igual que esa panda de tontos que también se burlan de mí cuando mando limpiar las tumbas, ¿para qué gastar dinero en todos esos muertos? Solías decir eso y cosas peores, ¿recuerdas? Ya, ahora que has hecho un nuevo amigo, quizá lo entiendas: quiero que la voz de los muertos llegue a los viajeros clara y pura para siempre, como si hubieran vencido a la muerte y estuvieran vivos. ¡Deberías estar agradecido conmigo! Si sabes esculpir palabras para contarlo, incluso puedes dejar un rastro de memoria.

*

Aquí también, las tumbas se alinean a los lados del camino, debería sentirme acompañada. En cambio, nunca me he sentido tan sola y no me interesa escuchar la voz de nadie. Habría deseado escuchar la suya.

Destaca un monumento circular de gran tamaño, a los provincianos a veces les gusta exagerar, sin duda es la tumba del notable de la ciudad. La parte superior está decorada con merlones y debajo corre un friso con escenas de batalla. Quizá también era un héroe.

El sol se ha puesto justo detrás del monumento, y el cielo arde como el fuego. A ambos lados de la carretera los campesinos se retiran de sus campos y los pastores conducen sus rebaños y manadas a sus refugios, ayudados por los perros. Antes de que anochezca, entraremos en Tarento y pasaremos allí la noche: así lo ha decidido César, según me han dicho los esclavos.

—¡Qué ciudad tan bonita! —exclamé al llegar a la posada.

Es realmente hermosa, con amplios espacios abiertos, templos y teatros, llena de mar, y brilla con el suave color del atardecer.

—Mis antepasados vivieron aquí —explica uno de los dos sirvientes.

Le sonrío. Ceno en la posada, sola en una mesa discreta, pero su charla me alcanza.

—¿Cómo es que terminaste en Roma?

—Nací allí.

—¡Vamos, cuéntanos! Llevamos no sé cuántos años sirviendo al mismo amo ¿y no dices nada? Al menos tú sabes dónde vivían tus antepasados, yo ni siquiera sé de quién soy hijo...

—Los romanos los tomaron y luego los vendieron como esclavos. Pero Tarento fue difícil conquistar, fue la última ciudad en caer: el embajador que vino de Roma a negociar la paz hablaba muy mal griego, los tarentinos se reían y un loco borracho se levantó la túnica y se meó en la toga.

Se echan a reír y uno de ellos eructa, pero enseguida se recomponen y me miran, avergonzados.

Me hago la distraída con la cabeza inclinada sobre el plato de sopa, es emocionante escuchar la historia contada por un esclavo.

—¡Continúa! —lo instó el otro, en voz más baja—. Está ocupada en sus propios asuntos. ¿Cómo fue?

—¿Y cómo fue? Después de que un loco se mea en un embajador, ¿cómo crees que fue? ¡Estalló la guerra! Así que el pueblo de Tarento pidió ayuda a un rey oriental muy poderoso, Pirro.

—¿Y el rey respondió?

—¡Claro que sí! Desembarcó en Italia con un ejército temible, y los romanos sufrieron un par de derrotas que aún recuerdan.

—Pero ¿qué haces? Estás sonriendo, parece que lo estás disfrutando...

Se queda en silencio un momento, y luego exclama con calma:

—No, no, pero tal vez estar aquí... Nunca había estado aquí, me siento bien. Es extraño, me siento como si no fuera un esclavo hoy.

—¡Estás loco! —El compañero se ríe y le arrebata la copa de vino. Pero, de nuevo, le insta a contar la historia—. ¿Qué derrotas? César dice que los soldados de Roma son los más fuertes del mundo y siempre ganan.

—Tiene razón, pero no aquella ocasión. Sucedió en Heraclea, cerca de aquí. Pirro alineó a miles de hombres con enormes escudos, largas lanzas, hondas, flechas, armas mortales. Lucharon durante todo el día, los soldados de Pirro cargaron contra los romanos una, dos, tres veces, ¡mi padre me dijo que incluso siete veces! ¿Entiendes? ¡Es como si una montaña se te viniera encima siete veces! Rompieron el frente, los romanos respondieron, pero en ese momento Pirro puso en juego sus armas secretas. —Hizo una pausa, el otro se bebía sus palabras—. ¿Quieres saber cuáles? —preguntó, guiñando un ojo.

El amigo asintió, como un niño.

—Elefantes.

—¿Elefantes? —repitió incrédulo.

—¡Sí, elefantes! ¿Qué, nunca has visto un elefante?

—Sí... Quiero decir: no, vivo no, vi una imagen una vez.

—Son bestias enormes; mi padre decía que son monstruos tan grandes como veinte hombres, apestan hasta dejar sin aliento, emiten un ruido que te hace estremecer; con una sola pata podrían aplastarte y comerte de un bocado. Los romanos no los habían visto nunca, estaban aterrorizados, corrían de un lado a otro, y en el lomo de cada elefante había una torreta y, desde allí, los arqueros de Pirro disparaban flechas a los nuestros que huían, dándoles con seguridad. Al final, Pirro tomó el campamento de los romanos.

—¡Por todos los dioses! —exclamó el otro, estupefacto.

—En el ejército de Pirro había muchos hombres de la ciudad de mis antepasados —añadió el esclavo tarentino con cierto orgullo—. Al menos tres mil, mi padre siempre me lo decía, y uno de ellos lidereaba un comando selecto; se llamaba Milo.

Me despido de ellos con un gesto de la mano y subo a mi habitación.

Me cuesta conciliar el sueño, pensando en la historia según un esclavo.

Su historia fácil: golpes, impactos, fugas, flechas y lanzas, monstruos, ganadores y perdedores. Su historia es errónea. Los romanos no van a la guerra por una toga sucia. El esclavo no sabe que la victoria es tan compleja como la derrota, no sabe que el rey Pirro no ganó, ni siquiera en aquella primera batalla, y quizá su padre no le dijo que otro soldado había muerto en lugar del rey, porque este le había ordenado que cambiara de armadura y ocupara su lugar, porque el rey no debía morir. Pero él solo es un esclavo, no sabe nada de armas, de poder; no sabe nada de hombres que mandan, que luchan, que en un instante deciden matar, y si no deciden, mueren: no sabe porque su vida es solo obediencia y trabajo, porque la historia que le ha contado su padre es la única que conoce, una simple historia de antepasados heroicos, y en su ciudad se siente libre. Un esclavo que sabe demasiado, y esta noche, frente a un plato de maloliente sopa fría, estaba más feliz que yo. Tal vez sintió que montaba un elefante y disparaba flechas a aquellos que le arrebataron la libertad antes de nacer.

Salimos temprano; la luz clara y tibia se extiende entre el espejo del mar y el cielo despejado; huele al campo más allá de los muros, a flores.

Los esclavos tienen prisa.

—Vamos a recorrer un largo camino, señora, pero si nos movemos temprano, llegaremos mientras todavía sea de día.

Los caballos tiran del carro y de mí; la ciudad queda a mis espaldas, se hace pequeña, y los templos, los teatros, las casas, incluso las tumbas, todo se aplana en la llanura y se pierde en el mar; Taranto vuelve a ser una gota de agua, de lluvia, y vuelve a su cielo claro: un dios quiso que naciera del cielo, cayendo en forma de lágrima amorosa.

*

—¡Servilia! Te he hecho una pregunta, pero ¿dónde tienes la cabeza?

—Lo siento, no escuché.

—Te he preguntado dónde se encuentra la ciudad de Taranto.

—Ah, está aquí. —Y coloqué el dedo índice sobre un mapa que mi tutor había extendido sobre la mesa. Mi tío quería que tuviera una buena educación; era muy generoso, pero yo estudiaba con desgana, y no sentía ninguna simpatía por aquel viejo y estricto tutor, era terriblemente aburrido.

—Te ayudará a encontrar un buen marido —me dijo una vez mi tío, para convencerme de que me esforzara más—. Una mujer que sabe mucho es más interesante; a los hombres también les gusta hablar, ¿sabes?

Pero ese día no me sentía desganada, mi cabeza estaba justo en Taranto, en el cielo de la ciudad.

Ese día mi tutor me había encantado contándome una bonita historia.

Falanto izó las velas de Esparta, era un héroe y guiaba a hombres jóvenes y fuertes, quizás incluso desesperados, hijos de nadie en busca de esperanza. Fundarían una nueva ciudad, pero ¿dónde? Se lo había preguntado al dios Apolo, en la profunda puerta del santuario de Delfos. Había coronas de laurel por todas partes, delante del simulacro el fuego ardía eternamente, los humos se elevaban desde la tierra.

«Te concedo Saturio y habitarás la rica Tarento, serás una ruina para el Iapis».

¿Y la señal? ¿Cuándo se darían cuenta de que el destino está a punto de cumplirse?

«Caerá lluvia del cielo sereno».

Enardecida por el éxtasis, la profetisa habló con la voz del dios, un oráculo difícil de entender, los vapores la embriagaron y fluyeron alrededor de su vestido de doncella virgen como un abrazo de niebla, y finalmente se desmayó.

Navegaron contra vientos y vendavales adversos, contra velas ingobernables, contra verdaderos monstruos ocultos en el agua, contra noches oscuras de luna y sin estrellas, y contra la muerte, que cabalgaba en la cresta de las olas, jóvenes valientes, y con ellos, una sola mujer enamorada, la novia del héroe Falanto. Su nombre era Aitra.

Desembarcaron en una colina en el mar, los habitantes la llamaban Saturus. Era allí. Combatieron, pero los Iapigi, que habitaban la costa y las ilimitadas tierras del interior, no se dejaron vencer. Todo estaba mal, no habían entendido, una sacerdotisa loca los había engañado, o tal vez el dios no los amaba.

Falanto se sentó en la hierba, exhausto y decepcionado. Había fracasado, los hijos de las vírgenes seguirían siendo para siempre hombres desesperados. Las llamaban vírgenes porque no tenían marido, para no ofenderlas demasiado.

Su esposa se acercó a él, se sentó a su lado, el héroe se inclinó, apoyó su cabeza en sus rodillas y Aitra lloró por el dolor de su hombre, pues estaba enamorada; lloró durante mucho tiempo.

Falanto sintió que unas lágrimas calientes y copiosas le mojaban el pelo como la lluvia, y levantó los ojos: la lluvia caía de los ojos de Aitra, de Aitra, Aitra, Aitra...

¡Sí, Aitra! ¡Ella era el cielo claro, el significado de su nombre tan hermoso como la esperanza!

El héroe Falanto fundó la ciudad, y los hijos de las vírgenes tuvieron gloria y futuro.

Taranto. Una historia de valor y amor.

*

—¿Cuáles son sus nombres? —pregunto a los dos esclavos.

—Me llamo Fabio —responde primero el tarantino, que parece el más animado de los dos.

—Soy Livio.

—No hace falta que les diga mi nombre, ¿verdad? Saben muy bien quién soy.

Ambos asienten, muy deferentes.

—¿Dónde pasaremos la próxima noche?

—En Venosa, señora.

Disimulo un grito ahogado mientras los esclavos sonríen, ajenos a la situación.

XVI

Non omnia nimirum eidem di dedere. Vincere scis,
Hannibal; victoria uti nescis.

A nadie los dioses le conceden todo. Tú sabes vencer,
Aníbal, pero no sabes cómo explotar la victoria.

Tito Livio, *Ab urbe condita*

Venusia, el nombre de Venus.

Ardiente recuerdo de una masacre, refugio de unos pocos supervivientes tras la más desastrosa derrota jamás infligida al ejército de Roma, hasta aquel día de verano del mes sextil de hace muchos años. El cónsul que había escapado de la muerte y era responsable de la muerte de demasiados, Cayo Terencio Varrón, se refugió en Venosa: esa mañana buscó la batalla a toda costa, y los romanos pagaron un amargo precio. El otro fue dejado en el campo, un cadáver desmembrado, con miles de nuestros guerreros, Lucio Emilio Paolo que cayó como un héroe. Chorros de sangre, un mar negro que cubre la tierra, golpes, gritos de la masacre en la llanura hasta el cielo, un viento de montaña cruel que empuja el polvo en los ojos y los hace arder.

Un río, y no muy lejos un pueblo con un nombre que todavía duele.

Cannas.

*

—¿Quieres bajar, señora?

Nos hemos detenido y Fabio, el Tarantino, me ofrece una mano, pero soy capaz de sostenerme por mí misma, y el esclavo continúa, es demasiado locuaz. No me gusta que hable, ni siquiera para dar órdenes.

—Puedes caminar, si quieres —me dice—. Tenemos que cambiar de caballo, y lo haremos muchas veces más. Dejamos la llanura hace unas millas, subiremos colinas y luego montañas, necesitamos fuerzas frescas.

—¿Dónde estamos? —le pregunto.

—En *Silvium*, la ciudad está ahí arriba. —Y señala una colina, los tejados y un templo parecen emerger de la verde y escarpada roca.

La estación de correos está repleta de viajeros; es una de las más importantes de la Vía Apia, según me dice el esclavo. Alrededor de la fuente hay una multitud vociferante, que discute y empuja, como si no hubiera agua para todos. Muchos viajeros descansan en las zonas pavimentadas o en la hierba, sacan del talego trozos de pan duro y queso de olor nauseabundo que llega hasta aquí y me asquea; alguien está echado y ronca, se aferra al equipaje entre los brazos y tiene un bastón a su lado. Aquí está lleno de ladrones, pero quien lleva consigo unos cuantos sestercios va a la taberna.

También yo voy, atraída por las voces del posadero y por el humo blanco impregnado de rico olor a carne asada, pero el lugar está sucio, lleno de clientes que juegan a los dados y ríen con la boca llena, de mercaderes que hacen negocios; alguien está borracho y se desata una pelea, el hedor del vino me impide respirar. Solo compro un pan de hierbas y me lo como fuera, pero está duro y quemado, y lo tiro. Detrás de mí, un hombre se agacha y lo recoge, con sus dedos lo limpia de la tierra y lo muerde con la voracidad de un animal.

El andar de los caballos se hace más difícil, pronto las colinas darán paso a las montañas y nos encontraremos con frío y nieve, torrentes crecidos y vientos furiosos, restos de un invierno que nunca parece terminar.

Él también ha atravesado montañas, mucho más altas y temibles. La primera vez se abrió paso entre la nieve y cortó el hielo. Pero la primavera es una flor que tiene que brotar, tiene pétalos más tenaces que el hierro.

Fue en marzo cuando César cruzó los Alpes por primera vez.

Mientras esperaba para partir hacia la Galia, en el campamento fuera de las murallas de Roma, a menudo pasaba las noches con él, aunque entonces tenía esposa: se había casado recientemente por cuarta vez, con Calpurnia. Yo, en cambio, ya había enviudado dos veces y nunca más me casaría.

Una noche de enero, me despertó el frío. Afuera todo estaba negro, pero detrás de la cortina, en el tenue halo de una lucerna, vislumbré su silueta por detrás, inclinada sobre su mesa. Me acerqué en silencio y se dio la vuelta, me sonrió.

—¿Qué haces con este frío? —le pregunté—. Todavía falta para que amanezca.

—Estoy cruzando los Alpes, pero aquí es otoño. —Y señala con los ojos el rollo de papiro que hay sobre la mesa, mientras con las manos me rodea por las caderas y me atrae hacia él. Me siento en su regazo y miro el papiro:

—Está en griego —observo.

—Sí, es Aníbal atravesando los Alpes, como lo haré yo, pero en dirección contraria.

—¡Qué lejos estaremos! —le susurro al oído, lánguida, y lo abrazo con fuerza.

—Era el atardecer de las Pléyades —comienza a relatar—, un otoño pleno, cuando Aníbal comenzó su ascenso. Luchó contra los alóbroges, perdió hombres y animales, pero los peores enemigos se escondían entre las rocas, bajo la nieve. Los guerreros de su séquito se precipitaron por los barrancos, fueron arrastrados por los remolinos de los torrentes furiosos y el rugido del agua ahogó los gritos de auxilio. Un último aliento y desaparecieron en la corriente.

César permaneció con la mirada fija entre aquellos signos de otra lengua que yo entendía poco.

—Terrible... —exclamé—. Por favor, ten cuidado cuando estés ahí arriba.

Besé su mejilla, rodeé sus hombros con mi pelo suelto como cada noche.

Permaneció rígido y continuó casi en un susurro, como se habla en medio de la noche.

—Todo era blanco, pero avanzaban en la oscuridad sin ver dónde apoyaban los pies, cada paso podía ser letal. La nieve fresca cubría los caminos, ocultaba rocas afiladas y placas de hielo, levantarse era imposible. Las patas de los animales se hundían como clavos por el peso de las cargas, y los elefantes morían de hambre.

—Excepto uno —intervine—, el suyo. Conozco esa historia.

—Su nombre era Suru. —Asintió César—. Pero antes de morir, los elefantes le ayudaron a escapar de las tribus de la montaña: los bárbaros huían despavoridos. No sabían nada, esos salvajes. La ignorancia es la madre de los miedos.

—Y, sin embargo —atajé—, desde lo alto de ese infierno helado, vieron Italia. Aníbal los animó, y poco después la devastó. También conozco la historia. —Recordé la advertencia de mi tío, que siempre se había preocupado por mi educación: «¡Una mujer que sabe muchas cosas es más interesante!». Y lo era, mucho más interesante que todas sus esposas—. ¿Por qué lees estas cosas? —le pregunté.

—Porque Aníbal fue un líder brillante, solo superado por Alejandro Magno, aunque al final fue derrotado. Genial, como ningún romano hasta ahora. Quiero examinar su inteligencia y sumarla a la mía, conocer su demonio, incluso a través de nuestras derrotas. Quiero ser como él, y superarlo.

Hundió su cara en mi pelo, inhalando su aroma.

Quise llevarlo a la cama, pero estaba en otra parte, todavía en la montaña, sintiéndose grande entre los grandes.

—Superarlo —repitió—. El recuerdo de mi nombre oscurecerá el suyo; mi nombre es el de Roma, el de mis soldados: Aníbal prometió a sus hombres riquezas, porque eran mercenarios; yo prometo gloria, porque mis hombres luchan por Roma y por mí.

Enrolló el papiro e intentó levantarse, yo seguí el movimiento de su cuerpo y me susurró al oído palabras persuasivas.

—Vamos a salir, aunque haga frío. Cúbrete.

Iba a encender una antorcha.

—No. —Tomó mi mano—. Quiero mostrarte la luna.

El campamento estaba desierto, los pocos centinelas caminaban aburridos, aquí y allá ardían los restos de las hogueras. Solo el Tíber fluía plácido y llenaba el silencio, el agua no conoce la noche.

Caminamos hasta la riba. El río brillaba con un suave resplandor, el reflejo en fragmentos de la luna.

—Allí esta —señaló—, está creciendo, con forma de guadaña hacia el oeste. En Cannas, el ejército de Aníbal que masacró a setenta mil romanos se vistió así, como una luna creciente.

Esa noche, la batalla más mortífera jamás librada en suelo itálico se desarrolló sobre el río de nuestra ciudad. En el cielo, las estrellas titilaban como perlas de sangre, y Sirio era Aníbal, la más luminosa de todas, que en la canícula del verano, en una llanura soleada y ventosa, trastornó el universo de Roma con su astuta ley de la guerra, con su monstruosa guadaña vuelta contra un ejército más grande que el suyo. Al lado de los soldados fluía otro río, como la Vía Láctea junto a la luna.

—¡Y ustedes, en primera línea, codo con codo!

Los honderos baleares obedecieron rápidamente la orden de Aníbal y se armaron cada uno con tres hondas: dos en los flancos y una alrededor de la cabeza. Sus proyectiles eran mortales.

Aníbal tenía la mitad de los hombres, pero los dispuso de tal manera que valieran más del doble: detrás de los honderos, una fina y mortal cuña de infantería se extendía hacia las ocho legiones desplegadas por los romanos bajo el mando de ambos cónsules. Nunca se había visto un despliegue de fuerzas semejante.

«Los cónsules toman el mando de todo el ejército cada dos días», le había dicho a Aníbal un informante que se había acercado al campamento enemigo haciéndose pasar por vendedor de horóscopos.

—¿Cuándo es el próximo turno del cónsul Varro? —preguntó Aníbal.

—Mañana le tocará a Lucio Emilio Paulo, al día siguiente a Varrón.

Aníbal sabía que el cónsul Cayo Terencio Varrón estaba ansioso de gloria e impaciente por el enfrentamiento y, al anochecer, convocó a sus hombres de mayor confianza en su tienda.

—Preparémonos —les advirtió—. En dos días atacaremos.

Faltaban cuatro días para que se iniciara el mes sextil, y esa mañana el sol estaba cegadoramente alto y soplaba el viento. El grito que inició la batalla hizo temblar la tierra. El impacto frontal de la caballería fue violento en extremo, la caballería romana bajo el mando del cónsul Emilio Paulo, pequeña en número, se apretujó entre la masa de infantería y el río. Los animales ya no podían moverse, forzados a entrar en la refriega, relinchaban y se encabritaban, y los soldados forcejeaban y luchaban cuerpo a cuerpo en el suelo, la sangre de los hombres fluía mezclada con la de los caballos.

El cónsul, herido en el hombro, los azuzaba:

—¡Ataquen! ¡Oríllenlos al río! —Pero los romanos se llevaron la peor parte y huyeron, tropezando con los cadáveres de los soldados mutilados. Emilio Paulo se trasladó entonces al centro de la formación, donde Servilio Gemino y Minucio Rufo comandaban a los soldados de a pie.

—¡Compactos! ¡Más compactos! —los exhortaban, y los soldados avanzaban llenos de arrojo, fuertes en número y seguros de la victoria; pero los soldados de a pie de Aníbal, galos e hispanos, inclinados hacia delante, tenían un aspecto aterrador: los galos luchaban con el pecho desnudo, haces de músculos como una armadura, y los hispanos llevaban túnicas cortas y blancas ribeteadas de rojo, que deslumbraban a la luz del sol. No llevaban armadura alguna y blandían pesadas espadas.

Los romanos, con el peso de la masa, lograron hacerlos retroceder; la cuña se convirtió en una línea plana y luego cóncava, doblada hacia atrás, móvil como una cuerda que se dobla según la necesidad, pero no se rompe. La victoria parecía estar cerca. Más furiosos, los romanos se lanzaron donde parecía haber una retirada, justo en el centro del ejército de Aníbal.

Pero él lo había previsto todo.

—¡Victoria! —les había advertido a los suyos—. O muerte. Vivir en la derrota significaría el yugo romano para el resto de sus días. Sabía que vencería, porque en el ardor de la batalla los hombres se lanzan precipitadamente hacia un éxito que parece fácil pero que, en cambio, es una ruina segura: aquella cuña de soldados de a pie tenía la forma de la sonrisa seductora de la muerte, y pronto se convirtió en una sonrisa monstruosa.

A los lados de su media luna, en posición retrasada, Aníbal había alineado a un lado y al otro a los fortísimos soldados de infantería libios, que hasta ese momento habían permanecido inmóviles y, cuando los romanos irrumpieron en el centro, ya probados por el peso de las armaduras, por las heridas y por las pérdidas de muchos compañeros, entonces resonó el grito de Aníbal:

—¡A la derecha! —E inmediatamente después—: ¡A la izquierda!

La sentencia de muerte de todo el ejército de Roma.

A esta señal, las dos filas de los libios giraron sobre el flanco y se lanzaron al centro del ejército romano, atacándolos por un lado y por otro con la energía de los que aún no habían luchado. Al terror se sumó la consternación: esos cuerpos robustos, con su piel brillante de color ámbar, iban vestidos con armas romanas. Aníbal las había tomado de los caídos tras sus victorias en el Trebbia y el Trasimeno, y los convirtió en el uniforme de sus hombres. Eran mercenarios y aceptaban cualquier cosa.

—Seguiremos llevando sus armaduras, seguiremos blandiendo sus armas, y ustedes, despojados de todo, no serán más que comida para los pájaros, carne que se pudre al sol. —Esto parecían decir los soldados, una escalofriante profecía de la fatalidad.

Los romanos caían uno tras otro, y los libios se agotaron por el ímpetu con que infligieron la muerte y se ensañaron con los cadáveres para despedazarlos. En la otra ala de la caballería de Aníbal estaban los imbatibles númidas. Al principio forzaron la retirada, pero, cuando la lucha se recrudeció y el viento levantó polvo y desdibujó la maraña de cuerpos, el grito de Aníbal rasgó el cielo:

—¡Ahora!

Se lanzaron como furias. Perforaron, cortaron tendones, y el chorro de sangre manchó las manos, los rostros y los ojos, las armaduras romanas de los cuerpos extranjeros.

Lucio Emilio Paulo sangraba y sentía que la vida le abandonaba. Se apoyó en una piedra junto al río y dio la espalda a la carnicería; la última imagen que quería llevarse al reino de los muertos era la del agua fluyendo hacia el mar.

En ese momento, un jinete se acercó a él y extendió una mano desde su caballo.

—¡Ven! —gritó. Tiró de las riendas, quería ayudarlo—. ¡Tus heridas se pueden curar! —lo animó, tomándole del brazo—. ¡Démonos prisa! ¡Volverás a Roma!

Pero el cónsul se quedó sentado en la piedra para ver pasar el río, saludó al caballero con la cabeza y le dio las gracias con una sonrisa. El caballero se marchó, mientras una lluvia de dardos caía sobre Lucio Emilio Paulo. El cónsul del pueblo romano murió sonriendo.

Las lágrimas corrían por mi rostro. El cielo de aquella fría noche de invierno estaba lleno de demasiado horror.

—Volvamos a la tienda —me instó, y tomó mi mano: la sintió fría y húmeda y la apretó aún más.

—¿Y el otro cónsul? —le pregunté.

—Escapó.

—¿Dónde se refugió?

—En Venosa —respondió César—. Manchó con la vergüenza de un cobarde la ciudad que lleva el nombre de mi diosa.

—¡Hemos llegado, señora! Venosa es hermosa, ¿ves? Todavía no es de noche, los caballos han hecho su trabajo, y nosotros también.

La viva voz del esclavo tarantino me devuelve al frescor del atardecer, pero no puede arrancarme de aquel cielo estrellado de enero, de la luna en forma de hoz y de la muerte, e incluso ahora mis manos están mojadas por las lágrimas.

La Luna y Venus, no muy lejos, se alzan tras las murallas de la ciudad en un cielo todavía brillante. Será una noche de luna creciente y estrellas como chispas de fuego.

Me detengo, mi corazón salta, sí, la enorme luna, la he visto así antes: ¡su voz como música cantando en griego sobre el universo! Esa noche, ¿por qué no lo entendí? La tierra olía a hierba húmeda... ¿Cómo podría haberlo entendido? Pero los siglos lavan el hedor de la matanza, y las estrellas ya le habían respondido; esa noche solo quería decirme a mí también: la certeza de la gloria, de ser el más grande de todos, quería decírmelo también mientras perseguía a Pompeyo, otro cobarde; el cobarde nunca muere. Mirábamos al cielo y respirábamos aquella noche perfecta como si el horror de la guerra no existiera, como si aquella hierba perfumada por la niebla bajo mis pasos no hubiera conocido nunca la sangre ni los pedazos de cuerpos. Como si la grandeza de Cayo Julio César pudiera limpiar a Roma del deshonor de la derrota y hacer eterna la gloria.

Había caminado por el campo de Cannas, a pocas millas de la ciudad de Venus, y no me había dado cuenta. Los restos de ochenta mil soldados de la tierra habían volado más alto que las nubes.

XVII

Tradiderunt quidam Marco Bruto irruenti dixisse:
«καὶ σὺ τέκνον».

Algunos cuentan que a Marco Bruto, que se le echó
encima, César le dijo: «¿Tú también, hijo?».

Suetonio, *Divus Julius*

No dormí, la cama era incómoda. A lo largo de toda la noche las pesadillas y los pensamientos me atormentaron como espectros de un futuro temible. De la habitación cercana llegaban golpes que sonaban a lucha, la voz de Fabio el tarantino rugía obscenidades y una mujer gemía, quizás era la chica gorda y morena que se ofreció en el umbral de la posada la noche anterior. Cuando entramos, siguió a los dos jóvenes, les coqueteó y, con manos lascivas, les rozó las ingles.

—¡Vete! —le espetó el posadero, con un rodillo en la mano—.¿No ves que hay una señora? Aquí la gente decente quiere comer en paz.

Y ella, como una bestia enfurecida, apretó los dientes y, con los ojos en llamas, gritó más fuerte:

—¡Cállate, viejo! Ya te gustaría ¿eh? Pero tienes un pez muerto entre las piernas.

—¡Maldita puta! Sal de aquí —gruñó. Se acercó a darle una patada empuñando el rodillo y cerró la puerta violentamente tras de sí.

Pero la chica debió de haber encontrado la forma de regresar y de subir al piso de arriba, y el sirviente, progenitor de héroes, por una noche se convirtió en un guerrero que somete y vence.

170

César es benévolo, perdona incluso a sus adversarios, como todo el mundo sabe a estas alturas; es generoso: nunca negaría a un esclavo unas tablas más para pagarse el amor.

Intento recuperar el sueño perdido en el carro, pero los sobresaltos, relinchos y parloteos de los criados me mantienen en el umbral de la inconsciencia, arrancándome del ansiado olvido y, por si fuera poco, llueve.

Grandes gotas y, de repente, el sonido de un trueno y un violento rugido. Me acurruco bajo las mantas y los dos jóvenes maldicen; quién sabe qué distancia hay hasta la siguiente estación y no hay forma de buscar abrigo, tenemos que seguir adelante, ¡y rápido!

Por fin conseguimos detenernos. Livio, el esclavo que no habla mucho, me invita a bajar, pero estoy cansada y prefiero quedarme en el carro. No insiste y, mientras se cubre la cabeza con las manos, sale corriendo a guarecerse.

Rebusco en la cesta de las provisiones y, apenas la abro, emerge el olor a queso de oveja, su favorito, pero sabe que no me gusta. También hay frutos secos, higos y avellanas. Vuelvo a rebuscar; no solo busco comida, no tengo realmente hambre. Lo quiero a él. Un mensaje, un pequeño regalo, una señal. Lo quiero porque me siento sola y tengo miedo, porque vivo con su insoportable grandeza y porque, desde que era una joven, tomo la forma de su sombra que se cierne sobre mí, porque sin él, tal vez, podría haber sido feliz. Lo quiero porque llovía mucho cuando por primera vez, durante el día, en un carro como este, hicimos el amor.

*

Me casé y no volvimos a vernos durante algún tiempo. Mi tío me había arreglado un buen matrimonio, dijo que merecía ser feliz. No lo era, pero se lo agradecí: me ofrecía un futuro digno, me proporcionó una dote y yo solo era una huérfana. Hermosa, pero huérfana.

La primera noche mi marido me hizo daño, pero no tuve miedo. Las mujeres de la casa me habían explicado todo, incluso Atte, el aya que me quería. A la mañana siguiente me saludó acariciándome el pelo, con palabras ásperas y cariñosas.

—Ese es el precio que pagas por convertirte en mujer y en esposa, hija mía. Pero, después, pasa.

El dolor pasó, pero el placer y la felicidad nunca llegaron.

Ahora era una mujer casada, participé por primera vez en las calendas de marzo, en los ritos en honor a Juno Lucina. En procesión, llevábamos flores e incienso al templo en el Esquilino, rezábamos por la gloria de nuestros maridos, y de nuestros maridos recibíamos regalos; la diosa propiciaría nuestra fertilidad. Hacía frío, pero el cielo estaba despejado y el sol brillaba, las calles estaban llenas de animadas multitudes, y yo me sentía ligera: el dolor de una noche había cobrado sentido por fin y, mirando hacia atrás, la alegría nunca me había pertenecido. Se podría vivir bien así.

Un jovencito me golpeó en el costado y, antes de que pudiera reclamarle, me deslizó un pequeño rollo entre las manos. Mi marido estaba distraído, Atte fingía no ver, y a mí me embargaba la emoción, la esperanza. Lo leí en cuanto me quedé sola: «*Kalendis Aprilis ut ubique solebamus*». Era una cita: exactamente un mes desde ese día, como siempre, en el mismo lugar de siempre. Era él.

A finales de marzo, mi marido se marchó a una misión, y me encontré con la compañía de Atte y de unos cuantos sirvientes. ¿Lo sabría César? César lo sabe todo, siempre ocurre lo que él quiere. Puede hacer todo, como un dios.

Ese día, el viento sopló desde el mar fuera de las murallas y se acumularon nubes que pronto oscurecieron el azul.

Lo vi a lo lejos, de pie en el borde del pequeño bosque de pinos, de espaldas a mí, mirando al horizonte. Dos caballos pastaban en la escasa hierba.

Cuando oyó mis pasos se volvió, y entre nosotros solo hubo sonrisas, ninguna palabra. Montamos nuestros caballos y galopamos más allá de los pinos, en el espacio interminable hacia el mar, cerré los ojos y me reí de la nada, pero esa nada era todo lo que quería. Daba vueltas buscando las frías ráfagas que lamían mi piel; esa era la alegría perfecta, ¡sí!

—¡Atrápame! —gritábamos—. ¡Soy más rápido que tú!

Éramos dos niños jugando, dos amigos que corren para ver quién es más rápido, y los relinchos de los caballos resonaban como un himno primordial a la felicidad; los humos rojizos de mis antorchas de boda se perdían en el viento.

Los truenos retumbaron en la distancia y las nubes se hicieron más densas.

—¡Va a llover! —gritó César.

Bajamos la velocidad y miramos a nuestro alrededor, las primeras gotas ya estaban cayendo.

—¡Rápido, por ahí! —señaló, y de nuevo espoleamos a los caballos hacia un carro cubierto que parecía abandonado entre los arbustos, mientras el agua se precipitaba sobre nosotros.

—¡Entra, date prisa! —instó—. La madera está podrida, pero es mejor que nada.

Adentro olía a humedad, había un montón de paja empapada en una esquina y la luz se filtraba por las grietas de las vigas.

Nos secamos como pudimos, y César me rodeó por los hombros.

—¿Tienes frío? —preguntó, y se llevó mis manos a la boca para besarlas y calentarlas con su aliento. Por un momento, detuvo su mirada en el anillo que llevaba en mi dedo anular izquierdo, y sonrió—. Mi Servilia... Te has convertido en una matrona, Servilia mía, ¿eres feliz?

No quise encontrarme con sus ojos, sentí que mis mejillas se sonrojaban, que mi corazón se aceleraba. Levantó mi barbilla con el índice, lentamente, e intenté resistirme a él, pero deslizó su otra mano sobre la estola húmeda que se pegaba a mi cuerpo y marcaba mis pechos turgentes, y el ardor de mi rostro fluyó hasta mi vientre como una ola de fuego: lo miré y separé los labios. Ansiaba estar desnuda.

Me recosté sobre la paja, él también; nos desnudamos con furia; la lluvia golpeaba y goteaba de la madera rota, caía fría sobre nosotros, sobre nuestra piel, pero pronto su cuerpo me cubrió y lo acogí entre mis brazos y dentro de mí, quería que me explorara hasta lo más profundo, hasta mi corazón: él susurró mi nombre y yo el suyo, hasta que nuestras bocas quedaron en silencio, unidas en besos.

No me lastimaba. En un carro de madera podrida y golpeado por la lluvia me invadió el demonio que no es alegría, ni placer ni felicidad, quizá ni siquiera amor. Es una suave cadena y una condena perpetua, para toda la vida.

Empezamos a reunirnos a menudo, siempre que podía, cuando mi marido se ausentaba de Roma o cuando sus compromisos lo mantenían alejado de casa hasta tarde. César disfrutaba de su libertad; a los hombres se les permite cualquier tipo de deseo, pero a mí no, debía tener cuidado.

Atte me advertía a menudo:

—¿Sabes lo que les pasa a las adúlteras? —me reprochó una vez cuando volví tras ausentarme dos días. Pero no atendí a razones, estábamos locos el uno por el otro. Y, cuando podíamos pasar toda la noche juntos, rezábamos a la luna para que se apoderara del amanecer y prolongara la oscuridad y el tiempo de los sueños.

Al término del verano, descubrí que estaba embarazada. Juno Lucina acompañó al niño hasta el umbral de la luz y quizás recordó, ella que es la compañera de Venus en el impulso a la vida, al hombre que en su celebración me había convocado al amor.

Mi primer hijo se llamó como mi primer marido, Marco Junio Bruto. Nos alegramos de la descendencia, los dioses nos habían dado un hijo, y lo consideramos afortunado y feliz.

En cambio, mi demonio lo convertiría en el más triste de los mortales.

*

Aún truena entre los densos matorrales que cubren la ladera de la montaña, pero la tormenta se aleja y los esclavos vuelven con una provisión de pan de hierbas aún caliente, que Fabio me entrega con su habitual buen humor:

—Toma un poco, está sabroso, recién horneado.

Huele a romero y tiene buena pinta, pero no tengo hambre.

—Nos vamos de nuevo, señora —me informa—. Pararemos en Benevento. Si la lluvia nos lo permite, llegaremos antes de la puesta de sol. Descansa, si lo deseas.

Durante gran parte del viaje persigo el sueño, agotada por el recuerdo de una primavera lejana y perdida. Eso sí que duele.

Llegamos a Benevento cuando ya está oscuro, el viento sopla del norte. Fabio y Livio descargan rápidamente el equipaje para la noche, se están congelando.

—¡Maldito viento! —exclama Fabio, en cuanto se guarece en el interior.

—¿Sabes que esta ciudad se llamaba antes *Maleventum*? Pero luego se le dio un nombre más auspicioso —explico.

—¡Se equivocaron! —exclama—. Ese nombre decía la verdad.

También me gustaría decirle que fue aquí donde sus heroicos antepasados, con el rey Pirro, aprendieron que contra Roma se puede ganar una batalla mas no una guerra. Pero el chico está demasiado ocupado maldiciendo el frío.

La taberna está abarrotada, huele a sopa y a vino, de la cocina salen blasfemias y mucho humo y, en la gran sala con las mesas demasiado juntas, el tabernero intenta mantener una apariencia de orden, pero las voces ebrias de un grupo de clientes se sobreponen a la suya.

—¿No podían encontrar un lugar más digno? —les pregunto molesta a los esclavos.

—Seguimos órdenes, señora —respondió Livio, mientras su compañero intenta abrirse paso hasta la gran chimenea.

—Tomaré la cena en mi habitación, hagan que me lleven una sopa de col o lo que haya, basta con que esté caliente.

175

Empiezo a subir las escaleras, pero en ese instante la puerta se abre de golpe, dejando entrar una corriente de viento helado y un siseo de ráfagas. Dos legionarios de uniforme aparecen en el umbral, cerrando con fuerza la puerta que el viento retiene y quitándose los cascos, mientras todos los ojos se vuelven hacia ellos. Se hace el silencio en la gran sala.

El posadero los saluda ceremoniosamente y los coloca en una mesa, echando a dos viejos borrachos. Reconozco sus símbolos, son miembros de la XIII legión, y un murmullo se levanta en la taberna: el nombre de César se pronuncia por las bocas de todos, la emoción destella en sus ojos.

Bajo los pocos escalones y me acerco a los dos soldados.

—¿Me reconocen? —les pregunto—. ¿Qué está pasando? ¿Por qué están aquí?

Se miran el uno al otro, sorprendidos.

—Eres Servilia, ¿verdad? —exclama uno de ellos—. Te reconozco: hace unos días dejaste el campamento de Bríndisi, después de viajar mucho con nosotros. Somos de la XIII, soy el centurión Marco Casio Esceva.

Asiento con la cabeza, pero al oír su nombre me estremezco y recuerdo en un instante: él estaba allí con César, en aquel espantoso amanecer, explorando las orillas del Rubicón hasta los manantiales; él, junto al pequeño puente de madera que habría soportado los pesados pasos de la guerra; y él allí, cuando se lavó la cara en un agua que ya era sangre, cuando concibió proyectos grandiosos y demenciales; él, Marco Casio Esceva, cuando grabó una estrella en los dados y esparció letras como semillas para un segador incapaz de recoger la cosecha, para mí. Está aquí: barba rojiza, manos grandes, fuertes y buenos ojos. Entiendo por qué César confía en él. Pero Casio Esceva nunca conocerá el tormento de su comandante.

—¿A dónde se dirigen? ¿Y el resto del ejército? ¿Ha tomado César el mar? ¿Y por qué están aquí? —No puedo ocultar mi inquietud. Lo desconcierto con preguntas.

De nuevo se miran, los he puesto en un predicamento.

—¿Sabes? —vaciló Casio—, la situación es confusa, Pompeyo ha huido...

—¡Lo sé! —lo interrumpo bruscamente—. Pero contéstame, si puedes.

—Señora, la cena está lista en tu habitación —interviene Fabio detrás de mí.

—Ahora no, ¡largo! —le ordeno sin darme la vuelta.

El esclavo insiste.

—Te han traído sopa de col, está caliente.

—¡Largo! —Alzo la voz y, de nuevo, me dirijo a Marco Casio Esceva, hablando en voz baja—. Sé que Pompeyo ha huido, sé que la situación es confusa, también sé que no puedes hablar. Pero tú me has reconocido, sabes quién soy, y sabes por qué crucé Italia contigo y con Cayo Julio César. Te lo ruego. Puedes confiar en mí, como César confía en ti.

Casio suspira y sacude la cabeza, tal vez no le guste ceder ante una mujer. Pero toma un sorbo de vino y, finalmente, accede.

—De acuerdo. Salimos a patrullar, no solo nosotros, hay otros soldados a lo largo de la Vía Apia y también en los caminos laterales. —Duda, bebe más vino.

Percibo y siento que no ha concluido.

—¿Y qué? —Lo presiono—. ¿Qué hacen los grupos de soldados en el avance? ¿Dónde está César?

—Muy pronto llegará a Roma.

Todo está claro. Me gustaría gritar mi decepción, mi ira. ¿Por qué no me lo dijo?

—¿Ya está en camino?

—No lo sabemos —responde el otro soldado—, nadie lo sabe. Enviamos mensajes todo el tiempo, pero nunca recibimos ninguno. Nadie debe saber nada.

—¿Cómo? ¿Y a quién le hacen llegar los mensajes?

—Dos veces al día nos reciben mensajeros a caballo, nos identificamos con nuestra contraseña, les entregamos nuestros informes y vuelven a galopar, sin decir nada.

—¡No nos pidas la contraseña, por favor! —bromea Casio.

—No, claro que no —Le sonrío. Es un hombre de buen carácter.

Me mira, él también sonríe, entiende que necesito saber, y me cuenta todo lo que puede.

—Después de la huida de Pompeyo, bellaco, cobarde que no es otra cosa —golpea con el puño la mesa—, César ordenó a los pueblos cercanos a Bríndisi que le proporcionaran barcos, y llevó allí al grueso del ejército. ¡Si hubiéramos tenido una flota lista para ir tras esos bastardos! ¿Sabes lo que siente un soldado al ver que el enemigo huye y no puede hacer nada? ¿Sabes, tú que lo sabes todo? Se siente como una bestia en una jaula, ¡por todos los dioses! Habría nadado para destrozarlo vivo con estas manos, a Pompeyo el Grande.

—¿Y César? —vuelvo a preguntar. Es mi único pensamiento, no me importa la guerra, es la obsesión—. ¿Dónde crees que está ahora?

—Cuando partimos, César acababa de organizar la dislocación de las legiones, quedarse en Bríndisi ya no tiene sentido: una legión irá a Cerdeña bajo el mando de Quinto Valerio, el lugarteniente, y tres a Sicilia, dirigidas por el pretor Curión, uno de nuestros hombres más valientes. Yo mismo lo oí hablar con la mujer de Curión, y ella rompió a llorar.

Otra vez Fulvia que llora y se desespera por sus maridos, incluso cuando todavía están vivos. En el gobierno de la Sicilia está mi hermano Catón, estoy segura de que huirá antes de ver a los soldados, protestará contra César, contra Roma, toda la isla resonará con sus diatribas. Qué personaje. De mi hijo, sin embargo, no sé dónde está, no sé nada. Pero puedo imaginar su desesperación.

—Me preguntas dónde está César —continúa Casio—. Si conozco bien a mi general, quiere llegar a Roma lo antes posible, y la Vía Apia es rápida y segura, así que no hay razón para tomar otra ruta. Creo que ha partido, o lo hará pronto, y pasará por aquí.

También esta noche transcurre entre insomnio, inquietud, frustración y nostalgia. La sopa de col permanece fría e intacta sobre la mesa. El miedo a un futuro incierto para todos los ciudadanos, especialmente para mí, me araña, y la luz nunca llega. En la oscuridad, sacudida por ráfagas de viento, pensamientos oscuros vuelan en mi cabeza como caballos al galope, como llanuras abrasadas por el sol y cubiertas de sangre y cuerpos mutilados; el rostro de mi hijo, que aparta la mirada de su madre, que no responde cuando le llamo por su nombre; la soledad de mi cama, que quizá permanecerá vacía para siempre.

Por la mañana me reúno temprano con los esclavos, estoy ansiosa por reemprender el viaje. Los encuentro ocupados arreglando los caballos.

—¡Démonos prisa! —los animo.

—Todo está listo, señora —responde Fabio.

—Bueno, vamos entonces —replico, mientras subo al carro sin esperar su ayuda, y añado perentoriamente—: Nos detendremos en Capua, quizás más de una noche. Les diré cuando reemprendamos el viaje. Lo esperaré en Capua todo el tiempo que haga falta, estoy segura de que hará una parada con sus gladiadores.

Los dos jóvenes intercambian una mirada y, mientras Fabio revisa las ruedas, Livio se acerca a mí, con la cabeza gacha.

—Pararemos más adelante, señora, en *Sinuessa*.

—Quizá no has entendido —siseo, puntuando las palabras, e irritada por su descaro repito en voz más alta—: ¡Nos detendremos en Capua, es una orden! Tú mismo lo dijiste anoche, siguen órdenes, son esclavos.

—Es cierto, señora. Somos esclavos y cumplimos órdenes, nuestra vida no es más que eso. Pero solo órdenes de César: César nos ha ordenado que te llevemos de vuelta a Roma rápidamente y siguiendo un itinerario preciso. Capua no está en nuestro itinerario.

XVIII

Sed tua me virtus tamen et sperata voluptas suavis
amicitiae quemvis efferre laborem suadet et inducit
nocturnes vigilare serenas.

Tu valor y el placer cierto de tu dulce amistad me
inducen a sufrir cualquier trabajo,
y a velar en la calma de las noches.

Lucrecio, *De rerum natura*

La peor de las pesadillas.

Yo, Servilia, descendiente de Servilio Ahala, que salvó al país de un inicuo que quería el poder; viuda de Marco Junio Bruto, que murió como héroe, y de nuevo viuda de Decio Junio Silano, cónsul; hermana de Catón; madre de Marco Junio Bruto. Yo, Servilia, rehén de dos sirvientes.

No, me equivoco.

Rehén de Cayo Julio César.

Viajo durante horas sin bajarme del carro, duermo, me despierto sacudida por estremecimientos de frío y rencor, me vuelvo a dormir y sueño con escapar a los bosques de estas montañas, yo sola, sueño con desaparecer para siempre. Soy la fiera enjaulada, acobardada y furiosa mientras el camino desciende por los valles hasta las llanuras, y nunca he tenido fuerzas para romper los barrotes.

Sinuessa aún está lejos, y cuando oigo que el carro se detiene escucho la voz de uno de los esclavos desde fuera.

180

—Estamos en Casilinum, nos detendremos solo el tiempo necesario, ¿quieres que te ayudemos a bajar? ¿O te traigo algo de comida?

—No —respondo desde dentro.

—Como quieras. Si necesitas algo, estamos aquí.

Poco después me apeo, puedo arreglármelas, aunque esos insolentes no me ofrezcan el brazo. Casilinum es un puerto en el río, hace sol y el agua es opaca; hay mucha gente, animales, ruido, idas y venidas, casi todos son hombres. Delante de mis ojos pasa un barco de casco de gran tamaño que transporta troncos de árboles en dirección al mar, y en tierra otro barco está cargado de esclavos corpulentos, con el pecho desnudo y aspecto sombrío, las espaldas de algunos de ellos marcadas por profundas cicatrices. Espero que los dos chicos los vean bien de cerca; si por mí fuera, les habría dado una buena paliza. Están cargando ánforas de terracota, tal vez de aceite y vino, y cajas de madera que requieren cuatro brazos para levantarlas. Las conversaciones son confusas, parece que no entiendo nada, y puedo sentir los ojos de muchos sobre mí.

Detrás del puerto hay un pequeño pueblo, y entre la multitud veo a una mujer que se dirige hacia allí con un saco lleno de pescado. Camino con cuidado, hay agua por todas partes y está resbaladizo, me mojo los zapatos y tengo que levantar los bajos de mi estola, pero ella se detiene a menudo, charla con otros transeúntes y se ríe, y yo la alcanzo rápidamente.

—¡Salve! —Le sonrío—. ¿Puedes decirme a qué distancia está Capua?

La mujer me escudriña de pies a cabeza, aunque en lugares como este están acostumbrados a ver pasar a la gente que recorre la Vía Apia.

—Aquí no vas bien vestida de ese modo, te ensucias.

¿De qué estás hablando? Le pregunté otra cosa.

—¿Dónde está Capua? —repito más fuerte, tal vez no escuchó.

—¡Te entiendo! ¿Por qué gritas? Es por allá. —Y estira el brazo sin ni siquiera girar la cabeza; sigue mirando mi estola.

—¿A dónde quieres llegar? ¿Están esos dos contigo? —pregunta a su vez.

—Son mis esclavos —respondo—. Voy a Roma.

—Se nota que eres una dama de la ciudad, ¡de lejos se ve que esa tela debe haberte costado una fortuna! —Y señala mi corpiño—. ¡Aquí nadie tiene una tela así! Y luego hay pocas mujeres, todos hombres y animales. —Estalla en una carcajada.

No me río. ¿Qué es lo gracioso?

—¿No entiendes? ¡Son hombres y también son animales! Mi marido no. Él es bueno, alquila los almacenes para guardar, pero los otros terminan de trabajar, luego se emborrachan en la taberna y se pelean por nada, llegan a casa y golpean a sus esposas e hijos. ¡Deberías oírlos gritar por la noche! No se puede dormir.

—Terrible —comento, sin interés en los problemas de esa comunidad.

—¡Pero a veces hacen bien! —añade, acercándose, como si me estuviera contando grandes secretos—. ¿Ves a ese hombre que tira de la mula?

—Sí, lo veo.

—Bien. Ese es rico, embarca aceite y lo vende a los extranjeros, tiene un solo hijo y una casa llena de plata, nunca la he visto, pero mi hermana me lo contó. ¿Sabes a qué se dedica su mujer?

—¿A qué? —Estoy empezando a divertirme.

—¡Es una puta!

—¡Por todos los dioses!

—Eh, una puta. Y no necesita el dinero, ¡lo hace porque le gusta! Su marido se va a trabajar y ella deja entrar a los marineros en la casa.

—¡Increíble! ¿Y la has visto?

—No, pero mi hermana la vio, ¿no me crees? Vive cerca, y mi hermana siempre dice la verdad. Yo también digo siempre la verdad. ¿Y tú?

—¿Yo? —Es una igualada, ahora me molesta.

—No me has dicho qué tan lejos está Capua —digo con seriedad, pero la mujer no se da cuenta:

—Pero ¿qué te importa Capua, si tienes que ir a Roma? ¡Buen viaje!

Y se va con su saco lleno de pescado.

Me quedo atónita y la sigo con la mirada mientras se pierde entre la multitud. Pero tiene razón, ella es una mujer simple que tiene un buen marido. Capua ya no me interesa.

Sinuessa es acogedora, la inunda la luz dorada del sol que desciende sobre el mar. ¡El mar, por fin! Y ya no llueve. Las calles están llenas de transeúntes, mujeres atractivas, vestidos frívolos, aquí fluyen aguas termales que ayudan a la fertilidad, y por todas partes, entre la costa y el camino, villas suntuosas, jardines llenos de brotes y flores en botón. En la ladera, un templo brilla en medio del verde, la blancura del mármol iluminada por los últimos rayos. También me gusta la posada, al menos desde el exterior parece cómoda: el pequeño camino de entrada está bordeado de adelfas y hay un bonito pórtico.

Antes de apearme, busco en mi equipaje más grande una estola limpia, y en el fondo del cajón veo el pergamino de papiro. Lo había dejado caer, irritada y decepcionada por esos inútiles poemas, y ahora está envuelto en madera y atado con una cuerda, en mi cajón. Los esclavos meten sus manos entre mis cosas, ¡inaceptable! Pero no son ellos, es César quien me trata así. Lo desenrollo de nuevo y lo abandono sobre las tablas de madera, ¡quizá lo entiendan de una vez por todas! Pero, antes de entrar en la taberna, vuelvo, lo recojo y me lo llevo.

—Tú dormirás aquí, señora —me informa Fabio—. Nosotros dormiremos allí —y señala una cabaña al final de una gran zona de hierba donde pasta un rebaño, y luego, lleno de satisfacción, añade—: Pero César nos ha permitido cenar donde tú cenarás, es el hombre más generoso que hemos conocido.

No tengo más energía para indignarme y no comento nada.

Las paredes están decoradas con escenas de banquetes llenas de figuras y colores demasiado vivos, son toscas, y el suelo de mosaico oculta mal la suciedad y los residuos. Incluso la comida está condimentada con especias excesivas. Pero los sirvientes que me acompañan están contentos, gracias a Cayo Julio César están jugando a ser hombres. Hay confusión, pero un relincho y la apertura de la puerta me sobresaltan.

Dos jóvenes buscan al posadero con paso firme, unas palabras e inmediatamente uno llega a los esclavos, mientras el otro viene hacia mí.

—Para ti —exclama, entregándome un mensaje.

Lo tomo, le doy las gracias, pero saca otro de entre los pliegues de su capa.

—Esto también es para ti, te lo manda César. Léelo primero.

Trago saliva, tengo la boca seca y no puedo respirar, como cuando encontraba la manera de hacerme saber en secreto dónde y en qué día, y yo siempre estaba allí, dispuesta a cubrirlo de besos. Esta noche también me tiemblan las manos, pero mi visión es un poco borrosa y para leer mejor sus palabras tengo que alejarlas de mí:

Tus jóvenes amigos te escriben y te informan de tus amigos importantes. Me alegro de ello, mi Servilia goza de mucha consideración. Puedes quedarte en Formia si quieres. Los esclavos te obedecerán.

Ahora tiemblo de rabia. Se burla de mí, el general Cayo Julio César. Me humilla.

Leo el otro mensaje, es de Marco Celio Rufo, pensaba que todavía seguía a las legiones. César lo ha enviado a Intimilii con algunas cohortes para sofocar una revuelta, y se lamenta. Me escribió durante la marcha en medio de la nieve, y me informa que Cicerón está en Formia.

Todo está claro, César lee las cartas dirigidas a mí como si fueran para él, como si yo fuera suya, y me halaga, me quita la dignidad y luego me la concede benévolo, porque lo es con todos, incluso con dos criados a los que podría vender mañana por unos cuantos sestercios, pero solo es un pretexto para denigrarme más. Me doy cuenta enseguida de que César ha encontrado un pretexto para alejar a Celio; nunca le ha gustado y nunca lo ha disimulado.

Mi habitación está en el piso de arriba, y me retiro sin siquiera voltear a ver a los esclavos, no existen. Estoy más angustiada y sola que nunca.

Hay una gran terraza, bordeada en tres lados por una balaustrada adornada con pequeñas columnas, y algunas antorchas en los extremos proporcionan un poco de luz. Pero, más que las antorchas, la luna llena es un rostro de luz, y me llama, me tiende la mano, esa estrella que siempre está cerca de ella, como si fuera su hija, me dice: «Ven a mí, pues tal vez pueda hacerte feliz»; y yo quisiera ser esa estrella, hija de la Luna, y revolotear en la oscuridad, pero no tengo alas, solo tengo un manto negro que me protege del frío y, debajo, un papiro escrito en poesía.

Me acerco a una antorcha, en un rincón suspendido en el vacío. Lo desenrollo un poco, me lo llevo a la cara, huele a todos los olores del mundo y me embriaga, me suelto el pelo y leo palabras aquí y allá; Venus, madre de la vida, benévola como él. El papiro es demasiado largo. Otras palabras brotan y son flores, una feliz primavera, en todas partes el amor y el deseo, y luego una oración, que todas las guerras encuentren el descanso y la paz.

Es un vértigo para mí, lágrimas calientes caen de mis ojos y mojan el papiro; una lágrima corre la tinta, que se expande como una estrella deformada, ¡malditas estrellas! Y entonces sollozo sin contener el dolor que inflama mis ojos, mis entrañas; me inclino sobre la balaustrada y mis cabellos flotan en la noche, el mar debajo de mí brilla con la luna y canta suavemente, me acuna como un padre con brazos fuertes y suaves; me llama, como la luna, y lo sigo hacia la hermosa villa, hacia la voz del poeta de cabellos revueltos, hacia la niña desgarbada que corría entre las columnas mientras la criada la llamaba: «¡Vuelve aquí, Calpurnia!»; hacia esas lunas llenas de verano, cuando mirábamos al cielo y nos convencíamos de

185

que el universo no se acaba nunca, y entonces, en el lecho, él y yo deteníamos el tiempo.

Lloro sin cesar hasta que la aurora llega a consolarme, y subo al carro con los ojos rojos e hinchados. Fabio me ofrece su brazo, siento sus jóvenes y tensos músculos en la palma de la mano, y nos ponemos en marcha sin mediar palabra.

El camino es todo llano y el paisaje es agradable y luminoso: a la izquierda se ve la costa, interrumpida de vez en cuando por vastos bosques de pinos; al otro lado, colinas que se elevan hasta convertirse en montañas, acompañando la curva de un golfo sobre el mar.

Pasamos por Minturno, rodeado de grandes murallas coronadas por torres. La Vía Apia atraviesa el centro de la ciudad, frente al Templo de Júpiter Capitolino, al Foro, una secuencia de tiendas rebosantes de mercancías. Perros invisibles ladran escondidos entre los edificios, y de los campos más allá de las murallas llega el sonido del agua. Cruzamos un puente sobre el río Liri, y por la cadencia de los caballos percibo su cansancio. Se suceden otros pueblos sobre el mar, promontorios y villas inmersas en una exuberante vegetación, y pronto aparece ante nosotros Formia, que se extiende entre la costa y las colinas que la protegen.

Cuando era niña, mis tíos pasaron una vez unos días aquí como invitados de un senador amigo suyo que tenía una hermosa casa llena de flores. El mar estaba tan cerca que durante el día parecía que se podía tocar desde la ventana, y por la noche dormía en mi habitación conmigo. Pero aprendí que el mar nunca duerme. Mi tío nos contó que desde las alturas de estos montes los lestrigones lanzaban enormes rocas a las naves de Ulises: aquella historia me asustó y miré hacia arriba, mientras mi tío reía, pero mi hermano Catón me reprendió despectivamente, que era una tonta y que no había razón para tener miedo, ni para reírse, porque los lestrigones nunca existieron. Y solo era un niño más pequeño que yo.

Pasamos por el Foro, rodeado de hermosas columnas y nichos que albergan estatuas y, a una milla de allí, nos detenemos en una estación para cambiar animales y descansar un poco.

El sol está alto, me cobijo a la sombra de un pino y, cuando hay menos gente, me acerco a una fuente cubierta de hiedra trepadora: el agua brota tentadora de dos rostros tallados en piedra. Me acerco y me parece reconocer a Isis y a Osiris. Sonrío, quién sabe por qué este rastro de un culto extranjero, pero por la Vía Apia pasa el mundo entero, hasta los dioses de los demás.

Livio está de pie junto a la fuente con dos recipientes de agua y me dice tímidamente unas palabras:

—Podemos parar aquí para pasar la noche o podemos seguir, como quieras.

Es cierto, anoche dos mensajeros trajeron a los esclavos una orden para cumplir los deseos de la rehén, y este es un ilusorio atisbo de libertad. Nunca he aceptado limosnas, la humillación... es un precio demasiado alto para mí.

—No —respondo—, nos iremos lo antes posible.

El senador Marco Tulio Cicerón esperará, ciertamente no le faltan noticias. Si al menos hubiera hecho saber a los ciudadanos de Roma su posición... A él le debo que me encuentre en esta angustiosa condición, que casi me muera de fiebre y tos. Además, después de meses de acampar y días de viaje en carro, mi cabello está revuelto y mis vestidos no son apropiados para una visita: solo una plebeya chismosa que huele a pescado puede encontrarlos elegantes.

El camino se adentra en estrechos desfiladeros y valles donde pastan plácidamente rebaños de vacas blancas, sigue los contornos de escarpados acantilados y pronto perdemos de vista el mar, pero al cabo de algunas millas se abre una llanura. Los viñedos y las plantaciones de olivos se extienden hasta donde alcanza la vista alrededor de las grandes villas de campo, luego las casas y el Foro de

Fondi, pero en medio de las tierras cultivadas vislumbramos pantanos y, entre los juncos, pequeñas embarcaciones alargadas. En el horizonte se alzan de nuevo los relieves rocosos de la costa, y en lo alto, dominándolo todo, el gran templo en honor a Júpiter, magnífico. Muy pronto llegaremos a Terracina, y Roma está cada vez más cerca.

Roma, mi casa, los sirvientes y las doncellas que me obedecen, el baño y los ungüentos de la mañana, mi mundo entre las colinas y el río. Un sereno sopor se apodera de mí, y el vaivén del carro me acompaña hasta el sueño. Pero pronto me despiertan una sacudida y las maldiciones de los esclavos.

—¿Qué ocurre? —pregunto preocupada.

Fabio se baja, inspecciona el carro y resopla.

—Se ha soltado una rueda del eje, tenemos que detenernos.

—Pero ¿cómo? —Me impaciento—. ¿Cuánto tiempo va a tardar? Estoy cansada.

—No falta mucho, señora. —Me tranquiliza—. Y para ti no habrá retrasos. La Fortuna está de nuestro lado, estamos en Terracina. Mientras me ocupo de reparar el carro, Livio te acompañará hasta el *Forum Appii*, que está a menos de veinte millas: llegarás en barco, navegando por el canal que bordea el camino. Mañana, cuando te despiertes, me encontrarás allí.

Los dos jóvenes hablan entre ellos y Fabio confía a su compañero el equipaje imprescindible, lo demás se queda en el carro, y le entrega un saco lleno de monedas. Tomo mi papiro, de repente tengo miedo de perderlo.

El sol se hunde sobre el horizonte de hierba y agua estancada: a partir de aquí, y a lo largo de muchos kilómetros en todas las direcciones, los pantanos ocupan todo el espacio.

Nos apresuramos a llegar al punto de embarque, solo hay unos pocos viajeros, casi todos vienen llegando. El hombre encargado de las salidas discute con Livio, sacude la cabeza y me señala a mí, al sol bajo, intuyo que no quiere admitirnos a bordo porque es tarde, sobre todo por ser yo una mujer; pero el esclavo le convence con unas monedas, me hace un gesto con la cabeza y ambos me tienden la mano para ayudarme a subir.

—¡Ten cuidado, señora! —Me sostiene Livio.

—Despacio, la pasarela es inestable —añade el hombre.

Pero ninguno de ellos dos puede saber que ya conozco este infierno, y también conozco al hombre que quiere convertirlo en uno de los lugares más prósperos de Italia.

*

Cuando supervisaba la Vía Appia un día de verano, me envió un mensaje: «*Cras ad Stygias ut ubique solemus*».

¿A la Estigia? ¿Mañana? ¿Al río de los infiernos, al pantano? Tal vez era un juego, no sería la primera vez, así que fui al encuentro, al pequeño pinar fuera de las murallas, como siempre. Hacía calor, pero el paseo del carro y el aire en la cara nos refrescaron, junto con la sombra intermitente de las hileras de pinos. A lo largo de la Vía Apia, pasada Ariccia, la curiosidad se apoderó de mí.

—¿Adónde vamos? —le pregunté.

—Al infierno —respondió muy serio, sin apartar los ojos del camino.

En *Forum Appii* nos detuvimos en una taberna horrible como cualquier otra pareja, y César no anunció su llegada.

—Si los posaderos son notificados de mi llegada, ponen todo en orden, ¡sé cómo son! Pero quiero que la Vía Apia sea cómoda y segura para todos, así que tengo que ver el estado real, no solo de la calzada y los adoquines sino también de las casas postales y las posadas. Estos lugares están llenos de bandidos, y la naturaleza es hostil. Parece que los dioses se han olvidado de ellos.

Miré a mi alrededor. En efecto, la taberna estaba sucia y mal frecuentada y la comida era repugnante.

—¿Por qué la naturaleza es hostil? —pregunté.

—Mañana lo entenderás. Vamos a dormir, va a ser un día muy ajetreado.

No muy lejos de la posada, había un canal en cuyas aguas navegaban pequeñas embarcaciones. Eran tiradas por mulas aseguradas por largas tablas inclinadas que corrían a lo largo del camino, conducidas por esclavos. Era temprano en la mañana, una fina niebla se levantaba de la superficie. Subimos a una barca y nos deslizamos despacio por la lentísima corriente, tan diferente de la de los ríos o las olas del mar. Más allá de las últimas casas, los juncos y los cañaverales de las orillas se volvieron más espesos y nos adentramos en una densa vegetación, que proyectaba una luz y una sombra cambiante y monstruosa sobre el agua, y todo lo que se podía ver eran espesos lodazales de barro. La Estigia, el río de los juramentos inviolables, el inmenso pantano ante el reino de los muertos. Todo estaba quieto, enrarecido. No había voces ni sonidos de hombres, y los cascos de la mula traqueteaban entre los sonidos de los humedales. Desde el follaje llegaban los gritos de alimañas que se escondían, y yo miraba a mi alrededor hacia todos lados, inquieta, era imposible verlos; pájaros oscuros volaban bajo, otros, blancos, permanecían inmóviles sobre sus largas patas cerca de las orillas y, en el límite entre la tierra y el agua, serpientes y nutrias peludas con colas repugnantes buceaban dentro y fuera, agitando la corriente. El aire era bochornoso y húmedo y nos sofocaba la respiración; nos cubrimos la cara con paños de lino para protegernos de los enjambres de mosquitos e insectos que nunca habíamos visto.

En voz baja, César interrumpió la insoportable sinfonía.

—No puedo tolerar que a pocas millas de Roma exista el infierno, que los viajeros se vean obligados a conocer el Hades en vida y a sufrir para atravesarlo.

—¡Pero, Julio, es la naturaleza! Es hostil, ahora lo entiendo.

—Puede llegar a ser benévola.

—¿Y cómo? Esto no puede desaparecer así como así.

—¡Sí que puede! —replicó con voz potente—. Estos lugares pueden volverse fértiles, pueden dar trabajo y frutos, las aguas serán claras y nutrirán la tierra que dará cosechas. —Miró a su alrededor con suficiencia, como si ya viera a los campesinos con las manos sobre el arado, a los bueyes tirando y a los rebaños pastando—. ¿No me crees? —preguntó.

Lo miré sin responder, ¿qué podía decir? Pero continuó.

—Por eso te he traído aquí conmigo, los dos solos. Quería revelarte mi plan a ti primero.

—Gracias. —Me faltaban palabras más adecuadas, en medio de ese horror sentí una felicidad lánguida e impalpable.

—Desviaré el curso inferior del Tíber.

Mis ojos se abrieron de par en par.

—¿Te sorprende? Se excavará un canal desde la colina del Janículo a través de estos pantanos hasta el mar en Terracina. En el canal, junto con nuestro río, fluirán estas aguas insalubres y estancadas, las tierras se secarán, pero la misma agua seguirá regándolas en abundancia con otros canales y serán muy fértiles y, además, Roma tendrá un nuevo, amplio y funcional puerto. Llamaré a los mejores arquitectos.

—¡Es extraordinario! —exclamé, admirando su capacidad de imaginar el futuro, de encontrar los medios para realizarlo.

Él también estaba satisfecho, sonriendo ante mi agradecimiento.

—¡Eres un genio! —continué, tomando su mano—. Y, para demostrármelo, me has llevado al infierno.

Nos reímos.

—Tarde o temprano hay que conocerlo —exclamó alegremente—. El reino de la noche es como este pantano: pálido, frío y ardiente a la vez, poblado de espectros infelices, y que resuena con lamentos. Hoy hemos entendido que no nos gusta, ¿estás de acuerdo?

De nuevo se rio de su propia broma.

César continuó, mirando al cielo.

—Cuando muera seré una estrella y, poco después, un dios. Tú también serás una estrella, y juntos viajaremos por las interminables extensiones de luz, y en los Campos Elíseos tendremos nuestro hogar.

*

191

Hoy navego por el mismo canal en dirección contraria, pero en compañía de un tonto esclavo, y paso la noche en la misma horrible posada, con los mismos sinvergüenzas y la misma asquerosa comida, y al amanecer Fabio está listo en la entrada, esperándome, con nuestro carro como nuevo. El día promete ser claro y cálido, los caballos están frescos, y lanzo una última mirada a los pantanos, antes de que César los convierta en tierra de trigo y pan.

Esta tarde estaremos en Roma.

XIX

Εἰς δὲ τὴν Ῥώμην ἀνέστρεψε, γεγονὼς ἐν ἡμέραις
ἑξήκοντα πάσης ἀναιμωτὶ τῆς Ἰταλίας κύριος.

Regresó a Roma: en sesenta días, sin derramar sangre,
se había convertido en dueño de toda Italia.

PLUTARCO, *Caesar*

Apolo toca la lira, Apolo persigue a la desnuda y bella Dafne, Apolo y Dafne separados por un árbol de laurel que extiende ramas y se entrelazan con los miembros de la ninfa. La luz de la mañana inunda las paredes de mi habitación con una historia de deseo y libertad, hace brillar los colores y esculpe las figuras. Dafne prefirió convertirse en una planta para siempre, para no entregarse. Sin embargo, Apolo era el más resplandeciente de todos los dioses: desde entonces, lleva una corona de hojas de laurel en la cabeza para tenerla siempre consigo, y las hojas se convirtieron en oro.

La luz de Roma, la más brillante del mundo. Incluso cuando el cielo está nublado, como hoy, y los rayos blancos deslumbran mis ojos nada más salir del sueño.

Me entretengo perezosa entre las mantas con olor a limpio. Los sonidos familiares de mi casa en el Palatino, la colina más exclusiva de Roma, y los olores que salen de las cocinas acogen mi regreso como un abrazo cálido y seguro, y los pasos de las doncellas cerca de la puerta me avisan que el baño está listo.

Hoy no quiero visitas, he avisado a todos los sirvientes, solo se admitirán las doncellas encargadas de mi belleza. El pelo encrespado y gris requerirá largos cuidados y un peinado digno de mi rango. También me molesta sentir la piel del rostro seca al tacto, y el viaje, las nieves frías, el viento que azota, han hecho que las arrugas sean más profundas, las manchas más evidentes. La vida del campo es para los hombres que se ven bien sin afeitarse ni lavarse, no para una mujer que se ha pasado la vida buscando el refinamiento y el lujo. Hoy solo quiero cremas, bálsamos y los tintes de los bátavos, y también maquillaje y joyas para borrar mi inútil cansancio, para cubrir con perfume y gracia el recuerdo de una humillación que nada más despertar ya desgarra mi orgullo.

Recibo mensajes de bienvenida y peticiones de visita: en menos de un día, la noticia de mi regreso ha corrido por toda Roma. No sabía que tenía tantos amigos deseosos de encontrarme. Todos fingen no saber de dónde vengo, y para todos soy una viuda más. Hipócritas, peores que yo.

La esposa de Servio Sulpicio Rufo es la primera en buscarme. Su marido fue cónsul hace dos años y quisiera evitar la guerra; apela a las leyes, como si todavía tuvieran algún valor en esta tragedia. Ha enviado a su hijo a Bríndisi, lo he visto con mis propios ojos, pero no puede decidir qué lado tomar: un digno amigo de Cicerón, compañeros inseparables desde que eran niños. La modestia de su esposa es bien conocida en la ciudad y, sin embargo, está dispuesta a hacer cualquier cosa para tener noticias de su hijo, incluso a visitar a una desvergonzada como yo. Y luego Clodia... No puedo creerlo. Comparada con ella, soy más casta que Diana: no hay hombre en Roma que no haya pasado por su lecho, quizá solo Cicerón, que la ha cubierto de insultos a ella y a su hermano. ¿Qué quiere de mí? Tiro su mensaje.

Todos me buscan, pero en secreto espero el único mensaje que no llega: el de mi hijo. Ni siquiera sé si sigue en Roma, ni si César ya está en camino.

A última hora de la tarde, mientras dos doncellas todavía se encargan de peinarme, un sirviente anuncia que mis hijas piden verme.

—Que vengan mañana antes del mediodía —dispongo, y el criado corre a informarles.

—¡Espera! —Lo retengo—. Pasa por las cocinas y diles que preparen sopa de trigo y setas. —Es el plato favorito de Tertulla, la más joven. Ni siquiera me confieso a mí misma que siempre he tenido debilidad por ella, desde antes de que naciera. Me da vergüenza, pero es cierto.

Y, mientras tanto, el espejo me devuelve por fin la imagen que me gusta, la de una hermosa mujer de ciudad.

Espléndidas, elegantes, vestidas de azul y verde brillante con preciosos cinturones que marcan su cintura. Junia lleva un hermoso collar de marfil, cada una es seguida por su doncella y mantienen la mirada baja, aunque están en la casa de su madre y los pocos hombres que deambulan son esclavos.

Mis hijas se reúnen conmigo en el jardín, las espero en la parte más soleada, donde ya brotan pequeñas flores amarillas y hierba del prado entre los setos. Después de los rigores de la montaña, busco el sol siempre que puedo.

—¡Madre! —Tertulla apresura el paso, impaciente por abrazarme. El calor de su cuerpo esbelto, su pelo suave y perfumado de jazmín que se escapa de las cintas, sus ojos claros y desconcertados como si aún no hubieran aprendido nada del mundo: todo en mi Tertulla hace más dulce el sabor de un retorno espinoso, afloja la garra que atenaza mi corazón. Ha cumplido veinte años, pero parece una niña.

—Madre —eleva hacia mí sus ojos que brillan de emoción—, qué alegría verte de nuevo. ¿Por qué te fuiste tan de repente? Ni una palabra para nosotras, ¡tus hijas!

Junia, detrás de ella, nos mira con una sonrisa condescendiente, pero puedo ver que está celosa. Durante seis años ha sido la más mimada de la familia, aunque solo la separaba un año de mi hija mayor, que también había nacido de mi matrimonio con Junio

Silano. Cuando nació Tertulla, Junia Prima, que tenía siete años, la recibió como un juguete; a Junia Seconda como a una rival, como si no fuera su hermana.

Le tiendo la mano.

—Ven, hija mía, deja que te abrace. Eres un esplendor.

Es cierto, es la más bella.

Por fin sonríe de verdad. Tiene los intensos ojos negros de su padre y la forma perfecta de una estatua.

—¿Y su hermana? —pregunto—. ¿Por qué no está aquí con ustedes?

—Está constipada —responde Junia—. Vendrá en los próximos días, si puedes recibirla. Mientras tanto, te envía esto. —Y me entrega un mensaje atado con hilos de hierba y flores.

—Háblenme de ustedes, de Roma. La ciudad está invadida por el miedo.

—Sí, madre —exclama de nuevo Junia—, por desgracia así es. Nosotros estamos bien, pero la gente vive con miedo, los nombres de Mario y de Sila se evocan constantemente, los ancianos cuentan los horrores de esa guerra por todas partes. Parecen obsesionados por el recuerdo, se les ve angustiados, se diría que están perdiendo la cabeza. Lo que es peor aún es que cada vez más senadores y magistrados huyen, abandonando la *Res publica* a un destino incierto.

—Nadie huye y nadie abandona Roma —interviene Tertulla, contrariada—. Eso no es cierto. Siguen a Pompeyo, es el general cuyo trabajo es defender la *Res publica*, si no me equivoco.

—El propio general Pompeyo el Grande ha huido de Roma, si no me equivoco —responde Junia con prontitud—. ¿Cómo piensa defender nuestra *Res publica*, hermana? Desde hace unos días se rumora que también ha huido de Italia, pero al menos espero estar engañada en ese sentido. Tranquilízanos, madre, tú sabes mejor que nadie lo que está pasando.

—¡Basta! No las recibo en mi casa para aplacar sus rencillas, como si fueran dos niñas. —Me levanto molesta y entro—. Vengan, sentémonos en el pequeño triclinio.

Los oigo confabular a mis espaldas. Por si las fricciones habituales no fueran suficientes, sus maridos, uno leal a César y el otro del lado de Pompeyo, han aumentado su distancia. Hombres de familias ilustres y destinados a carreras luminosas, ¿cómo podría haber imaginado semejante tragedia? Antes que a Roma, la guerra desgarra mi sangre.

La comida libera la tensión.

Tertulla devora su sopa.

Tenía preparada carne de faisán para Junia, y ahora se ha calmado.

—Qué bonitos son los festones en las paredes —exclama—, llenos de flores, y con ese fondo tan azul. Cuando era niña pensaba que esto era un triclinio mágico: si afuera era invierno, entraba aquí y me encontraba en la primavera.

Tertulla también sonríe.

—Es cierto, siempre me ha gustado más que el grande. ¿Recuerdan a nuestro padre? Solía tumbarse en ese lecho de bronce y comer anguilas hasta ponerse enfermo.

—¡Así era, mi niña!

—Te envidio —continúa Tertulla, dirigiéndose a su hermana—, te pareces tanto a él… Si te miro, es como si algo de él hubiera sobrevivido en ti. No me parezco a nadie, ni siquiera a ti, madre.

—¿Cómo está tu marido? —Le pregunto.

Cayo Casio Longinos es un tribuno de la plebe, como su hermano menor, Quinto, que se refugió con César en Rímini junto a Marco Antonio, ambos obligados a huir a causa de los senadores; pero, a diferencia de su hermano, se puso del lado de Pompeyo.

—Pompeyo le confiará el mando de una flota, según supe ayer.

El silencio desciende entre nosotras y Tertulla se entristece, lo quiere mucho. A veces los matrimonios tienen suerte y la pareja aprende a quererse. Mi hija y su marido tienen más suerte: se aman.

El comentario de Junia es duro, una espina en el corazón para mí.

—Casio solo sigue a nuestro hermano Bruto, y Bruto a nuestro tío Catón: su elección era inevitable.

—¿Tienen noticias de Bruto? —pregunto.

De nuevo un largo silencio.

—No —exclama finalmente Junia—. Nada distinto de lo que puedas imaginar. Junto con Catón, ha decidido seguir a Pompeyo.

Por la noche, a solas en mi habitación con Apolo y Dafne atormentados, desato la cinta de flores y leo el mensaje de mi hija mayor.

Madre mía:

Solo tu regreso podía darme un breve alivio en medio de la angustia, y los dioses han respondido a mis plegarias. Casi todos los días mi marido recibía cartas del general Cayo Julio César; él lo sabía todo sobre la guerra, y yo podía saber de ti: César se encargaba de mantenernos informados. Supe de tu viaje por las nieves, de tu fiebre y tu tos. Temí mucho, madre, lloré. También supe cuándo y cómo dejaste el campamento de Bríndisi. Fue por tu propio bien, aunque aún no lo sepas. Otras cosas que aún no sabes, yo misma las acabo de oír: dentro de tres días, César llegará a los muros de Roma. Pronto partirá de nuevo, y esta vez mi marido lo seguirá. Vendré a verte pronto, seremos mutuamente el consuelo de nuestra soledad.

Cuídate.

Mi Junia, sabia y buena. Se esfuerza por entenderlo todo, incluso mi vida imperfecta y, si no lo entiende, me da su cariño sin juzgarme. Junia Prima, que cuando era pequeña la llamábamos Prímula, porque era tan suave como la primavera. Cada mujer tiene un nombre secreto.

Así sucedió.

El día indicado por mi hija, a plena luz de la mañana, el viento que soplaba desde el oriente traía clamores de metal, de caballos, de voces que elevaban los cantos de los soldados: anunciaba la llegada del ejército. Toda la ciudad se volcó en las calles y en el Foro; los hombres corrieron a las puertas, los más jóvenes y robustos treparon a las murallas y saludaron la oleada de armaduras y escudos, esperaron y temieron, corrieron gritos discordantes.

—¡Quiere invadir Roma!

—¡Él nunca haría eso!

Mientras tanto, las mujeres protegían a sus hijos pequeños, hablaban de signos ominosos que habían llegado a Pompeyo, de todo tipo de prodigios, y era fiesta y miedo a la vez.

—¿Has oído a los lobos por la noche? ¿Y los búhos?

—La luna se oscureció de repente...

—Una vaca dio a luz a un ternero con tres patas y sin ojos.

—¿Y los rugidos? ¿Y el temblor de la tierra?

—¡Vi llamas en el cielo!

Estas y otras voces llenaban la ciudad, el pueblo seguía pidiendo sacrificios, creyendo que los dioses solo necesitaban una oveja sacrificada para evitar la guerra, mientras que el campamento, antes de que cayera la noche, llenaba todos los espacios más allá de las murallas de Roma.

Espero su mensaje; me debe una explicación, sobre todo si es cierto que se irá pronto; y esta vez también mi resentimiento se desvanecerá, me convenceré de que ha hecho bien. Pero su mensaje no llega, y Cayo Julio César no puede entrar en la ciudad, porque comanda un ejército en armas y Roma es sagrada, ni las leyes ni los dioses lo permiten. Sería como violar a una virgen. Pero la virgen se entrega a su llamada de todos modos, y va hacia él: los senadores en procesión han cruzado el umbral de las murallas.

Es casi de noche cuando una doncella anuncia una visita: Marco Emilio Lépido pide reunirse conmigo.

Lo recibo en el estudio privado que una vez perteneció a mi esposo Junio Silano, en el lado derecho del atrio. No es grande, pero las pinturas son de las más bellas que he visto en las casas de Roma: columnas y arcos de diferentes tamaños parecen ampliar las paredes, para abrirse paso a una vista del verde y el cielo entre dinteles y arquitrabes pintados: los rebaños pastan allí y los pájaros vuelan, y las cortinas de color púrpura y azafrán hacen que la dureza de la piedra sea ligera. Durante el día los reflejos del impluvio iluminan los colores con la transparencia del agua, ahora las lucernas iluminan el rojo y extienden un velo dorado sobre el azafrán.

—Me perdonarás por la hora y la forma inconveniente de mi visita —exclama Lépido.

—Esta es la casa de tu esposa, es tu casa. Gracias por venir.

Yo misma arreglé su matrimonio; él es un hombre de estirpe antigua y noble, su padre fue cónsul, y el año pasado su hermano Lucio Emilio Paulo ocupó el mismo cargo. Es ambicioso y sin escrúpulos, y no pocas veces se ha visto en problemas: tras la violenta muerte del cónsul Publio Clodio Pulcro, se negó a convocar a reuniones para la elección de nuevos cónsules, y su casa fue asediada e incendiada. Escapó a duras penas, y Junia con él. Sin embargo, sentí que era un buen enlace para nuestra familia, su lealtad a César era incuestionable.

Me tiene en gran estima y consideración, pero esta tarde sus palabras, además de deferentes, son muy sentidas.

—He preferido reunirme contigo a solas y en confianza. Estamos en guerra, Servilia, hasta la última esperanza se ha desvanecido.

Da un sorbo a la copa de vino que le prepararon, se levanta nervioso y, con las manos a la espalda, mira el falso horizonte que asoma por la pared. Está pálido, cansado.

—¿Qué pasa? —le pregunto—. Escuché que convocó al Senado, luego nada, solo rumores sin importancia.

No puedo ocultar mi angustia.

—César todavía intentó el camino de la paz —responde—. Recordó a todos que estaba dispuesto a despedir a los ejércitos si Pompeyo también lo hacía, y que nunca aspiró a ningún poder que no fuera legítimo. Lo reiteró con toda la fuerza de las palabras que puedas imaginar.

—Dijo la verdad, estas eran sus sinceras intenciones.

—Es más —continuó Lépido—, propuso enviar embajadores a Pompeyo para una negociación de paz extrema.

—Puedo imaginar la reacción de los senadores, ¡esos cobardes!

Lépido sacude la cabeza.

—Así es. Pero César no puede permitir que Roma sucumba ante un puñado de inicuos, y ha exhortado y rogado a esos mismos senadores que se hagan cargo del gobierno y administren la *Res publica* con él. Les rogó, ¡después de todo lo que había sufrido! ¿Quién más lo habría hecho? Es capaz de realizar actos magníficos, impensables para los mortales.

—No es momento de halagos —lo interrumpo, incluso en esto Lépido carece de medida—. No lo harán, precisamente porque son cobardes. Temen a Pompeyo mucho más de lo que aman al Estado.

El enésimo no. Los senadores de Roma aún no han entendido.

—Tienes razón, Servilia. Pero César ha añadido que asumirá una carga tan grande incluso sin ellos: si rehúyen, gobernará solo.

Tiemblo. Es lo que siempre ha querido, lo sé.

La oscuridad ha caído, desde la ventana detrás de los tejados de las casas puedo ver el resplandor de la luna. Me levanto para despedirme del marido de mi hija.

En el umbral, antes de reunirse con los sirvientes en el atrio, Lépido se detiene y, sin mirarme, habla en un susurro.

—He venido aquí, solo y al anochecer, para decirte algo más.

—Te escucho.

—Pompeyo llamará a sus legiones estacionadas en la provincia de España, pero César quiere bloquearlas e impedir que lleguen a él. Muy pronto partirá con el ejército.

—¿Cuándo?

—Mañana, al amanecer.

XX

Hunc tu, diva, tuo recubantem corpore sancto circumfusa
super, suavis ex ore loquellas funde petens placidam
Romanis, incluta, pacem.

Oh, divino, tú que abrazas a Marte recostado en tu
cuerpo santo, vierte de tus labios dulces palabras y pide
una paz plácida para los romanos.

LUCRECIO, *De rerum natura*

Clarea.

Esperé toda la noche, me resistí a dormir, pero ni una señal de él, ni una sola palabra. Mientras tanto, el estruendo llega hasta aquí, hasta la colina de los poderosos, miles de hombres que parten a la guerra haciendo temblar el cielo.

Está gris. La lluvia cae a plomo, sin viento.

Antes del amanecer, envié al campamento a Stéfano, que llegó hace muchos años de Grecia como esclavo. Era muy devoto de mi marido Silano, que lo liberó, y después de su muerte se quedó en mi casa. Le confié un mensaje y le dije que fuera anunciado por los guardias de la forma habitual, César lo sabe. Desde la ventana lo veo regresar con paso lento, su capa está empapada y no se molesta en ponerse en resguardo. Es viejo, siempre dice que sus piernas ya no le aguantan.

Voy a su encuentro en el vestíbulo, está empapado, bajo la capucha su rostro es oscuro y arrugado, sus párpados pesan por la vejez y su mirada está cansada.

Lo interrogo sin siquiera darle tiempo a secarse.

—¿Y?

—No lo he visto, lo siento —responde con la cabeza inclinada.

—¿Qué quieres decir? ¿Has ido con los guardias?

—Sí, pero dijeron que no estaba en el campamento, que nadie lo ha visto desde ayer después del mediodía.

—¿Y el mensaje?

—Aquí está. —Lo saca por debajo de su capa, está húmedo—. Un guardia me preguntó si tenía algo que decir o entregar a César, pero no se lo entregué.

—Has hecho bien.

—Los soldados fueron muy rápidos —continúa Stefano—. Cuando llegué, estaba lleno de tiendas de campaña dispuestas en filas perfectas, y pronto desaparecieron. Las plegaron con unos pocos gestos, recogieron sus armas y equipajes, enjaezaron los animales, prepararon los carros y pronto estuvieron listos para partir. Pero llovía y todavía estaba oscuro.

—Son legionarios, es su deber —le respondo ante su tonto asombro. Durante semanas, meses, lo he visto hacerlo todos los días—. ¿Hay algo más? —le pregunto al liberto. Tengo prisa por despedirlo y quedarme sola.

—A mi regreso, las calles estaban llenas de gente, todo el mundo hablaba...

—¿Tienes algo importante que decirme, Stéfano? —repito, impaciente por su parloteo inútil.

—No... Quiero decir, quizás sí, no sé si es importante...

—Habla, y rápido.

—Pues, he oído rumores sobre el general César. Un tribuno del pueblo, creo que Metelo, le impidió tomar el dinero público para los gastos del ejército, pero él rompió el cerrojo con un hacha y tomó lo que quiso. Luego desapareció, algunos en el Foro, y también aquí en las calles del Palatino, dicen que huyó.

—¡Él no huye! Cayo Julio César nunca huye. ¿Entiendes?

Me retiro a mis habitaciones y cierro la puerta tras de mí, sin responder a la doncella que me llama para el baño, ni cuando me trae la sopa más tarde y, mientras tanto, la lluvia se hace más espesa, empapa los cristales de las ventanas como aquella noche del caballo muerto en el umbral de mi casa, la noche de una carta que anunciaba el dolor. Busco la tierra de Italia, guardada una escarcela sucia, la toco: es áspera, seca y fría, es tierra muerta, la noche de un dado maldito, de letras burlonas y, como esa noche, las lágrimas corren por mi rostro, gotas de lluvia de mis ojos sin más luz.

El papiro. El significado está ahí, pero no soy capaz de encontrarlo.

Vuelvo a desplegarlo, los signos de la bella escritura son laberinto y vértigo; recuerdan la voz del poeta de negros cabellos revueltos, que vigilaba en las noches serenas de Herculano, escuchaba el universo e inventaba nuevas palabras para revelar sus secretos y vencer al miedo; la voz de Lucrecio que nos elevaba, y nos convertíamos en aire, cielo, fuego, sustancia infinita, sentíamos en el corazón el aliento del mundo.

Lucrecio murió pronto, por su infelicidad.

Pero entre los signos del laberinto nadie muere, y Venus vuelve, avanza la bella, hiere de amor a Marte y el dios se pierde en sus ojos, en su vientre, respira sus labios y deja las armas, descansa. Yo también podría haberlo herido de amor, dioses, y detener la guerra; yo también soy hermosa; yo también le daría mi aliento. Somos dioses, me diría, y yo caería en un vértigo sin fondo, como ahora, tras mis párpados cerrados por el sueño.

—¡Vete! Vete.

—¡Servilia!

—¡Vete, he dicho! Es una orden.

—¡Despierta, Servilia, despierta! Soy yo, mírame.

La voz de la doncella disuelve la pesadilla, la pierdo fragmento a fragmento; me queda una pluma entre los dedos, pero no es una pluma: es solo un trozo de papiro que yace en la cama a mi lado. Tal vez fue un hermoso sueño, por eso no quería despertar.

—Servilia —susurra, y me aparta el pelo de la cara, estoy sudando y jadeando, pero continúa—: un hombre pregunta por ti. Lleva una capa negra. Está solo.

El hombre deja caer su casco mojado.

Asombro, confusión, rabia. Disimulo mi torbellino con una mirada larga y orgullosa y en el silencio más desdeñoso del que soy capaz. Le doy la espalda y me dirijo al *tablinum* al final de atrio. Me sigue, oigo sus pasos detrás de mí, hay poca luz y deseo que tropiece con el borde del impluvio, como hace tantos años en casa de mi tío cuando éramos niños, y esta vez se caiga. La lluvia dibuja gruesos círculos, reflejos diáfanos en el agua oscura.

Dos sirvientes encienden una que otra lucerna y de la oscuridad emergen, una tras otra, escenas rurales, apenas se ven ninfas de pechos hermosos y, en la gran pared, alrededor de la ventana que da al jardín, el caballo blanco alado surca el cielo y Belerofonte, desde su lomo, mata a la monstruosa Quimera.

—Ya basta, váyanse —les ordeno a los esclavos.

—Me recibes en las salas de representación —exclama—, como a un extraño.

De nuevo lo escudriño, guardo silencio, lo desafío en la penumbra rojiza. Baja los ojos hacia el mosaico geométrico del suelo que engaña la vista.

—Quieres que me confunda en el laberinto. —Sonríe César.

Pero yo no.

—Debes irte.

—Me iré en breve, antes del amanecer. El ejército ya está en marcha.

—Sé que el ejército se ha ido, y tú eres el general, ¿o me equivoco? ¿Adónde vas a buscar la gloria esta vez? ¿A España? ¿Por qué no estás con tus soldados? No puedes entrar en las murallas de Roma, deberías saberlo, pero las has cruzado, como cruzaste el río. Márchate. No quiero a un forajido en mi casa.

—Ya sabes cómo fue, pedí que nuestras leyes lo consintieran, y aún podría permitirse si los magistrados realmente quisieran evitar lo peor. Me recibes como a un extraño, y luego me echas de tu casa. Me vestí como esclavo para venir a ti. —La capa invisible, tejida con las fibras de la noche.

—Tú también me echaste de tu campamento, no había infringido ninguna ley. Y a mi casa no te invité.

—¡Tampoco te invité yo a acompañarme en las nieves! ¿Qué hombre decente induciría a una matrona, y además viuda, a abandonar su suntuoso hogar? ¡Y en pleno invierno! —Ahora me desafía, sus ojos reflejan las pequeñas llamas de las lámparas de aceite—. Pero el senador Cicerón no conoce ese respeto —continúa con desprecio—. Además, tu amigo viene de las montañas, y en cuanto puede, huye de Roma. Dice que la ama, pero la abandona a la primera dificultad. Se va al mar, o a la colina... La ciudad no es para él.

—No es mi amigo, fui por ti. Y por mi hijo.

—Pero tú tampoco tuviste consideración. Ni siquiera le informaste del resultado de tu misión, él pagó tu viaje. Dispuse que te detuvieras en Formia, pasaste justo delante de su villa.

Se burla de mí, me humilla.

—No tenía nada que decirle. —Me siento, tengo frío, meto la cabeza entre las manos.

Me mira, ahora se compadece de mí, y me habla despacio, con altanería.

—Yo, en cambio, sí.

*

—Bienvenido a mi casa, Julio. Para mí es un honor tu visita, y una gran esperanza para la *Res publica*.

En su camino de Bríndisi a Roma, César se encontró con el senador Marco Tulio Cicerón. Poco antes de que Pompeyo desplegara las velas en el Adriático, le escribió con frecuencia, y su llegada fue anunciada con la debida anticipación.

Cicerón era muy consciente de las intenciones de César, de las exigencias que le plantearía y de las consecuencias de una inevitable negativa. Durante todo el tiempo de espera imaginó la evolución de la tragedia: si él, el ilustre senador, cónsul, procónsul premiado con el triunfo, se mantuviera alejado de ambos bandos, como deseaba César y como le aconsejaba Tulia, su hija, que era su único y verdadero amor; o si marchara a Oriente a luchar con Pompeyo el Grande, defensor de las instituciones a instancias del Senado, que había huido de Roma y ahora también de una Italia destinada a sucumbir. Evoluciones desastrosas en uno y otro caso, porque la guerra entre romano y romano es siempre una tragedia. Y la lógica infalible de su razonamiento le llevaba a una sola conclusión: que hubiera preferido no recibir la visita del general Cayo Julio César.

Pero no fue posible y, así, a finales de marzo, los dos hombres más influyentes de Roma se encontraron juntos en las avenidas arboladas de un parque adornado con estatuas y fuentes, exuberante de flores en ciernes y follaje fresco de primavera.

Cicerón lo recibió como a un amigo, y en el ninfeo que asomaba al sur, con vista hacia el prado que a su vez se perdía en el azul, a medio día, tomaron una comida ligera acompañada de un excelente vino.

—Este es de Falerno, pero si no me equivoco prefieres el Mamertino. Buenos recuerdos... Cuando fui cuestor, los sicilianos no perdían la oportunidad de ofrecérmelo, están orgullosos de ello ¡y con razón! Lo conseguí especialmente para ti.

—¡Tulio, no merezco tantos honores! Eres un huésped espléndido y esta villa tuya en Formia es maravillosa. La envidiaría, si no considerara que la envidia es la pasión más estúpida para un ser humano.

—Y yo envidiaría tu sabiduría —replicó Cicerón— si mi experiencia de anciano no me hubiera enseñado que no hay hombre en el mundo que merezca la envidia de otro, y que incluso la sabiduría, al final, es una ilusión. Pero estoy de acuerdo contigo. Amo este lugar, me retiro aquí a meditar, encuentro consuelo a mis preocupaciones y, escucha... es como música.

Permanecieron en silencio unos instantes, un sonido de agua que brotaba del muro y caía en una pila llenaba la habitación, en armonía con el ritmo de las olas.

—Siempre ha estado ahí, dentro de mil años seguirá brotando. Superará las guerras, celebrará la victoria sobre la muerte, mientras que tú y yo, y todo el pueblo de Roma, seremos testigos de nuestra derrota, aunque alguien piense que ha ganado.

César se acercó a la fuente y sumergió la mano en el frío arroyo y, en la húmeda penumbra de la exedra, su cuerpo se estremeció.

—¡Pruébala! —le instó Cicerón—. Es muy buena, digna de un rey. La hija del rey de los lestrigones sacaba esta agua para su padre, y se dice que Ulises se encontró con ella aquí antes de ver perecer las naves de sus compañeros bajo las rocas. Cuando mis hijos eran pequeños, los llevaba conmigo a la fuente y les contaba esta historia, ¡disfrutaba asustándolos! —Sonrió con nostalgia—. Fueron años felices.

En ese momento llegó su esposa Terencia, seguida de sus hijos, la bella Tulia y Marco, que aún no llevaba la toga viril.

—Te saludamos con gran emoción. —Intervino la mujer—. Nuestra casa se regocija en tu presencia.

Entre las cortesías recíprocas, la mirada de César se detuvo en la joven Tulia: llevaba un año casada con Publio Cornelio Dolabela, devoto de César y odiado por Cicerón como siempre, y su hinchada túnica revelaba una nueva vida en su interior.

Se dirigió a ella con palabras deferentes.

—Tu marido es uno de los hombres más valientes que he conocido. Mientras yo esté en España con las legiones, él controlará el Adriático al mando de una flota en mi nombre. Confío en él. Te deseo una descendencia digna de tu posición, y mucha fortuna.

Tulia dio las gracias e inclinó la cabeza, César la observaba como encantado: su piel pálida; su pelo prolijamente recogido, tan negro y brillante como sus ojos, con mechones que caían suavemente sobre sus hombros; la delicada línea de sus labios; el perfil de su cuerpo marcado por un manto del color de la arena; su vientre que albergaba a un niño.

Ahuyentó el tormento de otros cabellos brillantes, de otro vientre preñado de vida, con todas sus fuerzas quiso apagar el recuerdo de su Julia que le mordía el corazón, pero no pudo, porque Julia

208

era hermosa, radiante como Tulia en su plenitud, y un niño que nacía la había matado; la sangre no dejaba de manar, como el agua del rey de los lestrigones, pero la sangre estaba caliente, infectada, la semilla asesina de Pompeyo había crecido dentro de ella. César se lo había impuesto porque el poder es más importante que una hija, más importante que el amor, y Pompeyo tenía muchos años, demasiados para ella; había atravesado su cuerpo, la había herido; Julia era su niña, quizás había llorado en aquella fatídica noche en los brazos de un anciano. Y Pompeyo era ahora el enemigo, y Julia una miserable sombra del Hades que pagaba por los pecados de otros, y César se preguntaba cada noche, antes de irse a dormir, si sería capaz de perdonarse a sí mismo el inútil sacrificio de su hija.

Tulia salió con su madre y su hermano al jardín, en dirección al mar, y un rayo de sol la encontró, dibujando un halo deslumbrante alrededor de su figura.

César vio cómo se tornaba blanca y ligera y se elevaba hacia el cielo. Bebió una copa de vino y luego otro sorbo.

—Vuelve a Roma, Tulio. Llegaré en dos días, después de una larga ausencia, y convocaré al Senado fuera de las murallas. Ayúdame a restaurar la paz.

—¿Y cómo? ¿Con mis métodos?

—¿Soy yo quien tiene que enseñarte?

Cicerón también bebió de su copa de plata labrada y se acercó a él.

—Toda mi vida he dedicado energías y gastado palabras para señalar el camino de la paz: no necesito recordártelo a ti, que me conoces bien. Si volviera a Roma, diría a los senadores que desapruebo tu partida a España y el traslado de tropas a Grecia, y también me quejaría mucho de Pompeyo.

—¡Eso no es lo que quiero, no quiero que digas esas cosas! —espetó César.

Cicerón continuó con calma.

—¿Ahora entiendes por qué es mejor que no vuelvas a la ciudad? Has venido a decirme lo que tengo que hacer, pero es mi conciencia la que me dice lo que tengo que decir. A ti, Julio, puedo decidir desobedecerte, pero no a mi conciencia.

—Yo no te impongo nada —objetó César—, y te comportarás según tu propio criterio, como siempre has hecho por el bien de nuestras instituciones. —De nuevo tocó el agua del manantial en la pequeña cuenca—. Sin embargo —continuó con voz tranquila, pero con el rostro encendido—, si no puedo valerme de tu consejo, me veré obligado a consultar con quienes pueda encontrarme, que ciertamente son menos conocedores que tú de las leyes, y no siempre están convencidos, como tú, de que la guerra es el peor de los males. Pero no tendré elección. Recurriré a cualquier recurso para asegurar la *Res publica* y garantizarle un gran futuro.

Cuando el día llegaba a su fin, los dos hombres más influyentes de Roma se despidieron con amargura. Cada uno de ellos siempre había considerado al otro como el mejor de todos, después de sí mismo, y ambos habían deseado en secreto que Roma pudiera brillar gracias a sus acciones. Pero ese día se dieron cuenta de que eran como un herma bifronte: dos rostros siempre unidos en su obsesión por la gloria, por Roma y por ellos mismos, y siempre condenados a mirar en direcciones opuestas. Y, tal como un herma forjada por un artesano que desconoce el alma de la piedra, estaban destinados a alzarse juntos en la columna más alta para cuidar el camino del pueblo romano, y luego, siempre juntos, a caer, con la dolorosa certeza de que uno arrastraría al otro a la misma ruina.

Solo Roma sobreviviría, porque los dioses habían querido que fuera eterna.

Se estrecharon la mano. Sabían que sería la última vez.

—Reflexiona antes de tomar una decisión definitiva —exclamó César al subir al carro, pero sabía que Cicerón ya había tomado una decisión.

—Voy a reflexionar —mintió el senador.

Espoleó a los caballos al trote hacia la inmensa villa de Mamurra, en un promontorio a pocas millas de distancia, donde César pasaría la noche.

Se volvió para mirar la playa: Tulia caminaba sola, de cara al sol bajo, con el pelo revuelto por la brisa. Con sus blancas manos acarició su regazo. Le pareció ver su sonrisa.

XXI

Pulcre convenit improbis cinaedis Mamurrae
pathicoque Caesarique.

Son una hermosa pareja ese par de desvergonzados,
Mamurra y César el maricón.

Catulo, *Carmina*

—¿Por qué me echaste así? —Le hablo de espaldas, aparto la cortina y escudriño el jardín. Un monstruo de fauces abiertas se alimenta de mí hasta el último aliento, y me deja como un tronco seco. El monstruo es él, detrás de mí—. Me has humillado innumerables veces, —continúo—, pero en Bríndisi fuiste demasiado lejos. Despedida con unas pocas palabras, cargada en un carro en medio de la noche y entregada a dos chicos jóvenes, como si fuera una mercancía. Habrías tratado mejor a tu perro y a tu caballo. Te abracé en la costa, mientras las naves de Pompeyo se hacían a la mar, y ni siquiera unas palabras de despedida tuyas, solo un frío mensaje dejado sobre la cama. ¡Pero tu capa sí la recogiste!

—Del suelo a donde la arrojaste para insultarme —responde César con calma—. Esperaba que la conservaras, te mantendría caliente en las montañas cuando lloviera. Había ordenado a los dos chiquillos, como tú los llamas, que me enviaran noticias tuyas todos los días.

—¿Y por qué no viajamos juntos? Te fuiste tres días después, la misma ruta, el mismo destino. —Estoy furiosa.

—Me arriesgué a las emboscadas, no habría sido justo exponerte a los peligros de mi condición.

—¿Qué peligros? ¿Qué condición? —Levanto la voz, enfadada—. Me pediste que te siguiera por toda Italia y no lo dudé ni un momento, me buscas y siempre estoy ahí, te vas y te espero, por ti sacrifiqué mi reputación, perdí la estima de mi hermano y el cariño de mi hijo, ¿y tú qué haces? Primero me echas, y luego irrumpes en mi casa sin que te anuncien, sin siquiera disculparte, ¿y me hablas de ese viejo pomposo que no ha encontrado otra forma de ayudar a su amada Roma que ir al mar? ¿Qué esperabas, que tomara el escudo y la espada y te siguiera? Has violado las leyes, nadie te desprecia más que Cicerón, el viejo solo fue un pretexto para detenerte en Formia. ¡Es otro el verdadero motivo, el mismo por la que me alejaste de ti!

—Servilia, entiendo tu resentimiento, pero no puedes hablarme así. —No se inmuta. Es hielo.

—¡Y a mí no me puede engañar, General!

—No te engaño. Tú sabes mejor que yo lo influyente que es Cicerón en el Senado. Esperaba que hiciera su parte para evitar una masacre.

Lo miro fijamente, lo detesto.

—Estuviste en la villa de Mamurra, toda la noche.

Soy mala.

Sin escrúpulos, codiciosa y ambiciosa, incapaz de ser gentil, atormentada por el resentimiento, dispuesta a todo menos a perdonar, y deseo la muerte de un solo hombre.

El hombre se llama Mamurra.

Oscuro. Vulgar. Deforme. Perverso. Un caballero surgido de la nada, recogido de la calle. César lo recogió y se lo llevó consigo. Lo hizo riquísimo, y la riqueza le dio la ilusión de poder brillar, pero su alma es del color del lodo.

Para tapar las manchas y la suciedad, ha cubierto su casa en el Celio toda de mármol. Todas las columnas son de mármol, todas las estatuas, nadie ha ido tan lejos, ni siquiera los más ricos que él, quiere que destaque desde lo alto, como si fuera la casa de un hombre puro. ¡Pero eso no fue suficiente para él! Cuando regresó de la Galia, después de la conquista, inauguró la villa junto al mar en Formia, su pequeña ciudad: ¡qué indecible satisfacción hacer morir de envidia a aquellos provincianos que, cuando era niño, se burlaban de él por su delgadez y sus hombros torcidos, y a las muchachas que lo rechazaban por su cara de ave de rapiña y su fétido aliento! Ha destruido los nidos de las gaviotas, ha ocultado bajo mantas de hormigón y mármol un lugar creado por un estado de gracia de los dioses. Y a sus excesos les ha dado el nombre de arte.

—¡No querías que me encontrara con él esta vez! —Lo ataco—. Igual que el año pasado no querías que tu mujer lo conociera. Me dejaste acompañarte: ¿creíste que tus perversiones me divertirían?

—No te atrevas a mencionar el nombre de mi esposa. —Sisea. Se acerca a mí, envuelve uno de mis rizos en su dedo índice—. ¿Qué te pasa, Servilia mía? ¿Qué demonio se ha apoderado de tu corazón?

Me alejo de él. Aparto sus manos de mi cabello.

—Por supuesto. —Siseo a mi vez—. Ella merece respeto. ¿Y si digo su nombre? Calpurnia. Y si lo grito, ¿qué harás? ¡Calpurnia, Calpurnia, Calpurnia!

Oigo mi voz como si fuera la de alguien más y él me mira en silencio.

—Yo, en cambio, soy la amante —continúo—. No merezco nada y soy testigo de tu depravación, te gusta que vea, que oiga, porque yo también soy parte de ello, soy una entre muchas. Una entre muchos. ¡Qué demonio se ha apoderado de ti, Julio!

Y con las yemas de los dedos le recorro el cuello por un costado, un brazo, el abdomen hasta la ingle y luego de vuelta, más abajo de la espalda, mientras él penetra con sus ojos nada más que la negrura del jardín.

—Servilia, por favor… —Murmura.

—Qué extravagante su villa —continúo, despreocupada— y qué día vamos a pasar todos juntos. ¿Estás de acuerdo, Julio? Imposible de olvidar.

214

Vuelvo a desafiarlo. Yo también murmuro, mis labios rozan su oreja:

—Imposible olvidar la noche.

*

Era casi verano, un día bochornoso y sin sol.

Nos apartamos de la Vía Apia y nos adentramos en el promontorio por un camino de tierra ascendente a través de densos bosques de robles hasta llegar a un claro, desde el que finalmente se vislumbraba el mar. El cielo y la extensión de agua eran grises, el viento soplaba con fuerza desde el sur, y los cuervos y las gaviotas volaban por encima de nosotros, uniendo sus gritos al susurro del follaje y las olas, que golpeaban invisiblemente contra la escollera debajo de nosotros.

Cuatro sirvientes de Mamurra nos acompañaron a nuestro alojamiento, que eran dos habitaciones diferentes aunque cercanas, y me sentí decepcionada. Los mismos sirvientes nos llevaron poco después a la parte más alta de la villa.

Subimos imponentes tramos de escaleras, cubiertos por bóvedas y flanqueados por paredes pintadas de colores vivos y figuras de gran tamaño que representan a todos los dioses. El primero, más abajo, era Neptuno, rodeado de azul.

Me dolían las piernas, parecía el ascenso al Olimpo.

Llegamos a un suntuoso edificio, también revestido de mármol brillante como la casa en Celio. Un tímpano sostenido por columnas coronaba la entrada, como si fuera un templo.

Nuestro anfitrión salió a recibirnos con los brazos abiertos, con un vestido de seda azul tejido con bordados de oro, y sin un solo pelo en la cabeza. Saludó a César con ostentosa confianza, y conmigo fue amable en exceso. Era la primera vez que lo veía, pero ya conocía su mala reputación. Sentí asco. Estaba sucio, con los ojos hundidos y los labios carnosos y húmedos. También me molestó su conversación, una interminable secuencia de alabanzas, palabras

215

vacías para ocultar pensamientos innombrables y abyectos. Solo más tarde lo entendería.

La semioscuridad del interior me refrescó, pero enseguida me invadió el asombro: Mamurra estaba complacido, quería sorprendernos. La sala parecía circular, pero en realidad estaba delimitada por ocho paredes, cada una de ellas decorada con grandes cuadros mitológicos. Me cautivó Leda, desnuda, aferrada a Júpiter entre sus piernas en forma de cisne blanco, con el rostro deformado por el más impío de los placeres y, frente a ella, Pasífae, loca de amor por el toro, dispuesta a todo para ser poseída, incluso a esconderse en el vientre de una falsa vaca, para dar a luz tras el coito a la horrenda criatura mitad hombre y mitad animal, como su monstruoso amante. Ambas sensuales, turbias, irresistibles. En el centro de la sala, desde el suelo cubierto de mosaicos blancos y negros, se alzaba un enorme pilar, también de ocho caras.

—No es un cuadrado ni un círculo. El efecto es inusual, ¿no? —La voz chillona de Mamurra, dirigida a mí, llamó mi atención mientras miraba el techo abovedado pintado con estrellas azules y doradas—. Es un cuadrado dentro de un cuadrado —continuó—. Imagina que ambos giran, como giran las esferas del cielo, pero en direcciones opuestas. Aquí, ocho lados, la figura que más se acerca a la perfección, sin alcanzarla. Como nosotros, los seres humanos. ¿Sabes qué nos impide ser perfectos, Servilia?

Su filosofar era ridículo.

—No lo sé —respondí—. Revélame tú este arcano.

—Somos mortales —dijo, tras una larga pausa—. Mortales, por desgracia. Y a mí que me gustaría vivir en esta villa para siempre...

Sacudió la cabeza. Luego, con un repentino cambio de humor:

—¿Tienes una solución, Julio? ¡Tú todo lo puedes!

César rio divertido.

—¡No estoy bromeando! Después de someter a esos feroces bárbaros, vestidos con pieles de animales, ¿hay algo que no puedas conseguir?

—Por lo visto, el consulado. Pero no hablemos de eso hoy, estamos aquí para disfrutar de tu amistad, que es un privilegio para nosotros. Además, los éxitos en la Galia se debieron en gran parte a ti. Fortificaciones, puentes, valles, máquinas que no pierden el ritmo, el hombre que tienes delante es un genio, Servilia. Observa, reflexiona, imagina, realiza. Incluso construye lo imposible para ganar. Pero esta villa, por todos los dioses... Una verdadera maravilla. Limpia la memoria de las masacres. Es solo mar.

—Y aún no has visto el resto... —Sonrió Mamurra—. Ven conmigo.

Bajamos los amplios escalones y, tras pasar por hermosas terrazas, lo seguimos hasta las rocas. Los arbustos silvestres que marcan el límite entre la tierra y el agua desprenden olores embriagadores. Un corto sendero nos condujo a un pequeño y resguardado puerto donde estaba amarrada una barca: vista desde el mar, la villa era realmente magnífica. Pórticos hasta donde alcanza la vista, sombreados por enredaderas, sostenían grandes galerías, y en los jardines floridos se alternaban estatuas de mármol con fuentes llenas de surtidores.

César estaba asombrado, el lugar le daba una paz desconocida. Por un momento, entrecerró los ojos e inclinó la cabeza hacia atrás, hacia el viento salado, hacia la ilusión del infinito.

—Dos cisternas recogen las corrientes del manantial y la lluvia para alimentar toda esta exuberancia —explicó nuestro anfitrión, mientras la barca se balanceaba, su proa hendía la cresta de las olas bajas—. El agua es la perfección. ¿Lo sabías, Servilia? El agua toma todas las formas, como yo. Soy el gobernante del agua.

Al atardecer, la cena se sirvió en las termas, en una exedra excavada en los acantilados. Las nubes se habían despejado y la luna mezclaba su luz blanca con el humo rojo de las antorchas. Los esclavos llenaban bandejas de plata con los mejores besugos y anguilas, criados en las piscinas de la villa, y de un cráter se elevaba el penetrante olor del vino.

—Mis viñedos producen excelentes uvas —anunció con orgullo el anfitrión al inaugurar el banquete, y alzó su copa—. ¡Buena fortuna!

Se nos unió otra mujer, una digna amiga de Mamurra, de conducta y apariencia vulgar, de elocuencia descuidada y risa demasiado fácil.

—Pensé en agradarte —dijo Mamurra mientras me la presentaba—. Estoy seguro de que tú y mi querida Ameana tendrán mucho que contarse. Así te ahorrarás el aburrimiento de nuestros discursos, los recuerdos de dos viejos compañeros que han hecho de todo juntos...

César la conocía y no se sorprendió al encontrarla; se saludaron como amigos de toda la vida.

A mí, en cambio, me molestó enseguida su intromisión, su cháchara insultante y sus bromas lascivas, no paraba de tocarme.

—Bonitos pendientes, ¿son de oro? ¡Y qué pulsera tan linda! Pero este color de tu pelo, ¡es increíble! Y qué suave es.

Intenté alejarme, me aparté, pero ella seguía cada uno de mis pasos, y tuve la sensación de que estaba allí solo para distraerme de ellos, que estaban hablando un poco separados. A menudo los veía sonreír.

No me equivoqué.

Cuando los sirvientes retiraron las mesas y apagaron las antorchas, nos retiramos cada uno a su habitación. Busqué una señal de César, pero parecía haber olvidado mi presencia, ya que entró por la puerta a mi lado, e inmediatamente la cerró tras de sí.

Me quedé despierta esperándolo, deseando que se uniera a mí, que durmiera conmigo, que disolviera la inquietud de aquel día asfixiante y ambiguo. Me acerqué a la ventana, el mar me hizo compañía, agitado e insomne como yo, y seguí el curso de la luna, cada vez más alta en el cielo. Respiré el frescor de la noche.

De repente salté, me pareció oír un gemido. Un pájaro tal vez, o algún otro animal; los bosques circundantes estaban llenos de fauna.

Otra vez. Pero no era un pájaro, era una voz. De un hombre. Y venía de cerca.

No quería aceptarlo. Me había obstinado en creer que no era cierto. Los versos obscenos de un poeta los retrataron como escuálidos, uno en el cuerpo del otro: injurias como escupitajos en su cara y en la de Mamurra, incluso en la mía. Pero César lo perdonó y lo invitó a cenar en su casa. «Es solo un niño», me dijo tiempo después para justificarse, fingiendo descuido. «Es un provinciano, juega con las palabras. Cuando llegó a Roma, ¡hasta perdió la cabeza por la hermana de Clodio! Su padre, Valerio Catulo, es un noble de Verona y amigo mío; ya sabes que en la Galia Cisalpina necesito amigos».

Trepé por el bajo parapeto y me dejé guiar por los gemidos, ahora frecuentes, y por los jadeos, cada vez más fuertes que, junto con el resplandor de una lucerna, me llevaron a la ventana de la única habitación iluminada en la oscuridad. Intenté mirar dentro, sin ser vista, pero una cortina ocultaba los cuerpos y las bocas que proclamaban ardientes apetitos; solo brillaban las siluetas lascivas y unidas. Una brisa movió ligeramente la tela y, por un momento, vislumbré la piel desnuda, reconocí su espalda, su piel pálida, un brazo más oscuro rodeaba sus caderas, pero inmediatamente la cortina cayó hacia atrás para ocultar la imagen ante mis ojos.

Poco después, una ráfaga más fuerte la levantó de nuevo.

César estaba en la cama arrodillado e inclinado hacia delante; Mamurra lo cubría, insignificante y frágil, tenso hasta el espasmo en la turgencia del esfuerzo; movía las caderas, lo sostenía con fuerza por los hombros. Pude verlos de perfil, pero de repente César giró el cuello hacia la ventana; parecía turbado, mostraba los dientes apretados, me dio miedo; nuestras miradas se encontraron, sus ojos eran opacos. En ese instante, Mamurra soltó un grito como una fiera en su delirio furioso como un animal salvaje y se desplomó sobre él, exhausto.

Fue solo un momento, pero la bestia también me atravesó. El desamor duraría toda la vida.

XXII

Οὐεργεντόριξ ἀναλαβὼν τῶν ὅπλων τὰ κάλλιστα καὶ κοσμήσας τὸν ἵππον· [...] τὴν μὲν πανοπλίαν ἀπέρριψεν, αὐτὸς δὲ καθίσας ὑπὸ πόδας τοῦ Κασαρος ἡσυχίαν ἦγεν.

Vercingétorix se puso sus mejores armas y adornó su caballo; [...] arrojó su armadura al suelo y se sentó a los pies de César, sereno.

PLUTARCO, *César*

—Esa noche quedó atrás —exclama César con severidad—. Yo la he olvidado, harías bien en olvidarla tú también.

—¿Por qué regresaste a su villa?

—Para convencerlo de que me siga en la nueva guerra que ya es segura. Si Cicerón hubiera resultado fiable, no habría acudido a Mamurra.

—¿Y lo convenciste?

—Me temo que no... y temo que se deje seducir por las ofertas de Pompeyo. Sería una catástrofe si se enfrentara a mí. Mamurra y sus ingenieros, arquitectos, herreros y carpinteros son un baluarte inexpugnable, la más invencible de las máquinas de guerra. Intuición, rapidez, pericia, autoridad en el mando: solo el ingenio de Arquímedes era superior al suyo.

Arquímedes era divino, ¿cómo podría compararse con ese pervertido?

—Arquímedes defendía Siracusa —repliqué—, la ciudad que amaba. Mamurra solo está ávido de recompensas.

—¿Y si así fuere? ¿Quién no lo está? Para mí es suficiente con que haga bien su trabajo, y en la Galia nadie podría haberlo hecho mejor. Se merecía hasta el último sestercio.

Me vuelvo de espaldas, molesta.

César no se detiene.

—¿Acaso has olvidado el puente sobre el Rin? Estudiamos juntos la profundidad, la fuerza de la corriente, los peligros de los germanos. Durante el día exploraba: por la noche calculaba el grosor de los troncos, la estructura de los soportes bajo el agua y hasta dónde debían estar inclinados, las arcadas, tendría que ser enorme, no debía ser rígido, y así tuvo la brillante idea: nada de clavos para unir las piezas, solo cuerdas. En diez días las dos orillas del río estaban unidas. Un puente fuerte, libre de balanceo, sin riesgo de fractura. Flexibilidad, Servilia, flexibilidad. El secreto para resistir en la vida.

—¡Así que es un genio! —respondo, irritada por ese absurdo panegírico—. ¡Tengo mucho que aprender del caballero Mamurra!

César ni siquiera me escucha.

—¿Y los barcos en Britania? Las olas los hacían retroceder, los bancos de arena y las rocas los hicieron pedazos, pero él conocía el corazón de cada remo, de cada vela, de cada eje de quilla, y les dio a todos alas para superar las olas. Y durante esa misma travesía, la carta más nefasta que he recibido... mi Julia, su hijo... —De repente, en medio del entusiasmo de los recuerdos gloriosos, se puso triste, una estatua doliente, y luego, en un instante, reanudó con altiva firmeza, como si despertara de una pesadilla—: Pero no hablemos de ello, ahora descansa en el Hades, y ya sabes cómo acabó en Britania: sumisión, rehenes y tributos. ¡Qué pueblo en esa isla! Salvaje, orgulloso. ¿Te he dicho alguna vez que tienen esposas en común?

—Como tú, que consideras a las esposas de los demás como propias. —Me burlo de él con toda la malevolencia que ya no puedo contener.

Pero se ríe, levanta los brazos como un actor de teatro.

—¡Y los maridos también! ¡Esposo de todas las esposas y esposa de todos los esposos! Eso es lo que dicen de mí, si no me equivoco. Extraordinario juego de palabras... Pero mientras tanto Mamurra y yo, maricones desvergonzados, como nos llamaba el poeta de Verona... Por cierto, ¿te has enterado de su muerte? Era tan joven...

En fin, mientras los ociosos se dedicaban a burlarse de nosotros, nosotros dos realizábamos hazañas extraordinarias. ¿Recuerdas a Alesia? Quizá no hubiera sido lo mismo sin el ingenio de Mamurra. El éxito definitivo, el más espléndido. El gran rey de los guerreros se arrodilló ante mí con las manos juntas.

*

En una mañana azotada por el viento del séptimo año de la guerra, César y Mamurra estaban en medio de la llanura montados a lomos de sus caballos, a una milla de las grises murallas de Alesia, que se alzaban en lo alto de una colina contra el cielo despejado.

—Observa atentamente la forma de los lugares —dijo César a Mamurra—. Al pie de la ciudad fluyen dos ríos, y el espacio llano a ambos lados no es más ancho que tres millas, las alturas se suceden por todas partes.

—Desde este territorio tomaremos ventaja, hasta la victoria —respondió Mamurra.

Mientras tanto, los exploradores trabajaban incansablemente, recogiendo medidas e información y elaborando nuevos mapas.

Al anochecer, se reunieron en la tienda con muchos planos colocados en las mesas, en presencia de los herreros y carpinteros de mayor confianza, así como de los tribunos y algunos tenientes.

—Vercingétorix se ha retirado a los muros de Alesia con ochenta mil hombres —anunció César.

—Y otros cincuenta mil habitantes —añadió el lugarteniente Cayo Fabio.

Mamurra mostró las marcas en el mapa más grande.

—La muralla construida en el terraplén rodea la colina sobre la que se levanta la ciudad a lo largo de diez millas, y a lo largo de la fortificación hemos construido más de mil torretas defensivas separadas entre sí por ochenta pies.

Los oficiales se felicitaban, los herreros y los carpinteros sonreían.

—Nos honra su satisfacción —continuó Mamurra—. Solo con esto hemos evitado la llegada de los suministros del exterior. Los suministros le serán suficientes a Vercingétorix durante treinta días más o menos, luego deben elegir: o la muerte, o la rendición.

De nuevo exclamaciones y satisfacción.

—Será difícil para nuestros enemigos hacer incursiones. Frente al muro, en dirección a la colina, hemos desviado el curso de los ríos: los soldados han cavado dos zanjas, y una de ellas está llena de agua. La llanura está sembrada de trampas por doquier. Ramas descortezadas y afiladas, plantadas en zanjas inclinadas a corta distancia, un verdadero bosque de tortura; troncos con puntas afiladas, clavados en el suelo y ocultos por cubiertas de mimbre y arbustos, atraviesan los pies como clavos y, en el suelo, piquetas cortas dotadas con puntas de hierro.

—Vercingétorix ha caído en una trampa, ¡nadie entre los galos podrá superar semejante suplicio! —observó Décimo Bruto, joven y ambicioso, deseoso de atraer la atención de César—. No debe haber sido fácil de conseguir...

—¡En absoluto! —confirmó Mamurra—. Nuestros soldados han sufrido continuos disturbios, especialmente por la noche. Pero, antes de embarcarnos en estas obras, cavamos una zanja de seis metros de ancho con paredes verticales en las laderas del acantilado, y desde la orilla más exterior replegamos la línea de fortificaciones: un espacio suficiente para limitar los daños del enemigo y trabajar con mayor rapidez. ¡En menos de veinte días todo estaba terminado!

Los presentes aplaudieron y levantaron sus copas llenas de vino, y los rostros de todos estaban relajados, como en una fiesta.

Vercingétorix quería devolver la libertad a los pueblos de la Galia, muchas tribus lo habían reconocido como su comandante, y durante el último año de la guerra los romanos se habían encontrado en serias dificultades: la derrota en Gergovia había sido dura, nunca había perdido el ejército de Cayo Julio César, y los galos, en todas partes, habían hecho tierra quemada, habían destruido sus propios campos, aldeas, ciudades, sus granjas, solo para impedir que los romanos se aprovisionaran. Pero esa noche, en la carpa iluminada por las brillantes llamas de las antorchas e impregnada por el olor del buen vino, todos disfrutaban ya el sabor de una victoria fácil.

César no.

Se mantenía aparte, con una copa frente a él, girándola contra su labio inferior, con la mirada fija en el suelo.

—No es suficiente.

Todos se volvieron hacia él, repentinamente estupefactos y en silencio.

—Es astuto, veloz y cruel. Los ochenta mil encerrados en las murallas de Alesia son solo una parte. Pronto habrá muchos más.

Nadie respondió.

César continuó.

—Una vez fue nuestro aliado. Vercingétorix, el espléndido príncipe de los arvernos. Dormimos en la misma tienda, y de mí aprendió las artes romanas de la guerra, pero yo aprendí su alma. No quiere perder, como yo. Y si no persuade, obliga, mata. Con un enorme esfuerzo y la más despiadada violencia, reunió a su ejército e incluso atrajo a su lado a los heduos, que estaban entre nuestros más leales aliados. El rey Celtilio, su padre, fue asesinado porque algunos sospechaban que aspiraba al poder absoluto, pero ahora toda la Galia está con él, se le ha dado el mando supremo. Contra un guerrero así vamos a luchar.

El entusiasmo de todos se convirtió en consternación.

—Además de nuestras legiones —concluyó César—, podemos contar con los caballeros de los germanos. Pero serán más. Vercingétorix nos observa desde lo alto de la fortaleza; quiere disfrutar del espectáculo de nuestra masacre.

Guardó silencio y tomó unos sorbos de vino.

—Si ese es el caso —intervino Marco Antonio—, si los enemigos vienen de todas partes y nosotros somos pocos, ¿cuál es la solución? ¿Nos estás diciendo que años de guerra y sufrimiento terminarán así? ¿Nos has traído aquí para morir? ¿Dónde está la gloria que nos prometiste?

César le miró despectivamente, sin pronunciar una sola palabra. Mamurra le increpó:

—¡Cállate, idiota!

—¡Cállate tú, maricón! —respondió Antonio.

—Mira quién habla... —Se rio alguien del grupo.

—¡Basta ya, todos! —gritó Tito Labieno, que había permanecido en silencio y no había animado ni bebido vino—. ¿Acaso han perdido el sentido común? —les reprendió con dureza—. Nos estamos preparando para la acción decisiva y tú pierdes el tiempo con insultos... Tendremos que atacar por delante con todas nuestras fuerzas, pero también defendernos por la retaguardia, estar preparados para cambios repentinos de estrategia contra un enemigo que no sabemos cuándo, con qué medios y desde dónde nos atacará. ¡Unión! Debemos luchar juntos y como uno solo. Cuando todo termine, elegiremos qué camino tomar. Pero ahora —y apuntó con el índice a cada uno—, ahora yo, tú, él, todos nosotros, no somos más que romanos y hermanos.

Mamurra salió de la tienda, dejando la copa aún llena sobre la mesa con un gesto apresurado. La copa se volcó.

Hubo un murmullo en la pequeña asamblea, mientras César, como si no hubiera pasado nada, preparaba algo de comida para su perro y luego lo acariciaba, dejando que el animal le lamiera las manos. Se dispuso a poner los planos en orden, y cuando los demás estaban a punto de despedirse, Mamurra entró de nuevo a grandes zancadas. Desplegó como pudo el gran mapa, en el que estaban marcadas las obras ya realizadas alrededor de la ciudad y la posición de las otras colinas, tomó un estilete y dibujó un círculo más grande fuera de la muralla, con tal fuerza que el papel se rasgó en algunos lugares.

—¡Eso es! —exclamó, tirando el punzón al suelo y utilizando los dedos para señalar. Levantaremos otro muro, que seguirá el curso del primero, pero en dirección contraria: tendrá una extensión de unas catorce millas, y nos protegerá de los ataques exteriores. Los campamentos estarán en el espacio entre los dos círculos, excepto uno, que está colocado aquí en el norte, en esta colina escarpada que no puede ser incluida en la fortificación, y todo el espacio en el medio será seguro. Nos consideraremos tanto sitiadores como sitiados.

Los herreros y los carpinteros asintieron, y todos los oficiales se quedaron mirando el mapa.

—Si lo apruebas —continuó Mamurra, dirigiéndose a César—, mis hombres serán llamados a trabajar sin esperar al amanecer, de inmediato.

César asintió.

Todo salió según lo previsto.

El grano dentro de las murallas de Alesia comenzó a agotarse, algunos sugirieron matar a los no aptos para la guerra y comer su carne para resistir el hambre, ancianos, mujeres y niños, pero finalmente decidieron sacarlos de la ciudad; César los recibiría como esclavos, y tal vez escaparían de la muerte. Eso esperaban. En cambio, César no los acogió. Permanecieron acurrucados al pie de la colina, entre el foso y las trampas. Durante unos días los desgraciados gritaron y suplicaron, los niños lloraron, las mujeres se ofrecieron en vano, pero perecieron de penuria.

Con ese sacrificio, Vercingétorix pudo resistir un poco más y, mientras tanto, llegaron los refuerzos. César nunca se equivocaba, como un oráculo.

Los ecos de las trompetas y los gritos de guerra resonaron en las colinas, el ímpetu de trescientos mil bárbaros sedientos de venganza y libertad, y las llanuras se empaparon de sangre.

Durante días la batalla se libró sin tregua, a veces incluso de noche, en campo abierto: el heroísmo de cada uno se mostraba a todos, la cobardía a todos, y cada soldado se vio impulsado a dar lo mejor de sí mismo en esa batalla, hasta el punto de morir. Las máquinas de guerra de los galos realizaron innumerables lanzamientos, desde las torres los romanos repelieron a los enemigos con flechas y con los mortíferos proyectiles de las hondas: una lluvia de plomo que no dejaba esperanzas. Bajo la línea de fortificaciones, el propio César galopó para infundir ardor:

—¡No se rindan! —gritaba a todos—. ¡El fruto de tantas hazañas pasadas lo estamos cosechando en este día, en esta hora precisa!

Y los soldados no se rindieron, abandonaron sus armas de distancia y lucharon con la espada, cuerpo a cuerpo.

Vercingétorix, de pie en las murallas de Alesia, lo reconoció y señaló a los notables de la tribu que estaban a su lado, mientras el viento movía sus rubios cabellos:

—La capa roja. Es él.

Los galos se lanzaron al ataque entre el estruendo de los gritos de miedo, pero detrás de ellos la caballería germana los rodeó, y otras cohortes romanas dirigidas por Tito Labieno se adelantaron decididas a matar.

—Se acabó —exclamó el rey—. Apartó los ojos, descendió de los muros y se retiró a los recovecos del palacio para ocultar sus lágrimas, mientras los galos huían, los jinetes los perseguían y la llanura se cubría de miembros rotos, caballos tendidos y armas abandonadas.

Al anochecer, Vercingétorix convocó a sus hombres de mayor confianza. Unas pocas linternas en las paredes desnudas, un único brasero de hierro para calentar un otoño que ya era invierno. Los recibió sentado en una silla de madera.

—Mañana, en cuanto sea de día, me entregaré a Cayo Julio César.

Los presentes se miraron consternados, tratando de disuadirlo.

—¡Todavía podemos organizar la resistencia! —le instó alguien, y muchas voces se alzaron en la sala del consejo—. ¡Reflexiona, no lo hagas!

Pero Vercingétorix se levantó de su asiento y los miró con ojos nobles.

—Si no lo hago, morirán todos. Un rey ama a su pueblo como un padre ama a sus hijos. Y todo padre ofrecería su vida por sus hijos. Cruzó el umbral y el oro de su pelo se desvaneció en un pasillo oscuro.

Al día siguiente, el príncipe de los arvernos, comandante supremo de los galos que habían perdido su libertad para siempre, se puso su armadura más brillante y salió de las murallas. Descendió la colina, cruzó los fosos y los valles, cabalgó por el paso que le habían abierto los romanos y, a lomos de un corcel leonado, se presentó ante César, dispuesto a morir por la salvación de su pueblo. Su pelo rubio hasta los hombros ondeaba en desorden como una nube dorada, el metal brillaba bajo los rayos del sol. Disminuyó la marcha y, poniéndose de pie a lomos de su caballo, rodeó a César, que estaba sentado en el estrado frente al campamento con su capa roja. Luego desmontó, se apartó el pelo de la cara y se mostró imponente en su juventud, sobresaliendo por encima de todos los presentes. Estaba demacrado por el hambre, pero su bigote, que descendía desde los lados de la boca hasta debajo de la barbilla, lo marcaba con un orgullo indomable. Se despojó de sus armas y las puso a los pies de César, se postró en el suelo frente a él y juntó las manos, tocando sus labios con los dedos índices extendidos.

Por un instante levantó los ojos hacia César, y este lo miró. Eran rendijas de un azul profundo, afilado, de hielo y de cielo, y el líder romano vio en ellas el triste destino de un vencido que había sido un héroe.

—¿Por qué me has desafiado? No has aprendido nada.

Pero el rubio e infeliz príncipe inclinó la cabeza y permaneció en silencio. César no esperó respuesta. Se levantó del estrado y dio a los guardias la orden de encadenarlo.

*

—Vercingétorix sigue siendo mi prisionero —me dice—. Está encerrado en la prisión de Mamertine, esperando su destino.

Revuelvo las escasas cenizas del brasero, César recorre con sus ojos mi cuerpo curvado, lo siento sobre mí y, tras una larga pausa, continúa:

—La deserción de Tito Labieno ha sido una gran pérdida para mí, así como una decepción, ya que también fue fundamental en la victoria de Alesia. Ya he perdido uno, no quiero perder al otro. Además, tengo pocas legiones, debo atraer a toda costa a las de Pompeyo estacionadas en España. Solo entonces iré al Este, allí llegaremos por fin a la batalla, y puedes estar segura de que lo destruiré. Lamentará haber rechazado todas mis ofertas, haber despreciado la paz. La cobardía tiene un alto precio, infinitamente amargo. Pero antes de zarpar, volveré a Roma.

—¿Cuándo? —le pregunto en voz baja.

—No lo sé.

Nos miramos; César está triste, yo contengo mis lágrimas; desearía que esta noche fuera diferente, que no terminara nunca, pero un tenue resplandor más allá del gran ventanal se cuela ya en la oscuridad del jardín.

César se levanta, recoge su capa y se la echa sobre los hombros.

—Esperaba un recibimiento más amable de tu parte, y despedirme de una manera más digna. Lástima. Ahora debo irme.

Atravesamos el atrio uno al lado del otro, sin decir nada, los pocos sirvientes que se cruzan con nosotros desaparecen como fantasmas, y cuando atravesamos el umbral de mi casa, él también desaparece: un manto negro engullido por lo que queda de la oscuridad.

Me veo a mí misma vestida de blanco persiguiéndolo, el mito al revés, mi Apolo que esta noche se me ha escapado para siempre; su manto oscuro es una mancha roja en la oscuridad que se está convirtiendo en amanecer; es sangre, fuego, un fuego que me quema, un árbol miserable de ramas secas, y me tumbo a sus pies como un montón de brasas chamuscadas; me levanto para rozar mis labios con él, una bocanada de humo impalpable.

El agua del impluvio es un abismo inmóvil de color plomo. Ha dejado de llover.

XXIII

Habitavit primo in Suburra modicis aedibus.

Vivía en la Suburra, en una casa modesta.

SUETONIO, *Divus Julius*

—¡Voy a encontrarme con un ejército sin comandante, volveré de encontrar a un comandante sin ejército! —Eso decía antes de irse, y todos admiraban el inteligente juego de palabras: sabían que ganaría, habían aprendido que César siempre gana.

Ahora Pompeyo ha huido y César ya ha ganado, pero sin luchar: quizá por eso la victoria no le basta. Quiere la guerra, aunque finja buscar la paz; a mí también me ha engañado con su inteligente palabrería, ahora lo sé, lo entendí aquella noche de lluvia. Un ímpetu indomable iluminó sus ojos, tensó sus miembros. Un perro olfatea el aire y señala en la dirección de la sangre.

Pompeyo lo entendió antes que yo, por eso rechazó toda negociación. Con César no se negocia, se obedece. Y también comprendió que perderá. Se lo reveló Julia en un sueño mortal, mientras las quillas de la noche surcaban el mar; Julia, que era de los dos, una hija entregada a cambio de poder, una esposa que prometía grandeza, una vida desperdiciada, ahora una pálida sombra de Hades. Cuando se despertó, se lo contó a sus soldados.

—¡No hay que creer en los sueños! —les decía a todos, pero en realidad se estaba animando a sí mismo. Sentía como si volviera a abrazarla, a su Julia. La había amado, había llorado su muerte y había besado a la pequeña criatura que acababa de nacer y estaba demasiado débil para vivir, antes de entregarla a la tierra. Había preparado para su esposa un entierro digno de ella en su finca de Alba, pero el pueblo, para honrar a César, la quería en el Campo Marzio. César estuvo de acuerdo, y Pompeyo se dio cuenta de que valía mucho menos como marido que su padre, y siempre sería así. Un nuevo matrimonio cortó lo que quedaba de una frágil cercanía.

Desde el oscuro abismo del reino de los muertos, Julia no ha olvidado su amor pasado y arde de celos, como si aún tuviera cuerpo de mujer. Lentamente levanta la cabeza de la tumba ardiente, su rostro ceroso y triste, su vientre aún sangrando por un parto letal. Se eleva sobre él, inmensa, blanca, con largos y acogedores brazos lo llama hacia ella, su tremenda voz resuena en el éter entre los soplos del viento que impulsaba las velas: «Incontables barcas en el río Aqueronte, Caronte espera, las Parcas cortan con mano rápida, Erinias e implacable venganza sobre sus armas. Yo veo, yo sé». Cierra los ojos, un estertor agita las olas, el barco se balancea.

Pompeyo se levanta por los aires y se une a ella fantasma, calor vacío.

«Muy pronto vendrás a mí. De nuevo serás mío, yo soy tu esposa, yo, así lo quieren los soberanos del Erebo, junto a mí disfrutarás del tálamo eterno y negro como la noche».

Toda Roma habla de ella y acude a la tumba de Julia, el Campo Marzio resuena con alabanzas y rezos. Yo no. Deambulo aburrida entre los pórticos que rodean el Foro, muchas tiendas están cerradas, algunos perros callejeros rascan las esquinas en busca de restos de comida. Busco la sombra, el ya caluroso sol de abril me molesta, demasiada luz ciega mis ojos claros y deseo que aún sea invierno, extraño la nieve en las colinas, lo extraño a él. Las basílicas están desiertas, los comerciantes no venden nada, incluso los mendigos y los niños que juegan a la pelota han desaparecido. Sin él, Roma está sola; pierde su alma y su belleza, como yo.

Una sirvienta se acerca a mí a paso rápido, y con palabras deferentes me señala la litera de su señora, no muy lejos.

La joven desciende con movimientos mesurados y se acerca a mí. Aprieto los párpados para verla mejor bajo el sol deslumbrante, suaves rizos oscuros descienden de su peinado hasta sus mejillas, ella también entrecierra los ojos y su rostro es todo sonrisas, me tiende las manos.

—¡Tulia! —La reconozco.

Nos abrazamos, felices de habernos encontrado por casualidad, y siento su suave forma contra mí, su vientre ligeramente hinchado.

—¡Qué alegría verte! Pensé que estabas en Formia con tu padre, disfrutando del aire del mar.

—Estuve con él hasta hace unos días.

—Lo sé, César me habló de su reunión. Estás hermosa.

Baja la mirada, sonrojándose como cuando era una niña. Siempre ha sido tímida.

—Tenía cosas que hacer en la ciudad —explica—. Mi madre y mi hermano se quedaron allí. ¿Sabes que Marco ya porta la toga viril? Sigue pareciendo un niño, está infestado de granos, ¡pero no se lo digas!

Reímos divertidas.

—No deberías viajar demasiado en tu estado. —La regaño cariñosamente, como si fuera mi propia hija.

Tulia acaricia su prominente estola bajo el pecho, pero un rayo de oscuridad la atraviesa de repente.

—Pompeyo recibe presagios en sueños —exclama—, y el pueblo rinde homenaje a Julia. ¿No has acudido a su tumba? Era la hija de César.

—Hoy no. No me gustan las multitudes.

—Yo subí allí. —Y señala el Aventino.

Comprendo de inmediato. Allí se encuentra el templo de Juno Lucina, que protege a las mujeres en el parto.

—Voy allí siempre que puedo —continúa Tulia—. El silencio del bosque sagrado me da paz, rezo y lloro, tengo miedo, pero quizás la diosa me ayude. Para que al menos este niño sobreviva. —De nuevo se toca el vientre.

—Por supuesto que vivirá, ¡vivirán juntos! —La animo, rodeándola por los hombros—. ¿Por qué estos malos pensamientos? Duele, no te lo ocultaré, pero pasa pronto y olvidarás el dolor. Mírame: cuatro partos, cuatro hijos y ¡aquí estoy de nuevo!

Vuelve a sonreír, pero el rayo de oscuridad se cierne por un momento sobre mí. Mi hijo pequeño envuelto en pañales, las muecas en su cara regordeta que me hacían reír, y ahora es un hombre poseído por la amargura. Si hubiera muerto al dar a luz, mi hijo sería feliz.

De repente nos sobresaltamos. Desde lo alto del Capitolio un espantoso bramido rasga el aire, con el eco de un coro, y luego, de nuevo, bramidos más lejos. El *pontifex maximus* sacrifica una vaca preñada a la diosa Terra, la vestal mayor extrae el ternero de su vientre abierto, lo quema y guarda las cenizas que, junto con la sangre seca y habas, purificarán al pueblo, los pastores y los rebaños. Otras vacas y otros terneros no nacidos mueren al mismo tiempo en las curias de Roma, otros pontífices y vírgenes vestales se manchan las manos con humores palpitantes.

Pero este año el sumo pontífice Cayo Julio César no está aquí, porque ha preferido iniciar una guerra.

*

Una vez asistí al rito en honor de la Tierra. César había regresado a Roma desde la Galia, dispuesto a partir antes del verano. Dudó antes de clavar su espada en el cuerpo del animal, y en su rostro vi aversión, quizá piedad.

Esa tarde, al caer la noche, vino a mi casa, como tantas otras tardes.

—¿Cuántos hombres has matado? Has exterminado tribus enteras y, sin embargo, la vaca de esta mañana... parecía que te importaba.

—¡Nada se te escapa! —Sonrió, y tomó mi mano—. Esa bestia no me había hecho ningún daño; no era un enemigo, no quería conquistar sus fronteras ni subyugar a su gente.

—Lo hiciste por la diosa Tierra, por la prosperidad de Roma —objeté.

Se levantó y bebió un sorbo de vino fuerte de una copa que había en la mesa junto a mi cama.

—La diosa Tierra —repitió—. Y Ceres, y Juno, y el inmenso Júpiter. Y Apolo, mira qué hermoso es. —Y señaló su imagen en la pared—. Sin embargo, la ninfa no lo quería. Los dioses no pueden hacer nada ni siquiera por ellos mismos, me pregunto cuánto pueden hacer por los mortales. Nuestra grandeza la hacemos nosotros, solos. Nunca he visto a Marte galopar a mi lado en el campo de batalla, ni he sentido su mano guiando mis lances.

—¿Y Venus? Tu Venus, estirpe divina. Le levantarás un templo, lo decidiste cuando eras un niño, sé que lo harás.

Se acercó a la cama y me sacudió el pelo suelto, la túnica cayó por mis hombros.

—Venus eres tú.

*

—Nada más que señales funestas. —Tulia, angustiada, me arranca de mi nostalgia—. Las vacas y los terneros sirven a la Tierra, Julia y su hijo debían servir a la paz, pero fracasaron. Yo y esta criatura mía al menos seremos libres de morir sin perjudicar a la *Res publica*.

Sonrío ante su ironía.

—¡Eres tan aguda como tu padre!

—Volveré a Formia, me siento bien cuando respiro el aroma del mar. Además, quiero despedirme de él antes de que se vaya.

—¿Así que lo has decidido? —le pregunto—. ¿Seguirás a Pompeyo?

—Me temo que sí. Le he aconsejado que se mantenga al margen de la contienda, pero ya lo conoces. Cada día parece querer cambiar de opinión, pero al final se irá. Y moriré de preocupación: mi padre, a su edad, en un campo de batalla... Nunca fue un guerrero.

Sacudo la cabeza, la hija es más circunspecta que el ilustre padre. Tulia continúa:

—Odia a mi marido y aún no me perdona el matrimonio, pero me quiere y confía en mí más que en mi madre. Y detesta a Pompeyo más que a César.

Me sorprende su franqueza, y yo también hablo con libertad.

—Esperaba que hiciera más para evitar esta tragedia. Me rogó que persuadiera a César, pero nadie sabe inflamar las mentes y doblegarlas a su voluntad más que él. Toda su vida ha predicado la concordia, ¿por qué no hizo oír su voz con fuerza, ahora que era tan necesaria?

—Porque la paz era imposible, ni Pompeyo ni César la querían, mi padre lo entendió hace tiempo. Uno y otro quieren el poder, y cada uno lo quiere solo para sí mismo.

—Sin embargo, irá a Oriente siguiendo a Pompeyo —repliqué contrariada.

Tulia sonríe.

—Lo conoces desde antes de que yo naciera, Servilia, no puedo creer que te sorprenda. ¿Te importa si damos un paseo? Me duele la espalda de estar de pie.

Nos dirigimos a la Vía Sacra, pero veo cerca de la casa de las Vestales y de la Regia gran movimiento para la realización de los ritos, y propongo ir en sentido contrario: en ausencia de César, su esposa Calpurnia asistirá a las ceremonias, y quisiera evitar encontrarme con ella.

Hombres y mujeres regresan del Campo Marte en pequeños grupos, y los vendedores ambulantes acechan a los lados de la calle, ofreciendo comida y pequeños objetos, pero hacen poco negocio. Todos recuerdan a Julia, comentan la guerra, repiten el nombre de

César, le agradecen que haya repartido grano a la plebe antes de marcharse y están seguros de que ganará.

Para ganarse el favor del pueblo, basta con alimentarlo. El pueblo no tiene ideales, pero quiere ser alimentado y tranquilizado, incluso con mentiras, y sigue al que ofrece el mejor pan, al que sabe contar las mejores mentiras. El pueblo no le interesa a ninguno de los hombres ilustres, pero las masas de plebeyos son cada vez más numerosas, llenan Roma, los municipios y el campo, y exigen cada vez más. En estos tiempos, los gobernantes no pueden fingir que no pasa nada.

—¿Los oyes? —observa Tulia—. Roma está cambiando, y mi padre sufre por ello. No hay nobleza en su sangre, lo sabes, y sabes que viene de un lugar en las montañas pequeño y lejano, en invierno la nieve obstruye los caminos, y no hay comandantes, senadores o dioses entre sus ancestros. —Se detiene, guarda silencio unos instantes y me mira a los ojos—. Hombres nuevos. La gente como él los llama así. Significa que antes no valían nada. Me parece un insulto, ¿no crees?

Reemprendemos la marcha.

—Sin embargo, de las instituciones de la *Res publica* mi padre ha tenido poder, honores, riquezas, sobre todo gloria, que deseaba por encima de todo, y a esas instituciones es agradecido y fiel como un cónyuge, aunque ahora estén viejas y enfermas. Por eso seguirá a Pompeyo, aunque pierda: porque representa al Senado, los valores tradicionales, su mundo. Pero es un mundo finito, mi padre lo sabe, pero siente que no tiene elección. Prefiere morir antes que complacer a quienes ponen en riesgo la libertad de Roma, aprovechando el apoyo de las masas.

Me conmueve su afecto al defender el prestigio de tu padre, pero le recuerdo cómo empezó la tragedia.

—César solo pidió presentarse como candidato al consulado, estaba en su derecho, pero ya sabes cómo ocurrieron las cosas, y los cónsules y senadores huyeron de Roma. Mira los templos, las basílicas, la Curia, ¡todo a nuestro alrededor es un desierto! Mira al pueblo, están desesperados y abandonados a su suerte, como esos perros. Acompáñame, te enseñaré algo que quizá no conoces.

Pasamos la Basílica Emilia, seguimos a la derecha por Argileto. Es una calle llena de negocios de libreros, frecuentada a todas horas del día, siempre se encuentra uno con alguien entre los puestos de libros, pero hoy no: los pocos transeúntes caminan deprisa, los tiempos de ocio se han perdido.

Tulia señala la parte que da al Capitolio, a las tribunas y a la antigua Curia, que ahora es una construcción.

—Hace unos años mi padre compró ese terreno para César, costó millones de sestercios. Todas las noches hablaba de negociaciones, de arquitectos y de proyectos, de lo ilusionado que estaba con la ampliación del Foro.

—Y ahora todo se ha detenido, hay una guerra. —Suspiro.

—Pero ¿a dónde me llevas? —pregunta con curiosidad y, sin esperar mi respuesta, retoma la conversación sobre Cicerón—. Mi padre dice que es más que una guerra: es una masacre de nuestra patria. Ha recibido una carta de Marco Celio Rufo desde la tierra de los ligures, le escribe sobre una violencia inaceptable.

—¿Has visto alguna vez una guerra suave? Celio no sabe de qué habla.

Y no sé por qué se puso del lado de César.

—Tú creciste en el Palatino —exclamo—, el lugar más elegante de Roma. ¿Sabes que de pequeña viví en la misma casa que tú?

—¿De verdad?

—Sí, tu padre la compró después de que mi tío muriera. Es una casa suntuosa, allí me sentía segura. Dormía en la segunda habitación a la derecha, después del atrio.

—¡Yo también! Y mi hermano Marco en la siguiente.

—¡Catón dormía allí!

Ambas estamos encantadas con la coincidencia, pero el buen humor pronto se desvanece. A la vuelta de una esquina, al principio de una larga y estrecha calle en dirección a la colina del Esquilino, un tullido sin una pierna está tendido en el suelo pidiendo ayuda, y dos jóvenes huyen: le han dado una paliza para robarle la poca limosna que había reunido. Lleva una túnica sucia y rota, y apesta que da asco.

Tulia lo mira, asustada y angustiada.

Su doncella interviene.

—Señora, esto es peligroso, vayamos a casa.

—No. Vete tú, mi amiga me acompañará de vuelta.

Ordenamos a las sirvientas y a los portadores de la litera que nos esperen en el Foro, y nos vamos por nuestra cuenta.

—¿Estás segura? —le pregunto.

Asiente con la cabeza.

—Es la primera vez que vengo.

Observa los altísimos edificios, las paredes descascarilladas y derruidas, las estructuras en ruinas, la ropa en las ventanas, los olores penetrantes que salen del interior y un estruendo de voces alteradas, gritos, llantos de niños.

—¿Cuántas personas viven en estas casas? —me pregunta.

—Demasiadas, y demasiadas mueren sin que nadie lo sepa. Se enferman, no pueden pagar para tener agua limpia, y todos los días se producen ruinosos incendios.

Algunas mujeres a lo largo del camino cocinan sopa humeante en ollas de cobre, venden cuencos llenos por unos cuantos ases y a sus pies corren riachuelos malolientes del color del lodo. Tienen el pelo gris y encrespado, a algunas les faltan dientes. Una mujer joven con los pechos descubiertos amamanta a un bebé en cuclillas en el umbral de una puerta, no muy lejos de ella hay un montón de basura en descomposición.

—César vivió aquí —le explico a mi joven amiga—, hasta que fue elegido pontífice máximo. Su casa estaba allí, antes de las laderas de la colina. Una casa modesta, a veces venía a visitarlo.

Una voz estridente me distrae de mis recuerdos.

—¡Que Júpiter me fulmine, Servilia!

Es una mujer vestida de rojo, con los ojos llenos de costras y los labios teñidos de cinabrio.

La reconozco en un instante, aunque su rostro está desfigurado por una excesiva delgadez y muchas arrugas.

—¡Lidia! Eres una maravilla, ¡y qué cabello!

—Ay, es solo una peluca, me costó un mes de trabajo... Mis padres fallecieron, ¡qué pena! Pero ¿qué haría yo sin ellos? —Y estalla en una sonora carcajada.

Lidia es prostituta desde los doce años, su madre le enseñó el oficio y es amiga de César. De niños jugaban juntos en las calles, escondidos en la maraña de callejones, y de adultos solo una vez le pidió ayuda para conseguir una dote para su hija. «No quiero que se vuelva como yo», le dijo, «esta vida es una mierda». Y César la ayudó.

Me pregunta por él, sabe que volvió de una guerra y se fue a otra, que ganó y volverá a ganar, porque es el mejor.

—Nadie podía engañarle —recuerda Lidia—, era el más listo y el más rápido de todos, ¡pero nunca pudo atraparme!

Nos reímos, Tulia también se ríe, y vuelvo a ver al muchacho desgarbado entre las columnas de la basílica, esquivo como un rayo.

—Suburra no ha sido la misma desde que se fue. ¿Y quién es esta? —me pregunta.

—Se llama Tulia. Somos amigas.

—Eres hermosa. —Le sonríe y luego se dirige a mí—. ¿Por qué la has traído aquí? No es un lugar para señoras, está lleno de sinvergüenzas, ladrones, criminales de todo tipo. Me tengo que ir ya; tal vez a esos dos con barba me los lleve a casa.

—¿Ambos? ¡Pero si están borrachos!

—¡Uy, qué novedad! Pagan el doble. Cuídate, y si alguien te molesta, di que son mis amigas, ¡aquí todos me respetan!

—¡Que estés bien, Lidia! —le deseo.

—Eh, esperemos... —Y se aleja, balanceándose con su ajustada estola escarlata sobre las caderas.

Tulia sigue mirando a su alrededor con consternación, como si viera a las almas condenadas del Tártaro, a los miserables que viven a pocos pasos de nosotros.

—Me pregunto si mi padre vino alguna vez aquí —comenta para sí.

La induzco a meditar aún más.

—César tiene entre sus ancestros a comandantes heroicos, senadores, incluso dioses, pero nació en estos callejones donde nunca llega el sol. Mira los templos del Foro: están cerca, pero son inalcanzables para los pobres que viven aquí. Volvamos, mientras hay todavía buena luz.

Cuatro niños descalzos corren alegres, jugando a perseguirse y chocando entre sí, y un perro los persigue, ladrando y moviendo la cola, salpicado de sarna.

—¡Oigan ustedes! ¡Qué modales! —grito, y me vuelvo hacia Tulia—. Creció como ellos. Todo el mundo se asombra de lo astuto y rápido que es, pero aquí la agilidad es imprescindible porque salva tu honor y tu vida: de niño, cuando tienes que ganar por la fuerza en los juegos y peleas, para no sufrir los insultos y la violencia del más fuerte; y luego de hombre, por la noche, cuando en las encrucijadas desiertas te atacan por la espalda, y tienes que olfatear la hoja del puñal antes de que te atraviese, darte la vuelta y matar para no morir. César conoce bien a esta gente desesperada y sabe que no es prudente que los que quieren el poder se enemisten con ellos. También por esta razón, buscó el favor del pueblo por todos los medios.

Ante nosotras, la plaza se extiende inundada de luz, y volver al Foro es como salir del inframundo.

Antes de despedirnos, Tulia me abraza y añade a su agradecimiento en voz baja:

—Te confieso que sufro. Estoy dividida entre mi padre, a quien quiero más que la vida, y mi marido Dolabela, que es muy devoto de César y será el padre de esta criatura.

Le sonrío y apoyo con dulzura mi mano derecha en su vientre:

—Ama a tu hijo, amiga mía, y sé tú misma.

Hace demasiado calor para ser primavera todavía, y desde el norte llegan noticias que me hacen temblar: Marsella está sitiada y César, con un gran grupo de sus hombres, ha destruido un bosque sagrado no lejos de las murallas de la ciudad. ¿Qué está pasando? Siempre ha respetado a los dioses de los demás, cuando le intrigaba, indagaba sobre su esencia. Tal vez Marco Celio dice la verdad, tal vez Tulia tiene razón.

En las calendas de junio, a última hora de la tarde, mi doncella llama para traerme un mensaje.

—Te lo envía Tulia, la hija de Cicerón.

Pocas palabras, las leo a la luz de la lucerna:

Cinco días despúes de los idus de mayo, nació mi hijo, demasiado pronto. Su primer y doloroso aliento fue también el último. Lo abracé, sin vida, con fuerza entre mis brazos, lo bañé en lágrimas, hasta que me lo quitaron.

XXIV

Πρῶτος εἶπε Καῖσαρ ἐπὶ τῆς ἑαυτοῦ γυναικὸς ἀποθανούσης
[...] ὡς ἥμερον ἄνδρα καὶ περίμεστον ἤθους ἀγαπᾶν.

César fue el primero en pronunciar un elogio a su
difunta esposa, [...] mostrándose como un hombre de
buen carácter y enamorado.

PLUTARCO, *Caesar*

Nadie había osado violar el bosque cercano a Marsella.

Ni el sol, ni el viento, ni los relámpagos podían penetrar en el denso follaje, era siempre noche cerrada. En los altares de rocas los sacerdotes realizaban cruentos ritos, purificaban los árboles con sangre de hombres, y en los troncos se esculpían sin arte los simulacros de los dioses bárbaros, lúgubres semejanzas de criaturas siniestras. De las fuentes ocultas en las cavernas brotaba el agua con un rugido ensordecedor, como una voz amenazante procedente de las entrañas de la tierra, y las serpientes verdosas, guardianas del bosque, se deslizaban por todas partes. Los pájaros no se atrevían a construir sus nidos en las ramas, ni las bestias a buscar refugio en las cuevas, los lugareños solo rezaban desde lejos: todos los mortales temían de la misma manera al monstruoso lugar y a sus dioses salvajes.

César no.

Al marchar hacia España, ordena que lo derriben. Los soldados intercambian miradas, incrédulos. César repite la orden, pero el miedo invade a las cohortes. Desde las alturas, los relámpagos atraviesan el cielo, el majestuoso bosque tiembla. Toma un hacha de dos puntas y golpea un roble, con la hoja aún incrustada en el tronco tranquiliza los ánimos.

—¡Yo soy el primero en cometer el sacrilegio, solo yo soportaré la cólera divina!

Entonces todos blanden sus hachas y, en ese momento, temen más la ira de César que la de cualquier dios. Comienza a caer la lluvia. El bosque llora.

> Hay que violar las leyes solo para gobernar.
> En todo lo demás, observa la misericordia.

César repetía los versos de Eurípides en los banquetes y en las asambleas, los recitaba en griego y en latín para que todos los entendieran, los magistrados eruditos y los plebeyos, incluso las mujeres: rompería las leyes para convertirse en un rey benévolo, las palabras del poeta ocultaban su intención y lo hacían noble.

Pero ¿por qué el bosque sagrado? ¿Por qué ahora viola las leyes de los dioses? Ningún dios lo ha ofendido. César conquista pueblos y tierras, pero ¿qué oscuro poder ofusca los límites de lo lícito? Fue ayer cuando perdonó a sus adversarios en la nieve en Corfinio, los dejó libres. ¿Y ahora? Temible metamorfosis de su brazo, de sus pensamientos, de él. Como Dafnis.

Pero nadie lo sabe.

Porque es bueno mintiendo. También es capaz de convencer a cualquiera de cualquier cosa, pero pretende que Cicerón, al menos, sea mejor en esto. Hace muchos años le dejó la primacía, un hombre generoso y magnánimo, y del herma bifronte eligió el lado armado. Pero antes persuadió al pueblo de que por sus venas corre sangre de reyes, de que Venus derramó sobre su destino fecundos soplos de esplendor.

*

En un día lluvioso murió su tía Julia, hermana de su padre, casta esposa y luego devota viuda de Cayo Mario. César tenía poco más de treinta años y era cuestor.

En la habitación, donde se filtraba poca luz y se anquilosaba el olor a aceite quemado de las lucernas, su madre Aurelia cuidaba de la anciana matrona que llevaba tanto tiempo sola: su marido había muerto en el año de su séptimo consulado y, pocos años después, su único hijo, derrotado por el ejército de Sila, prefirió el suicidio a la vergüenza.

Una sirvienta encorvada, con manos temblorosas, le llevaba caldo y sopa calientes, pero Julia permanecía inmóvil, con su pelo blanco esparcido por la almohada, los ojos siempre cerrados, y las sopas se enfriaban, mezclando sus olores con el humo de las lucernas y los braseros. En el silencio de la gran casa vacía solo resonaban sus gemidos, junto con los pasos de los sirvientes, y cada palabra era pronunciada en un susurro, como si temiera perturbar a la muerte.

Tras su victoria sobre los cimbrios y los teutones, con el botín de guerra, Mario dedicó primero templos al Honor y a la Virtud, sus verdaderos aliados, los únicos valores con los que podía contar, porque también él, como Cicerón, era un hombre nuevo, nacido sin nobleza en la misma tierra entre las colinas; solo después se construyó una casa en la Vía Sacra, no lejos del Foro y de fácil acceso, con la esperanza de que muchos acudieran a visitarle. Pero nadie fue allí, porque los hombres que han sido virtuosos en la guerra son abandonados por la mayoría cuando esta termina, y así Julia vivió y envejeció siempre en soledad.

César y Aurelia eran sus únicos parientes. No la amaban, por su carácter austero y distante, y César había dejado de verla tras la muerte de su primo, pero Aurelia le hacía compañía a menudo.

—Lo hago por ti —le dijo una vez a su hijo—. Julia era la esposa de Mario, y tú llevas su nombre. El pueblo no olvida lo mucho que luchó para dar voz y derechos a las masas plebeyas, tampoco lo olvides tú.

Mientras la luz caía y el día se convertía en atardecer, de repente a Julia le sobrevino una violenta tos. Llovía y el viento agitaba los batientes. Dos sirvientes la levantaron, y la criada añadió más almohadas detrás de su espalda para ayudarla a respirar mejor. La tos remitió, pero poco después otro ataque le desgarró el pecho y gotas de sangre mancharon las mantas blancas.

Aurelia envió a un esclavo a buscar a César para que llegara lo antes posible. Pero cuando la lluvia caía con más fuerza, Julia abrió mucho los ojos negros y la boca en busca de aire, lanzó un estertor estrangulado y expiró.

En ese instante, junto con el destello de un rayo, César apareció en el umbral de la cámara, chorreando agua. Inclinado sobre la cabecera de su tía, recitó una oración a los dioses benevolentes.

—Ahora habitas en la tierra de Eleusis —concluyó, y lloró.

Su madre, la doncella y el pequeño grupo de sirvientes también rezaron y lloraron en silencio con él.

Entonces, César ordenó que se hiciera el lecho fúnebre y se preparara la casa para los ritos.

Aurelia le hizo un gesto para que la siguiera, y se retiraron a la habitación contigua.

—Debes organizar para Julia un funeral digno de recordar, y además pronunciarás el panegírico, eres su único descendiente.

El hijo no contestó y, todavía mojado y con frío, se acercó al fuego, pero su madre continuó, como si leyera sus pensamientos.

—No escatimes en gastos, vamos a pedir dinero prestado. Solo reza a los dioses para que deje de llover.

Bajo un cielo espeso de nubes, el féretro de Julia atravesó la Vía Sacra y el Foro hasta las tribunas. La multitud lo siguió en gran número, y cerca de Argileto una multitud de hombres y mujeres que subían de la Suburra se unieron a la procesión, y cuando las estatuas de Mario aparecieron al lado del camino, no podían creer lo que veían, y estaban agradecidos a quien había resucitado del Hades al líder y cónsul que nunca habían olvidado.

Ante esa visión, César se dio cuenta de que su madre tenía razón, y que atreverse a exponer las estatuas había sido una idea genial, aunque arriesgada, como todas las ideas geniales.

Desde la tribuna, vestido con la túnica oscura del luto, extendió los brazos como para recibir a la hermana de su padre. En todas partes se hizo silencio, y entre los edificios de Roma solo resonaban palabras de afecto y recuerdos de virtud en la voz de su sobrino, que la llamaba siempre Julia, con el nombre que había sido de su padre y era suyo, perpetuando a través de las generaciones el nombre de *Iulo*, hijo de Eneas, hijo de Venus.

El pueblo escuchaba embelesado, con los ojos fijos en el hombre que ya adquiría la apariencia de un dios, pero los magistrados intercambiaron miradas de incomodidad, y sus rostros se ensombrecieron aún más cuando César recordó la ascendencia materna de su tía, Anco Martcio, que en tiempos ancestrales fue rey.

—En este linaje —concluyó— está la majestad de los reyes, que son tan poderosos entre los hombres, y la sacralidad de los dioses, que gobiernan a los propios reyes.

Hubo un murmullo entre la multitud, la gente vitoreó y los magistrados se estremecieron. César había pronunciado las alabanzas a sí mismo, como si fuera rey y dios.

Solo Aurelia se cubrió la cabeza con su manto y sonrió, porque ese día estaba segura: su hijo Cayo Julio se convertiría en señor de Roma.

Para Cornelia, sin embargo, el sol brillaba y las lágrimas de César eran reales. Murió el mismo año que su tía Julia, mientras daba a luz a su segundo hijo, que ya había muerto en su interior; era otra niña. César esperaba que fuera niño. Pero también lloró por esa frágil criatura, y lloró por Julia, su tímida y muy querida niña que fue privada de su madre cuando solo tenía siete años, y por su madre Aurelia, que tanto había amado a la nuera como una hija, que tanto había trabajado para que su matrimonio durara cuando Sila exigió el divorcio, y que iba a ser la abuela y la madre de la pequeña Julia a partir de ese día.

Cuando el cuerpo de Cornelia fue sacado de su casa, la gente de la Suburra se abalanzó por la calle hacia el Foro. Los fuegos se apagaron, todas las actividades se detuvieron, los niños dejaron de jugar y hasta los mendigos sintieron compasión. El viento primaveral arrastraba largos gemidos y aullidos de perros por los callejones.

Todos la querían, César se había casado con ella cuando no tenía ni trece años. Era rubia, reservada, y solo salía en compañía de su suegra, tomada de su brazo, con ropa sencilla, sin maquillaje ni joyas, y a quien la saludaba le respondía con una sonrisa y la mirada baja. A menudo un ligero rubor aparecía en sus pálidas mejillas.

Cuando Julia era una niña, Cornelia acogía a los niños de otras personas en la casa, preparaba frituras saladas y dulces, y en invierno preparaba leche caliente.

—Mamá, ¿nos cuentas un cuento?

A la petición de Julia, los niños vitoreaban.

—¡Sí, sí! ¡Sí! El zorro que quiere uvas.

—¡Y luego la de la cigarra y el grillo!

—¡¿Pero qué grillo?! La cigarra y la hormiga.

—¡Uno nuevo! —Y se acurrucaban en el suelo cerca del fuego, sabiendo que Cornelia nunca decía que no.

César acababa de ser elegido tribuno militar tras luchar en Asia contra el rey del Ponto Mitrídates, su mujer le apoyaba en sus éxitos y la niña estaba en su quinto año de vida, sana y cada vez más bella.

Un día de tormenta, llamaron a la puerta de su casa.

Era Cecilia, la hija de la prostituta Lidia, mojada de pies a cabeza.

—Mi madre me dijo que viniera aquí.

Cuando su madre recibía a los clientes y llovía fuera, Cecilia se refugiaba en la casa de César.

Esa mañana el preceptor estaba allí, dando lecciones a Julia, y Cecilia, una vez que se secó al calor del brasero, se sentó distraída en la misma mesa. Miró por la ventana, impaciente por volver a salir a la calle a jugar, pero el trueno resonaba y, resignada, se puso a escuchar al maestro que le contaba a Julia una historia increíble, sobre unos gemelos llevados en una cesta por la corriente de un río y una loba que los había amamantado, y al final uno de ellos se había convertido en rey. ¿Cómo era posible? Los lobos son malos, y cuando soñaba con ellos por la noche se despertaba temblando de miedo. Descubrió que también había lobos buenos, que incluso un niño sin suerte podía llegar a ser rey, y le pareció que el tiempo se detenía o pasaba volando, que no sentía la necesidad de comer o beber, ella que siempre tenía hambre, y que nunca había oído una voz de hombre tan armoniosa y suave. A partir de entonces, Cecilia empezó a llamar a su puerta incluso cuando hacía sol y podía esperar en la calle y jugar, y cuando su madre no tenía clientes. Así que la hija de César y Cornelia y la hija de la prostituta Lidia, de quién sabe qué padre, aprendieron a leer y a escribir juntas.

El padre de Cornelia, en cambio, era Lucio Cornelio Cinna, el cónsul que, al igual que Cayo Mario, había ayudado a los más débiles, repartiendo pan y reduciendo las deudas, pero que, a diferencia de Mario, descendía de un linaje muy noble: la nobleza, de hecho, estaba grabada en los rasgos de su hija. Cinna había muerto un año antes de la boda, asesinado por su propio ejército, tras exhibir las cabezas de muchos aristócratas en las tribunas.

Todas las mujeres de la Suburra, en secreto, querían parecerse a Cornelia, todos los hombres la habrían querido como esposa, o como hija, si un dios que no existe les hubiera regalado una vida diferente.

Mi relación con César continuó durante esos años, mientras yo ardía de celos. Intenté disimularlo, ella seguía siendo su mujer y yo también tenía un marido en ese momento, el segundo.

Una noche intenté desentrañar sus pensamientos durante un fastuoso banquete en la casa de Pompeyo.

César llegó tarde, acompañado de su madre y de Cornelia. Ahora es una mujer, pero irradiaba un esplendor casi infantil. Se paseó por el triclinio vestida de azul y atrajo miradas de admiración, ocultando apenas su vergüenza.

—Así que lo has perdonado.

De repente, estaba detrás de mí, mientras deambulaba aburrida entre las columnas del maravilloso jardín, saboreando una dulce bebida de miel y fruta entre hordas de invitados parlanchines.

—Claro que no —respondí sin mirarlo; esa voz solo podía ser la suya, y mi corazón dio un salto.

—Si es así, no deberías frecuentar esta casa

—Pompeyo mató a mi primer marido, pero ahora soy la esposa de otro, de Décimo Junio Silano, que está en camino a una brillante carrera. Está bien que esté yo aquí con él; es Roma lo importante, ¿o me equivoco? Tú también estás aquí.

—¡Qué esposa más casta y devota! Tu marido es el hombre más afortunado de la ciudad.

—Qué broma de mal gusto, Julio. Te aseguro que no me hace gracia. Cuando mi hijo se enteró de esta maldita fiesta me dio la espalda, me desprecia. Pompeyo es el asesino de su padre.

—¿De su padre? —Sonrió—. ¿Estás segura?

Tuve el impulso de abofetearlo. Desde la sala del triclinio llegaban voces alegres y la música de flautas y címbalos. De nuevo le hablé de espaldas:

—Eres el hombre más afortunado de la ciudad, tu mujer es como un rayo de sol. Harías bien en volver con ella y con tu madre, ellas no aprobarían esta conversación. ¿Qué quieres de mí?

Me contestó, después de lo que me pareció una larga espera.

—Quiero encontrarme contigo cuanto antes, tú y yo solos.

César se había casado con Cornelia para estrechar sus lazos con el partido popular, pero con el tiempo había aprendido a quererla con ternura, la belleza y la dulzura de esta joven habían despertado en él afectos inesperados, quizá nunca conocidos. Seguimos viéndonos, pero yo sufría mucho, y cada vez que me encontraba sola en mis habitaciones, miraba mi cuerpo desnudo en el espejo, buscaba en vano la huella de sus caricias, el recuerdo de los estremecimientos; me juraba a mí misma que no volvería a verlo, y lloraba, me preguntaba por qué lo había vuelto a hacer, me desesperaba. Cayo Julio César ya no era mío.

—¿Por qué quieres volver a verme? —Me burlé de él—. Eres un novio feliz y enamorado, y Cornelia es joven y hermosa, mucho más que yo. No te falta nada.

—Eso no es cierto. Y tú lo sabes. —Se acercó, hasta que sus labios rozaron mi mejilla, y envolvió un rizo mío en su dedo índice, sin prestar atención a las miradas curiosas y chismosas. El fragante aliento de vino dulzón me embriagó, mientras sus palabras fluían de sus labios a mi oído—. Tú eres mi alma ardiente.

Asistí al funeral de Cornelia con mi familia reunida, mi hijo estaba al lado de Catón y evitaba mirarme.

Un silencio tan negro como el Tártaro se cernía sobre Roma y oscurecía el día, las alas de una muerte injusta aleteaban en el cielo sobre los templos, en las calles, en las cumbres. El cuerpo de Cornelia fue llevado al centro del Foro cubierto por un paño blanco y, entre sollozos, muchas manos se extendieron hacia ella: abrazos extremos hechos de nada.

Cuando el sonido de las tubas se desvaneció con el viento, César, ante el asombro de todos, subió a la tribuna, la misma desde la que unos meses antes se había despedido de su anciana tía Julia. Con los ojos cerrados se mantuvo en silencio, con las manos apretadas sobre el pecho. Las gaviotas volaron en círculos, chillando, como si imitaran los lamentos de los mortales por sus muertos, y luego, todas a la vez, se posaron sobre las estatuas y los frontones de los templos. Solo entonces habló César, cuando las aves también callaron. Habló durante mucho tiempo, su voz a veces se quebraba en llanto, pero continuó, y la gente bebió sus palabras como un néctar conmovedor, nunca antes nadie se había atrevido a pronunciar un elogio para una mujer tan joven, y todos se conmovieron hasta las lágrimas por tan amorosa audacia. En la tribuna no vieron al cuestor Cayo Julio César: vieron a un esposo al que la muerte había privado de su posesión más preciada; un hombre poderoso, pero vencido por el destino, como es el de toda criatura humana. El pueblo celebró este matrimonio destrozado con aplausos, gritos y gemidos; César estaba pálido y parecía a punto de perder el conocimiento.

No podría repetir lo que dijo, pero me gustaría que me lo hubiera dicho a mí, por mí, aunque significara morir.

También esa vez Aurelia se cubrió la cara, se le saltaron las lágrimas.

*

Ha pasado tanto tiempo que César ha perdido todo sentimiento de piedad, hacia los hombres y hacia los dioses.

Las noticias que llegan de Marsella son inciertas y contradictorias. La ciudad asediada ha abierto sus puertas a Domicio Enobarbo que ha llegado con una flota, una batalla naval será inevitable. César está indignado, pero la situación en España lo ha inducido a moverse con rapidez, sus legiones están en problemas. Pero César siempre gana, los que esperan un giro de la fortuna, Cicerón en primer lugar, no son más que unos ilusos, y el verano no ha hecho más que empezar. No conocen su poder secreto, el vigor misterioso que mueve cada una de sus acciones, que me asusta incluso a mí.

Néstor me entregó un mensaje, siempre de noche, siempre con ojos lívidos sobre mi pelo suelto.

—¿De quién lo has recibido? —le pregunto. Quiero asegurarme de que es verdad.

—Viene de España, ha pasado de mano en mano, pero los correos son todos de confianza y tú conoces los sellos.

Nuestro saludo secreto, la inicial de mi nombre escrita como el perfil de mi cuerpo. Me escribió desde Córdoba, ¿qué tan lejos está?

Estaba en la tienda con algunos de los suyos. Sobre la mesa se extendía un mapa, los ríos de España trazados en azul, los puentes derrumbados eran una cruz roja. De pronto, su voz y su respiración se detuvieron en su garganta, sus ojos se volvieron fijos y vidriosos, escuchó las llamadas de sus compañeros como si vinieran de otro mundo, y feroces convulsiones sacudieron sus miembros. Cayó al suelo. Las comisuras de su boca se espuman de babas, siente las manos ásperas de los soldados sobre su cuerpo para contener sus espasmos y sus ropas mojadas de orina, lo siente todo, incluso su angustia que no es la suya, porque solo es el mal sagrado que no teme, es la señal de que un dios está dentro de él.

A mí, solo a mí, me contó el dolor y el orgullo de una oscura energía que lo hace especial y maldito, diferente a los hombres.

Tiemblo. El dios del bosque tenebroso no se ha olvidado de la ofensa. Lo posee, lo perseguirá, tal vez.

Pero César no tiene miedo de los dioses y los males.

XXV

Hospitis ille ciet nomen, vocat ille propinquum, admonet hunc studiis consors puerilibus aetas; nec Romanus erat, qui non agnoverat hostem.

Uno grita el nombre de un invitado, otro llama a un pariente, los coetáneos recuerdan juegos de la infancia; no había romano que no reconociera a un enemigo.

Lucano, *Bellum civile*

Yo sí.

Tengo miedo de la furia que lleva dentro desde que era un niño, y que inflama su alma con apetitos morbosos.

Roma resplandece con un verano malsano; es un cuerpo deshecho plegado sobre sus males, desnudo, vacío de sus ciudadanos y de sus bienes, inmóvil, malvado. En las basílicas rara vez se administra la justicia y el crimen está en todas partes, la violencia generada por el hambre y el desprecio de las leyes, por una costosa e inútil guerra contra el pueblo. Las construcciones están paralizadas, los andamios de madera sin esclavos que los trabajen y las vigas cayendo a pedazos, los edificios y puentes a medio terminar, y el viento, cuando sopla caliente y sofocante, levanta un polvo que quema los ojos y hace toser a la gente, y esparce por las calles el hedor de la basura que ya nadie recoge, podrida por el calor. Las gaviotas tampoco la quieren; se pasean torpemente sobre sus patas hechas para el agua, con las alas cerradas, y picotean entre las piedras, lejos de la fétida basura, añadiendo sus excrementos a la suciedad de las calles y volando hacia el río. Los más atrevidos, tal vez, lleguen al mar.

Yo no, no voy a ir al mar.

Es demasiado azul, demasiado alegre, demasiado embriagador con el aroma de la sal y los mirtos, no es el lugar para esperar noticias con el corazón suspendido. La sal de las lágrimas tiene otro sabor, es amarga.

Me entretengo en el jardín persiguiendo la sombra, como poco, y cuando el calor remite salgo sola; la compañía de la criada me irrita, aunque sea silenciosa. Soy una matrona, viuda de un cónsul, y si le debía respeto y obediencia a mi marido, incluso cuando me llevó con él a la casa de los asesinos; en mi viudez mi conducta es la que me agrada, no importa si es contraria a la costumbre. Busco la soledad.

A veces deambulo por la Vía Sacra, cerca de la casa de César, mis pasos me llevan allí como si lo decidieran por sí mismos.

Cuando la veo detrás de una ventana, entiendo la razón de mis pasos: la estaba buscando. Su tez era blanca, como su vestido sin adornos, y su cabello oscuro tenía la raya en medio, largo y suelto sobre los hombros, sin peinar. Nunca sale. Parece un fantasma; es hermosa. Un mechón de pelo cae sobre el lado izquierdo de su pecho, lo enrolla distraídamente alrededor de sus dedos mientras mira quién sabe adónde y sueña con Marsella, tal vez, o España, o los Campos Elíseos. «¿Dónde está mi marido? ¿Está vivo?». Puedo adivinar sus pensamientos, también eran los míos.

Calpurnia tiene la misma edad que mis hijas, la misma edad que tendría la hija de César, pero no tengo celos de ella: César no la quiere, ni siquiera pudo darle un hijo.

Me ve. Y su mirada se ilumina, me reconoce; tal vez ella también recuerde las lunas llenas en Herculano en la villa de su padre, el poeta de cabellos revueltos que le daba la mano entre las columnas, que se arrodillaba a su altura infantil y le señalaba las estrellas en el cielo de verano; tal vez recuerde a César más joven y a la Servilia brillante que lo acompañaba. Y, aunque no lo recuerde, sabe quién soy, toda Roma lo sabe, y la consternación abre sus labios.

De inmediato se retira y deja caer la cortina. «¡No, no te vayas!», me gustaría decirle, «¡déjame entrar, háblame de él!», y me gustaría conocer sus habitaciones, respirar los olores que respira, llenos de los suyos que quizás aún perduran en algún rincón escondido; lo cazaría como un sabueso y me alimentaría de él. Y entonces querría ver los zapatos que dejó en casa, la ropa que no se lleva en la guerra; la tocaría, la imaginaría en movimiento llena de las ágiles formas de su cuerpo, y la cama, sí, querría asomarme a su cama por la rendija de una puerta entreabierta. «¿Por qué no le diste un hijo?», le preguntaría; podría enseñarle, tengo cuatro; le revelaría los ungüentos y las hierbas que ayudan a que la vida florezca en el vientre de una mujer, y le susurraría al oído los besos y las caricias que le agradan, porque la pasión que brilla como la llama asegura una descendencia gloriosa. Yo lo sé. «No te vayas, Calpurnia...». Pero detrás de la ventana solo hay una cortina opaca. Y en el cristal, mi reflejo: el espectro de mí misma.

Me apresuro a llegar a casa, movida por la vergüenza. La pendiente del Palatino es difícil de subir, y me derrumbo en mi cama sin aliento; lágrimas y sudor juntos bañan mi rostro, y duermo así hasta el amanecer, mientras horribles visiones desgarran mi alma.

Mares en ebullición con innumerables remos, quillas acometidas por gradas enemigas y barcos que se hunden, dardos lanzados a cuerpos flotantes, partes de cuerpos entre las olas. Los arqueros lanzan flechas ardientes que incendian los maderos, y las llamas suben desde el agua hasta el cielo; los soldados se asoman a las balaustradas, enganchados con hierros curvos y ganchudos, y luchan cuerpo a cuerpo, agarrándose por los hombros; el más fuerte hiere, otro se aferra con todas sus fuerzas a un tablón o a una cuerda, suspendido en el vacío, pero pronto una espada viene a cortarle los brazos, y el desgraciado, sin miembros, cae gritando, el negro abismo se lo traga. Frente a la masacre, una ciudad con un gran puerto y un bosque destruido por los impíos, los troncos heridos sisean, las ramas caídas exigen venganza.

Esta mañana llegan noticias de Marsella. La batalla ha tenido lugar en el mar y la flota de César, comandada por Décimo Bruto, se ha impuesto. Casi todas las naves de los marselleses, al mando de Enobarbo, fueron hundidas o capturadas, solo la nave de Domicio consiguió hacerse a la mar. Pero en mi visión eran todos iguales.

Me lo reveló Marco Emilio Lépido, el pretor, esposo de mi segunda hija. Vino a visitarme solo.

—Cayo Trebonio me ha escrito —comienza después de las cortesías—. César le encomendó el asedio de la ciudad, y su campamento está en las alturas, desde donde pudo verlo todo. La victoria en el mar nos ha costado muchas pérdidas. Sus naves eran más numerosas y ágiles que las nuestras, lucharon con un valor extraordinario. —Me entrega el pergamino con el sello roto. Trebonio habla de los jóvenes más distinguidos que se embarcaron y estaban dispuestos a dar su vida, y de los demás ciudadanos que permanecieron dentro de la ciudad, que acudieron a los templos de los dioses inmortales y rezaron con los brazos alzados al cielo, incluso ancianos y mujeres, y los más vigorosos escalaron las murallas asediadas por torres y máquinas de guerra, y desde lejos incitaron con gritos y gestos, agitando antorchas en el aire.

—Domicio Enobarbo se ha salvado —me informa Lépido, mientras sigo mirando la carta.

—Sí —exclamo—, y cuando su nave se perdía en el horizonte, los pocos supervivientes volvieron a la ciudad, todos se apresuraron a ir al puerto. Casi parece que Trebonio se apiadó de los vencidos.

Lépido se encoge de hombros.

—¿Pero por qué tanta violencia? —le pregunto—. Los marselleses no tienen parte en esta guerra; César es misericordioso, también lo fue con Domicio: evitó cualquier enfrentamiento.

Vuelve a encogerse de hombros, como si mis observaciones no le importaran, y responde solo por el respeto que me tiene.

—Todas las ciudades de Italia abrieron sus puertas al paso de César, lo recibieron con regalos y honores.

—¿Qué significa eso?

—Que César no soporta la desobediencia.

Le ofrezco un vaso de vino y cambio de tema.

—¿Por qué has venido? Rara vez subes a traer noticias de la guerra a tu suegra.

Bebe y sonríe.

—¿Y? —insisto—. ¿Qué tienes que decirme?

—Como pretor tuve que examinar los documentos de una reciente compra tuya. Los terrenos justo fuera de las murallas hacia Porta Capena.

—El procedimiento fue regular, me parece.

—Sí, sí, por supuesto, todo está en orden —me tranquiliza Lépido—, aunque el precio sea, de hecho, extraordinariamente bajo...

—¿Qué hay con eso? —interrumpo—. Fue un buen trato.

—Como tantos otros que has conseguido cerrar. —Me provoca, pero no le respondo. Toma otro sorbo de vino y continúa, no sin vergüenza—. Las malas lenguas, ya sabes cómo son... en fin, alguien insinúa que César te ha favorecido. Nada que se pueda demostrar, por supuesto, pero ciertos rumores son desagradables de todos modos.

—¿Y bien? Si es así, todo se hizo conforme a la ley, tú lo dijiste. Espero que no te hayas tomado la molestia solo para contarme este chisme. —Estoy irritada, no lo entiendo.

—Te aseguro que no me preocupa —replica Lépido—, pero mi esposa Junia está furiosa, y creo que sus hermanas también, especialmente Tertulla, ¡por no hablar de Bruto!

Lo interrogo con la mirada, estoy atónita, y finalmente me explica:

—A los que se sorprenden por tu provechoso negocio, Cicerón les responde que también se te descuenta la tercera parte. ¡La tercera parte! —repite, y todos se ríen. Un sarcasmo repugnante que solo reaviva las insinuaciones vulgares de siempre, de que Tertulla es hija de César, igual que Bruto.

¡El viejo amargado! Hipócrita, devorado por la envidia, fracasado, cobarde, a tal bajeza se ha reducido. Se atrevió a llamarme amiga, a citarme en su casa junto a ese impostor Nigidio Fígulo, el insufrible astrólogo, parecía dispuesto a todo para evitar la guerra. ¿Y ahora? Está revelando al mundo de quién cree que son mis hijos. Son *míos*, y eso es todo.

Dejo a Lépido y le doy un mensaje para Junia; comprendo la decepción de mi hija, que también es la mía, pero deseo hablar con ella, y le ruego a su marido que la convenza para que se reúna conmigo lo antes posible. Tiene el mismo carácter que su hermano, a veces percibo resentimiento en ella.

Poco después, mi liberto Stéfano regresa a casa desde el Foro.

Lo envío a las pocas tabernas que aún están abiertas, soy matrona y no son lugares para mí, pero le pago una copa con la esperanza de que me traiga noticias por la noche.

Casi siempre niega con la cabeza; es viejo, se siente como mi soldado en una misión y no quiere decepcionarme, pero hoy tiene mucho que contar.

Lo interrumpo, tengo muchas preocupaciones y no quiero perder el tiempo.

—Ya sé todo sobre lo que ocurrió en Marsella. ¿Alguna noticia de España? El frente es lo que más me interesa, César está ahí.

—He oído rumores, algunos dicen que Pompeyo está marchando por Mauritania para reunirse allí con sus legiones y enfrentar la lucha.

—Es imposible. Si esas son todas las noticias que puedes reunir, no tiene sentido que salgas a emborracharte en tabernas de mala muerte a mi costa.

—Perdóname, Servilia, te digo lo que oigo. Muchos dicen que en España César está en problemas; ha instalado campamentos cerca de una ciudad llamada Lérida, si entiendo bien.

—¿Qué dificultades?

—Parece que una tormenta ha destruido un puente sobre el río, están aislados y ya no pueden conseguir suministros, se están muriendo de hambre. Muchos indecisos se han convencido de que Pompeyo prevalecerá, y pronto se unirán a él. También Cicerón, he oído con certeza. Conocí en la taberna a su liberto Tirone, somos amigos.

Cicerón: ¡al diablo con él! Lejos de defender las instituciones de Roma: corre allí donde huele el aroma del éxito, porque tal vez él también tenga una pizca de gloria. Pero esta vez el ilustre senador se equivoca. Volverá con la cabeza baja, si es que vuelve. Como si César fuera incapaz de reconstruir un puente derrumbado, o de vadear el río con un ejército completo.

Cuando las lluvias amainaron, nadaron a través de la corriente. El campamento de los pompeyanos estaba en la otra orilla, en medio de la llanura, y las legiones vieron a los soldados de César salir del agua, mojados y con frío, listos para la batalla. Pero cuando se encontraron frente a frente, con las armas en la mano, cada uno reconoció en el adversario a un amigo, a un familiar, a un compañero de juegos de la infancia, a un centurión que había luchado en las mismas filas en otras guerras. Dudaron por la sorpresa, pero pronto agitaron sus espadas en señal de saludo; luego las dejaron caer junto con sus escudos, se despojaron de sus cascos y se abrazaron.

—¡Lucio! ¿Te acuerdas? Cuando éramos pequeños solíamos asustar juntos a las ovejas de mi padre.

—¿Cómo está tu hermana? ¡Ah, si me hubiera casado con ella!

—Vamos, Fabio, estamos asando carne; llama a tus compañeros, beban con nosotros.

—Tú luchaste en el Ponto, en Zela, contra Mitrídates, ¿no es así? Yo también estaba allí, ¡fue mi primera vez!

—¡Claro que me acuerdo! También fue mi primera vez, estábamos entre los auxiliares y dormíamos en la misma tienda.

—Y ahora lucho en primera línea.

—¡Yo también!

—Cuando pienso que hace un momento podría haberte matado...

Están horrorizados; uno llora sobre el hombro del otro, mientras dos hombres con barba se enfrentan, idénticos, como en un espejo: son hermanos gemelos y la pobreza de su padre los había separado, pero alrededor de sus cuellos ambos tienen la misma medalla de metal, la tocan entre sus lágrimas, la intercambian, nunca más se separarán.

En el tumulto de abrazos todos comprenden la locura de la guerra civil, como si un dios hubiera descendido al campamento para revelar lo correcto, y los pompeyanos inducen a los hombres de César a desertar en nombre de las antiguas amistades, de la sangre común, de Roma.

—¡Todos somos romanos! —gritan a coro. Juntos pueden restablecer la paz.

Pero los motivos de los comandantes son diferentes, y los legados de Pompeyo llaman al deber, al honor y a la obediencia. Agitan las almas sencillas, reavivan el ardor, y los camaradas de antaño vuelven a ser enemigos, las manos que habían ofrecido comida blanden golpes, los pechos que poco antes se abrazaron caen traspasados.

César observa desde una elevación. Se da cuenta de que a los pompeyanos les falta agua y decide cavar una zanja escarpada alrededor de su campamento: serán prisioneros de sí mismos, verán los ríos fluir cerca e inaccesibles, arderán de sed.

—¡No ataquen! —ordena a sus hombres—. Ahorren dardos, no quiero que se haga ninguna matanza por su mano. Se darán muerte por sí mismos o agacharán la cabeza.

Y así, las legiones españolas de Pompeyo también inclinan la cabeza ante Cayo Julio César. Suplican por sus vidas y por el cumplimiento de su último deseo: no volver a luchar, regresar a sus campos sin cultivar, a sus esposas que llevan demasiado tiempo solas, a sus hijos que no recuerdan el rostro de su padre.

César los escudriña uno por uno, asiente. Su misión ha terminado.

César es capaz de matar sin derramar sangre.

Desde hace muchos días evito el Foro y la Vía Sacra, la casa de César llena de fantasmas, y cuando se pone el sol, desciendo por el Palatino desde el lado opuesto a los jardines que bordean el Tíber; me gusta detenerme a mirar el flujo del agua, respiro el frescor que surge de la corriente y el viento que mueve las hojas. Camino durante largos tramos, a menudo hasta el Puente Fabricio, que conecta la tierra de Roma con la Isla Tiberina. En la orilla opuesta, en dirección al Trastévere, los arquitectos proyectaron otro puente, pero la construcción no ha hecho más que empezar, detenida por la guerra como la vida de todos nosotros.

La isla emerge en forma de una nave que no teme a las tormentas, que nunca se hundirá, preciosos mármoles dan forma a su proa y a su popa, un obelisco es su mástil y los dioses más poderosos la protegen de todo mal, adorados en muchos templos.

A la entrada del puente me espera Junia, acompañada de dos doncellas.

—También has traído una para mí —comento al saludarla.

Ella sonríe, pero yo insisto, conozco a mi hija.

—Hiciste bien, así que no te avergonzarás de que tu madre ande sola por las calles de Roma. No es apropiado para una mujer decente, lo sé, pero mucha gente piensa que no lo soy. Incluso tú, según me han dicho.

—Madre, por favor...

—¿Cuál deberíamos fingir que es la mía? Si no te importa, prefiero la más alta. ¿Cómo se llama?

—Por favor, madre, tenemos preocupaciones muy serias, por Roma y por nuestra familia.

—*Nuestra* familia... ¿Tal vez te preocupa que Cicerón difunda infamias? Podría decir cualquier obscenidad, incluso que Tertulla es la amante de César, que ya no es su hija; ahora que su madre Servilia ha envejecido, ¡y le creerías!

Dos hombres robustos piden a voces que se libere el acceso al puente. Llevan cargando a un anciano que parecería estar muerto, si no fuera por sus movimientos y sus palabras inconexas, casi los sonidos de un animal. Un olor repugnante, como de carne rancia, emana de su cuerpo.

En la isla se encuentra el santuario de Esculapio, con un pozo de aguas curativas. Hace más de doscientos años, el dios griego de la medicina liberó a Roma de la peste, y trajeron una estatua suya por mar desde la ciudad de Epidauro junto con una culebra, la serpiente sagrada para él. Plebeyos, esclavos y desesperados de todo tipo acuden aquí, con la ilusión de que serán curados, y los sacerdotes médicos los acogen en el pórtico que flanquea el edificio, les dan a beber pociones que inducen el sueño, pero la mayoría no vuelve; el lugar es solo un templo de sufrimiento y miseria, la última estación antes de la tumba.

Los dos hombres se apresuran a cruzar el puente con el anciano en brazos, y el rastro de su olor sigue impregnando el aire. Los viejos enfermos apestan. César me lo confió tras la muerte de su tía Julia.

—Apestaba de un modo insoportable. En el umbral de la habitación contuve la respiración, pero fue mucho peor cuando me acerqué a la cama y me incliné sobre su cuerpo en oración: violentas arcadas sacudieron mi estómago y mi garganta, tuve que controlarme.

Me dijo que su madre Aurelia no parecía oler nada, quizá porque también era vieja, y que en cuanto se quedó solo, se retiró a un rincón y vomitó a escondidas. Solo me lo dijo a mí.

—Vamos, Junia, caminemos a la sombra de los árboles. —La tomo del brazo y la empujo con delicadeza. No quiero que mis hijos tengan el recuerdo del hedor del cuerpo de una anciana.

—No me importa Cicerón, madre —retoma—. Son otras penas las que me afligen por nuestros parientes, que te son tan queridos como a mí, aunque las facciones de la guerra nos dividen.

—Tu marido Lépido me dijo que estabas furiosa por los ultrajes dirigidos contra mí y tu hermana. Yo también. ¿Qué otros dolores debemos sufrir?

Junia suspira y se demora, pero sabe que no puede ocultar a su madre las dificultades que le incumben, las penas que están por llegar.

—En plena noche, tu hermano Catón renovó su matrimonio con su esposa Marcia, y con las primeras luces del día partió hacia Oriente para unirse a Pompeyo.

Permanezco en silencio. La elección de Catón no me sorprende, pero la inminencia del choque me asusta, el dolor no perdonará a nadie.

Junia se detiene y me aprieta más el brazo, me mira con ojos muy tristes, como asaltada por un repentino afecto.

—Hay más, madre. Tu hijo, mi hermano, fue testigo de la ceremonia de la boda.

El corazón me salta en el pecho.

Junia continuó, en voz baja:

—Al amanecer se fueron juntos.

XXVI

[...] liceat tumulo scripsisse: «Catoni Marcia».

Que me sea permitido escribir en mi tumba: «Marcia,
esposa de Catón»

Lucano, *Bellum civile*

No esperaba que vinieran a despedirse, y en el fondo no quería que lo
hicieran. ¿Qué le iba a decir a mi hijo? «¡Enorgullécete, joven héroe!
Que tu virtud brille y Marte te asista en el campo de batalla». No. Lo
habría abofeteado, como a un niño que falta al respeto a sus padres.
Pompeyo ha deseado la muerte de su padre; ¿qué hijo ultrajaría tanto
su memoria? Pero en él es más fuerte su odio hacia mí que cualquier
sentimiento: luchará contra César porque soy su amante. Catón le
ha enseñado a despreciarme desde que era un niño, y ha llegado
la oportunidad de blandir armas y herirme de muerte. Eso creen los
dos únicos hombres que comparten sangre conmigo. La sangre, no
la inteligencia: el odio los ha vuelto tontos, miserables, y los matará.

Para ellos soy menos que un perro callejero que come las miga-
jas del afecto; soy una bestia corrupta, ávida de lujuria, de favores,
de ese poder secreto que a ninguna mujer se le permite tener sino
a la sombra de un hombre ilustre. Pero deberían considerar, hermano e hijo mío, que yo, entre todos los hombres más ilustres, he
elegido al que es a la vez demonio y dios, y respiro su alma.

A diferencia de mi hermano, que parece no tener alma.

Decía que César había sacrificado a su joven hija por el poder,
entregándola en matrimonio a Pompeyo, pero ¿él? A su esposa

Marcia la cedió en préstamo, de acuerdo con su padre que era cónsul, porque las mujeres merecen estar en el mundo por una sola razón: para dar a luz. No para ellos o sus padres, sino para Roma. Y solo Catón se siente esposo y padre de Roma, cree que nació para el bien de todos los hombres con el deber de no beneficiar a nadie en particular, y que cuanto posee se convierte en un patrimonio común, incluso una mujer.

Marcia ya fue madre tres veces, y todavía en la flor de la vida. Catón la prestó a Hortensio Hórtalo, un orador rico en gloria, pero pobre en linaje. Asistió a la boda, sereno y orgulloso, para que todos supieran lo libre que estaba de intereses personales, y que solo le importaba el pueblo romano y la ventaja de entrelazar las mejores líneas de sangre. Así, el vientre de la mujer se llenó con otra noble semilla y con una nueva vida.

A la muerte de Hortensio, viuda y heredera legítima, Marcia regresó a la casa de su primer marido, y Catón la acogió con gusto. Ella solo pidió que el matrimonio fuera casto, lo que fue un alivio para Catón, porque nunca ha buscado el placer en el cuerpo de una mujer. No sabe lo que significa hacer el amor, solo sabe procrear.

Mi hermano Catón no conoce la felicidad, no ama a nadie.

*

Nuestra madre había muerto hacía menos de un año y, antes de dormirme, cada noche revivía mi propia angustia. Estaba al lado de la cama, sentía sus manos acariciándome, su voz, su perfume, me encontraba con ella en nuestra casa, cuando jugaba conmigo o me regañaba... En esas noches oscuras revivía mi vida con ella, que fue demasiado corta, y me desesperaba, ¡no podía haberla perdido para siempre! Mi tía y mi aya Atte solían decir que un día me encontraría con ella en un lugar extraño que no entendía, pero ¿cuándo? «Un día», respondían, pero ese día nunca llegó, y todavía no ha llegado.

En una noche lluviosa, intenté ahuyentar a mi madre.

—¡No te quiero si no eres real! —Pero ella se quedó mirando cómo lloraba con la sonrisa de los días felices, sin decir nada, hasta que los sollozos me dejaron sin aliento. Luego, en silencio, para no despertar a mis tíos y sirvientes, salí de mi habitación y me dirigí a Catón. Todavía estaba despierto.

—¿Puedo dormir contigo? —le pregunté entre lágrimas.

No contestó y me hizo un poco de espacio, pero cuando me acerqué a su pequeño cuerpo se retorció, molesto.

—Duerme —me regañó—. O vuelve a tu habitación.

—Echo de menos a mi madre —exclamé en voz baja entre lágrimas.

No respondió nada.

—¿Entiendes? Echo de menos a nuestra madre —repetí más fuerte.

—Está muerta. —Me hizo callar—. Su voz infantil era chillona, desagradable.

—¿Pero tú la ves por la noche? ¿Recuerdas cuando estábamos todos juntos?

—No, está muerta. Duerme.

—¡No es posible que no la eches de menos! Tú también eres su hijo. ¿Al menos la quieres? Tan solo fue ayer...

—No, está muerta. No quiero a nadie.

*

No es cierto que Catón sacrificara afectos y toda felicidad por el alto ideal de su patria y del pueblo romano, no es cierto que se despojara de todo para consagrarse a los valores de la *Res publica*. Catón nunca sintió ni tuvo nada. Un niño, y luego un muchacho, y luego un hombre detestable: esto fue siempre. Solo yo sé la verdad sobre mi hermano. Los estudios solitarios, la filosofía, el monumento de espléndidas virtudes que ha construido a su alrededor como un aura divina, la fuerza sobrehumana que le impide conocer el dolor y desahogarse en lágrimas, o reírse de los chistes con un amigo ante una copa de vino, enamorarse de una mujer, o amar sin pudor a una hermana que, después de todo, es su hermana; y luego la armadura inflexible de la rectitud, modelo de perfección para los ciudadanos de Roma y, sin embargo, inalcanzable, frustrante: he aquí que todo esto solo llenó su vacío.

—Celebraron la boda en la oscuridad, sin adornos ni guirnaldas de flores, sin banquete, sin nada: solo Catón y Marcia, los dioses como testigos y mi hermano. —Junia está conmovida—. Me lo contó —precisa—. Vino a despedirse de mí antes de irse. Todavía era de noche. Marcia no dejó de llevar la ropa de luto.

—¿Y Catón? —pregunto—. ¿Ha tenido la decencia de presentarse aseado ante su esposa?

—Aparentemente no...

Desde que César cruzó el Rubicón, mi hermano se ha dejado crecer la barba y el pelo. Tiene un aspecto aterrador, desgreñado y gris en toda la cara, y sus ojos sombríos apenas se ven entre las cejas. Quiere parecer repugnante, tan repugnante como lo ha sido Roma.

—Marcia pidió ligar su nombre para siempre al de Catón, seguirlo a través de los peligros de la guerra y la muerte —concluyó mi hija.

—¿Así que se fue con él?

—Sí, madre. Otras mujeres se han ido, o lo harán pronto, incluso Cornelia, la esposa de Pompeyo. Se encontrarán en los campamentos y serán testigos del enfrentamiento. Mi marido cree que no tardará mucho. Será muy duro.

¿Y yo? ¿Por qué debería ir? No soy la esposa de nadie, y no deseo ligar ningún nombre al mío.

¿Y mi hijo? Que luche, que muera solo, si Servilia, la mujer que entregó al pueblo romano a un hijo fuerte y justo a los ojos de todos, el orgullo de Roma, la imagen de la gloria y la virtud no es digna ni siquiera de un saludo. Mi hijo ha chupado su vida de mi vientre, y a su nombre ataré el mío, Servilia la madre de Bruto, y tejeré hilos que las Moiras de la guerra no cortarán. Porque soy más fuerte que ellas, lo quiera o no mi hijo, un poder de madre que da vida y puede hacer cualquier cosa. Los voy a entrelazar con el hombre más poderoso del mundo, que quiere ser el padre de mi hijo. Pero mi hijo es solo mío.

César está de regreso y pronto llegará a Roma.

El otoño baña la ciudad bajo un cielo plomizo, amenazante como las ráfagas de la guerra, pero luego la baña con luz dorada y nubes rosadas en atardeceres obstinados que no quieren ceder a la oscuridad ni al invierno, que hacen brillar los templos, las estatuas y las esperanzas, y levantan el vuelo de las gaviotas: es la sonrisa de los dioses antes de que caiga la noche, la certeza de otros amaneceres, aunque la noche sea larga.

Si las leyes ya no existen, ¿significa que ya es de noche?

Desde hoy Roma tiene un dictador, en contra de todas las leyes.

Fue elegido por el pueblo a propuesta del pretor Lépido. ¿Pero no deberían nombrarlo los cónsules? Sí, si hubiera cónsules. Pero los nuestros han huido. Es un gran bien para Roma tener un dictador: un hombre sabio llamado con el pleno acuerdo de todos los magistrados para gestionar situaciones extraordinarias, para resolver problemas, para restaurar la estabilidad y el orden de las instituciones, para devolver al Senado y al pueblo al lugar que les corresponde, y a todo el pueblo ese estado de gracia que los dioses han dado a la ciudad para vivir en la grandeza eterna, para disfrutar de la libertad, para sobresalir en el mundo.

El hombre sabio es Cayo Julio César, que en una noche de enero profanó el límite sagrado del río y decidió que Roma sería suya: el mismo hombre que a todos atemoriza.

Sila había sido dictador antes que él, y Sila también daba miedo.

Pero así es como debe ser, y no ha dejado de llover durante tres días.

No hay nada más que hablar, el Foro vuelve a llenarse de ciudadanos y libertos en busca de las últimas noticias, incluso de esclavos; una que otra tienda abre de nuevo sus puertas, todo el mundo espera con impaciencia la epifanía del sabio que ha regresado de España, habiendo devuelto la libertad a la derrotada Marsella, y que ahora marcha hacia Roma. Llegan soldados, exploradores e informadores al azar; se instalan campamentos fuera de las murallas y la excitación crece.

Un esclavo me entrega un mensaje: el centurión Casio Esceva está a unas millas de la ciudad, y pide reunirse conmigo cerca del puente Milvio.

Llego al lugar de encuentro en un pequeño carro alquilado, vestida con ropas modestas y envuelta en una gran estola que cubre mi pelo.

Que una matrona vaya al otro lado de Roma, a los campamentos de los soldados de César, provocaría los rumores más fantasiosos, sobre todo si se llama Servilia.

Casio me reconoce en cuanto salgo del carro, hace una señal a un compañero para que le espere en el fondo y cruza el puente solo para encontrarse conmigo.

No nos habíamos visto desde la noche de la posada en la Vía Apia de Benevento, y hoy estamos de pie, apoyados en el parapeto.

—En España, un puente se derrumbó en una tormenta sobre el río —comienza Casio—. Muchos creían que nos íbamos a morir de hambre. El Tíber, en cambio, es un buen río.

—Me enteré y temí por ustedes —respondo.

—No tenías por qué. —Sonríe—. Los soldados de César nunca mueren. Esto es para ti, de su parte.

Me entrega un pergamino con sello; está caliente, lo ha guardado cuidadosamente bajo su túnica, cerca de su piel.

—Tenías razón —continúa—. Confía en mí lo suficiente como para encomendarme misiones importantes como esta. Me recomendó discreción, y me dejaría matar para no decepcionarlo. ¡Y pensar que empecé desde las filas más bajas! ¿Sabes cuál fue mi primera misión?

—No, ¿cuál?

—Vaciar las letrinas. ¡Qué asco! Todavía recuerdo el hedor. Pero lo hice con gusto, y cuando César instó a los soldados a luchar como héroes, lo escuché desde lejos; pude sentir un fuego aquí. —Se golpea el pecho con el puño—. Estaba seguro de que un día yo también me lanzaría a la batalla, y que dispararía dardos y blandiría espadas con la fuerza de un león.

Mira el campo más allá de la orilla como si fuera un campo resonante de tumultos, un instante antes del choque, y sus músculos están tensos, está listo para lanzarse a la refriega.

—Los soldados lo aman —confirmo—, pero no todos son como tú. Hay noticias de una revuelta cerca de Piacenza.

Casio minimiza la noticia.

—Sí, los de la IX legión. En realidad, solo unos pocos, un grupo de alborotadores. Pretendían saquear, violar y depredar. ¡Qué tontos! César nos da todo: sueldos regulares, premios, comida abundante, ¡prefiere morirse de hambre antes que privar de comida hasta al último de los auxiliares! César emprendió esta guerra para defender a Italia del ultraje, no para asolarla.

Sacude la cabeza.

—Tal vez estén cansados —agrego.

—¿Cansados? ¿De qué? ¡Les pagan por luchar! Luchar por Cayo Julio César es un honor.

—Llevan años recorriendo el mundo, no termina una guerra y ya empieza otra. En este caso... muchos se preguntarán por las verdaderas razones. Pero no puedo entender ciertas cosas. —Sonrío—. Solo soy una mujer.

Casio sonríe.

—Y sí...

—Y sí —añade Casio. ¿Cree que soy una mujer como las demás? ¡Qué equivocado está! Toda mi vida me he escondido a la sombra de César, pero César irradia luz, y con sus ojos veo lo que a otros les está vedado. Y eso nadie lo sabe.

—Pues bien —continuó Casio—, César subió a un montículo, habló a todo el ejército y a esos pocos revoltosos los envió a la muerte. Después de eso ya nadie se quejaba.

No consigo entender de sus palabras lo que realmente ha sucedido, otros informantes en los últimos días han reportado una situación mucho más grave: amenazas violentas, la autoridad de César tambaleándose por primera vez, su propia vida en peligro.

Pero el leal soldado cambia de tema.

—Hay otras malas noticias, si quieres conocerlas.

—¿Qué pasa?

—Esta mañana nos hemos enterado con certeza. Curión ha muerto.

Sucedió en África, me cuenta, a orillas del río Bagradas, que fluye límpido entre pantanos, donde las cuevas oscuras cubiertas de matorrales dan lugar a gigantes y monstruos. Allí nació Anteo, el ilimitado y mortífero hijo de la Tierra, que sacaba la fuerza y la vida misma de su madre: solo tenía que tocarla, y en sus miembros fluía un vigor imposible de superar. Pero Hércules se acercó y lo sostuvo en un abrazo mortal, lo levantó por los aires hasta que sintió que le quedaba el último aliento de energía y el gigante cayó. Allí, en una temible caverna, vivía la enorme serpiente, más alta que las copas de los árboles, devoradora de leones y de toda clase de aves, y salpicaba la luz del día con rociadas de baba venenosa. El cónsul Marco Atilio Régulo y toda una cohorte la atravesaron con estocadas desde abajo, y la monstruosa serpiente exhaló su alma. Su piel fue llevada a Roma, un admirable testimonio de su valor.

Curión, por su parte, murió de demasiada audacia, me dice Casio Esceva. Él, que se había inclinado ante César por dinero y fue el primero en llevar sus demandas al Senado, y cuando se encontró al mando de un ejército le faltó prudencia. Era joven, deseoso de demostrar su valía, y tras un cierto éxito en la ciudad de Útica contra el gobernador Varo, que apoya a Pompeyo, se envalentonó, como hacen los tontos. Pero Varo era apoyado a su vez por Juba, el rey de los númidas, que nunca ha simpatizado con Curión porque, en el pasado, cuando era tribuno de la plebe, intentó arrebatarle su reino. Así que Juba estaba esperando la oportunidad de desatar su mortífera caballería contra él para arrebatarle su honor, quizás incluso su vida.

Cayó en una trampa, creyó en una victoria fácil, se lanzó desde las colinas para atacar, aunque se dio cuenta de que no estarían a salvo, prefirió morir y tumbarse sobre los cuerpos de sus soldados ya muertos, antes que intentar escapar. Me enteré de que fue devorado por bestias y aves en el polvo del campo, pero su cabeza se salvó de la carnicería: Juba, rey de los númidas, lo quería para él.

Ordeno al conductor del carro que me deje en una calle lateral, no muy lejos del templo de los Dioscuros. Le pago la tarifa completa hasta mi casa, como se había acordado, pero quiero caminar a solas con la clara luz de la tarde, antes de que la noche venga a atormentar mis pensamientos. Quiero retrasar la lectura del mensaje de César.

Subo a paso lento la cuesta del Palatino; no tengo prisa: nadie me espera en casa, hace tiempo que no veo a mis hijas y no tengo noticias de mi hijo. He decidido no esperar que un mensajero me traiga una carta suya, aprendí de niña que los deseos nunca se cumplen.

De la casa de Fulvia salen agudos lamentos, el portal está entreabierto, adornado con ramas de ciprés, y desde el interior de la casa llega a la calle el olor de los vapores del incienso. Grupos de mujeres entran con la cabeza inclinada, llevando guirnaldas de violetas, leche para las libaciones, el pelo suelto y la ropa blanca, el color de luto de las mujeres; muchos hombres se sitúan cerca, hablando entre ellos en voz baja, consternados. Todos lloran la muerte de Curión; lloran la primera derrota de César en la guerra contra Roma;

se preguntan impotentes por un destino incierto; temen por la *Res publica* y por su libertad.

Espero que llegue la noche, que la casa se sumerja en el silencio y el sueño, y solo entonces saldré de mi habitación con los pies descalzos e iré al jardín, la hierba húmeda y fría me hará cosquillas en la piel, y caminaré por la grava de los cortos senderos hasta la fuente; aún quedan algunas rosas tardías, pero basta un soplo para que los pétalos caigan y el aroma ya se disuelva en el otoño, moveré el agua con los dedos y la luna se romperá en mil pedazos. «¡No quería perturbar tu descanso!», le diré levantando los ojos al cielo, pero ella se quedará quieta mirándome como me miraba mi madre fantasma en las noches de lluvia, con su cara redonda y sonriente, toda la luna fuera del agua y ajena a los gritos de la casa cercana. Para mi desasosiego, está llena y muy blanca, y me prestará su luz para leer las palabras que me seducen sin conocerlas, que me asustan, que recorreré aferrando en la palma de la mano el dado con las letras dispersas, con la estrella que quizás atrape el susurro de la oscuridad y revele el significado, si es que lo hay.

Leo.

La clara luz de la luna, indiferente a cualquier mal, se convierte en mí en una llama lívida.

XXVII

Rumpite quae retinent felices vincula proras: iam dudum
nubes et saevas perdimus undas.

Corta las amarras que retienen las afortunadas naves:
hace demasiado tiempo que no navegamos entre nubes
y olas tormentosas.

Lucano, *Bellum civile*

Hace solo unos meses el ejército de César retumbaba afuera de las murallas de Roma, y desde ayer están aquí de nuevo, marchando desde el norte. La Vía Flaminia parece un río desbordado, una corriente impetuosa de hombres y caballos, de insignias, cascos, armas y armaduras, golpean sus escudos y levantan los puños, corean, y delante de todos los leones de la XIII legión, la que no duda en dar el paso más audaz y sacrílego con él en la noche: *¡Rugit leo! ¡Rugit leo! ¡Rugit leo!* El grito de miles de voces les precede, atraviesa el campo y las puertas de la ciudad, y en las alas de las águilas de plata se cuela como una tormenta en todas las calles, invade las casas, el Foro y los templos, y los dioses ensordecidos cierran los ojos, incluso Marte que ayuda a los romanos en la guerra, pero ¿a qué romanos esta vez?

Y la lluvia cae sobre todo, el invierno congela toda esperanza.

Con la legión XIII, llegó también él.

Cayo Julio César es el dictador de la *Res publica* romana. El Estado está en gran peligro, por eso el pretor Lépido lo propuso y el pueblo lo eligió. El pueblo, no los cónsules de acuerdo con el

Senado, como exigen nuestras leyes, de noche, en silencio y mirando al este, por donde saldrá el sol.

César gobernará solo con plenos poderes, como si fuera un rey, y ningún otro magistrado lo apoyará ni lo obstaculizará.

Sin embargo, el gravísimo peligro lo generó él, de noche y en silencio, donde Italia mira hacia el este, al otro lado de un río. Pero Roma, ahora, es suya por completo. Como yo.

Cruza el Foro a pie, caminando solemnemente, sin importarle la lluvia, su capa roja se empapa de agua, se vuelve más roja y cae con pesadez, la fíbula de oro mojada brilla sobre su hombro. Sube los escalones de la Basílica de Emilia con la mirada fija hacia delante. Dentro, lo esperan el pretor y los doce lictores que llevaban las fasces. El hacha, el poder de la vida y la muerte, se introduce entre la madera de abedul.

¿Por qué no corres hoy? ¿Por qué no apareces y desapareces entre las columnas? ¿Por qué no me empujas y tal vez te disculpas esta vez, ahora que el muchachito torpe es un hombre importante? El más importante.

Pero él no me ve; asisto a la ceremonia entre la multitud, escondida en mi estola de color claro que también cubre mi pelo. Su esposa Calpurnia no está allí; la acompaña su suegro Calpurnio Pisón.

Debo ser invisible, así me lo ordenó. Leí su mensaje como los sujetos leen las tablas de la ley. Debo obedecer.

«Me seguirás a Oriente», decía, sin el saludo que solo nosotros entendemos. ¿Se va de nuevo? ¿Cómo se atreve? Me habla como si fuera un soldado bajo su mando, o una esclava, o una esposa que no puede decir que no a su marido. ¡Insolente, soy libre!

Asumiré la dictadura, me informa, me quedaré en Roma unos días y antes de irme la depondré. Distribuiré el grano y reduciré las deudas, para que el pueblo esté satisfecho, y también llamaré a los exiliados y concederé la ciudadanía romana a los habitantes de la Galia Cisalpina. Pero antes convocaré a elecciones que elegirán cónsules para el nuevo año, y yo mismo seré cónsul junto con el marido de tu hija mayor, Servilio Isáurico. Mientras celebro las fiestas latinas en el santuario de Júpiter en Monte Cavo, un carro te llevará a Bríndisi. Durante mi estancia en la ciudad, no me busques, ni yo te buscaré a ti. Me esperarás en una posada junto al puerto y juntos cruzaremos el mar.

Y yo obedecí.

El puerto de Bríndisi está bañado por la niebla, los últimos días de diciembre son helados. Los barcos anclados se balancean en la niebla, apareciendo y desapareciendo, una danza de maderos y mástiles suspendidos en el vacío opalescente que lo engulle todo. El límite de la tierra y el mar ya no existe, y las proas apuntan al inframundo.

Por la noche, fuegos ardientes interrumpen la oscuridad opaca aquí y allá, y durante el día, hombres y animales se mueven por los muelles en un terreno intermedio que ya no es tierra ni agua, ni siquiera cielo, ni siquiera el Tártaro de azufre: la muerte ya se ha apoderado de ellos, pero su beso aún perdura, toca sus cuerpos, los seduce con la promesa de la gloria.

Pero no todos tienen ganas de ir a morir. Ayer, el tabernero hablaba con su hermano de un grupo de centuriones que se habían emborrachado la noche anterior:

—¡Tuve que echarlos! Ya habían vomitado, una pelea más y habrían destruido todo.

—¡Has hecho lo correcto! ¿Quién nos habría dado el dinero para las reparaciones? ¿César, quizás?

—¡Así es! Si hubieras escuchado a mi esposa... —confirma el posadero—. No podía dejar de blasfemar mientras limpiaba toda esa suciedad. Me parecieron de la VIII legión, reconocí los símbolos. Se quejaban mucho, ¡y aún estaban sobrios! Decían que César ya ha ganado, ¿qué sentido tiene perseguir a Pompeyo quién sabe adónde? ¿Y si la fortuna los abandona?

—Yo también he escuchado discursos similares. Pero ¿conoces las últimas noticias? Parece que César se ha convertido en dictador.

—¿Dictador? Por todos los dioses.

—¡Nuestra vida no cambia, mi hermano! Y si hace una guerra al día y se va de aquí, mucho mejor. Piensa en el negocio para nosotros.

Mientras tanto, las operaciones de embarque prosiguen a buen ritmo, incluso bajo la lluvia, y cuando el viento impetuoso barre la niebla, levanta el mar y el polvo; los caballos relinchan, la madera de los carros cruje y las cajas de equipaje se levantan con cuerdas y poleas, y el metal de las armas resuena siniestro.

Pronto echaremos las anclas y el mar estará blanco con las velas y la espuma de los remos.

Nunca salgo.

Las noches son angustiantes. Desde mi cama, me esfuerzo por penetrar la oscuridad que cubre el mar, espero el primer rayo del alba para ceder al sueño, pero todas las auroras están grises por la niebla o bañadas por la lluvia, o sopla el mistral, y mi lucerna permanece encendida toda la noche porque tengo miedo.

Puedo oír el bramido desesperado del toro blanco ofrecido a Júpiter, que aún resuena en el bosque de Monte Cavo golpeado por la tormenta. Cuando salía de Roma, César subía en procesión con ofrendas de leche y corderos para renovar el antiguo rito que cada año, en un día de primavera, une al Lacio en nombre de Roma y de quienes la representan, los cónsules. Pero este año es solo él, y es invierno. Me quema por dentro, el olor me repugna, y sigo viendo el humo que se eleva, más espeso que la niebla del puerto. Y también veo el buitre que vuela sobre la basílica Emilia, y cuando sale César, ahora dictador, una rama de laurel cae de su pico, rebota en su hombro y se posa en el suelo a sus pies. Y los gritos de los chicos, que juegan a la guerra civil como si fuera real, luchan en las calles, y el falso César gana.

Presagios de gloria. Entonces, ¿por qué no apago la lucerna? En mis sueños siempre hay muerte. Tengo miedo de esta guerra, de salir y presenciar el enfrentamiento, porque la gloria de uno se bañará en la sangre del otro, y la sangre correrá esta vez, la suya o la de mi hermano. O la de mi hijo. No quiero verlo, no quiero mezclar mis lágrimas con ninguna sangre que ame.

Lo oigo detrás de mí, lo veo reflejado en el cristal atravesando la oscuridad, su silueta en la tenue luz, de pie en el umbral.

Ha llegado, y ya la capa se desliza de sus hombros al suelo. No habla, cree que estoy dormida, de lado hacia el mar negro; finjo que duermo. Entra en mi cama bajo las mantas, su cuerpo está frío por el viento, la tormenta, un diciembre amargo; abraza mi espalda con fuerza y se insinúa en mi cuerpo caliente, una ola que brilla en la noche como si fuera la estrella negada por la niebla, pero es llama, y supera todas las nieblas.

—Nos levantaremos en cuanto sea de día —susurra.

Un instante después, su respiración es pesada, su sueño ya es profundo.

Por la mañana, el viento boreal arremete desde el norte y agita el mar, pero César tiene prisa. Se desplaza inquieto a la planta baja de la posada, donde un gran brasero calienta la habitación, a la espera de que el timonel nos llame para embarcar, y observa desde las ventanas el frenético trabajo de los soldados y marineros en el puerto.

—Los barcos son pocos, ¡maldita sea! Con semejante flota me veo obligado a dejar parte de mi ejército en Italia.

—Te alcanzarán.

—¡Claro que me alcanzarán! —replica, molesto por mi evidente comentario—. En cuanto sea posible. Pompeyo está en Macedonia, en Tesalónica, y cree que está a salvo, al menos por ahora. Está convencido de que esperaré a la primavera para sacarlo, ¡el cobarde que defiende a Roma!

—Eso es lo que haría cualquier comandante —lo desafío—. ¡Las guerras se libran en verano, como las travesías marítimas!

—No soy un comandante ordinario. —Toma un largo sorbo de vino y se limpia los labios con el dorso de la mano, luego señala el muelle—. Mira, mi Asterión, el único entre los caballos, acaba de subir a bordo. Preparémonos también. Una vez que hayamos desembarcado, enviaré los barcos de vuelta para cargar la caballería y el resto de las legiones.

Casio Esceva aparece en la ventana y, con gestos de sus brazos, confirma que todo está listo. César se pone la capa. Ya es hora.

—¡Julio, espera! —le detengo por el brazo.

Me mira molesto, para él cualquier retraso es un paso hacia la derrota.

—¿Qué pasa? ¿Has cambiado de opinión? ¿Tienes miedo?

—¿Podría? —respondo—. Ni siquiera me permites tener miedo.

—¿Y qué?

—Mi hermano Catón se ha unido al ejército de Pompeyo.

—Lo sé, y con él Marcia, su esposa en préstamo. —Bebe más vino y comenta burlón—: Virtudes de otra época, ¿no te parece? Tu hermano es un ejemplo para todos nosotros. ¡Marcia también! Es una pena que ya no tenga la edad suficiente para dar a Roma más descendencia. Sería un gran bien que Cayo Julio César tuviera un heredero varón, un gran bien sobre todo para Roma: voy a ser su amo. —Un destello cruza sus ojos; son del color del mar en una tormenta, quiero sumergirme—. ¿Podemos irnos ya? —Pregunta impaciente.

—Julio, lo sabes...

—¿Qué?

—Mi hijo... se fue con Catón.

Calla. Se vuelve hacia la ventana y mira el mar, yo permanezco inmóvil detrás de él.

—Allí, afuera del puerto, mira: unas corrientes enloquecidas levantan olas altísimas, que rompen unas contra otras. ¿Las ves? —me pregunta y, sin esperar respuesta, continúa—: La gran batalla será así: dos olas inmensas, la carne que late de los hombres, no el agua del mar; los gritos de los miembros rotos, no el silbido del viento. Chocarán, la sangre brotará hacia el cielo, se unirá al llanto que caerá de los ojos de los dioses. Estarás en el medio, miserable diosa en el polvo del campo. Por eso quiero que me sigas. Me verás luchar, pero también a tu hermano y a tu hijo. De cada uno de nosotros medirás su valor, y de cada uno estarás dispuesto a recoger el botín si es necesario. Con tus lágrimas mojarás la sangre aún caliente de los hombres que has amado.

Luego se dirige a la puerta y la abre.

Apenas puedo contener mis sollozos.

—Julio, por favor...

Se detiene, una ráfaga helada nos asalta, mueve su capa, mis cabellos.

—Por favor, soy su madre. No me lo devuelvas muerto. Tú ganarás y puedes.

Por un momento es como si quisiera abrazarme, sus ojos también están llenos de lágrimas.

Las maniobras para salir del puerto son agotadoras debido a la corriente adversa, y nuestro barco se adelanta al resto de la flota. El frío aprieta y me refugio bajo la cubierta, desde donde oigo las voces de los remeros en coro, el crujido de la quilla y las olas golpeando contra los costados; respiro la humedad que hiela mi aliento y el olor de las cumbres empapadas de sal.

Fuera del puerto, en alta mar, el timonel grita sus órdenes tan fuerte que supera al viento.

—¡Icen las velas! Retiren los remos. —Y la navegación se vuelve tensa, la proa hiende las crestas de las olas.

Salgo a ver el cielo de nuevo, aturdida por tantas emociones, tanto sufrimiento, tanto miedo que César ha impuesto a mi existencia, convirtiéndome en un infeliz esclava, porque no puedo prescindir de su exceso. ¿Dónde está César? Entre decenas de marineros, ocupados en sus idas y venidas, me siento sola en un interminable desierto de agua que me lleva muy lejos. Sola, como nunca antes.

—Estaremos juntos, pero lejos —me dijo en la posada—. En el campamento y en los viajes nos veremos poco.

Me vuelvo hacia la costa. No puedo despedirme ni con una última mirada, ¡Italia! Y desde Roma me ordenó salir en secreto, ¡en secreto tuve que abrazar a mis hijas por última vez!

Prímula, mi buena, tímida y amable Prímula, que desde hace unos días es la esposa de un cónsul. No quedará memoria de su nombre, porque solo es el cónsul colega de Cayo Julio César, y no cuenta para nada, pero Junia Prima, hija del cónsul Junio Silano y de Servilia, es su esposa.

—Cuídate, madre. Si has decidido irte significa que es por tu bien, quizás también por el nuestro —ella lo dijo, mi buena hija que nunca juzga me dio un beso, y en mi mejilla sentí sus labios en forma de sonrisa.

Quizás por primera vez en su vida, mis hijas me han visto llorar, pero la segunda, Junia, a la que solo hemos llamado Junia, no dijo ni una palabra, permaneció distante, en el pequeño triclinio apoyada en la silla favorita de su padre. Desenrolló distraídamente el pergamino de papiro que le había entregado César.

—¿Qué es? —me preguntó.

—*Alma Venus...* —leyó—. ¡Venus... la diosa! ¿Es un poema de amor, madre? Pero es extenso.

Le quité el papiro de las manos y ahora viaja conmigo por el mar, como el dado, como una infinidad de misterios que esperan ser desentrañados.

Solo Tertulla, mi pequeña Tertulla, sollozaba desconsoladamente y con sus delgados brazos me abrazaba con fuerza, podía sentir su corazón latiendo contra mi pecho. Fue la última en cruzar el umbral de la casa, como si le faltara ánimo para dejarme, cuando sus hermanas ya estaban bajando la colina.

Le sonreí.

—Te veré pronto, mi Tertulla.

Pero ella me miró con sus hermosos, brillantes y severos ojos.

—¿Quién es mi padre? —preguntó.

—Soy yo.

—¡Péritas!

Me doy la vuelta y el perro viene hacia mí y mueve la cola, me lame las manos. Lo acaricio divertido, pero César lo llama.

—¡Péritas, ven!

Vuelve a su amo con las orejas gachas.

—Hace frío y está oscureciendo, no deberías estar aquí —me regaña a mí también.

Caminamos en silencio hacia la proa, el perro corre delante de nosotros y apoya sus patas delanteras en la balaustrada, olfatea la salinidad, ladra a las aves marinas.

César le siguió hasta el borde del barco, yo también, un paso más y sería el abismo. Apoya la mano izquierda sobre la madera y con la derecha le hace cosquillas en la cabeza al perro.

—Mañana por la mañana desembarcaremos en la costa de Epiro.

Péritas sigue mirando a lo lejos, solo él puede atravesar el muro de niebla que hace la noche más oscura y aterradora.

XXVIII

Θορυβησάντων δὲ πολλῶν, καὶ τοῦ Καίσαρος τὸ
δελτάριον ὡς εἶχε τῷ Κάτωνι προσδόντος, ναγνόντα
Σερβιλίας τῆς ἀδελφῆς ἀκόλαστον ἐπιστόλιον.

En medio del tumulto general, César entregó la tablilla
a Catón, que vio un audaz mensaje de amor de su
hermana Servilia.

Pᴌᴜᴛᴀʀᴄᴏ, *Brutus*

Hasta el perro está cansado.

Se arrastra con las orejas gachas y la lengua colgando por el lado del hocico; cuando puede se agacha, buscando caricias. Tal vez había visto la tragedia más allá del muro de niebla.

*

Las quebradas golpeadas por la tormenta, la peste, el hambre. Los soldados perecían consumidos por la fiebre y las llagas, el agua nunca era suficiente y el calor les quemaba las mandíbulas; sus mentes deliraban perturbadas por la enfermedad y, para los pocos que escapaban al contagio, la muerte tomaba la forma del ayuno y los atacaba sin piedad. Inventaron un brebaje de hojas, raíces y virutas de corteza mezcladas con barro y quemadas con fuego. Se lo comieron, solo para seguir vivos.

Alguien llevó a Pompeyo un trozo de ese pan, y el general defensor de la *Res publica* romana, con la boca distorsionada por el asco, exclamó:

—Ni siquiera las bestias del bosque podrían comerlo. ¡Llévenselo! Contra nosotros tenemos bestias, no hombres.

Pero los guerreros de César se enfrentaban a ellos, y Pompeyo temía que los suyos flaquearan ante aquel ejemplo de tenacidad, los suyos que no eran más que hordas de campesinos, esclavos y pastores reclutados de forma desordenada, carentes de ideales, inexpertos en la guerra y en la grandeza de Roma.

Y, por si fuera poco, los barcos fueron atacados e incendiados, los capitanes masacrados, la consternación de ver enormes hogueras en el agua tumultuosa de la costa, y el humo elevándose al cielo, devorado por las nubes.

Marco Calpurnio Bíbulo, acantonado en la isla de Córcira a nombre de Pompeyo con ciento diez naves; descargó sobre la flota de César la ira, la humillación y la amargura alimentada en el secreto de su alma, desde que eran jóvenes constructores y en la Vía Apia se había sentido como un tonto leyendo en voz alta la lápida de un liberto al que César llamaba amigo, ya que fue cónsul con él, pero nadie se dio cuenta porque no contaba para nada, y todos decían que los dos cónsules de ese año se llamaban uno Julio y el otro César. César era el sol, y él no era más que una estrella apagada, a la que el destino impidió brillar toda su vida. Permaneció vigilando los barcos día y noche, poseído por la rabia y confundido, gritando órdenes sin sentido a sus hombres, sin escuchar a nadie, soportando el sueño y el frío, hasta que la fiebre lo sumió en el infierno.

Murió en invierno, de ira y enfermedad, sin siquiera la gloria de las armas.

*

Sin embargo, también aquí, en esta tierra infranqueable lejos de Italia, César intenta una negociación de paz extrema. Apolo es testigo junto con las Musas, desde las cumbres del monte Pindo vigila la marcha de las legiones a través de estrechos desfiladeros boscosos, y ve las ciudades de Tesalia ya sometidas, la antigua fortaleza de

Gonfos, asediada después del mediodía, alrededor de la hora novena, y conquistada incluso antes de la puesta del sol, Metrópolis, y todas las demás que le abren espontáneamente sus puertas, asustadas por tal furia del rayo.

En Durres, César cultiva una última esperanza. Su ejército y el de Pompeyo están acampados junto a las murallas, uno frente al otro, en medio de las cuales corre un río.

Ha alquilado para mí un elegante alojamiento en la ciudad, cerca del templo de Afrodita, que también es frecuentado por prostitutas, y a veces deja el campo y viene a verme. En una habitación de la casa hay un mosaico que representa el rostro de una mujer, el más encantador que he visto nunca. Los labios son un brote de coral y los grandes ojos miran a lo lejos, perdidos y serenos, como los seres humanos que viven en las orillas del mar, como las olas. Me gustaría ser como ella, me gustaría vivir y morir junto al mar.

Llega una tarde como cualquier otra. Contemplo embelesada ese rostro que, a la luz de las antorchas, desprende un encanto irresistible.

Pero César está angustiado y enfadado, y en un instante vuelvo a la realidad de una guerra muy dolorosa.

—¿Qué pasa? —le pregunto, y ordeno al esclavo que sirva algo caliente inmediatamente.

—No tengo hambre, no quiero nada. Quería paz, eso es lo que quería. Envié embajadores a Pompeyo, ningún momento habría sido mejor, la Fortuna ha concedido y tomado suficiente de ambos, ¿por qué desafiarla de nuevo? Nunca la Fortuna es tan imprevisible y poderosa como en la guerra. Será la ruina. Podríamos haber despedido a los ejércitos y comenzar las negociaciones. Y, en su lugar, la ruina, ¡solo la ruina! —Se presiona las sienes con las manos.

Intento serenarlo.

—Siéntate aquí. Pompeyo ha rechazado muchas de sus propuestas, ¿por qué tanta indignación?

—Esta vez es diferente. Y no es solo Pompeyo. Los soldados de las orillas opuestas hablaban entre sí, había buena disposición por parte de todos. Envié al río a mi lugarteniente, Publio Vatinio, que clamaba por una reunión. Todo el mundo estaba confiado, hasta que intervino Tito Labieno.

—¿Labieno? ¿Él? —pregunto, sorprendida.

—Labenio —repite César—. Labieno, que se habría arrojado al fuego por mí en la Galia, pero que hace unos días, para animar a sus cansados y asustados soldados, juró que estaba dispuesto a hacer cualquier cosa por Pompeyo, y que lo seguiría donde el destino lo llevara.

—Labieno no te ha traicionado —intervengo—. Lucha por la *Res publica*, tú me lo explicaste...

—¡Pero esta vez también ha negado a la *Res publica* la última esperanza de paz! Y de salvación.

César se levanta, tan desconcertado como nunca lo he visto, y continúa.

—Mientras una parte y otra discutían, Labieno se adelantó, ¿y sabes lo que dijo?

—¿Qué?

—Deja de hablar de acuerdos —gritó—. ¡No puede haber paz entre nosotros, sino cuando tengamos la cabeza de César!

Y así, habiendo fracasado la paz, los dos ejércitos luchan.

César los rodea, pero Pompeyo repele el bloqueo. Muchos de los soldados de César han muerto, todos con honor, han protegido las águilas de plata más que a ellos mismos, pues nunca sucedió que Cayo Julio César perdiera un águila, y Casio Esceva, en cambio, perdió un ojo y paró más de cien golpes con su escudo.

Pero los hombres de Pompeyo se regocijan en su efímero y accidental éxito como si fuera una brillante prueba de virtud, y su excesiva audacia impide que todos vean la verdad, incluso Pompeyo, que se apresura a difundir noticias falsas para ganarse el apoyo de las ciudades de Tesalia. Sobre todo, impide que Labieno mate a los soldados que ha hecho prisioneros, los mismos que habían luchado bajo su bandera en una guerra pasada y justa.

Supe de Casio Esceva y su heroísmo por Cicerón.

En Durres, después de la batalla, recibí un mensaje suyo. Pidió reunirse conmigo en un jardín sombreado junto al puerto. También él había alquilado una casa en la ciudad a sus expensas. ¡El viejo tiene valor! ¡Quiere encontrarse conmigo después de las calumnias que difunde sobre mí y mi familia! Estoy tentada a no ir, pero la esperanza de tener noticias de mi hijo es más fuerte que el resentimiento.

Disfruto de la brisa y la frescura del verdor, y Cicerón parece estar de buen humor.

—Seguí a Pompeyo porque es como seguir al Senado de Roma, apoyo esta absurda guerra incluso con mi dinero, pero dormir en una tienda de campaña, en la promiscuidad del campo, ¡es realmente demasiado!

—Si te hubieras quedado en Roma, habrías beneficiado igualmente a la *Res publica*, sin sufrir los inconvenientes de la distancia —repliqué.

—Tal vez me hubiera beneficiado más, dada mi falta de aptitud para empuñar armas. Sé que supiste de las dudas que me asaltaron hasta el final.

Sonrío.

—Tu hija es adorable. —Pensar en Tulia también me hace sentir mejor con respecto a su padre: al fin y al cabo, somos amigos desde que éramos niños, y los desacuerdos no borran el afecto.

—Lo sé —confirma—, es mi luz. Qué dolor la pérdida de ese niño recién nacido, estaba desesperada. Su dolor es mi dolor.

—La vuelta a Durres también fue dolorosa para ti, ¿no?

*

En Durres Cicerón pasó su exilio, el periodo más oscuro de su vida, ordenado por César.

Cicerón era cónsul ese año y había frustrado la conspiración de Catilina, que quería quitarle el poder al Senado y derrocar las instituciones de la *Res publica*, junto con una banda de jóvenes desgraciados que, incluso sin Cicerón, no habrían llegado muy lejos. Pero Cicerón buscó la gloria, presentó cartas anónimas denunciando sus intenciones destructivas y algunos de los conspiradores confesaron.

Cuando, un día de diciembre, en el templo de la Concordia, se discutió el castigo, el primero en hablar fue mi marido Junio Silano, que pronto sería cónsul, y propuso la pena de muerte.

Luego fue el turno de César, que ese año ocupaba el pretorio y había sido electo pontífice máximo. Elogió la virtud de mi marido, pero recordó a los senadores la conveniencia de respetar la ley y el derecho de los condenados a apelar al pueblo:

—Que el honor y la equidad, más que el resentimiento, los aconsejen —los instó, e indujo a los padres a reflexionar sobre el significado de una sentencia de muerte—: Para estos facinerosos, desgraciados para el resto de sus días, la muerte no sería un castigo, sino un alivio de la angustia. La muerte disuelve todas las penas, y después de la muerte no hay lugar para el dolor o el placer.

Ante estas palabras, mi hermano Catón, que habló en último lugar, replicó que César se hacía el filósofo, se burló de él, lo acusó de despilfarrar dinero, cuando el pueblo lo llamaba generoso, y de ser un vulgar temerario, que no sabía lo que era el verdadero valor.

—Por eso nuestra *Res publica* está al límite —estalló, y concluyó que no había opción—. Que se aplique la pena de muerte, según la costumbre de nuestros antepasados, como si se les hubiera pillado en flagrancia.

El Senado aprobó y el cónsul en funciones, Cicerón, pronunció la sentencia:

—*Vixerunt!*

Su tiempo de vida había terminado.

Pero unos años más tarde, cuando fue cónsul por primera vez, César convenció a Clodio, que se había convertido en tribuno de la plebe gracias a él, para que aprobara una ley que enviara a Cicerón al exilio: era su deber garantizar los derechos de los acusados y el derecho a apelar al pueblo, les había advertido en su discurso. ¡Clodio no esperaba otra cosa! Lo odiaba desde que había testificado contra él en el desafortunado escándalo con Pompeya, la esposa de César, y no le parecía correcto hacérselo pagar. Y así, en un día de primavera, la nave de Cicerón cruzó el triste Adriático y atracó en el puerto de Durres.

*

—Allá abajo, ¿ves? —Me señala, con el brazo apuntando a los muelles—. El mar estaba agitado. Incluso cuando estaba amarrada, la quilla se balanceaba con fuerza, y cuando puse el pie en el suelo la cabeza me daba vueltas. Sin embargo, nunca me arrepentí, para aquellos criminales la muerte era un castigo demasiado ligero. En esto César tenía razón.

—Pero no merecías el exilio —añado.

Cicerón se encoge de hombros.

—Eso ya es pasado, y volver a esta ciudad me dejaría indiferente, si no fuera por la tragedia que se está desarrollando. Pero qué extraña es la memoria... Tantos discursos en el templo de la Concordia, una verdadera guerra de palabras, pero ¿sabes cuál es mi recuerdo más vívido de ese día?

—No puedo leer tu mente —respondo.

—Tú. La verdadera estrella de ese día inolvidable fuiste tú.

Y es cierto.

*

César y mi hermano se pusieron de pie, y también mi marido Silano, cada uno apoyando su propia causa. Mientras Catón hablaba, un mensajero entregó a César una tablilla con una inscripción. Reconoció los signos, comprendió enseguida quién lo había enviado y lo leyó con inquietud.

Catón se puso entonces rojo de ira, interrumpió su discurso y señaló con el dedo índice en voz alta.

—¡Todos ustedes lo ven, senadores! ¡Es ante sus ojos que César recibe mensajes de los conspiradores! Es su cómplice.

El silencio se apoderó de la asamblea.

César levantó los ojos de la tablilla, miró a los senadores, miró a Catón y sonrió; luego se acercó a él y le entregó el escrito.

—Léelo, si quieres.

Catón leyó, y su cólera estalló en un grito.

—¡Deberías avergonzarte! —Y le arrojó la tablilla.

Yo escribí el mensaje.

Mi marido Silano no entendió nada, y por la noche, en casa, me contó lo que había pasado. Le divertía el arrebato de cólera de Catón y admiraba la compostura de César.

—Se comportó como un hombre frente a Catón, que le gritaba e insultaba, permaneció impasible, e incluso sonrió burlón, y muchos de los senadores se rieron. No sé exactamente cuál fue el motivo, pero el malentendido fue seguramente una broma.

*

—¡Toda la asamblea habría absuelto a los conspiradores con tal de conocer ese mensaje tuyo! —Ríe Cicerón, recordando.

Yo también me río.

—Es pasado, incluso esas palabras, como tu exilio. Nos hemos hecho viejos, por desgracia.

—Todos menos César, su ardor parece inagotable. El suyo y el de sus soldados. Ese Casio Esceva, si no lo hubiera visto, no lo creería: durante días no hablaron de otra cosa. Al frente de una cohorte, luchó como un león, y de su escudo no quedó casi nada; fueron muchos los golpes, pero no se rindió, hasta que una flecha le atravesó el ojo: en ese momento, se arrancó la flecha de la cara junto con el ojo y no se rindió. Parece que empezó con el trabajo de las letrinas.

—Sí —confirmo—, me lo dijo él mismo, y ahora César le encarga tareas importantes, confía mucho en él.

—¡Y con razón! Un hombre así daría su vida por su general, no como esa chusma que Pompeyo ha reunido. Hace unos días superaban en número al ejército de César, podrían haber vencido, y en cambio estamos aquí en la incertidumbre del destino, y quién sabe qué penas tendremos que afrontar todavía.

A medida que avanza la tarde, los colores del cielo se calientan y anuncian la puesta de sol, junto con las gaviotas que vuelven estridentes a sus nidos, cansadas de tanto mar.

Echo de menos las lentas y seguras gaviotas de mi Tíber, ¿a qué distancia está Roma? ¿Y el luto, los tristes acontecimientos? ¿Y mi hijo? Tomo a Cicerón del brazo, la tristeza desciende con la tarde en su corazón y en el mío.

—¿Cuántos años hace que nos conocemos, Tulio?

—¡Nos hemos hecho viejos! —responde con mis propias palabras—. Pero tú no. Eres hermosa, valiente, inteligente. Quieres saber por qué pedí reunirme contigo, ¿es eso?

Asiento.

Cicerón permanece en silencio durante mucho tiempo, caminamos uno al lado del otro por los jardines del puerto.

—Fuera de la ciudad hay campos interminables de lirios, ¿los has visto alguna vez? —Habla con la mirada lejana—. De los rizomas extraen las esencias para los perfumes que exportan a todas partes. A estas alturas ya se han marchitado, pero cuando las corolas se abren y los pétalos están turgentes y brillantes; esos campos parecen otro mar: el azul es un abismo, los admiré, y en ese azul profundo sentí que me ahogaba. El viento los mueve, una ola continua que nunca se detiene. —De los pliegues de su túnica saca un pergamino—. Para ti, Servilia. Cuando se enteró de que estabas siguiendo a las legiones de César, tu hijo me pidió que te lo diera. Es un joven excelente, que lucha por la *Res publica* con un valor que no tiene igual. Léelo y guárdalo, es la flor más preciosa que puedo darte.

Cicerón conoce mi angustia

En el campamento montado en un lugar que ya desciende al nivel después de las alturas más agotadoras, César aparece en el umbral de mi tienda.

Apresurado, me dirige unas palabras:

—Saldremos mañana cuando aún esté oscuro, y antes del mediodía llegaremos a nuestro destino. Pompeyo nos persigue, llegará en unos días. Allí cumpliremos nuestro destino.

Nuestros destinos. Violentos escalofríos insisten en no darme paz, el sudor de una tarde de verano se convierte en hielo en mi piel.

Este es el momento: de aceptar mi vida equivocada, de abrir los pétalos de mi flor, de embriagarme quizás por primera y última vez con el aroma de ser madre. En la oscuridad, desenrollo el pergamino escrito por mi hijo, su diminuta letra a la luz de la lucerna desprende el olor de un niño que huele a leche; leo y oigo su voz de hombre afligido pero sereno, de sabio que soporta la vida imperfecta que el destino le ha deparado, de hijo derrotado que intenta en vano revelar a su madre el sentido de la virtud.

Madre mía:

La memoria de mi padre Marco Junio Bruto, cuyo nombre llevo indignamente, acompaña todos mis pensamientos, y con mis acciones me esfuerzo cada día por honrar su sacrificio, por emular su valor. Desprecio al hombre que lo mató, pero dejo al juicio de los dioses la condena que ese miserable merece, y que en la oscuridad eterna de Plutón será también nuestra venganza. La nuestra, la mía y la tuya, porque también tú celebras cada día la memoria de tu esposo a través del afecto que me concedes con benevolencia, porque fue él quien primero, siendo virgen, te hizo su esposa, quien junto a ti me dio la vida.

En esta guerra, no elegí seguir a un líder: elegí la Res publica romana. He elegido el respeto a las leyes y el ejemplo de nuestros antepasados, los creadores de esa grandeza que hace del pueblo romano un faro brillante entre todos los pueblos de todas las tierras. Pero, sobre todo, he elegido la libertad.

Y si muero, no llores. Alégrate y enorgullécete de tu hijo Marco Junio Bruto, que lleva el noble nombre de su padre y que bañó de sangre una tierra extranjera para defender y honrar a Roma, nuestra patria.

Nos vamos de nuevo.

A gran velocidad, avanzamos con el ejército a través de terrenos escarpados y aterradores, macizos imponentes y enormes cilindros de roca, que surgen de la vegetación como bosques de columnas gigantescas para sostener templos del tamaño del éter, moradas de dioses monstruosos y, cuando el cielo se nubla, la cumbre se oculta en las brumas.

Por la noche tiemblo de miedo, yo que vivo entre suaves colinas y a orillas de un río cuyo aliento concilia los sueños.

Esta mañana llegamos a una llanura amplia, soleada y ventosa, que los guerreros de César, por miles, llenan con el brillo del metal. A simple vista, se ondulan inmensos campos de trigo.

Llegamos a Farsalia, en medio de la tierra de Tesalia.

XXIX

Advenisse diem qui fatum rebus in aevum conderet humanis, et quaeri, Roma quid esset, illo Marte, palam est.

Ha llegado el día que fijará para siempre el destino de los acontecimientos humanos, y en esta batalla se decidirá lo que debe ser Roma.

Lucano, *Bellum civile*

Tierra de dioses.

Entre las cumbres del Olimpo unidas a los cielos, no les importan las masacres, los pantanos encantados por los fantasmas, los macizos inesperados y violentos; ni las aldeas lúgubres cercanas a las rocas, donde el agua de los ríos gorjea entre rocas y trozos de miembros sin vida arrastrados por la corriente, y se alimenta de hierbas de sangre humana con poderes oscuros.

Tierra de brujas.

Por la noche se les oye cantar.

Mujeres insomnes, entre los negros acantilados todos los ecos del mundo vibran en una sola voz, una oración a las deidades de Érebo que resuena con el sonido de mares tormentosos y bestias voraces, de nubes desgarradas por el trueno, de aullidos invisibles entre sierras y rugidos que devoran la arena en los desiertos, de pájaros de la oscuridad y siseos de serpientes, armonías espectrales y mezclas mágicas de plantas fragantes que embriagan los valles.

Las brujas de Tesalia roban la luz de la luna y detienen el curso de las estrellas, doman a las fieras de los bosques, imponen crueles metamorfosis a los mortales con forma humana y, entre las tumbas sumergidas en los pantanos, devuelven la vida a los muertos e infligen la muerte a los vivos, más fuertes que las Parcas.

Como Medea, rubia y despiadada, que en esta tierra mató por una poción de amor, descuartizó el cuerpo de un rey. Pero el amor enfermó de tremendos celos: su marido, que se convirtió en marido de otra, tuvo que ser castigado. ¡El pequeño castigo para el hombre sería la muerte! La carne nacida de su semilla, tierna e intachable, debía morir, y él, Jasón, amado hasta la locura, sufriría el más insoportable de los dolores. Así, la mano de una madre movida por furiosas pasiones abrazó a sus hijos y los traspasó. Murieron de demasiado amor, de magia negra.

Los dioses, no satisfechos, permitirán más derramamiento de sangre entre estas funestas fronteras.

—¡Madre! ¡Madre! ¡Ayúdame, madre! —grita en la oscuridad.

Hemos instalado nuestro campamento en la seca llanura estival de rastrojos, surcada por las escasas aguas del río Enipeo. Hace tres días, Pompeyo también llegó frente a nosotros y unió sus legiones con las de Escipión, su nuevo suegro, en un enorme ejército.

En la colina, no muy lejos, se encuentran las poderosas murallas de Farsalia. Fue la patria de Aquiles, será el sepulcro de Roma.

Cada noche, sola, fuera del campamento, en la oscuridad iluminada por la luna y el resplandor de las antorchas, espero el destino y respiro el frescor de las estrellas y el río.

También esta noche llevo una ligera túnica blanca, con los hombros desnudos, mientras un búho, quién sabe dónde, eleva lamentos.

—¡Madre mía! —grita un joven.

Tiemblo.

Corre hacia mí, angustiado, se tira al suelo y se abraza a mis rodillas, se golpea los dientes y no deja de pedir ayuda.

Dos centinelas se precipitan con las espadas desenvainadas, pero les hago una señal para que se detengan. Lo reconocí, es uno de nuestros informantes.

Aterrado, llora.

—No soy tu madre, pero ¿qué te pasa?

—¡Madre! ¡Madre! Estaba muerto, pero habló, oí la voz, ¡dijo que moriría! Ayúdame.

—¿Quién estaba muerto? No soy tu madre. —Y le doy una bofetada.

Mientras tanto, César llega a caballo, advertido por los guardias, y el joven por fin entra en razón. Habla de Sexto, el hijo de Pompeyo, que al anochecer se había alejado del campamento hasta una zona boscosa al borde del gran pantano con cuatro de sus hombres. Lo había seguido, como el propio César le había ordenado.

—¿Qué has visto? —pregunta César.

—El soldado muerto hablaba —tartamudea—. Estaba muerto, ella lo conjuró con una fórmula que repetía como un desvarío, una obsesión, y volvió a la vida, se levantó erguido; no quería, pude ver su alma transparente luchando contra su cuerpo, pero ella lo arrebató del Hades y le ordenó que revelara la verdad a Sexto, y entonces el alma volvió a sus miembros sin vida y el soldado abrió de repente los ojos de par en par y suspiró; parecía que el miasma del infierno salía de su boca.

—¿Quién era ella?

—Erictón, la bruja. —Y volvió a sollozar—. Estaba pálida, sus párpados negros, su pelo alborotado hasta los pies. Con el brazo lleno de arrugas hacia el cielo, detuvo las estrellas para prolongar la noche, y llevaba un vestido de todos los colores que deslumbraba a los muertos, la piel de sus manos se deshacía; era la muerte, hasta sus uñas eran negras.

Me toma las manos y las mira.

—¡Por todos los dioses! —exclamo—. ¡Este chico está delirando! Pero César me calla enseguida:

—Todo es verdad. —Y vuelve a interrogarlo, quedándose en el caballo—. ¿Qué dijo el soldado muerto?

Alrededor de sus heridas se podía ver sangre coagulada, sus ropas estaban desgarradas y un hueso sobresalía de uno de sus hombros.

Todavía temblando, se balancea con aplomo sobre el abismo de las sombras.

—¿Qué ha dicho? —insiste César.

El joven se seca las lágrimas y lo mira a los ojos.

—Pompeyo tendrá un entierro indigno, y tú serás un dios.

Al salir el sol, vemos al ejército de Pompeyo descendiendo por una ladera. Los estandartes brillan junto a las águilas, miles de inquietos guerreros a pie y a caballo se sienten fuertes en número, con ganas de pelea: son más del doble de los soldados de César, casi cincuenta mil soldados de a pie y siete mil de caballería, una oleada que nunca termina.

Finalmente, a medida que avanza el día y el aire se calienta, llegan al valle y se instalan en tres líneas en un amplio espacio, a la derecha protegidos por el río, y en el lado opuesto libres para moverse por la vasta llanura. Allí mismo, en el ala derecha, Pompeyo despliega su caballería bajo el mando de Tito Labieno, el arma que creía más mortífera.

El mar de metal se queda inmóvil, incluso los caballos frenados dan un último relincho y dejan de dar coces. Solo soplan brisas cálidas y ligeras, y la dulzura engaña a la vista, el horizonte de tierra estéril parece líquido.

Tensa calma. Ya es hora.

Pronto caerá una tormenta de sangre.

César está entusiasmado, Pompeyo finalmente ha decidido luchar en campo abierto. Sacrifica a las víctimas del ritual y reúne rápidamente a los soldados. Se une por la izquierda, hacia el río, a las legiones VIII y IX, ambas muy debilitadas tras el fracaso de Durres.

—Apóyense unos a otros —ordena—, permanezcan unidos.

Y los soldados al unísono golpean sus escudos tres veces y levantan los puños. Sin embargo, entiende que es el ala derecha la que decidirá la batalla, y coloca allí a la x legión, su favorita, la que le ha sido más fiel desde la Galia, y junto a la x sus mil jinetes, alineados frente a los siete mil de Pompeyo. Ganarán, es seguro, porque es la legión protegida por Venus, su diosa benévola.

Es ella, hermosa a través del azul sin nubes. Desciende volando del Olimpo y con sus tobillos blancos toca la tierra compacta, su túnica de velos color mar envuelve su cuerpo y su cabeza, y de repente se convierte en un hombre, un teniente nunca visto: se acerca a César y le susurra algo al oído, luego desaparece en un torbellino de polvo levantado por ráfagas más fuertes.

La tensa calma está a punto de dar paso a los vientos que levantarán temibles olas, pero de repente César galopa a través de las filas, y de la tercera línea toma seis cohortes de infantería de las legiones individuales. De sus fuerzas combinadas forma una cuarta línea, para ayudar al flanco derecho cuando la caballería de Pompeyo ataque.

—¡Ánimo! ¡Ánimo! —repite a los legionarios mientras los mueve de sus posiciones habituales—. La victoria de hoy dependerá de ustedes. Su valor será recordado por el resto de los tiempos. Luego, de pie sobre un montículo, exhorta a todo el ejército, y hasta los más alejados ven el manto rojo como el fuego, y escuchan sus palabras ansiosas de victoria.

—Ustedes, legionarios que luchan por Roma, junto con los dioses, son mis testigos: conocen mis méritos en todas las guerras por la grandeza de nuestra *Res publica*, y saben que he llevado las negociaciones de paz hasta el final. Nunca he abusado de la sangre de los soldados, nunca he querido privar al Estado de uno u otro ejército; nadie mejor que ustedes comparte mis sentimientos, ¡cada uno de ustedes es otro yo!

El ejército retumba, los caballos vuelven a relinchar.

Mientras César habla, de repente el teniente desconocido aparece a mi lado, en el umbral del campamento, como salido de la nada. Me mira y me entrega un mensaje; sus ojos son como el cielo al atardecer, cuchillas y caricias sobre mí, un abismo de belleza imposible para los mortales, y me caigo, siento que me pierdo.

En ese instante, palabras más fuertes de César.

—¡Roma misma será su premio, de Roma y de su pueblo tendrán la gratitud eterna por su virtud! Esta guerra es una tragedia, pero hoy la más espléndida victoria de la luz será nuestra. Ellos lo querían.

El toque de trompeta que inicia la batalla es tan doloroso como una herida.

Los legionarios de la primera fila corren contra los enemigos y yo, ensordecida por el estruendo, me vuelvo para buscar al teniente, pero todo lo que me rodea es polvo, y el aire sofocante de la llanura está impregnado de un olor a lirios. ¿Fue la diosa, tal vez?

Me apresuro a desplegar el mensaje, mis manos tiemblan y, mientras tanto, los soldados blanden sus armas, pero sin un grito, sin que el campo de Farsalo se llene de las voces sombrías de los guerreros, en el silencio irreal de quien lucha contra sus hermanos y respeta la sangre que va a correr, que es del mismo color que la suya.

Leo, las marcas oscuras bailan con elegancia y saltan del papiro a mis ojos, como si fueran pura materia. César no lo escribió, no es la letra de un ser humano.

Abandona la tristeza y el miedo, fortalece el valor. Fuera del campamento, en la orilla opuesta del río, encontrarás un caballo bien domado, leonado, con una mancha de pelo blanco en el centro de la frente. Un mozo de cuadra te ayudará a montarlo y saldrás al galope. Verás la furia de la batalla y el esplendor de nuestra victoria, y finalmente irás donde tu fuerza de mujer y tu corazón te lleven.

En la parte inferior del mensaje, un dibujo de una estrella y luego letras desordenadas, las mismas que en mi dado.

La respiración se me corta en la garganta, las cortas palabras que siguen se deshacen entre mis lágrimas.

Escucha la luna, respira la canción del universo.

Mi galope frenético va en la misma dirección que las legiones de César. Insto a mi caballo a volar, mi pelo cae suelto sobre mis hombros y se sacude al mismo ritmo que las crines, jadeo y el viento me seca el sudor; pero no persigo a César en las verdes extensiones fuera de las murallas de Roma que conducían al mar, no busco la victoria con las espadas en el fragor de la refriega, no es Marte quien incita la carrera. Ningún ardor de guerra inflama mi alma.

El ejército de Pompeyo espera inmóvil el choque; el gran comandante lo ha ordenado, esperando cansar a los enemigos por la mayor distancia a recorrer, pero las jaulas amansan a los leones y amortiguan la excitación de los guerreros: ¡Pompeyo, el experto en batallas, debe saberlo!

Los soldados de infantería de César disminuyen la velocidad, se imponen una disciplina diferente, vuelven a unirse a las filas y, de nuevo, galopan en el silencio que sigue acechando. Galopo más rápido; ahora sé a dónde voy, lo que busco: es Venus la que multiplica mi miserable fuerza de mujer, la buena diosa quiere que yo, Servilia, repare las fechorías de Medea aquí mismo, en la misma tierra de Tesalia que le dio las hierbas mortales; que yo, Servilia, repare el honor de las mujeres enamoradas y malvadas como nosotras, y me lleva en medio de la locura de la más impía de todas las guerras a resucitar a un hijo.

Vislumbro a César y los bordes rojos de su capa como si fueran las alas de Asterión, el implacable corcel que se le parece, uno y otro se abalanzan a la refriega en un solo cuerpo, pero de pronto, frente a él, Pompeyo levanta su estandarte y grita varias veces la consigna: *Mars invincibilis! ¡Marte invencible! Marte invincibilis.*

Ha llegado la hora, será un infierno.

Siete mil caballos patean y relinchan, sale vaho de sus costados, y golpeados en los flancos se abalanzan sobre la escasa caballería de César y se extendien para rodear a todo el ejército, como demonios negros de la oscuridad, seguros de un fácil exterminio.

Me cubriría los ojos de horror, pero en el otro lado, como un eco, se lanza otro grito:

¡Venus victrix! ¡Venus victrix! ¡Venus victrix!

Es la voz de César que ruge como un bestia, y desata otros demonios más feroces por la expectativa de desahogar el valor reprimido durante demasiado tiempo.

Las seis cohortes de la cuarta serie, reunidas apresuradamente por la astucia de Venus, cargan como locos, se extienden más a la derecha y rodean a los caballeros de Pompeyo. No queda nada de humano en sus miradas tensas al enemigo.

—¡En la cara! ¡Apunten a la cara! —ordena César, y los soldados de infantería obedecen con prontitud, perdonando las patas de los caballos y levantando sus jabalinas y espadas contra los jinetes de Pompeyo, atravesando sus ojos y cuellos, sus mejillas, y aquellos jóvenes de extraordinaria belleza, tomados por sorpresa, retroceden instintivamente, sueltan sus armas y se protegen el rostro con las manos, prefiriendo morir antes que volver desfigurados.

Los animales salen despavoridos, muchos soldados son arrojados y los soldados de infantería se muestran más agresivos; los que logran mantenerse a caballo se dan a la fuga, desordenados. Es una carnicería.

—Estamos derrotados —gritan y salen corriendo sin rumbo.

—¡Ataquen a los aliados! —ordena César—. ¡Perdón a los romanos! No hay que violentar a los ciudadanos romanos. Y la matanza continuó durante lo que parecía un tiempo infinito, sin freno, sin piedad.

Miles de cadáveres yacen en el campo en charcos de sus propios humores mezclados con polvo, bajo el sol del mediodía que habrá coagulado la sangre y podrido los cuerpos antes de que caiga la tarde, hasta que los animales los arranquen a mordiscos, impulsados por el hambre.

En la refriega, vi morir a un soldado de la x legión que estaba en primera línea y animaba a sus compañeros:

—¡Vencer o morir!

Grita tanto que su voz se sobrepone a la conmoción de la lucha y, justo cuando está a punto de lanzar su dardo, una espada le atraviesa la garganta, la hoja sobresale de la parte posterior de su cabeza. Abre la boca de par en par y, por un momento, parece una estatua; luego, unos pasos inseguros y cae hacia atrás, el hierro que lo mató se planta en el suelo y clava su cuerpo, mientras sus piernas y brazos tiemblan en los últimos espasmos, y de sus labios gotea sangre mezclada con babas espumosas.

Todavía galopo y lloro, he pasado toda mi vida en el hechizo de un amor impío como esta guerra, pero ¿por qué ahora una prueba tan dura? ¡Es demasiado para mí, santa Venus! Tú eres *su* diosa, no la mía, y yo no tengo la fuerza de Hércules, no soy más que una mujer.

Pero el caballo sigue galopando, relincha como para darme valor y convencerme de que no puedo detenerme, y veo a Pompeyo a lo lejos; fue el primero en escapar de la vergonzosa derrota, y ahora está a punto de cruzar las fortificaciones de su campamento: no sabe que los soldados de César y el propio César se dirigen también hacia allí.

—¡Tomen el campamento! —los había exhortado—. ¡Lleven nuestras insignias y águilas al campamento de Pompeyo! Solo entonces nuestra victoria será completa.

Se lanzan en masa y persiguen a los fugitivos, exaltados por su éxito frente a un ejército que parecía imposible de enfrentar, y finalmente rompen las empalizadas y las puertas, irrumpen en ellas, mientras los hombres que Pompeyo había dejado en guardia se dispersan, unos hacia el río, otros en la llanura, otros hacia las colinas y los bosques: incluso el gran pantano los asusta menos que a los soldados de César, y corren hacia los lodazales para buscar refugio, cada uno despojado del honor, esperando al menos salvar su vida.

El caballo conoce la ruta, una mano que no es la mía lo guía, y yo estoy agotada, la ola de calor me nubla la vista y los sentidos, los gritos me llegan amortiguados, como desde muy lejos, y cada vez más cerca está el gorgoteo del río entre las rocas, oculto por una barrera de juncos.

Me lleva a la parte trasera del campamento de Pompeyo, en un amplio espacio no muy alejado de la orilla; el sonido del agua es ahora fuerte, me ensordece, y el corcel se detiene sin que yo tire de las riendas, resopla y baja el cuello para pastar en el único trozo de hierba que aún no está completamente calcinado por el sol, y ese maldito sol confunde mis sentidos, gira en el cielo deslumbrante, un vértigo de luz.

Un hombre sale de una abertura lateral del campamento, está solo, montado en un caballo negro. A pocos pasos de la pared, detiene al animal, mira a su alrededor y se fija en mí, la única mujer con el pelo suelto, mojado de sudor. Viene hacia mí.

Tengo miedo, ¿a dónde voy? Aprieto las riendas, pero mi caballo sigue plácido pastando.

Se detiene a unos pasos de mí, su voz me alcanza:

—Servilia.

Hago una mueca de dolor, pero el sopor tarda en abandonar mis miembros y mi mente. Entrecierro los ojos para reconocer a la persona que me llama, pero el sol brilla detrás de él y solo puedo distinguir una poderosa silueta cubierta de metal.

—¿Quién eres? —pregunto en voz baja, pero el hombre no responde—. ¿Quién te ha dicho mi nombre?

Insisto, y temo que saque su espada para matarme.

Sigue en silencio, bajo su visera vislumbro una mirada sombría, y se acerca.

—Siempre he sabido tu nombre —exclama—, es el primero que aprendí. —En ese instante se quita el casco—. Servilia —repite—. Madre.

XXX

Πολλοῖς δὲ καὶ τῶν ἐπιφανῶν ἄδειαν ἔδωκεν, ὧν καὶ
Βροῦτος ἦν ὁ κτείνας αὐτὸν ὕστερον.

Concedió el perdón a muchos, algunos de ellos muy
distinguidos. Entre ellos estaba Bruto, que más tarde
lo mató.

PLUTARCO, *Caesar*

¿Me llevó el caballo hasta él, tal vez descendió Venus entre los rastrojos para protegerme? ¿Para darle un soplo de afecto? ¿Para darnos a él y a mí un breve alivio en medio del horror?

No hay odio en su mirada, parece de nuevo un niño, cuando no entendía quién era yo y me quería.

Dejamos nuestros corceles y mi hijo me ayuda a superar el terreno accidentado y los densos juncos para llegar a la orilla. Se agacha para mojarse las manos y la cara, rocía con agua su pelo negro, empapado de sudor, y me llena un cuenco de metal. Bebo con avidez, el agua está fría y se desliza por los lados de mis labios; mi hijo me ofrece un poco más, estoy agotada y él se ocupa de mí.

Me desato los zapatos, me levanto el vestido y sumerjo las piernas desnudas hasta las rodillas, siento la fuerza del flujo helado contra mi piel, los guijarros lamosos de algas bajo mis pies; yo también soy un soldado derrotado, pero he encontrado la paz.

Mi hijo se sienta a mi lado en una roca blanca. Un pájaro se eleva sobre el río, batiendo sus alas con violencia, y en la estela de su grito lamentable, me habla como si se dirigiera al cielo, al pájaro, a las orillas de hierba y a la llanura quemada por el sol, no a mí.

Pero asimilo cada una de sus palabras, ávida de él y de su voz como del agua que me ha ofrecido, más dulce que la ambrosía.

Se aprieta las sienes con las manos; ya lo hacía de niño, cuando sus hermanas, hijas de otro padre, lo molestaban con sus caprichos y rencores infantiles; se sentía solo, pero ya era mayor; era un niño, y no necesitaba la atención de las sirvientas, un niño que sería filósofo y guerrero no necesitaba a ninguna mujer, ni siquiera a su madre, así que aprendió pronto a hablar consigo mismo.

—Lo supe enseguida, ayer hasta la última ilusión se desvaneció... ¡maldita sea! —Está agitado, su pelo todavía gotea de sudor y agua.

—Lo obligaron a luchar —continúa—. Sus partidarios, los defensores de la *Res publica*, ¡corruptos es lo que son! Dieron por sentada la victoria y ya se estaban repartiendo los cargos. Los vi con mis propios ojos enviar a Roma esclavos y libertos con bolsas llenas de sestercios para comprar casas de lujo, convencidos de que llegarían a ser cónsules. ¡Necios!

Pensé que era más circunspecto, ¿cómo puede estar tan sorprendido? ¿Su desprecio por mí le ha impedido ver la verdad? Quisiera decírselo, pero habla, hijo mío, háblame...

—¡Discutían, se lamentaban! Afranio, que había entregado su ejército a César en España, acusó a Pompeyo de no querer luchar y de negociar las provincias, y Domicio Enobarbo se burló de él: «¡Quiere convertirse en otro Agamenón, nuestro Pompeyo, será rey de reyes!», mientras que Favonio hizo reír a todos con su habitual mordacidad: «¡Que se decida de una vez! Nosotros somos cincuenta mil, y ellos menos de la mitad; ¿temes la derrota? El verano avanza y quiero llegar a tiempo para degustar mis higos de Túsculo». Higos... todos morimos, la *Res publica* muere, ¡y Favonio piensa en higos!

Se enfurece, gesticula, palabras como la corriente del río, lanza una piedra al agua, con rabia.

—El propio Domicio dio por sentada la muerte de César, así como la victoria, y se peleó con Léntulo Espínter y con Escipión por sucederle en el supremo pontificado. Por casualidad pasaba por la tienda de Domicio y los oí gritar: «¡Yo soy el mayor, el pontificado es mío!», despotricaba Léntulo. Pero Escipión se burlaba: «¿Y desde cuándo hay que ser viejo para ser *pontifex maximus*? ¿Eres viejo? ¡Bien! Ya es hora de que te retires a tus fincas», decían.

Por primera vez lo interrumpo.

—¡En la contienda por el pontificado César era el más joven y, sin embargo, ganó!

Pero es como si no existiera, mi voz está dominada por el agua y su consternación.

—Gritaban más fuerte —insiste—, y me asomé al interior. Domicio les hizo callar: «¡Ustedes dos no tienen título! Solo yo gozo del favor de toda Roma». Entonces Escipión se dirigió a él como una bestia y lo tomó por los hombros: «¿Tú? ¿El favor de Roma? ¡Cómo te atreves, mentiroso! ¡Cobarde! ¿Debo recordarte la deshonra de Corfinio? ¿Y Marsella? Has huido, ¡qué vergüenza!». En ese momento, Domicio lo empujó «¡No te atrevas! ¿Solo estás presumiendo porque eres el suegro de Pompeyo? Sal de aquí, sinvergüenza». Magistrados de la *Res publica* escupiendo afrentas, ¿dónde quedó la dignidad?

—El poder a veces nubla el intelecto —respondo, y sé de lo que hablo.

Mi hijo sigue sin percibir siquiera mi presencia.

—Estos son los hombres que siguieron a Pompeyo. Y yo con ellos. ¿Qué esperanza para la *Res publica* con semejante escoria? Me equivoqué, fue tu hermano Catón quien me convenció, y dicen que Pompeyo simplemente no confiaba en él, lo dejó en Córcira con los barcos. Domicio Enobarbo fue de los primeros en morir, Marco Antonio lo mató, lo degolló. Su hijo Cneo, en cambio, escapó hace un rato, por ahí. —Y estira el brazo hacia algún punto del horizonte, sin levantar la vista.

Lo veo de nuevo en Corfinio, bajo la nieve, al lado de su padre decidido a defender su honor, y fuera de las murallas de la ciudad asediada para encontrar en secreto a Marco Celio Rufo, la reyerta entre dos muchachos que un día fueron amigos, y luego sus lágrimas, uno en brazos del otro. También él está muerto, Celio, asesinado a traición como el más vil de los seres humanos, y durante la marcha recibí un mensaje de su amigo Cicerón chorreando lágrimas. César tenía razón.

—Pompeyo no quería la batalla —retoma mi hijo, como para liberarse de la culpa de haberse equivocado, del dolor de la derrota—. El ejército de César estaba en apuros; habría sido prudente esperar y matarlo de hambre, incluso Cicerón desde Durres recomendaba precaución. Pero las legiones estaban temblando, los magistrados anhelaban volver a Italia para asumir el poder, y ayer al atardecer exigieron que se convocara un consejo. Pompeyo, como comandante, se dejó mandar. Y Tito Labieno también se involucró.

Sus manos contra las sienes se cierran en apretados puños.

—En cuanto a mí —concluye—, ayer supe que, ganara quien ganara, Roma y sus ciudadanos perderían su libertad. Hoy sé que la *Res publica* ha terminado.

Oculta su cara entre las rodillas dobladas contra su pecho, sus hombros se sacuden.

Extiendo mi brazo, quisiera tocarlo y consolar su llanto, como nunca lo hice cuando era niño, pero lo retiro un instante después.

—¿Y Tito Labieno? —exclamo incrédula—. ¡Él es el que traicionó a César!

Me mira por primera vez desde que nos sentamos en la orilla, sus ojos brillan con lágrimas.

—Nadie conoce a César como él. Pero ayer, durante la reunión del consejo, cometió un error: «César y sus soldados ya no son los mismos que derrotaron a los galos y germanos, ¡no hay que temerles! Una pequeña parte de ese ejército sobrevive». Dijo precisamente eso, y le hicieron caso.

—¿También lo escuchó Pompeyo? —pregunto, asombrada por tanta arrogancia.

—¡Claro que no! Pompeyo había comprendido hace tiempo que nadie puede enfrentarse a César, ni siquiera él que es Pompeyo el Grande, porque sus triunfos son ya glorias del pasado y porque César es un genio de la guerra.

—¿Y entonces? —insisto—. ¿Ha perdido la cabeza de repente?

—Pompeyo es esclavo de su propia fama; quiere el aplauso de todos. La más mínima sospecha de cobardía, o de aspiración a un poder desigual, era suficiente para convencerle.

—¿Qué vas a hacer ahora?

Parece perdido, jugando a lanzar guijarros al agua.

—¿Los oyes? —Con un movimiento de cabeza, señala detrás de nosotros—. Están arrasando el campamento. Se sorprenderán... ¡Tiendas de campaña como suntuosos palacios! Suelos cubiertos con macizos de hierba fresca y alfombras, guirnaldas, hiedra trepadora, sobre las cantimploras todavía copas de plata llenas de vinos finos. Los oficiales festejaron como si estuvieran en una fiesta.

—¿Cómo pudo permitir esa conducta? —Estoy aturdida.

—Mientras sus legiones y jinetes se dispersaban, el derrotado Pompeyo se refugió en el campamento. Permaneció mucho tiempo en su tienda, solo. Tenía los ojos muy abiertos y temblaba. Cuando los soldados de César derribaron las puertas, este exclamó: «¿También aquí, en mi campamento?». Se despojó de su armadura, se puso ropa sencilla y huyó. Galopó con cuatro compañeros, pero cuando se dio cuenta de que nadie se preocupaba de perseguirlo, se bajó del caballo y siguió a pie, como cualquier otro viajero. Lo vi caminar por el río hasta que desapareció entre los juncos.

—¿Qué vas a hacer?

Pero mi hijo no responde, sigue jugando con el agua, quizás añora una Roma que ya no existe.

—Esta mañana, al amanecer, antes de la batalla, en la llanura del lado del campo de César, vimos una luz que brillaba como el fuego. —Se levanta, mueve los brazos en el aire para dibujar un vuelo—. Al cruzar el cielo, cayó frente a nuestro campamento. Ahí se apagó. Todo el mundo aplaudió, como si fuera un presagio de victoria. Yo no. Era la luz de César extendiendo su fuego y aniquilándonos. Una estrella asesina.

Una profunda escarcha me invade desde los pies hasta el corazón, la ola helada del río paraliza mis miembros y se funde en lágrimas.

—¿Por qué lloras? —pregunta mi hijo.

Con mis manos cansadas y temblorosas, rebusco entre los pliegues de la prenda sucia y húmeda, lo encuentro: un misterio que ya forma parte de mi cuerpo, aguanta el calor y el olor, un dado muy duro tallado por el más invencible de los guerreros, pero huele a mujer. Se lo doy, con una mano lo toma, con la otra me seca las mejillas, como una caricia.

—Me lo envió desde las orillas del Rubicón —explico—, guardado dentro de una bolsa. También había tierra violada y plumas de águila.

Lo mira, siente la estrella grabada bajo sus dedos.

—Una estrella va donde quiere ir —exclama—, puede violar la tierra, surcar el cielo y los mares. Iluminar. Destruir.

—Dale la vuelta... las letras.

Me mira, se lo acerca a los ojos, busca un hilo de sombra contra el sol demasiado fuerte, lee y sonríe con tristeza, de nuevo su mirada está en mí.

— Es verdad... Es cierto.

—¿Qué dice?

—Tengo que irme ya.

—¿Por qué no me lo dices?

—Tú fuiste con él a Herculano, escucharon juntos al poeta que lo ha entendido todo. ¿Por qué quieres saberlo por mí?

—Al menos escribe a César, preséntate a él...

Pero mi hijo se vuelve de espaldas, se abre entre las piedras y los juncos, llega al caballo y lo monta.

Lo sigo.

—¡Será benévolo! —insisto—. Nunca ha buscado la matanza, y en esta guerra siempre ha preservado la sangre de los ciudadanos romanos.

—Tal vez lo haga —exclama, sin siquiera mirarme—, pero tengo que irme ahora.

Y sale al galope, envuelto en una nube de polvo.

Durante dos noches, en la llanura de Farsalia cubierta de cadáveres, las piras funerarias tiñen de rojo la oscuridad con el resplandor de las llamas en lo alto del cielo, y en el silencio las voces de los soldados se alzan para gritar a coro tres veces el nombre de cada camarada caído: lo acompañan hasta los umbrales de los reinos de Plutón, incluso los dioses del inframundo deben honrar a nuestros héroes: *¡Casio Esceva! ¡Casio Esceva! ¡Casio Esceva!*

Ante ese nombre, lloro durante largo rato en la oscuridad de mi tienda. El niño que vaciaba letrinas, el soldado que no tenía miedo de nada y me traía mensajes sin odiarme, aunque soy mujer, el centurión en el frente, el guerrero con el escudo disparado cien veces y sin un ojo: su alma se eleva ahora hacia las estrellas, echando humo.

Lloro, y César celebra los sacrificios solo, lo oigo rezar. No celebra la victoria: en una guerra civil la victoria no existe; él, que quiso esta guerra.

Todas las brujas guardan silencio durante dos noches.

Al tercer día levantamos el campamento y, poco después del amanecer, partimos con una legión a cuestas.

—La ciudad de Larisa está a menos de treinta millas —me informa—. Pompeyo ha huido en esa dirección, lo perseguiremos y día a día decidiré qué hacer.

—¿Has tenido noticias de mi hijo? —pregunto.

Pero César espolea su caballo y galopa a la cabeza del ejército para dirigir la marcha.

Fuera de las murallas de Larissa, con el sol todavía alto y abrasador, el campamento está listo.

Por fin me alcanza el sueño que me ha sido negado durante demasiadas noches, tan profundo que casi sería la muerte si no fuera atropellado por lamentables demonios, que regalan sueños a los infelices como yo.

Mi hijo vaga por la ciudad de noche, solo sus pasos mueven el aire quieto y silencioso, el crujido de la tela ligera de su capa, el golpe de la espada en su funda contra su pierna. Sin detenerse, eleva la mirada hacia los templos, mármoles luminiscentes en la oscuridad, y continúa su camino. ¿Adónde va? Atraviesa el centro, llega a la campiña y a las colinas bañadas por el río, y ve abrirse el abrazo de un teatro, encaramado en un bajo acantilado. Sus pasos se detienen.

Es el lugar.

Reanuda su marcha y entra por la puerta de la izquierda, que está entreabierta. Camina por el pasillo entre el escenario y la platea, dos tenues lucernas de aceite colocadas en el suelo le indican la dirección. ¿Quién las encendió? Pero mi hijo no es un actor, la tragedia ya ocurrió y fue real, ¿y dónde está el público? El teatro está desierto.

Unos cuantos pasos más y, al final del pasillo, la orquesta se extiende ante los ojos de mi hijo, un círculo enorme, y los escalones se ciernen sobre él. La luna brilla sobre la piedra, y en el halo de luz blanca una figura inmóvil mira al cielo, como una estatua. Sobre sus hombros una capa roja.

—Me alegro de que te hayas librado de las heridas y la muerte.

Una voz armoniosa se extiende por la orquesta, rebota en la pared del escenario y vuela entre los asientos, entre veinte mil espectadores ausentes; se pierde en el corazón de mi hijo y enciende una chispa invisible de odio en su sangre.

—Y me alegro de que me hayas escrito y que te presentes ante mí.

El manto rojo se vuelve hacia él, los ojos claros brillan.

—Ave, Marco Junio Bruto.

—Ave, César.

El bullicio del campamento me despierta, aún es de día, pero nos vamos de nuevo. ¿Cuánto he dormido? Me duelen las piernas, la espalda, un terco torpor encadena mis miembros. Un esclavo me ayuda a subir a un carro cubierto, tengo calor, pero de nuevo me duermo, y cuando me despierto me reconforta el sonido del mar.

—Has dormido durante casi dos días. —La capa roja también me habla, los mismos ojos brillantes—. Este es el puerto de Anfípolis. Zarparemos justo después del mediodía, nuestra nave está lista.

La confusión en el muelle es desagradable, resuenan lenguas diferentes y extrañas, los olores de las tabernas son nauseabundos, demasiado picantes, y el calor es sofocante.

—¿Y Pompeyo? —pregunto sin demasiado interés, mientras oteo otras naves en un horizonte diferente al de los mares de Italia.

—Zarpó esta mañana, poco antes de nuestra llegada. De seguro se encontrará con Cornelia, su esposa, que lo espera en la isla de Lesbo. Mis informantes me darán noticias de sus movimientos. —Luego añade, intuyendo mi sorpresa ante el horizonte que hay delante—: Son las islas del Mar Egeo, pequeñas y grandes, salvajes, escarpadas con rocas y bosques o con blancos poblados, todas de extraordinaria belleza. La navegación te sorprenderá.

El barco se balancea ligeramente, impulsado por los remos y un viento que es pura gracia. Las transparencias de las aguas tranquilas revelan brillantes tonos de azul del sol, y los delfines plateados saltan en los rastros blancos que dejamos tras nosotros. Las gaviotas vuelan alto y gritan, y el timonel bromea con ellas, él también de buen humor en medio de tanta belleza.

—¡Ya sé dónde tengo que ir, horribles pajarracos!

No son horribles, me gustaría decirle. Tal vez no conozca a las gaviotas del Tíber, las que a mí me gustan, que se atreven a saltar la desembocadura y cruzar el abismo, más atrevidas que las águilas.

Rozamos las islas, pasando por playas y barrancos de roca áspera y gris, acantilados verdes, peñascos que se alzan traicioneros y aguas poco profundas que solo el ojo del navegante experimentado puede ver antes de que se hunda la quilla; nos cruzamos con pequeños barcos de pesca que recogen sus redes. El viento salado despierta los sentidos, aleja los cantos de las brujas, la asfixia de la matanza sangrienta y el hedor de las piras suaviza la angustia por mi hijo, infla las velas y los pensamientos con esperanza. Pronto llegamos a la costa de Asia y desembarcamos en Éfeso.

César recibe constantes mensajes, se encuentra con hombres que no conozco, al atardecer despide a sus guardias y se detiene a otear el mar hasta que cae la tarde y, al cabo de unos días, zarpamos de nuevo, con las proas apuntando hacia la isla de Rodas.

Los días transcurren convulsos, el ejército nos sigue por etapas y César hace trasladar todo el equipaje a barcos más grandes con tres hileras de remo, hasta que una mañana, vencido por el Aquilone, un frío e impetuoso viento, un hombre cansado lo alcanza en la posada donde nos alojamos, mientras estudia mapas y toma notas, inclinado sobre una desvencijada mesa de madera.

Intercambian algunas palabras, César recoge rápidamente sus papeles y hacia el atardecer estamos listos para zarpar de nuevo, aunque pronto oscurecerá.

A los timoneles, que le preguntan por el rumbo, no les da ninguna indicación:

—Sigan mi barco —ordena—. Las antorchas encendidas los guiarán de noche, mi estandarte de día.

Dejamos las aguas del puerto y, hasta que la oscuridad cae sobre el mar, César permanece encerrado en su camarote, junto al mío. Oigo los aullidos del perro, intolerante a los espacios cerrados y, tan inquieta como esa pequeña bestia, me entretengo fuera, en la cubierta. La luna es solo una delgada guadaña.

—Pompeyo ha sido visto en Chipre. —César, de repente, detrás de mí, me hace sobresaltar, y el perro se anima con el aire fresco, mueve la cola y se echa a nuestros pies.

—¿Hacia dónde nos dirigimos? ¿Por qué no les diste indicaciones a los timoneles?

—Lo encontraré en mar abierto. Todo el mundo lo rechaza, las ciudades en las que estaba seguro de encontrar acogida enviaron embajadores pidiéndole que abandonara sus tierras. Pompeyo ya no tiene ninguna posibilidad. Irá a Egipto, es su última esperanza. El rey Ptolomeo Auletes era amigo suyo, pero ahora la situación ha cambiado: su hijo Ptolomeo, un niño de trece años, ha expulsado del trono a su hermana Cleopatra, en contra de los deseos de su padre, que en cambio había dispuesto que gobernaran juntos como marido y mujer, y ahora los dos herederos están en guerra.

—¿Un matrimonio entre hermano y hermana? —intervengo, atónita.

—No es un acto impío según su religión. Y lo que es peor: Pompeyo tendrá que lidiar con los consejeros del joven rey, que en realidad gobiernan en su lugar: hombres despreciables y sin escrúpulos.

—¿Cuántos años tiene la hermana? —pregunto sin saber por qué.

—Veinte años, o más o menos. Esta desigualdad en la sucesión es inaceptable.

—¿Vas a manejar esto con armas?

—Siempre trato de evitar el derramamiento innecesario de sangre. Pero, si es necesario, estaré dispuesto a intervenir.

Me horroriza la idea de otra guerra. El nombre de esa mujer que pronunció, Cleopatra, resuena en mi corazón, tan diferente de nuestros nombres, tan sonoro, tan armonioso y cálido. Lo repito suavemente entre mis labios: *Cleopatra, Cleopatra*. Pero mi voz suena tan dura que duele como un puñetazo en el estómago.

—En una de las últimas noches me encontré con tu hijo. —César me distrae del absurdo pensamiento, mientras el barco golpea su proa contra una ola más alta.

Me vuelvo hacia él con los ojos muy abiertos, como si hubiera visto un fantasma.

—¿En un teatro, quizás?

—¿Cómo lo sabes? —Se sorprende, pero continúa antes de que pueda responderle—. Le he permitido volver a Italia, y durante el próximo año gobernará la Galia Cisalpina, mi provincia.

Me aferro a su brazo con fuerza, perdida en el mar negro, y en mis mejillas dejo fluir en silencio abundantes lágrimas.

Apoya sus labios en mi pelo y me susurra al oído:

—Me alegro de que esté vivo. Roma necesita hombres como él.

Durante la tercera noche de navegación, antes del amanecer, los marineros se alegraron mucho: vieron un resplandor en medio del cielo, como si el carro del sol se hubiera detenido con la luna para iluminar la oscuridad. Es la gran torre de la Isla de Faro, frente al puerto de Alejandría: una señal para los navegantes de que pronto desembarcarán en la ciudad fundada por Alejandro Magno, el hombre más extraordinario que los dioses han dado al mundo.

A la luz del amanecer entramos en el puerto y César, mirando la ciudad desde el barco, se asombra de la multitud en los muelles, de las voces fuertes, de la muchedumbre que da la bienvenida a nuestros barcos. La noticia de nuestro arribo llegó antes que nosotros.

Nada más atracar, un hombre se acerca corriendo a un guardia, le muestra un mensaje y le pide subir a bordo.

César va a su encuentro, el hombre lo saluda en griego, le toma las manos y grita:

—Pompeyo el Grande ha muerto.

XXXI

Spes sit mihi certa videndi Niliacos fontes, bellum civile
relinquam.

Dame una esperanza segura de conocer las fuentes del
Nilo, y depondré la guerra civil.

LUCANO, *Bellum civile*

Desde lo alto de la proa, esperando a desembarcar, César es de mármol. Contempla la ciudad que se extiende a nuestros pies, el puerto
atestado de barcos amarrados o anclados, recién llegados o listos
para partir, y luego las calles cuadriculadas cerradas por larguísi-
mas murallas, los edificios grandiosos, con formas nunca vistas, luz
de cielo y arena, y más allá el gran lago Mariout, tan salado como
el mar. Todos los espacios están repletos de multitudes ruidosas,
todos llevan ropas de colores vivos, pero su piel es oscura. César
presiona con fuerza sus dedos sobre la balaustrada, sus nudillos se
vuelven blancos. Pongo mi mano sobre la suya, pero no está a mi
lado, está solo como nunca, perdido en el horizonte que da paso al
desierto. No da órdenes, no dice una palabra, no responde a ninguna pregunta.

Solo convoca a su lugarteniente Aulo Hircio, que lleva un regis-
tro escrito de todo y en quien confía tanto como en sí mismo. Un
hombre ha pedido reunirse con él antes de desembarcar.

—¿Quién es? —pregunta.

—Dice que se llama Teodoto, es un maestro de retórica.

—Nunca he oído hablar de él. ¿Qué quiere de mí un maestro de
retórica?

—Viene de parte del rey Ptolomeo para honrarte.

El hombre es conducido al interior del barco, seguido por dos esclavos que llevan un pequeño cofre. Es gordo, con un traje de lino marrón hasta los tobillos y en presencia de César extiende los brazos y sonríe, pero un gesto de Aulo Hircio le disuade de acercarse más, y se limita a saludar en un pésimo latín.

—Sé griego. —Lo humilla César, con severidad.

Se recluyen en un camarote bajo cubierta.

Los sigo desde la distancia y, desde la puerta que ha quedado abierta, veo sus perfiles, uno frente al otro, César y Aulo sentados.

El visitante, impaciente por hablar, se pone en pie.

—El rey y el pueblo de Egipto se complacen en darte la bienvenida —exclama—, y en ofrecerte como regalo el único trofeo que faltó a tu victoria en el campo de Farsalia, para sellar nuestra alianza con sangre.

Hace sitio a los dos esclavos, que colocan el cofre en el suelo y lo abren, mientras él, con gestos solemnes, saca un pesado paño blanco de su interior, lo coloca en una mesa frente a las sillas y con una sonrisa, mirando a César, levanta el paño.

Ahogo un grito, es una cabeza desprendida del cuerpo.

Aulo Hiricio aparta la mirada; César, en cambio, la escruta largamente, examinando cada uno de sus rasgos.

—Pompeyo —murmura.

Gira el cuello hacia un lado, disimula su llanto, se levanta con movimientos fatigosos, como si le doliera de repente todo el cuerpo, y al salir de la cabina suelta unas palabras como rugidos de piedra:

—Era un ciudadano romano.

Gnaeus Pompeo Magnus murió el día antes de su cumpleaños. A traición, en una barcaza, los sicarios del rey de Egipto lo golpearon por la espalda y luego en el pecho. Su esposa Cornelia, en la nave que los había llevado desde Chipre a la ciudad de Pelusio, donde el Nilo desemboca en el mar desde el séptimo brazo, gritó desesperada, devoró con los ojos y el corazón a su marido, que se cubrió la cabeza para caer con dignidad y soportó las espadas sin gemir.

Un liberto recogió entonces su cuerpo sin cabeza del agua y, en una playa desierta, le dio sepultura con un puñado de arena; luego le encendió un miserable fuego con los maderos podridos de un barco abandonado.

La bruja de Tesalia conocía desde hacía tiempo su doloroso destino.

Nos alojamos en el barrio real, en un magnífico palacio construido sobre el promontorio que cierra el puerto de Alejandría por el Este.

Grandes terrazas, sostenidas por un bosque de columnas, se asoman al plácido mar, a la costa adornada con grandiosos templos y, en el lado opuesto, a la muralla de siete niveles que conecta el continente con la Isla de Faro. A nuestro alrededor, otros palacios que los Ptolomeos construyeron cada vez más espléndidos, un teatro y, entre los edificios, encantadores jardines poblados de animales en libertad.

Esta noche el cielo está despejado, las estrellas titilan cerca y la luna se eleva en lo alto de la isla; su luz clara compite con las llamas que arden en lo alto de la torre día y noche, como el fuego sagrado de nuestras vestales, y llama a los marineros a un desembarco seguro: los destellos iluminan el agua, y el mar ya no es temible, perfumado con flores desconocidas que derriten los sentidos; los pájaros invisibles elevan versos agudos y largos, un canto melancólico inspirado en el eterno retorno de las olas, tan diferente de las gaviotas de mi Tíber.

Pensaría que estoy en un mundo de maravillas, si no fuera por la sangre aún fresca, la cabeza cortada que persigue mis noches, el corazón inquieto.

—Es jazmín —exclama César, y me lleno de ese aroma lunar liberado de la oscuridad, deseo que me aturda, que me ponga en paz.

El fuego de la torre se refleja en sus ojos, que reverberan una suave luz dorada.

—Una pequeña flor blanca como la nieve —continúa—, suave, pero irresistible, penetra bajo la piel, impregna los miembros, baja, en lo profundo de las entrañas, embriaga los pensamientos.

Me gustaría que su mano me tocara.

—He convocado a Ptolomeo y a Cleopatra a la ciudad —prosigue, rompiendo mi ensueño—. Vendrán mañana y discutiremos los términos de la sucesión. Por voluntad de su padre, Roma debe velar por su testamento, y Roma ahora soy yo. El joven rey, que me hizo el regalo de la cabeza de Pompeyo, tendrá su séquito de asesores de confianza, un eunuco llamado Potino y un soldado llamado Aquiles. Ya has conocido al maestro de la retórica. ¿Qué culpa debe tener el gran reino de Egipto para merecer tan ridículos gobernantes?

—¿Concederás tu favor a su hermana Cleopatra?

César mira al mar y a la Isla de Faro, a la luna y a la oscuridad que hay al Oeste, donde le espera la tierra de Italia.

—Pompeyo Magno fue mi adversario. Pero quien mata a un ciudadano romano se convierte en mi enemigo.

Ptolomeo, el rey niño, el decimotercero de su línea que lleva ese nombre, el pomposo maestro Teodoto, Potino y Aquiles, el eunuco y el soldado: todos ellos morirán, lo sé. César lo ha decidido.

El rey llega por mar antes del mediodía, a bordo de una suntuosa e imponente nave, que llevaba, bien visible, el águila de Zeus, símbolo de la dinastía de Ptolomeo, y la efigie del dios Serapis.

Cuando desembarca, apenas se le puede distinguir en la procesión, pequeño de estatura y gordo, como su amo, y su rostro regordete y sus ojos rasgados casi se pierden entre las vestimentas doradas. La multitud expresa júbilo y deferencia hacia el soberano, y el joven saluda orgulloso, se complace en haber ordenado la muerte de Pompeyo el Grande, se ilusiona con que fue él quien tomó la decisión, está seguro de haber hecho bien, inconsciente y feliz, como son los niños tontos cuando ganan en los juegos de grandes. El chico no se da cuenta de los rostros sombríos entre la multitud que lo aclama, de las manos listas para empuñar la daga oculta bajo sus ropas, de la furia que estallará como un veneno mortal.

Ella es diferente.

Escoltada por un solo guardia, llega a la residencia de su padre desde el puerto en un carro. El atardecer irradia la fachada con una luz oblicua e incendia sus colores; las crines de los leones que custodian la entrada, con las patas apoyadas en la esfera del mundo, son de fuego y oro. Cruzó el mar en una modesta embarcación. Sube las escaleras del palacio con pasos rápidos y ligeros, como si estuviera a punto de emprender el vuelo. Un vestido púrpura, ribeteado de ocre y ceñido a la cintura por un fajín multicolor, define su cuerpo menudo y armonioso, sus caderas se ensanchan en perfecta proporción con los hombros; sus pechos se hinchan de juventud y sus brazos se entreabren para revelar su brillante piel ambarina. Con los dedos se agarra a los bordes del vestido para levantarlo un poco por encima de sus sandalias doradas, y las finas cuerdas muestran sus pies casi desnudos, esbeltos y gráciles. Al llegar a la cima de la escalinata se vuelve hacia el mar, una ráfaga de viento le descubre el rostro y su pelo negro, largo sobre la espalda, vuela hacia atrás, brillando con el sol. Contempla el horizonte y abre sus húmedos labios sobre sus dientes perlados; sus ojos se ensanchan como en una sonrisa y, hermosa, desaparece inmediatamente entre las columnas del pórtico.

—Se escabulló anoche. —César la estaba observando, al igual que yo. No había notado su presencia—. El pueblo no la quiere —comienza a explicar—. Cuando estalló la guerra, envió muchos barcos cargados de soldados y grano para ayudar a Pompeyo, ¡grave error! Durante tres años las cosechas habían sido escasas y gran parte de Egipto pasaba hambre.

—¿Por qué ayudó a Pompeyo?

—Tal vez porque pensaba que iba a ganar; ella también busca el poder. Los que la conocen dicen que está dispuesta a todo. Y, de todos modos, parece que fue el hijo de Pompeyo quien la persuadió, se han convertido en amantes.

«¿A cambio de qué?», le preguntaría. Y también le preguntaría por qué está dispuesto a ir a la guerra para restituirle el trono.

César tiene pocos soldados con él, no conoce estos lugares: ¿quiere gobernar la tierra del Nilo? Cuando bajó de la nave y envió a sus lictores con fasces, todos debieron de darse cuenta de que el cónsul de Roma había llegado, pero el pueblo lo miró con recelo. ¿O será ella quien codicia el Tíber? Está dispuesta a todo, y ahora el poder lleva el nombre de Cayo Julio César.

Pero solo soy una mujer, una amante, un soldado que ha elegido obedecer a su comandante, y ciertas cosas no puedo decirlas.

Continúa hablándome.

—Cleopatra me ha advertido, los consejeros de su hermano me quieren muerto. Pronto asediarán la ciudad.

—¿Cuándo te reuniste con ella? —le pregunto con un respingo.

Su nave desembarcó ayer, cuando ya era casi de noche, y solo ahora ha llegado al palacio; la he visto con mis propios ojos.

César no responde y se retira a las habitaciones interiores, mientras el sol se pone detrás de la gran torre de la Isla de Faro.

Cleopatra obsesiona mis noches, más que la cabeza de Pompeyo.

Todas las noches César llega tarde a casa y no visita los suntuosos pisos desiertos que ha reservado para mí.

—¿A dónde vas? —le pregunto un día, siguiéndolo mientras se marcha, y la angustia me muerde el corazón.

—Al palacio —responde, sorprendido de que no lo supiera ya—. Un lugar que es difícil de creer que sea real. Es inmenso, un milagro de belleza, y los banquetes son los más agradables que he conocido, por la comida y los anfitriones.

—¡Magnífico! —exclamo, con la voz entrecortada en la garganta. Su entusiasmo me irrita.

—¡Eso es! —continúa, sin entender—. ¿Nunca has estado allí?

—¿Cómo podría?

En este punto me ignora.

—Me encargaré de que tú también recibas pronto una invitación.

Y se apresura a marcharse, mientras las sombras del crepúsculo se alargan sobre los edificios y dentro de mí.

Cleopatra había dicho la verdad: Aquiles y Potino están preparando un asedio, bandas armadas por todas partes están provocando problemas, y César se ha llevado al niño rey con él, teniéndolo como rehén. Es la guerra. Pero aun así no renuncia a disfrutar de los placeres de esta ciudad.

En una cálida tarde de otoño, vamos juntos al palacio real, e incluso antes de cruzar el umbral, la magnificencia de las arcadas, los jardines y las fuentes me deja sin palabras. Las columnas parecen piernas de gigantes.

En su interior flota un olor penetrante de maderas oscuras y preciosas, de bálsamos extraídos de flores desconocidas. Mi mente divaga, las luces tiñen el aire de rojizo y mis ojos arden, las sombras bailan, sonidos de música aguda llegan desde el final del corredor.

Nos acompañan dos esclavos cubiertos solo por una banda ajustada a las caderas, de músculos tensos, piel oscura que no teme al sol, y yo camino con vértigo.

A un lado y al otro, imágenes colosales se asoman a las paredes, hombres y dioses de perfil, con la nariz recta y los ojos alargados.

Cleopatra, ojos alargados.

Por todas partes, entre las pinturas y en las columnas, los signos incomprensibles de una lengua antigua, y un hombre con cabeza de perro que sostiene la mano de una mujer y le muestra el camino, dan miedo.

—Es el dios Anubis —me dice César—. Protege las tumbas, guía las almas al mundo de los muertos y pesa sus corazones, que deben ser tan ligeros como una pluma.

En la sala de banquetes, los demás invitados reciben a César como a un amigo, y yo me siento pequeña, aplastada por las imponentes columnas y los techos excesivamente altos, artesonados y con vigas decoradas con oro; me siento perdida entre los colores del ágata que cubre las paredes, el ónix de los suelos, el ébano muy oscuro de las puertas, donde enormes caparazones de tortuga, tachonados de esmeraldas, hacen de batientes. Abrumada por tanto esplendor, me siento apagada, pero he elegido mi estola más elegante. En cualquiera de las casas más lujosas de Roma atraería las miradas de los hombres; toda mujer querría tener una igual. En este palacio, sin embargo, solo soy patética: una anciana que ha intentado ponerse guapa, pero es vieja. La última de las sirvientas es más atractiva que yo. Miro a mi alrededor, ¿dónde está la que será reina?

Nos recostamos en camas mullidas con almohadones y adornadas con gemas, y hermosas esclavas ponen las mesas con bandejas doradas llenas de exquisita comida, pescado, aves y todo tipo de carne. Sirven el vino en copas de plata llenas de piedras preciosas.

—¡Pruébalo, es nuestro Falerno! —Me anima César—. Lo importan de Italia y lo dejan añejar junto al lago, el calor lo convierte en una auténtica delicia.

La conversación fluye ligera entre sonidos de diferentes idiomas y muchas sonrisas; la mayoría habla en griego y yo entiendo poco, me distrae la melodía de una flauta, y la nostalgia hunde sus garras en mi alma.

¿Dónde está Cleopatra?

César está en compañía de un hombre de barba oscura, que lleva una amplia túnica de lino azul y un tocado de estilo oriental. El hombre gesticula, señala el techo como si fuera el cielo, y capto expresiones que hablan del paso del tiempo, y luego de las constelaciones, los planetas, la luna, las estaciones y el agua. A menudo repiten el nombre del Nilo. Cuando se fijan en mí, cambian al latín.

—El sacerdote Acoreo es un astrónomo de infinita sabiduría —me dice César—. Me ha convencido de que nuestro cálculo de los días es erróneo, habrá que modificar el calendario. Pero, sobre todo, hablábamos de las crecidas del Nilo y del secreto de sus fuentes, desconocido para los mortales.

—Un secreto, así de simple —interviene el sacerdote—. ¡César dice bien!

—¿Pero en verdad hay secretos? —rebate César—. La verdad se revela a quienes buscan sus causas: lo que parece un misterio para el intelecto no preparado es en realidad solo una manifestación de la naturaleza y su grandeza. Eres un científico, estudias en la biblioteca de esta ciudad, donde se reúnen las mejores mentes para investigar el universo: en ningún otro lugar del mundo se aprende como en Alejandría que solo la ciencia es luz.

Acoreo sonríe.

—Hablas como un filósofo, ilustre amigo. La naturaleza no reveló el secreto de las fuentes ni siquiera a nuestro gran Alejandro: envió hombres elegidos a los confines de Etiopía, pero el clima tórrido los detuvo.

César reflexiona y luego se dirige al sacerdote con una seriedad que pocas veces he visto en su mirada.

—Si me conduces a la fuente del Nilo, pondré fin a todas las guerras.

En ese instante, a un gesto del esclavo africano que supervisa el banquete, los flautistas y los intérpretes de cítaras se callan, los sirvientes y las doncellas suspenden todas sus tareas y se disponen en fila, y el silencio se apodera de la sala, embriagada ya por todos los excesos.

Se abre una enorme puerta de ébano con incrustaciones y ella aparece en el umbral.

Cleopatra.

XXXII

Ἀπόρου δὲ τοῦ λαθεῖν ὄντος ἄλλως, ἡ μὲν εἰς
στρωματόδεσμον ἐνδῦσα προτείνει μακρὰν ἑαυτήν, [...] ὁ
δ' Ἀπολλόδωρος εἰσκομίζει πρὸς τὸν Καίσαρα.

Como no había otra forma de permanecer oculta,
Cleopatra se tendió en una alfombra, [...] que
Apolodoro llevó ante César.

PLUTARCO, *Caesar*

Los esclavos y las doncellas se arrodillan e inclinan la cabeza, todos los invitados se ponen de pie. Yo también.

Sin moverse, gira su mirada y la detiene en los presentes, como para saludarlos uno a uno, su expresión es un enigma, todos los sentimientos del corazón en perfecta armonía, es pura gracia. Cuando se encuentra con mis ojos, no puedo soportarla y agacho la cabeza, como las criadas; cuando se acerca a César se demora más, un destello ilumina su rostro y rompe el equilibrio sobrehumano de sus inescrutables pensamientos.

Su figura es un cuerpo de mujer sobre el que el más ingenioso de los artistas ha creado su obra maestra.

Sus cabellos negrísimos, que había visto lisos sobre los hombros, están ahora compuestos en un peinado compacto de trenzas muy gruesas, cerradas en la base por preciosos broches y adornadas con nácar, y en su cabeza hay un gorro de filigrana de oro flexible, que da un suave brillo al negro cuervo. Lleva un largo vestido de lino blanco de tejido muy fino, adornado con velos de seda color esmeralda que caen lentamente de sus hombros, y las telas se ciñen a la cintura con un cinturón tachonado de amatistas, en lo alto de sus pechos. Sobre la piel desnuda del pecho brilla un gran collar de oro en forma de rayos de sol, tachonado de lapislázuli azul, que difunde cálidos reflejos sobre las mejillas ambarinas, sobre los ojos un borde oscuro alargado hasta las sienes, sobre los párpados salpicados de azul hasta el arco de las cejas, sobre los labios carnosos y bermellones.

Pasión, llamas, sangre.

Entra en la sala ante el asombro de los invitados, que no se acostumbran a tanta belleza; ignora a los que se dirigen a ella con palabras de respeto y se acerca a mí.

Estamos frente a frente. César se aparta como para hacernos sitio; ella es bajita, me llega justo por encima del hombro, pero para él somos dos gigantes, marcas indelebles en su vida: yo, una cicatriz de amor desgastado; ella, una juventud vibrante que alimenta sus ardores imposibles de sofocar.

—Servilia. —Cleopatra me llama por mi nombre y sonríe, es un instrumento con mil cuerdas afinadas que toca para mí con una voz muy dulce, música que acaricia el corazón. Me toma la mano con suavidad, tiene muchos anillos en los dedos, y continúa—: He oído hablar de tu extraordinaria virtud, y me entero con mis propios ojos de que tu nobleza es inferior solo a tu belleza. Ser tu amiga es para mí el mayor de los honores.

Su latín es impecable. De toda su persona emana un encanto que me abruma aunque no lo quiera, un efluvio de pétalos exóticos y embriagadores, como la crecida del Nilo que extiende una capa de barro turbio sobre el alma. Cleopatra me seduce, me desanima, me conquista. Es su misterio.

Aulo Hircio me advirtió antes del banquete.

—Conoce las lenguas y culturas de muchos pueblos. Se dirige a los etíopes, a los persas, a los medos y a todos los que le preceden con palabras y discursos que asombran por su sabiduría. Aulo se ha unido a nosotros en Egipto desde España. Su rostro está ya marcado por profundas arrugas, sus ojos son sabios y vivos. Luchó en la Galia y siempre ha animado a César a transmitir el recuerdo de sus hazañas.

—Durante muchos siglos se hablará de él —me dijo una vez—. Para la posteridad, es justo entregar la verdad. En cuanto a mí, tal vez esperaba que la verdad no me doliera tanto.

—¿Es realmente tan bella como la mayoría dice?

Dio un trago a una copa de vino egipcio, más fuerte que el nuestro, y miró hacia otro lado, sin responder nada.

Ahora Cleopatra está frente a mí, y entiendo el porqué de su silencio.

Alejandría me ahoga en la angustia y la soledad. Nunca me encuentro con César, y Aulo Hiricio es mi única compañía. A veces, cuando sus compromisos le permiten un poco de libertad, nos entretenemos en breves conversaciones y me gustaría preguntarle por qué sigo aquí, me gustaría decirle que le convenza de hablar conmigo, que me contentaría con una ilusión. Pero para todo eso me falta valor.

Esta mañana César y Aulo salen temprano en un carro, con una pequeña escolta.

A su regreso después del mediodía, César se cruza conmigo en un pasillo del edificio. Lo saludo, pero mira al frente sin expresión alguna, como si no viera nada, y luego se encierra en sus habitaciones sin dirigirme la palabra. Me entero por una criada de que ha ordenado que le traigan comida, pero después de muchas horas la comida sigue intacta.

Busco a Aulo. Lo encuentro solo, en una terraza frente al mar, donde sopla el viento acompañando la puesta de sol. Cuando me oye detrás de él, se vuelve hacia mí por un momento, perdido en sus pensamientos, y luego vuelve a mirar al horizonte.

—¿Qué pasa? —le pregunto—. Volvieron, y César ni siquiera me dirigió un saludo.

—César visitó la tumba de Alejandro Magno, yo fui con él.

El sueño se ha hecho realidad. Un César tan grande como Alejandro, un líder que cruzó las fronteras de la tierra y el mar, que sometió a pueblos y reinos, al que solo la muerte pudo detener. César tenía poco más de treinta años, y frente a una estatua de Alejandro lloró toda su desesperación por no haber conseguido aún nada digno de recuerdo.

Me cuenta Aulo, todavía mirando al mar.

—Cruzamos la ciudad hasta el cruce de las dos carreteras principales, allí está. César cruzó el umbral del santuario con una antorcha, bajó a la profunda caverna y tras unos pasos lo vi desaparecer en la oscuridad. Permaneció en la profundidad durante mucho tiempo, no regresaba. —Finalmente se vuelve hacia mí—. ¿Entiendes? Como si quisiera reunirse para siempre con aquel a quien ha seguido toda la vida. Cuando volvió a aparecer estaba pálido, pero en sus ojos ardía un oscuro anhelo. En el camino de vuelta no dijo ni una palabra, ni siquiera a mí.

—¿No entraste en el sepulcro?

—No. César me hizo un gesto para que esperara fuera. Habría querido entrar más que nada. Pero estoy aquí para obedecer, como tú.

Esta tarde el viento no cesa y me quita el sueño, el mar es grande. Desde la ventana observo los mástiles de los barcos balanceándose entre los fuegos de los muelles, y el follaje de los jardines susurra con voces sibilantes.

De repente, un hombre sale solo del edificio con una linterna en la mano y una capa negra sobre los hombros. La capa lo hace invisible. Pero no para mí, todo es claro para mí. Me sacudo del letargo y me apresuro a bajar las escaleras, precipitándome a la calle y adivinando sin esfuerzo su destino.

Escondida tras una esquina, lo veo entrar en el palacio por una pequeña puerta trasera que se ha dejado entreabierta. Contengo mis lágrimas, y si fluyen el viento las seca de inmediato.

Recorro el edificio en busca de accesos, impulsada por la desesperación y una rabia morbosa, el afán de verlos para saber que no es como las otras veces, como las infinitas mujeres y machos que han satisfecho sus apetitos. El cuerpo de Cleopatra será una marca indeleble en su alma, la suya y la mía, y será el precipicio, el final. Incluso para él, yo lo sé.

Soborno a los guardias con unas monedas, aquí se puede comprar de todo. Solo se aseguran de que estoy desarmada, y con su brazo me señalan una escalera lateral exterior. Una escalera me lleva a una terraza alta. Esta noche el palacio está silencioso y oscuro, las salas están vacías de banquetes. De una gran ventana abierta sale un resplandor de lámparas de aceite. Voces suaves y gemidos apagados, el olor de ungüentos e incienso quemado.

La habitación es suntuosa, con oro por todas partes, grandes camas y almohadones de seda listos para darles la bienvenida.

Allí están.

César y Cleopatra desnudos.

De pie, César sostiene su pequeño cuerpo con fuerza entre sus brazos, la mira a los ojos y sonríe; ella también sonríe, él le besa el cuello y ella sigue sonriendo con los ojos cerrados, reclina la cabeza y gime suavemente. Sus labios recorren sus hombros, sus brazos, la punta de su lengua se desliza por la línea de su pecho, César se inclina y besa sus pechos, los muerde, la estrecha más contra él y ella gime más. Cleopatra le pasa los dedos por el escaso pelo, con sus manos le acaricia la cara y el pecho; él también le muerde los dedos, pero ella ya está saciada de ese juego y está ávida de más, lo aparta un poco y lo besa; labios suaves, se respiran, se devoran furiosamente, ella mueve sus altos y turgentes senos con pericia para hacerle cosquillas en el pecho y, de repente, con un movimiento casi como el de un animal en busca de nuevas peleas, se separa de él.

Ella lo mira fijamente, ya no sonríe, sus ojos son ahora como brasas; César jadea, le tiende los brazos; la desea, maldita sea, pero Cleopatra retrocede. Yo nunca lo he hecho, siempre he obedecido como un soldado. La reina Cleopatra manda hasta en los juegos del amor, y allí de pie, un monumento brillante de ébano y oro, se quita el último broche y se desata el pelo: su negra cabellera, como la más desesperada de las noches, cae, se balancea y brilla con fuego; desde la gran torre de la Isla de Faro, una llamarada aumentada por el viento lanza vívidos destellos como si fuera de día.

Da un paso hacia él, otro, ahora es ella la que le tiende la mano, la misma que me tendió a mí, ligera; están cuerpo a cuerpo y ella se deja caer de rodillas a sus pies. César le agarra la cabeza y el pelo. Cleopatra se llena la boca con su entrepierna, hunde la cara en su vientre, codiciosa, y César jadea, la toma por los brazos y la empuja al fondo de la habitación; la besa de nuevo, le pasa las manos por las nalgas, por los muslos, la empuja al lecho púrpura que tiene debajo y la cubre en un abrazo de fiera, mientras la gran torre de la Isla de Faro difunde la luz del fuego en el cielo.

La ciudad me atrapa en la red de calles idénticas, garras que penetran en mi corazón y me entregan a la noche. Vago en la oscuridad, no lloro, no sufro, no siento nada, no soy nada. Toda mi vida he sido su espejo, él mi imagen, ¿y ahora? El viento de levante nos ha disuelto, floto arrastrada por las ráfagas, agotada y perdida, ojalá un alción me prestara sus alas para cruzar el mar, las mías están cansadas. Solo César seguirá volando.

Llego a una encrucijada de enormes calles, pórticos y columnas que emergen de la oscuridad, bañados por algunas antorchas, un majestuoso portal de ébano, la entrada al más austero y venerado de los sepulcros. Coloco las manos y la frente sobre las puertas cerradas, aprieto los puños, golpeo con fuerza la madera incrustada, y de las grietas sale un aliento frío que huele a tierra profunda y a muerte.

Eres tú, Alejandro. ¿No has encontrado aún la paz en el reino de las almas? ¿No te bastó tu fama, tener el mundo en tus manos? Lo elegiste a él y penetraste en sus entrañas. Fuiste tú esta noche quien gobernó su cuerpo, tú quien violó el vientre de la reina y la llenó de semilla brillante, tú quien quiere prolongar su gloria en la vida de otros, en nuevas vidas. Poder que se alimenta del amor, ¡así lo matarás! Y de mí, su fiel e incrédulo soldado, solo quedará el estéril olvido.

—¡Servilia! Por fin.

Me despierto sentada en el suelo, apoyada en una columna del porche frente a la tumba. Todavía está oscuro, una antorcha ilumina el rostro agitado de Aulo Hiricio.

—¿Qué te ha pasado? ¿Qué estás haciendo aquí? ¡Ven rápido!

Me tiende la mano para ayudarme a subir a un pequeño carro y enseguida arremete contra los caballos.

Me arden los ojos, tal vez en el corto sueño logré llorar.

—Los esbirros de Ptolomeo están asediando la ciudad, el ejército marcha hacia las murallas con grandes máquinas, debes ponerte a salvo.

—¿Dónde está César? —pregunto, aún aturdida.

Aulo vacila.

Sugiero la respuesta:

—¿En el palacio de Cleopatra, quizás? Anoche lo vi. No es necesario que me protejas de lo que ahora sé.

—Sí, está en el palacio. También asediarán con la flota, donde el palacio se adentra en el mar. César se prepara para defenderlo con todas sus fuerzas.

A mediodía, desde el lado oriental, los barcos entran en el puerto y cubren el agua por un espacio inmenso; desde tierra, cerca de las murallas, llegan los ruidos del asedio, del metal y la madera de las máquinas, y los habitantes de Alejandría se vuelcan a los muelles, ponen la ciudad patas arriba, miles odian al romano.

César sucumbirá a su propia arrogancia. ¿Es esto lo que querías, gran Alejandro? Pero el pueblo de Egipto no sabe que César no está destinado a sucumbir sino a sí mismo.

Desde lo alto del palacio real, las flechas llueven sobre los barcos del puerto; César lo ha ordenado con tal intensidad que oscurecen el cielo, como nubes de tormenta que desatan rayos. Flechas con puntas de fuego.

Golpean, y los barcos arden uno tras otro incendiando mástiles y palos, las velas se arrían, las llamas surgen de las quillas, los maderos se rompen y se hunden, dejando las llamas suspendidas sobre las olas hasta convertirse en bocanadas de humo lúgubre. Pero antes de que se extingan las recoge el viento que sopla sobre la laguna y el desierto, y se extienden a los edificios del puerto, a los almacenes de papiro que esperan ser enviados a quién sabe qué lugar del mundo, bañan la gran biblioteca y asaltan los tejados de la ciudad.

Durante todo el día, hasta bien entrada la noche, Alejandría arde. En lo alto de los muros del palacio, la reina Cleopatra, vestida de blanco y con el pelo suelto, destaca sobre el cielo rojo de las llamas, velada por el humo que oculta la luna.

—Este lugar ya no es seguro para ti. Quiero que vuelvas a Roma.

¡Sinvergüenza! Así es como me despide sin más palabras, en una mañana en la que el cielo oscuro amenazaba con lluvia. Pero en Egipto nunca llueve y los barcos navegan todos los días.

—¡Ya no me necesitas! No ahora que la tienes... —grito, ardiendo de rabia y al borde de las lágrimas.

Pero César se retira a sus habitaciones, sin más palabras.

Aulo Hircio me acompaña al puerto, y Péritas también nos sigue, saltando a mi alrededor, pensando que es un día de paseos y festejos. En cuanto se da cuenta de que no es así, empieza a chillar y a agachar las orejas. Quizá los perros entiendan más que nosotros.

—Ten valor, te escribiré, y estoy seguro de que él también te escribirá —asegura Aulo, abrazándome con fuerza.

—No lo hará, y espero que no lo haga —respondo, y en el fondo es verdad—. Solo traten de no morir.

Mientras los marineros levantan las anclas y sueltan sus amarras, yo revuelvo mi túnica en busca del dado, lo sostengo entre mis dedos. Quisiera romperlo, borrar esas marcas que me vuelven loca, ya ni su estrella brilla. Quisiera tirarlo al mar, lejos de mí.

Quisiera.

Roma está inmersa en el más triste de los inviernos.

La lluvia inunda el Foro y las calles, empapa las construcciones con charcos de barro que corren entre las columnas de los templos.

Nunca salgo y ya no quiero teñirme el cabello, me pregunto si la vejez es la causa de mi dolor. Cleopatra es treinta años más joven; es irresistible, es hermosa, no deja espacio para otras mujeres, ni siquiera para mí.

Por la mañana, cuando llega la hora del baño, reniego de los ungüentos perfumados, me niego a que me peinen y dejo que la asistenta me maquille ligeramente la cara solo si tengo visitas. Pero nunca viene nadie.

Mi hijo ya se ha ido a la provincia que le asignó César, al menos podría haberme despedido. En la orilla de un río me contó la batalla y la derrota, y por primera vez me sentí como su madre, importante. Luego, el silencio.

Rara vez veo a mis hijas, mis matronas, que ahora son esposas de cónsules y hombres famosos; no tienen tiempo para mí. Y en esta ciudad vuelan las noticias; muchos me envidiaban, decían todo lo malo que podían de mí, desvergonzada Servilia, una mujer que no conoce el pudor, ¡la amante de Cayo Julio César! ¿Quién es el verdadero padre de sus hijos? Ahora simplemente se han olvidado de mí.

Me paso los días mirando las gotas en los cristales de las ventanas, o los círculos de agua en la fuente del jardín, como poco y espero a un mensajero que nunca llega; quizás Néstor con otro caballo que no morirá por mi culpa, porque Néstor no vendrá, no tiene nada que anunciarme.

Por la noche me despierto, la lluvia y los truenos me hacen compañía; ya no tengo miedo de la tormenta, y a la luz de la lucerna leo y releo el papiro, lo recito en un susurro como una oración, y cada vez me detengo antes del final, esperanza escondida en las últimas palabras que no tengo el valor de explorar. Tengo miedo de la desilusión extrema, y cuando la primavera permite que el cielo se libere de las nubes, por la noche busco en la luna llena la voz del poeta sobre el mar de Herculano.

Con el verano llegan los ecos de las grandes noticias a mi casa, sus éxitos, su fama, recorren el mundo. Después de muchas batallas ganadas, Alejandría ha caído; Cleopatra se sienta en el trono de oro de los Ptolomeos. Los romanos se alegran, no me sorprende.

César así lo decidió.

Los consejeros de Ptolomeo, asesinos de nuestro Pompeyo el Grande, están muertos. Los romanos también se alegran de esto, pero de nuevo no me sorprende: César así lo decidió. El rey Ptolomeo, el niño engreído, también está muerto. Luchando en el Nilo, intentó cruzar el río a nado y se ahogó. No gobernará Egipto con su hermana esposa, y eso no era lo que su padre quería.

Pero César así lo decidió.

A principios de otoño, un esclavo me envía un mensaje. Hacía tiempo que no ocurría, y lo leo con curiosidad: es de Cicerón, que acaba de regresar a la ciudad y pide reunirse conmigo.

Me preparo con cuidado, me equivoqué al no teñirme el pelo durante tanto tiempo, y ordeno a los criados que lo acompañen al jardín. El día es cálido y lo recibiré a la sombra del pórtico.

Lo saludo con la mejor de las sonrisas, como si estuviera contenta, pero él no muestra el mismo ánimo. Es un hombre sabio, capaz cuando quiere ser sincero. Yo no, nunca.

Tras la derrota en Farsalia, recibió el perdón de César y regresó a Italia; permaneció en Bríndisi casi un año entero.

—Fue duro —me confiesa, y el recuerdo aún lo persigue—. Perdimos, y César nos concedió su perdón, nos salvó, pero nos convertimos en esclavos. Conmigo estaba también tu hijo, en el barco hacia Italia su compañía alivió mi desánimo: él conoce la virtud, confío en hombres como él para el futuro de Roma.

—Han matado a Pompeyo —exclamo; la idea de mi hijo duele demasiado—. Vi su cabeza.

—Desde el principio de esta locura, no tuve ninguna duda de que acabaría así, pero no tuve otra opción.

La tristeza de Cicerón se refleja en mí, y me hace más real.

—¿Qué vas a hacer ahora? —le pregunto.

Se pierde en sus pensamientos y se toca la mejilla derecha con los dedos.

—Qué voy a hacer... —se dice a sí mismo. Solo después de un largo silencio, que no me atrevo a interrumpir, comienza a hablar de nuevo—: César conquista tierras, acaba con sus adversarios como el viento, los reduce a cenizas, consigue una victoria tras otra, alimenta el mito de sí mismo, considera que nuestras instituciones están subordinadas a él. Fue de Alejandría a Siria en pleno verano y, en la ciudad de Zela; en un solo día con una acción muy rápida derrotó a Farnace, el hijo del rey del Ponto Mitrídates, ¿y sabes cómo comunicó la noticia al Senado de Roma?

—No, no tengo ni idea —respondo—. Sus hazañas ya no me interesan.

—Te lo diré, aunque no te importe. Envió un mensaje de su puño y letra, solo tres palabras: *Veni, vidi, vici.*

—¡Una insolencia! —comento.

—Así es —confirma Cicerón, y toma un sorbo del vino dulce que he servido, saboreándolo con fruición. Después de otro sorbo, deja la copa sobre la mesa y vuelve a hablarme, titubeante—: Las noticias llegan con rapidez y recorren toda Roma, como si las llevaran los vientos. —Mueve los dedos lentamente en el aire, y continúa—. Sé que te quedan pocos amigos de verdad, como yo, y prefiero decírtelo yo mismo, antes de que lo escuches de alguna persona malévola.

—¿Qué? —le insto, y la indiferencia que he mostrado durante mucho tiempo se convierte en un instante en inquietud.

—Al final del verano, Cleopatra dio a luz a un niño, un varón.

Me siento desvanecer; sobre mí el fantasma de Alejandro, de una noche maldita, del fuego que desde la gran torre de la isla iluminaba el amor.

—¿Quién es el padre?

El corazón se me sale del pecho.

—El niño lleva el nombre de sus antepasados: Ptolomeo, el decimoquinto de su dinastía —responde Cicerón, pero mi pregunta era otra.

Entonces me mira a los ojos, como si realmente me quisiera.

—Pero todo el mundo lo llama el pequeño César.

XXXIII

Victrix causa deis placuit sed victa Catoni.

La causa de los vencedores complacía a los dioses, la de
los vencidos a Catón.

LUCANO, *Bellum civile*

Ha vuelto.

Permaneció en Roma durante dos meses, los meses de otoño, y ni una palabra para mí.

Todas las mañanas esperaba al mensajero, todas las noches lo esperaba y nadie llamaba a mi puerta. Dos meses.

En cuanto oscurecía salía de casa sola, una capa negra me protegía de la lluvia y me volvía invisible; aprendí a hacerlo cuando escondíamos el amor, él me enseñó, y vagaba por el Foro entre las tiendas cerradas; tarde o temprano él pasaba, tenía tanto que hacer: es cónsul, dictador, comandante aclamado por los ejércitos, todos los ciudadanos de Roma pasan por el Foro, incluso los más importantes de todos, pero era de noche, ni siquiera pasaban los perros callejeros, solo yo, y en mi deambular pensé que era hora de teñirme el pelo para cuando me encontrara con él.

Una tarde me dirigí a su casa, conocía bien el camino, y lo vi bajar de un carro cubierto: ¿tenía miedo de mojarse, él que había ganado todas las guerras? ¿Y para qué necesitaba su capa negra, igual que la mía? No venía hacia mí, entraba por la puerta de su casa; su legítima esposa lo esperaba.

Una lucerna se encendió en una habitación oscura que daba a la calle; la silueta parda de una mujer, Calpurnia de perfil con el pelo largo, estiró los brazos y le entregó algo, un pequeño objeto; César le estrechaba las manos, estaban hablando. César habló durante mucho tiempo, Calpurnia retiró las manos, se las llevó a la cara, se inclinó hacia delante, sus hombros se sacudieron lentamente; Calpurnia lloró, César se fue a otra parte de su casa llevándose la lucerna, Calpurnia y la habitación volvieron a sumirse en la oscuridad.

Hace unos días anunció su visita Aulo Hircio, que hoy interrumpe mi soledad.

Me preparo con esmero, me maquillo, ordeno a la doncella que me ponga más rojo en los labios, que me aplique más blanco y más rosa en las mejillas, que me pinte los ojos de negro con polvo de malaquita azul en los párpados, los ojos de Cleopatra eran hermosos, y me pongo un vestido blanco y amarillo y brazaletes de oro, colores brillantes y luz contra la tormenta que ruge de las nubes negras. ¿Y si él también viniera?

Pero Aulo Hircio llega solo, y me habla como si todavía fuera uno de sus soldados.

—César ha conseguido sofocar una revuelta de las legiones estacionadas en Campania. Exigían que se les devolviera el dinero y las donaciones prometidas, ¿y sabes cómo los convenció?

—Me enteré de lo del hijo —respondo—, no me interesan las legiones en Campania.

Hace como que no me oye.

—Los amenazó con degradarlos al simple rango de ciudadanos. «¡Ya no serán soldados de César!», dijo, y el asunto quedó cerrado. El honor de luchar es más importante para él que el dinero. Es un hombre excepcional.

No, solo los engañó, como me engañó a mí, la paga de los legionarios es su derecho y las promesas se cumplen. Pero eso no es asunto mío, ya no.

—Me han dicho que lo ha reconocido. ¿Tú lo has visto? ¿Se parece a él? Un heredero de sangre real. ¡Nada menos que un niño! No podría haber deseado más.

Pero a Aulo no le gusta mi discurso, quién sabe por qué no responde a mi curiosidad. Quizá se avergüence de su amigo, pero no debería: es un hombre decente, no es él quien se ha unido a esa zorra, a esa asquerosa reina que ya ha conocido la desnudez de medio mundo, no es él quien es el padre de un vástago que un día recorrerá el poder de Roma.

—Servilia —reanuda—, el motivo de mi visita es otro: mañana César abandonará Roma.

Estoy aturdida. Ganó la guerra y Pompeyo el Grande está muerto, y nadie emprende nuevas empresas en pleno invierno.

—¿A dónde irá? —ironizo—. ¿A ver a su nueva familia?

—No, Servilia, César es un comandante. —Me mira como si lo hubiera ofendido—. Va a navegar desde Sicilia hasta África. Cornelio Escipión, suegro de Pompeyo, ha liderado lo que queda de su ejército, tu hermano Catón se ha unido a él, y Juba está decidido a apoyarlos. Es el rey de Númida, hostil a César como pocos, su caballería y sus arqueros son implacables, incluso lucha con elefantes. En estas circunstancias, nuestra victoria aún no está completa.

—¿También vas a seguirlo?

—Por ahora, no.

Me alegro de que se quede.

Aulo intuye mis pensamientos.

—Cuenta conmigo, para lo que necesites, cuando lo necesites.

Y antes de irse me aprieta las manos con fuerza.

Ayer mismo me había teñido el pelo con hierbas de Batavia, del color del atardecer.

Con la primavera llegan noticias de África cada día, tan confusas como el piar de los pájaros en mi jardín.

Stéfano, mi liberto, regresó de la taberna una tarde de abril, sacudiendo la cabeza y refunfuñando, y se reunió conmigo en el jardín, todo agitado.

—Precisas noticias. Una tragedia, no hablan de otra cosa... ¡No se escapará esta vez!

Levanto los ojos de mi lectura, el papiro sigue siendo una obsesión, tengo que entenderlo, ahora más que nunca.

Stéfano no deja de balbucear, ha estado bebiendo.

—Ese maldito rey extranjero, ¿cómo se llama?

—Juba.

—¡Sí, ese, no da tregua! Los jinetes atacan todo el tiempo, son demonios del infierno, y nuestra gente muere. Un esclavo corrió por las arcadas y gritó que César había muerto, pero estaba borracho.

—César nunca muere —respondo, y lo despido, estoy harta de sus divagaciones.

No tomo la cena, me encierro en mi habitación y por la noche sueño con África, yo sola en una llanura estéril dando a luz a un elefante con patas de cerdo, la monstruosa criatura se lanza al mar y desaparece entre las olas hirviendo de sangre.

Unos días más tarde, a primera hora de la mañana, bajo al Foro con mi doncella.

La basílica de Emilia es un hervidero, y siento los ojos de mucha gente sobre mí, matronas chismosas que hace tiempo que no me ven, pero que lo saben todo. En el banco del vendedor de ungüentos compro un costoso bálsamo de mirra, contenido en un ámpula de cristal finamente trabajada.

—Es nuevo —me dice el joven, orgulloso de su mercancía—, recién llegado de Egipto.

Cree que me complacerá.

Varias voces animadas provienen de un pequeño grupo de plebeyos, hago un gesto a la doncella para que se acerque.

—¡Lo llamaremos Marte, no César!

—¡Correcto! Es un dios cuando hace la guerra.

—¡También cuando hace el amor!

—Entonces llamémoslo Venus.

Se ríen a carcajadas.

—¡Los exterminó, así aprenderán!

—La primera derrota no les bastó, ¿pensaron que podían ganarle?

—¡No se gana contra César!

—Claro, ¡no se gana! No se gana —repiten a coro con los puños en alto.

—Se mataron por la vergüenza.

—¿Quién se mató?

—Los que perdieron. Todos ellos.

Miro estupefacta a la doncella, ¿qué están diciendo? Pero se encoge de hombros. Es estúpida, solo nació para servir. ¿Y las noticias que me contó Stéfano? ¿Quién dice la verdad?

Busco a Aulo Hircio, pero está fuera de Roma; pido noticias de mi hija Junia, su marido Emilio Lépido es ahora cónsul, colega de César, y también su comandante de caballería, porque César es también dictador. César lo es todo. Pero mi hija no se encuentra con él desde hace días, ¡la situación convulsa no le permite respirar! Eso es exactamente lo que me dijo.

Cicerón me recibe en su casa que, en un tiempo demasiado lejano para parecer cierto fue la mía, yo era una niña. Todo sigue igual. La puerta de mi habitación está cerrada, la de mi hermano también.

Me conduce hacia su estudio, que era el de mi tío, sumido en la penumbra.

—Perdona la poca luz —se disculpa—, me duele la cabeza desde hace dos días. Los esclavos están preparando su equipaje, mañana partiré hacia Túsculo.

—Gracias por recibirme.

Es un hombre serio y se puede contar con él a pesar de todo.

Se nos une una mujer alta y delgada que se me presenta inmediatamente; tiene los dedos largos y afilados.

—Esta es Publilia, mi esposa.

Alguien me había informado del nuevo matrimonio de Cicerón tras su divorcio de Terencia, no me la imaginaba tan joven.

Le sonrío, pero Publilia se limita a asentir brevemente con la cabeza y sus marcados rasgos permanecen impasibles. La belleza no le pertenece, ni la amabilidad.

—No me quejaría —me confiesa Cicerón, una vez que estamos a solas— si no fuera por las desavenencias que provoca constantemente con mi hija Tulia. No puedo entenderlo; parece estar celosa de ella.

Evidentemente, la inteligencia tampoco le pertenece.

—Unos meses, y todo ha cambiado de nuevo. También las personas. ¿No te parece? O tal vez se ha manifestado su verdadera naturaleza.

Agacho la cabeza, quiero llorar, siento rabia y vergüenza.

¿Cómo pude? Toda una vida.

—Pero me alegro de que estés aquí. —Y me sonríe, sabio y benévolo. César ha concedido el perdón a Cicerón y a mi hijo, Cicerón me lo concede a mí.

—Solo ayer llegaron noticias oficiales de África. —Habla despacio, frunciendo el ceño—. Tremendas noticias. Antes las habrías recibido con alegría, pero hoy pueden angustiarte, como a mí. Los pompeyanos han sido derrotados, masacrados, y esta vez César no ha perdonado a nadie. Me dice que, durante mucho tiempo, César había estado sufriendo las acciones perturbadoras de los númidas del rey Juba, y se encontraba en grandes dificultades, y Cornelio Escipión decidió acelerar el choque. Fue una guerra de errores, desde el principio.

Solo quisiera preguntarle sobre Juba, sobre Escipión, si los informes de los suicidios son ciertos, ¿quién más se ha quitado la vida? Tiemblo al pensarlo.

Cicerón continúa, cada vez más amargamente:

—Cornelio acampó cerca de la ciudad de Tapso, a ciento veinte millas al sur de la antigua Cartago, en la costa, y lo mismo hicieron

Afranio y los númidas, con otros dos campamentos. Pero César los alcanzó por el interior atravesando territorios boscosos, los sorprendió por la espalda y los rodeó. En un solo día de lucha tomó los tres campamentos. Cincuenta mil muertos, una matanza inaceptable, ¡maldita sea! ¿Cuántos eran romanos? Y César solo perdió cincuenta. —Se altera.

Intervengo para informar de los rumores del Foro.

—El pueblo se alegró incluso antes de la noticia oficial.

De nuevo intento saber, pero no me deja hablar.

—El pueblo... Si pudieran entenderlo. ¿Ha entendido el pueblo que vamos a perder nuestra libertad?

Voces excitadas y pasos rápidos llegan desde el atrio y la puerta del estudio se abre de golpe, aunque nadie ha llamado a la puerta.

En el umbral, jadeando y sudando, aparece mi hijo. No esperaba encontrarme aquí, me odia más, vuelve a ser el hijo enfadado que no perdona. Es otro guerrero derrotado que, en la orilla del río, me engañó con un afecto imposible, estaba impregnado de la gracia de su diosa.

—Tú —sisea, y sus ojos negros atraviesan mi corazón como dagas—, tú —repite—, ¿qué quieres de este hombre?

Cicerón interviene para apaciguarlo, pero él insiste.

—¡No eres digna de esta honrada casa!

—¡Cálmate! —Cicerón va a su encuentro.

Mi hijo se estremece por el llanto y, entre las abundantes lágrimas de su rostro deshecho, grita:

—¡Está muerto! ¿Sabes que está muerto? ¡Se entregó a la muerte con sus propias manos!

Me quedo petrificada. Cicerón está pálido.

—¡Catón, tu hermano, tu hermano! —despotrica mi hijo, y me señala con el dedo índice con los ojos encendidos de rabia—. ¡Tu hermano!

Cicerón lo toma por los hombros; quisiera abrazarlo, como cuando de niño se desesperaba y lloraba por sus dolores, pero se separa violentamente y sale corriendo, dando un fuerte portazo.

Marco Tullio se desploma en un taburete y se agarra la cabeza con las manos.

Yo, inclinada sobre una mesa, lloro en silencio, yo culpable, yo cómplice, yo irredenta, me acusa un hijo virtuoso e implacable, mientras la habitación en penumbras se sumerge en las tinieblas, sin que quede ninguna esperanza.

Todas las noches las vísceras de mi hermano se derraman sobre la cama, blanquecinas y viscosas, goteando sangre y humores sobre la piel desnuda de mis piernas, sobre mi cabello suelto. Me despierto aterrorizada y empapada, pero solo es sudor, a veces también son lágrimas.

Mi hermano se arrancó las entrañas del cuerpo, se quitó la vida de esta manera. Estaba en la ciudad de Utica, y cuando se enteró de la victoria de César en Tapso, suspiró sin añadir nada, solo pidió a sus amigos un libro de Platón. Todos pensaron que leería y meditaría hasta el amanecer, Catón era el más estricto de los seres humanos y se alimentaba de las palabras de los filósofos, pero en lugar de eso oyeron un gemido estrangulado, un golpe seco, y entraron corriendo.

Estaba tendido en el suelo, con el abdomen desgarrado, las vísceras palpitantes, agonizando, pero vivo, con su débil mano aún agarrando la empuñadura de su espada. Sus amigos lo auxiliaron, su hijo le rogó que no muriera, lo vendaron con lienzos apretados, pero en cuanto estuvo solo y sus fuerzas fueron suficientes, rompió las vendas y volvió a clavar la hoja en la carne.

Murió como un héroe, rechazó la paz, rechazó la vida por la libertad: ¡Marco Porcio Catón, mártir de la firmeza, de la virtud incomparable, una gran alma sin mancha, fue verdaderamente poderoso, verdaderamente libre! Lo dirán, celebrarán a mi hermano por el resto de los siglos.

Pero no entendieron. Catón engañó a todos, lo sé. Nada más que un rencor irreductible guiaba su mano, el odio a César más fuerte que cualquier otro sentimiento. Cultivó su resentimiento con todo cuidado; era su criatura amada más que la *Res publica*, más que la libertad, más que él mismo, y se dejó devorar por ella hasta perderse.

Eludió el perdón que César estaba deseoso de concederle más que nadie, ensangrentó su magnánima estrella, empañó su enésima victoria. De un solo golpe de espada contra sí mismo, mi hermano Catón venció a César y a sus infinitas gracias de Venus, ha cerrado la partida de dados iniciada de niños en casa de nuestro tío, y ha ganado.

Nunca amé mi hermano. A veces me daba pena, porque él era feo y siempre infeliz, yo era una hermana brillante, despreocupada, deseada por los poderosos, con olor a bálsamo. Ahora lo envidio. Quisiera que por mis venas corriera solo una gota de su valor, y yo también quisiera relegar a las sombras mi cuerpo despreciable, mi cuerpo estéril, marchito y cansado, mendigo desesperado de caricias extremas, ¡las suyas, solo las suyas las he deseado! Y a mi alma, desvanecida en el universo e incapaz de morir, le daría otras formas, bellezas perturbadoras y tormentos ocultos, la conduciría hacia él, la insinuaría en su casa, en su cama, entre los pliegues de sus ropas y bajo su piel para unirla a la suya en un abrazo infinito, sin placer, sin paz.

Cayo Julio César esclavo de Servilia, eterno amante.

Una vez regresó a Roma, indómito, divino, olvidándose de mí. Le temen, y por eso lo han cubierto de honores. Incluso antes de que llegara, lo eligieron de nuevo dictador durante diez larguísimos años. Cayo Julio César, amo de Roma.

Y Cleopatra con él.

Llega a mi cálida ciudad de verano, que la recibe como se recibe a una diosa, Venus del Nilo, reina de Egipto que negocia alianzas con el pueblo romano. No: prostituta de Oriente que ha subyugado al hombre más poderoso del mundo.

¡Sinvergüenza! Nadie se habría atrevido a una pompa y circunstancia tan vulgares.

La veo. Yo, Servilia, me mezclo entre la multitud en el Foro como una mujer cualquiera; yo, la nobilísima matrona, suegra del cónsul en turno, colega de César, rechazo el lugar que me corresponde en la tribuna y, entre plebeyos sudorosos y fétidos, escondo mis lágrimas.

La veo entrar en el Foro en un carro colosal coronado por una esfinge, sentada en un trono de oro con el niño a su lado, madre e hijo vestidos de oro, deslumbrantes. Bajo el sol brillante y cruel, cientos de robustos esclavos tiran del carro, seguidos por doncellas danzantes cubiertas con velos impalpables sobre la piel de ámbar, jóvenes casi desnudos, elefantes enjaezados con capas de seda, por todas partes guirnaldas de flores y cestas llenas de regalos, y sonidos nunca oídos por los ciudadanos de Roma acompañan la procesión, perfumes embriagadores flotan en el aire caliente y confunden los sentidos de mi ciudad que nunca volverá a ser la misma.

En presencia de César, el carro se detiene. César sonríe, se levanta, es feliz. Tal vez su corazón late y anhela la noche que promete besos. Todos se levantan, los magistrados y las matronas, los mandos militares; todos honran a la plaga venida de Oriente y a la pequeña criatura bastarda que lleva de la mano.

La prostituta inclina la cabeza y hace una reverencia, también el hijo bastardo, adiestrado como un perro, César da un paso hacia ella y el pueblo de Roma lanza un rugido de júbilo que rasga el cielo.

Se acabó, Roma esclavizada para siempre a un poder perverso y demencial.

Las veo; las manos de los soldados caídos vuelan sobre su cabeza, romanos como él, como yo; las manos de los que se quitaron la vida evocadas en los bosques de Tesalia; las voces de las brujas han atravesado los pantanos y el mar, resuenan entre el Tíber y las colinas. Las manos anhelan su cabeza, lista para ser coronada con laurel.

Será mañana, y Roma espera ansiosa. Yo también espero, despierta como cada noche, y canto a coro con las brujas, cubro con mi lamento los gemidos improbables de los amantes.

Mañana los dioses se alegrarán, las ninfas tejerán las brillantes y fragantes hojas del árbol de Apolo; Júpiter, el padre, las rociará con polvo de oro y Venus se ceñirá de rosas sagradas, orgullosa de la gloria de su hijo.

Mañana Roma se alegrará.

Mañana Cayo Julio César celebrará el triunfo.

XXXIV

Τὸ μὲν πάθος οὐδὲν ἦν ἕτερον ἢ ζῆλος αὐτοῦ καθάπερ
ἄλλου καὶ φιλονικία τις ὑπὲρ τῶν μελλόντων πρὸς τὰ
πεπραγμένα.

Su estado de ánimo no era más que la envidia de sí
mismo, como si se tratara de otra persona, y el esfuerzo
por conseguir nuevas victorias, para superar los éxitos
ya conseguidos.

PLUTARCO, *Caesar*

Un viejo miserable, ese es su aspecto

Entre la muchedumbre que ha invadido Roma como manso rebaño, voraz del boato, ávido de la grandeza de los demás y contento con un mendrugo de pan, entre esa multitud aplaudidora y vulgar me hago un hueco a lo largo de las barreras y sigo la procesión del triunfo a un lado, con el pelo gris y despeinado; ya no compro las hierbas de los bátavos, con una estola elegida al azar y sin maquillaje: es una vana empresa disimular mis arrugas, porque soy vieja, realmente vieja.

Él no.

Sin embargo, en su cuerpo curvado y delgadísimo, los huesos sobresalen de su piel marchita y cicatrizada; está sucio, apesta como los ancianos que ya son presa irremediable de la muerte, una muerte que se apoderó de él hace seis años, lo arañó con sus garras en la fétida oscuridad de la cárcel de Mamertino, sin aire, sin luz, y lo acostumbró a la oscuridad y al hambre, un animal manso encajonado en un rincón, cansado de soportar la vida.

Arrastra los pies descalzos y los tobillos pesados con cadenas, incluso tiene las muñecas atadas a la espalda y un collar de hierro le aprieta la garganta, tose y escupe sangre. Desde el Campo Marzio cruzan la puerta del triunfo y el Velabro, se dirigen hacia el Capito-lio por la Vía Sacra, y a menudo se cae y dos guardias lo vuelven a poner en pie, dándole patadas.

Todo el mundo lo mira, lo llama por su nombre, lo insulta; han venido a Roma desde todas partes para presenciar el triunfo del líder invencible, han montado tiendas y acampado por toda la ciu-dad, y esa apariencia de hombre es el más brillante de los trofeos. Era un rey.

Vercingetórix, el rey de los arvernos; el gran rey de los guerre-ros, que se vistió con una brillante armadura, se entregó a César para la salvación de su pueblo, que dormía en su propia tienda, y aprendió de él las artes de la guerra; a quien César mantuvo hasta ese momento en el espacio suspendido sobre el abismo de la muerte durante seis interminables años, porque César administra los desti-nos como la más cruel de las Parcas, incluso los destinos de un rey, y Vercingetórix era el botín a exhibir al mundo subyugado, más precioso que el oro.

Los senadores y los ciudadanos más ilustres, vestidos de blanco, encabezan la procesión; detrás de los rehenes y de las víctimas que van a ser sacrificadas a Júpiter, desfila su magnífico carro, tirado por cuatro caballos blancos, uno al lado del otro, y sobre él, en un asiento de oro cubierto con su manto rojo. Un esclavo detrás de él sostiene la corona de laurel sobre su cabeza, y en el movimiento de sus labios leo la frase susurrada incesantemente para recordar al invicto héroe triunfante que incluso el tiempo de gloria es efímero, como la vida: *Memento mori memento mori memento mori*.[6]

Pero César sabe que la materia infinita del universo transfor-mará su grandeza en otra materia, incluso su vida disuelta, y la en-tregará a la posteridad en forma de memoria.

Resuenan también las risas obscenas de los miles de soldados que siguen al carro, un coro de voces estruendosas y masculinas que solo en el día del triunfo pueden decir la verdad, incluso la que más

[6] *Memento mori*: recuerda que morirás. (N. de la T.).

ofende a la dignidad del hombre invencible, el más poderoso del mundo, el que podría darles muerte con un movimiento de cabeza: *Gallias Caesar subegit, Nicomedes subegit Caesarem.*[7]

Era cierto, ahora lo sé; ahora lo veo sometido al rey de Bitinia, desnudo, como estaba desnudo y sometido el caballero Mamurra en la suntuosa villa junto al mar, y la Galia sometida con las armas no le devuelve el honor como hombre.

Pero el rostro de César, pulido como el mármol, permanece impasible ante los insultos, impregnado de la beatitud de un dios dispuesto a subir al Capitolio a la presencia de su padre. Ahora nada puede perturbarlo.

El rostro del rey, en cambio, es áspero, con mechones de barba gris y pelo largo, sucio, sin color; el resplandor del día le golpea con la fuerza de un puño, y mantiene los párpados cerrados. Pero, de repente, abre los ojos, la procesión ha llegado al Foro y el sol se está convirtiendo en mediodía. Se vuelve hacia el lado de la multitud en el que me encuentro y me los clava en el corazón. Dos cuchillas turquesas, afiladas, desgarradoras. Los cielos cambiantes de la Galia, los bosques y valles oscuros, la escarcha de los glaciares en las cumbres de las montañas y los torrentes hinchados de rabia, los escombros humeantes de las aldeas, las lágrimas de un pueblo noble privado de su rey. El corazón magnánimo de un rey que decidió salvar a su pueblo. Por enésima vez, tropieza, y sus tobillos apretados en los grilletes sangran, toda Roma lo ve, el mundo entero.

Los guardias lo arrastran hasta el umbral de la prisión, la multitud grita y César lanza una última mirada distraída al rey Vercingetórix.

El verdugo lo espera y su cabeza cae.

No era viejo. Tenía la edad de mi hijo.

---

[7] *Gallias Caesar subegit, Nicomedes subegit Caesarem*: César subyugó a las Galias; Nicomedes a César. Aquí tienen triunfando a César que sometió a las Galias, pero no triunfa Nicomedes, que sometió a César. (N. de la T.).

César ha celebrado cuatro triunfos, uno tras otro durante cuatro días, uno por cada región del mundo en la que afirmó su poder, la fría Galia más allá de los Alpes, y luego Egipto, el Ponto y África, donde el sol quema la tierra, más allá del mar, donde mi hermano rechazó la vida.

Y ofreció opulentos banquetes como nadie lo había hecho, Roma se llenó de triclinios, miles y miles, platos de sabores desconocidos y vinos embriagadores, al pueblo le repartió grano, aceite y muchos sestercios, a los centuriones les otorgó los regalos prometidos, y mucho más.

Todo el mundo le teme, todo el mundo se siente satisfecho. ¿Qué valor tiene al final la libertad? Mi hermano no entendía nada. Todos menos yo. Yo, un soldado sin premio; yo, una mujer solo para él sin una fanega de grano; yo, un perro fiel sin siquiera los restos de un hueso.

Lo desprecio.

Cuatro días. Roma está embriagada de magnificencia y asombro, pero aún no está saciada y, cuando el sol comienza su declive, César se prepara para hacer el más espléndido regalo, a la ciudad y al pueblo romano, a los dioses, a su amada diosa.

Se dirige a pie, seguido por una procesión de senadores y soldados hasta el final del Foro, cruza el Argileto, y allí, donde la larga guerra civil ha detenido los trabajos de las obras, cincuenta jinetes en corceles blancos y cuarenta elefantes se disponen en las alas, los tamborileros retumban sobre las pieles extendidas de sus instrumentos, las trompetas levantadas brillan con una luz cálida y resuenan hasta el cielo.

César, coronado de laurel y adornado con guirnaldas de rosas, inmóvil más allá de las columnas del pórtico frente a una nueva e inmensa plaza, extiende los brazos y sonríe, y la sorpresa ilumina sus rostros. Solo la voz de César llena de canto el espacio limitado por los pórticos, el Foro que llevará su nombre, llega al templo erigido por su voluntad, y el mármol blanco refleja los oblicuos rayos dorados del sol en el Oeste:

Aeneadum genetrix hominum divomque voluptas, alma Venus.[8]

El infeliz poeta vuelve a hablarme desde el papiro con la voz de César, que eleva las primeras palabras del canto a la diosa luminosa, una voz sonora, que derrite mis miembros y resuena con lunas llenas serenas y perdidas.

Una joven morena detrás de César se estremece hasta las lágrimas, su esposa Calpurnia, ella sola llora mientras la multitud se regocija en otro esplendor, llora con el pesar de las noches de mar y poesía en la villa de su padre, y el espejismo infantil de una felicidad de toda la vida, una ilusión rota por el poder. También llora conmigo, porque ella y yo nos quedamos solas.

Pero Roma no sabe nada de nosotras y no entiende nada; ella es feliz, el pueblo es feliz, la diosa es feliz con el soberbio templo, un regalo largamente esperado por su amado hijo, y responde a su canto y a su sonrisa, perfecta en la blancura del mármol, adornada con perlas.

César lo había prometido antes de la batalla de Farsalia, seguro de la victoria, pero yo, y solo yo, conozco la verdad de sus pensamientos y sé que ya había soñado con consagrarlo a su Venus cuando era un niño torpe y flaco, cuando él le ganaba a los dados a mi hermano y ya había decidido que ganaría siempre, con todos.

Al caer la noche, el nuevo Foro inaugurado por César brilla con antorchas. Permanecen encendidas toda la noche a lo largo de los pórticos, en el centro de la plaza, alrededor de la estatua de César montando un caballo con piernas como pies de hombre, arden en el podio y entre las columnas del templo, y en esta noche aturdida

---

[8] *Aeneadum genetrix hominum divomque voluptas, alma Venus*: Madre de los descendientes de Eneas, deleite de dioses y hombres, alma Venus. Verso de *Rerum Natura* del poeta Lucrecio. (N. de la T.).

por demasiada grandeza, cuando la multitud se ha alejado en tropel hacia las casas, deambulo sola, también aturdida por mi tormento.

Con manos frenéticas busco el dado entre los pliegues de mi vestido, allí está, bajo la banda que sostiene mis pechos marchitos, esta noche me hablará, como el poeta habló a través de la voz de César, y quizás entienda el significado de la estrella grabada. Le doy la vuelta con los dedos y noto los surcos, miro al templo, al cielo oscuro, pero las letras permanecen en silencio. Inmóviles y descompuestas en el bosque, se burlan de mí.

Lo arrojo al suelo y el pequeño golpe resuena en el silencio, junto con el lento Tíber y los gritos de las gaviotas que planean entre las estrellas con las alas quietas. Me agacho para recogerlo y lo lanzo de nuevo, una y otra vez, corro tras él como en un juego de niños, y un lanzamiento tras otro llego al templo. Subo los escalones, rodeada del aroma de las flores, del incienso que aún arde entre los exvotos dejados entre las columnas del pronaos, y me detengo en el umbral de la celda, lleno del humo fragante de las antorchas.

Lanzo el dado adentro, una larga tirada hacia el ábside, y me sobrecoge el resplandor del mármol blanco y multicolor, la belleza de las pinturas, los acantos que se entrelazan sobre las columnas, las colecciones de gemas preciosas. Venus, la madre glorificada sin reparar en gastos, espléndida en el mármol que vela con transparencia los delicados senos y las suntuosas caderas.

En la penumbra del ábside, a la izquierda de la diosa, una desgastada antorcha emite un brillo dorado. Miro hacia arriba y otra estatua de bronce dorado destaca magníficamente, más bella que la diosa, pero es una mujer mortal como yo, y el atrevido líder de la locura la celebra y adora como si fuera divina. Cleopatra.

Temblando de indignación, arrojo el dado a ese cuerpo desvergonzado, metal frío que suena hueco, y no vuelvo a recogerlo.

¿Por qué ningún dios me ha permitido entender?

Huyo, llorando, traicionada sin remedio, yo como Venus. «Venus eres tú», me dijo, y yo le creí. Soy Venus, y serás maldito, Cayo Julio César, te perderás la protección de aquella que creó tu sangre, te perderás mi amor, porque no eres digno del aliento divino, y desde ahora y durante el tiempo que te quede de vida serás solo un hombre, y te sentirás desesperadamente solo.

Pero la soledad también me asalta, como una fiera hambrienta al acecho de los infelices, y llega con el invierno.

Sola también yo, en la gran casa vacía esperando a mis hijas que nunca vienen, añorando a mi hijo que nunca fue mío.

Él también frecuenta el palacio de Cleopatra, en el corazón de Roma, entre el Tíber y el Janículo, el regalo de César a su nueva diosa; lo frecuenta junto a los hombres más ilustres, más cultos, más elegantes, los que como él brillan por la virtud, ¡incluso los magistrados, hipócritas guardianes de la libertad y la *Res publica*, enemigos jurados de los monarcas! De repente sienten curiosidad por Oriente y por la realeza, todos codician en secreto a la reina que nunca tendrán, o tal vez todos la tengan, incluso mi hijo, y las matronas la envidian, ridículas al imitar sus ropas de velos, al perfumarse con sus mismos bálsamos que huelen a los vientos arenosos del desierto, al teñirse el pelo de negro, recogido bajo en la nuca, matronas flácidas e insultantes, engañadas de que para despertar sus sentidos adormecidos solo necesitan cambiar de piel, como las serpientes.

El invierno trae más guerra y muerte con las lluvias, y César parte de nuevo para luchar contra los hijos de Pompeyo, que en España han organizado una resistencia desesperada y están dispuestos a morir.

Saben que César siempre gana, pero quieren vengar a un gran padre: Cneo y Sexto, jóvenes grandes en valor y afecto, mientras que la discordia civil nunca termina.

Antes de partir, César ordenó un censo: la guerra nos ha diezmado.

A finales de febrero, en una tarde de nubes que oscurecen el cielo, la criada llama a la puerta de mi habitación.

—He dado órdenes de que no me molesten, no espero a nadie —la regaño con dureza, distraída del sopor que a menudo me obliga a meterme en la cama, incluso durante el día.

Entre sus manos lleva una lucerna encendida.

—¿Ya es de noche? —le pregunto, mirando a la ventana. He perdido la noción del tiempo, desearía que siempre estuviera oscuro, y las noches de luna son mi tormento.

—No —responde—. Es pasado el mediodía, y hoy tampoco has comido nada.

Insolente, ¿cómo se atreve? Pero si Atte, mi Atte, estuviera aquí, habría traído una escudilla de sopa junto con la lucerna. Cuando me encerraba en mi habitación y no quería ver a nadie, porque una huérfana tiene que pagar su culpa con la soledad, ella entraba sin siquiera llamar, y al final comía y dejaba de llorar.

—¿Qué quieres? —pregunto a la doncella.

—Un sirviente de la casa de Cicerón ha venido a traer noticias.

—No quiero oír más sobre la guerra. Vete

—Se trata de Tulia.

—¿Y qué? ¿Ya nació?

En otoño, poco después de la celebración de los triunfos, me había enterado del nuevo embarazo de mi joven amiga, y también de su reciente divorcio de su tercer marido, Dolabela, al que Cicerón detestaba. Lo conocía bien, siempre había sido leal a César: ambicioso y sin escrúpulos, pero encantador, y Tulia no había podido resistirse a su sonrisa. Yo también había rezado a Juno Lucina para que le diera un parto feliz.

—Sí, un niño, nacido en Túsculo, en la villa de Cicerón —anuncia, y continúa mirándome, como si le faltara valor—. Pero Tulia ha muerto.

Junto con el niño, se ha derramado abundante sangre del vientre de Tulia, y ahora su cuerpo arde vacío de sangre y vida, en el más frío de los inviernos. Será ceniza, será el inconsolable dolor de su padre, y la pira arde todo el día entre las colinas encaladas, incluso el cielo está limpio de nieve.

Otras matronas como yo han venido a Túsculo desde Roma, también otros senadores que eran amigos de su padre. Las mujeres lloran, los hombres inclinan la cabeza; el viento helado levanta el sonido de las tubas y el hollín, y esparce con el humo el triste olor a madera de ciprés.

Su madre, Terencia, permanece inmóvil a unos pasos de la hoguera, con los ojos enrojecidos por las lágrimas. Cicerón está encorvado, mirando la nieve a sus pies, y las ráfagas levantan las solapas de su capa negra, pero no siente la escarcha, no ve nada. Amaba a su hija más que a sí mismo, Tulia a la que seguía llamando Tulieta, su niña que nunca había crecido para él, y contaba los días hacia atrás mientras espera abrazarla de nuevo en el Hades, una leve alma pálida.

No puedo respirar, como si el vientre lacerado y la sangre que brota fueran míos; nosotras las mujeres, semejantes a los soldados que mueren en la guerra de la perpetuación de la vida, marginadas por breve tiempo al luto de los que quedan, y luego al olvido.

Sin embargo, no puedo derramar una lágrima: como Tulia, como todos los muertos, como la gente desesperada que ha perdido todas las fuerzas, incluso las de llorar.

XXXV

Veni, vidi, vici.

Ni siquiera puedo alegrarme cuando, en el mismo día del Nacimiento de Roma, llega la noticia oficial desde España de una nueva
victoria de César en la ciudad de Munda. ¿Por qué habría de alegrarme? Una vez más ha ganado contra la *Res publica*, y es una derrota.

No me interesa, y no me interesa que mi hijo sea estimado por
todos, que César haya apreciado su buen gobierno de la Galia Cisalpina, que Cicerón deposite en él sus mejores esperanzas y le de-
dique sus obras; no siento ninguna alegría por mi hijo al que ya no
le importo.

Paso el verano entre el dormitorio y el jardín, hace demasiado calor
afuera. Mi hija Junia, la mayor, me invitó a reunirme con ella en la
villa de su marido en la costa, mi Prímula amada

—Te ayudaría a sentirte mejor —me dijo, como si fuera la madre que consuela a su hija herida de amor, y me aconsejó que co-
miera más, he perdido peso, y también que volviera a teñirme el
pelo, que no lo llevara siempre suelto, pero no me apetece el mar, ni
la comida, ni los colores; me pongo la ropa más sencilla y me niego

a maquillarme, el espejo me descubre otra yo que no conocía. Tal vez, finalmente, el verdadero yo. Cada día diferente, con una arruga más. Cada día más hermosa.

El otoño, en cambio, me anima, con los vientos que barren el asfixiante bochorno de la ciudad, y acepto la visita de Aulo Hircio solo para que no se diga de mí que la vejez y la soledad me vuelven grosera. Cuando lo busqué, no estaba.

Inmediatamente percibe mi indiferencia, y su discurso es apenado.

—Dentro de unos días César regresará a Roma, le precedí. Esto es para ti. —Y me entrega una bolsa de tela roja bordada en blanco.

Para mi sorpresa, saco un collar de oro de la más fina factura, del que cuelga un perfil de mujer grabado en un colgante: tiene una nariz delicada, y un rizo se escapa hacia un lado de su peinado y desciende hasta su cuello; es atractivo, intrigante.

—Un regalo demasiado precioso para mí. —No encuentro palabras más amables para agradecerle, y observo la mirada de Aulo sobre mi cuerpo sin joyas.

—La provincia de España es rica en oro —responde, como para justificarse—. Se encuentra en los lechos de los ríos, las corrientes lo llevan. Además, esa mujer se parece a ti.

Volví a colocar el collar y puse la bolsa sobre la mesa.

—¿A qué debo el honor de tenerte de nuevo en mi casa, después de tanto tiempo?

—Pensé que tendrías curiosidad por nuestras hazañas victoriosas, como en el pasado.

Me encojo de hombros.

—Muchas cosas han cambiado, estoy cansada de la guerra. Pero te escucho.

—Te ves descuidada, y puedo entenderte —responde—. Pero siempre has estado cerca de él, lo has seguido a todas partes; es justo que también conozcas esta hazaña, que ha sido la más difícil:

César siempre luchó por la victoria, pero en Munda luchó para salvar su vida.

Me pregunto cómo me sentiría al enterarme de su muerte, y cuál de los dos bajará primero al Hades, tenemos la misma edad, y si alguna vez nos encontraremos allí. Tal vez no, porque su estrella está destinada al cielo. O quizá sí, condenados juntos para siempre.

Aulo Hircio me habla de la batalla más violenta, del valor de cada soldado en ambos bandos que no necesitaban aliento y de César, que se lanzó al frente de las primeras filas, esquivó muchos proyectiles y otros los detuvo con su escudo, atravesó implacablemente, mató.

—Treinta mil murieron —dice Aulo, satisfecho—. De los nuestros solo mil, aunque eran los mejores, casi todos de la x legión. A ellos les debemos la victoria de Munda.

—Su legión favorita —comento—. La legión de Venus. Su diosa no lo ha abandonado, a pesar de la afrenta. ¿Viste la estatua en el templo?

Aulo baja la mirada, no responde a mi pregunta y continúa.

—Tito Labieno también está muerto. Su maniobra fue confundida con una huida y todos retrocedieron, él fue la causa de su derrota, por un error.

No me cuesta creerlo. Tito Labieno jamás habría huido: la deshonra y la ruina de la *Res publica*, no la muerte, eran su espectro.

—Pero el propio César le rindió honores fúnebres dignos de un héroe. Una inmensa pira, las llamas bañando el cielo y su nombre gritado tres veces, César gritó más fuerte que todos, el resplandor del fuego enrojeciendo su rostro. —Guarda silencio por un instante—. Lo vi llorar —susurra, antes de reanudar su relato—: Los otros cadáveres estaban apilados unos sobre otros como una trinchera, y en las puntas de las jabalinas clavadas en el suelo estaban las cabezas cortadas de los enemigos, todavía chorreando sangre, de cara a la ciudad. Algunos de sus ojos estaban entornados.

—¿Por qué los llamas enemigos? —pregunto, horrorizada—. ¡Eran romanos como tú! ¡Qué demonio se ha llevado tu alma?

¿Dónde está la clemencia? ¿Y el perdón? Quizás mi hermano tenía razón, ¡solo él había entendido su perversa hipocresía!

—Es la guerra.

—¡No! ¡Es la locura! Es un delirio, es un deseo de poder, no es digno de un ciudadano romano.

Aulo no presta atención a mi consternación y continúa:

—El hijo mayor de Pompeyo ha muerto, se había escondido en una cueva con una pierna herida y allí lo mataron; su cabeza fue expuesta en la ciudad de Ipsali y entregada a César. El más joven se escapó con una banda de maleantes, y ahora merodea por los mares como un pirata. Eran romanos, es cierto. Pero los romanos ya no son todos iguales y, tienes razón, muchas cosas han cambiado. Hasta Roma lo entenderá pronto.

Mientras habla, sus ojos son como brasas.

—¿Qué quieres decir? —Le pregunto.

—A su regreso, César celebrará su triunfo sobre los hijos de Pompeyo.

Me dejo caer en una silla, sorprendida.

Nadie, nunca nadie, ni siquiera el más despectivo de los mortales, se atrevió a celebrar la victoria sobre su propia patria, sobre las cabezas caídas de sus conciudadanos. Venus no perdonará su arrogancia. ¿Y yo? ¿A qué loco sanguinario he sacrificado mi vida? Yo una oveja, yo una novilla pura, yo una víctima inocente sacrificada en el altar de su orgullo. ¿Ha venido Aulo Hircio a mi casa para infligirme más dolor?

—Hay una última cosa que debes saber, extremadamente confidencial.

Lo miro fijamente, muda.

—Hace unos días, en una villa a pocas millas de Roma, redactó su testamento. Hasta su muerte se mantendrá en la casa de las Vestales.

Los escalofríos me sacuden como si fueran de ultratumba. ¿Por qué el testamento? ¿Y por qué ahora? La guerra ha terminado, es el amo de Roma.

—Ha elegido a su heredero —me revela—. Es Cayo Octavio.

—¿Cayo Octavio? —repito incrédula. Decepcionada. Una vez más, traicionada.

—Sí, pariente lejano por parte de su madre. Un joven emprendedor, muy joven... Solo tiene dieciocho años y no tiene ningún mérito del que presumir.

—¿Y su hijo? La reina dice que el pequeño bastardo es el hijo de César.

Aulo extiende los brazos.

«¿Y mi hijo?», me gustaría preguntarle. Le ha confiado su provincia, será pretor el año que viene, alaba su inteligencia y su virtud, y nada más nacer lo tomó en brazos, lo besó como si fuera su propio hijo.

Pero Aulo trata de explicarlo.

—Cayo Octavio llegó a toda prisa a España cuando la batalla ya había terminado. Muchos han hablado de presagios, de brotes de palmera nacidos de repente, auspiciosos, en todas partes símbolos de otras victorias y otra gloria. —Sacude la cabeza, reprime una sonrisa y continúa—: Solo sé que cada vez pasaban más tiempo juntos, uno feliz en compañía del otro, incluso de noche, especialmente de noche... En la oscuridad los vi abrazados, las siluetas de sus cuerpos muy juntas, el chico gemía y César, detrás de él, le cerraba la boca con la palma de la mano.

Soy de piedra, mi corazón también es duro y frío.

—Lo siento, Servilia.

Me habla en voz baja, lo compadezco, lamenta el sufrimiento que me ha infligido, sí, por eso ha venido, pero se lo agradezco, porque el asco extremo es la amarga medicina que me curará.

Al despedirse, me abraza y sonríe, acariciando un rizo gris que baja por mi espalda.

—Cuídate, amiga mía. No dejes de ser hermosa.

De nuevo sola, me pongo el collar frente al espejo. Me miro de perfil, me levanto el pelo con las manos, un rizo se escapa hacia un lado y cae sobre mi cuello. Es cierto, la mujer del colgante se parece a mí, salta del oro y me dice que soy tan atractiva como ella. Pero ella, una mujer de metal, no ve los velos de sangre que atenúan mi luz.

Hasta los dioses le niegan la luz en el triunfo impío.

Un cielo gris como el hierro se cierne sobre los simulacros de los romanos derrotados que se exhiben en la procesión, y mientras el carro tirado por caballos blancos sube con dificultad el acantilado del Capitolio, el viento y la lluvia caen sobre la ciudad, los truenos retumban en un rugido de ira. Las víctimas llegan ante el altar empapadas y temblorosas, y de las hojas doradas del laurel que cuelga sobre la cabeza de César caen gotas de lluvia sobre su frente y sus mejillas; es Apolo quien comparte con él sus angustiadas lágrimas.

Todos le temen; César sueña con la grandeza. Todo el mundo lo honra como si fuera un dios; César es ya un dios poderoso en el mundo. Todos lo odian; pero César los ama, a todos, y quiere un futuro de gloria para Roma, de nuevas conquistas, de monumentos de mármol que brillen al sol, de bibliotecas que revelen a los hombres las palabras de los sabios, de templos levantados a los dioses, al divino Julio, ardiendo con el fuego sagrado de Roma destinado a no extinguirse jamás.

César es el amo de Roma y del mundo, su poder no tiene límites y durará siempre, incluso después de su muerte, porque Roma nunca volverá a ser la misma, Aulo Hircio tenía razón, y durante siglos reflejará su imagen en todas partes. El tiempo transformará el brumoso bermellón de la sangre en destellos dorados.

Por la noche, en la hora más oscura, un hombre empapado envuelto en una capa negra llama a la puerta de mi casa y se va sin esperar respuesta. Lo veo a través de la ventana bañada por la lluvia, y desaparece en la oscuridad con pasos rápidos.

Por la mañana, mi doncella me entrega un pequeño estuche de madera, es el día después de los idus de febrero.

—Estaba tirado en el suelo delante de la puerta, está mojado —me dice.

Han pasado setecientos diez años desde la fundación de nuestra ciudad, y llueve aún más fuerte que durante el impío triunfo. Esta mañana Cayo Julio César será proclamado dictador vitalicio. Desde el Foro, las voces se alzan aquí fingiendo exultación.

Abro el estuche, hay un pergamino cerrado por un sello y una cinta de seda roja, y en el fondo una pequeña águila de plata.

En el Foro, el destino se cumple, los dioses ofrecen a Roma un regalo benévolo y magnífico, una profusión de gracia: Cayo Julio César para siempre. La grandeza a cambio de la libertad.

Desenrollo el pergamino, entre los templos y basílicas del Foro todo el mundo aplaude. Euforia que cubre el miedo.

Mis manos tiemblan, suaves y blancas, de nuevo como en los días de alegría, y mis dedos tocan la primera letra de mi nombre: es mi cuerpo sinuoso, el surco de su fantasía sensual trazado por el estilete, nuestro saludo secreto. Una sola y suave letra en forma de labios, pechos, caderas, una letra para olvidar el dolor, un sonido que es siseo y susurro de serpiente, dulce como las caricias que nunca he olvidado.

Servilia mía.

«Servilia mía, Servilia mía, Servilia mía», repito mi nombre en voz alta sin cesar, me repito sin cesar que soy suya, suya. Así lo ha decidido, hasta el final.

Servilia mía:

Me han llamado rey, lo que significa que me van a matar. Pronto lo harán. No tengo miedo. No me defenderé. Despediré a mi escolta armada, para que sea más fácil. Mis aduladores, falsos amigos, están llenos de malos consejos, y pretendo escucharlos: hace tiempo que sé que solo esperan mi cabeza. Mañana, durante las fiestas de Lupercales, se me entregará la diadema real entrelazada en una corona de laurel. La rechazaré, ordenaré que se la ofrezcan a Júpiter, pero no me salvará la vida. Son hombres

363

mediocres e ineptos, corruptos; yo mismo con favores y dinero he comprado sus votos a cambio de poder. El poder es precioso, para un mortal es el más alto privilegio; cuesta sangre, cuesta cada día el riesgo de la vida y, muchas veces, la renuncia a la honestidad para prolongar la vida, como me ocurrió a mí; cuesta la carga de decidir el destino del Estado. Tales hombres no son dignos de ejercerla, incapaces de gobernarse a sí mismos.

Yo sí soy digno de ello. Solo yo. Yo, que he viajado por todas partes por tierras y por mares y no he temido nada, ansioso de ver, de conocer, de penetrar en la naturaleza de los lugares, de los hombres y de los dioses, incluso de los ajenos, de aprender las lenguas de todos, de desentrañar los arcanos que nos impiden ver lo verdadero; yo, que moví las almas de mis legionarios a hazañas que nadie creía posibles, mis héroes; yo, que conquisté pueblos orgullosos y salvajes y los sometí al dominio de Roma; yo, Cayo Julio César, dictador para siempre, el único hombre investido del derecho y el deber de gobernar Roma, la gran *Res publica* que solo gracias a mí es señora del mundo.

Sin embargo, los mediocres me matarán en nombre de la libertad. ¿Qué libertad? La grandeza del pueblo romano es el único bien que se persigue. Pero comprender su esencia es una tarea difícil para los grandes hombres.

Me matarán, valor de leones e intelecto de niños: mi muerte sumirá a Roma en la más funesta ruina; traerá más guerras civiles, más sangre. La discordia entre hombres mediocres es más cruenta. Me matarán, y muchas manos me golpearán sin hacerme daño. Muchas, salvo una, que desgarrará mi corazón y el tuyo en pedazos. Ese golpe, dado por esa única mano, nos unirá para siempre, y por fin sabré la verdad que me has ocultado toda la vida.

Lo sé todo, Servilia mía.

De la política, oscura y engañosa, aprendí a escudriñar la mente de los seres humanos; de la guerra despiadada aprendí a adivinar sus intenciones y a prever sus acciones; de ti aprendí que una mentira puede convertir cualquier sentimiento en odio, y que un niño triste, por la incertidumbre de sus antepasados y de su sangre, puede crecer virtuoso y convertirse en un asesino al mismo tiempo.

No volveremos a encontrarnos, y esta vida está llegando a su fin.

La posteridad inventará prodigios de mi muerte, signos de los dioses, profecías de adivinos: supersticiones que consuelan la angustia de los ingenuos. Pero yo veo el mundo desde lo alto, como un águila que vuela en la cima de las estrellas, y allí me encontrarás, porque yo mismo seré una estrella brillante, y arrojaré mi luz sobre todas las cosas.

Luz que viene de las nubes.

Roma arde con él en el extremo honor del fuego, una inmensa pira funeraria, que arde junto con su cuerpo herido, su toga manchada de sangre coagulada y su corona de laurel. Roma arde hasta bien entrada la noche, y las nubes reflejan el rojo de las llamas en las colinas, en la llanura hasta el mar, como si se tratara de una puesta de sol.

César tenía razón.

Muchas manos lo traspasaron, cayó tendido en su propia sangre. César siempre tiene razón.

La mano de mi hijo lo golpeó en la entrepierna.

De pie en el punto más alto de mi colina, con el vestido de la noche y mis rizos grises despeinados, saludo a mi rey que se convierte en cenizas, a mí, la única reina, a mí, la madre condenada.

Una luna creciente se abre paso entre las nubes barridas por el viento, y junto a la luna una estrella más grande que las demás, más brillante.

—¡Un cometa! ¡Un cometa! —Los oigo gritar, hombres y mujeres ebrios de fuego y muerte.

No, pueblo ignorante, no es un cometa. Es él.

El manto rojo se extiende por el cielo, la corona esparce las hojas de laurel en chispas doradas, su caballo olvida el polvo de las batallas y despliega sus alas, atraviesa los muros flamígeros del universo, y César finalmente vuela.

Atraviesa los Alpes nevados y los bosques negros de la Galia, los ríos y las cuevas que resuenan con oráculos, y cabalga sobre las olas blancas y espumosas del océano, tormentas monstruosas que rompen sus quillas, pero dan fuerza a su vuelo, hasta las tierras de los salvajes britanos, que no conocen la ley. De los pantanos de Tesalia recoge en el cielo los cantos de las brujas, el llanto de Medea, las oraciones de los soldados quemados por el sol en los rastrojos de Farsalia, los brazos extendidos hacia aquel que es el señor de las nubes, y que en la muerte puede llevárselos consigo, errantes entre las estrellas; y luego baja a beber a los manantiales secretos del Nilo, más allá de los Montes de la Luna en el remoto país de los etíopes, remonta el curso fangoso entre los desiertos arenosos y los espejismos de los oasis que engañan a los corazones, hasta la ciudad de Alejandro, situada entre la desembocadura del río y la orilla del mar, hasta la torre de fuego que en la oscuridad reconforta a los marineros e ilumina los amores efímeros, hasta el suntuoso palacio de ébano y esmeraldas, donde una bella reina es solo el sueño de una noche, porque solo yo soy una mujer verdadera; me lo dijiste tú, Julio, entre las mantas deshechas y aún con nuestro calor.

Y de nuevo en África, mirando a los ojos de mi hermano, las manos suicidas que nunca se calmarán, César quería que su vida fuera larga, yo también lo quería, y sobre todo lo quería mi hijo, como él: sabio e infeliz; es Catón el causante de la tragedia, es él quien armó su mano, quien lo hizo enloquecer, perseguido por las Furias para el resto de sus días, hijo mío.

Una vez más se eleva sobre el mar, navegado por velas hinchadas de buenos vientos; Asterión, leonado y orgulloso, es ahora un alción blanca, las crestas de las olas son flores de trigo, espigas impregnadas de sol, y desde la costa de Italia, César se eleva sobre los tejados de las casas, da vueltas a los templos, al río poblado de gaviotas, al Campo Marzio y a Julia, su Julia. Sobre la tumba derrama una lágrima y Julia lo llama padre, resplandece de vida.

Sobrevuela la Suburra, su casa está allí, al pie de la colina, la casucha de Lidia resuena con gemidos, pero las fétidas callejuelas huelen de pronto a mar, se cubren de mármol y plata, y de la cabeza de Lidia brotan cabellos de oro, su cuerpo se cubre de seda, del color del agua, del cielo, del color de los ojos de César que ama a los pobres, y Lidia canta.

En el Foro su cuerpo arde, los romanos lloran, las chispas elevan sus cenizas a las sedes de los bienaventurados, y César, en alas de su fiel corcel, asciende al Capitolio para recoger la sonrisa de Júpiter, y en el templo de Venus se entrega al abrazo de su madre, como un niño que ha vencido todos los miedos, y la más bella de todas las diosas empuja de nuevo su vuelo hacia el cielo, hacia la colina, mi colina, alma Venus, señora de la primavera, de la alegría, de la vida.

Las puertas de mi casa se abren de par en par para él y, junto a mi cama, Asterión cierra las alas; Péritas mueve la cola y chilla, con las orejas gachas se acurruca, y César sopla sobre la llama de la lucerna que permanece encendida.

En la oscuridad, siento su olor en mi piel lisa y desnuda, la ligera caricia de su capa, y César me mira, respira en mí, me infunde la última chispa de su luz, el último aliento de su grandeza.

Porque soy Servilia, la amante de Cayo Julio César más allá de la vida.

Epílogo

Die IV ante Idus Iulias anno CDDX a.U.c.
12 de julio, 44 a. C.

—¿Eres tú, Servilia?

Una voz resuena en el templo de Venus, y en el resplandor de las antorchas se compone la figura de una mujer de largos cabellos oscuros, frente al simulacro de la diosa.

El amanecer está lejos.

Esta noche César habría comenzado su sexagésimo séptimo año de vida.

Esta noche, la noche de su cumpleaños, muchas veces la hemos pasado juntos, besos ardientes de buena suerte.

—Su madre me contó que cuando nació, llovió. —La mujer me habla, o quizá le habla a la diosa, al templo, a Roma, a ella misma, una voz suave—. Una violenta tormenta —continúa—, fue aterradora. Pero era una lluvia benévola, me dijo Aurelia, de las que nutren la tierra reseca en pleno verano, cuando más lo necesita. Nació con los ojos abiertos, y en ese instante un rayo iluminó la habitación como si fuera de día.

Calla.

El aire se llena de olor a aceites quemados; la sombra de Calpurnia se extiende hacia mí, unida a la de Venus.

—Acércate —me invita. Qué dulce es su voz...

Llego hasta ella.

En sus manos lleva flores de rosa. Se sienta en el suelo.

—Somos matronas —suspira—, pero hoy no somos más que mujeres solitarias.

Me siento junto a ella, como cuando me sentaba en la orilla de un arroyo y César hablaba de batallas y de gloria, y yo, con mi túnica manchada de tierra, me sentía como un soldado.

—Me encantaba escuchar las historias de Aurelia. Era capaz de añadir un nuevo prodigio de la futura grandeza de su hijo. Una vez incluso se inventó un sueño: había dado a luz a un águila con alas de plata. Unos días antes, César había partido hacia la Galia, y temía por su vida. Aurelia me consoló así.

Sonríe ante el ingenuo orgullo de su suegra.

Me aferro a la pequeña águila de plata que me dejó en el estuche de madera aquella noche de lluvia. ¿Será acaso la misma que colocó Cayo Mario en su cuna? El símbolo más querido de su grandeza, y me lo regaló.

—Tal vez el sueño de su madre era cierto —susurro.

—Los sueños verdaderos los olvidamos —dice Calpurnia, con tristeza—. Los otros los inventamos para explicar las cosas reales, las que son más grandes que nosotros, como la gloria, o las que nos duelen demasiado, como la muerte.

—Entonces, ¿tu sueño no era verdad?

Calpurnia había visto la tragedia en un sueño, según decían muchos, y aquella mañana de marzo, el día de los idus, se lo reveló a César, para convencerlo de que no abandonara la casa.

—Por supuesto que no —responde—. Yo sabía de la conspiración; mi padre lo sabía, César también. Pero César no creía en los sueños y, además, nunca me escuchó. Solo escuchaba a su madre.

Hace una pausa, levantando sus ojos para buscar los míos

—Y a ti.

Luego agacha la cabeza, derrotada. Cuando levanta la mirada hacia la estatua de Venus, me doy cuenta de que está llorando, en silencio.

En los grandes braseros de bronce de tres pies el fuego sigue ardiendo.

¿Cuánto dolor he causado?

Me acerco, coloco una mano en su hombro, la abrazo, le limpio las lágrimas.

Entre sollozos, Calpurnia vuelve a hablarme.

—Quise darle un hijo, para alimentar en mi vientre el brote de Venus.

Acaricio su pelo, como si fuera mi hija.

—Pero fui incapaz. Cada día, durante todos los años de nuestro matrimonio, temí que me rechazara.

—Siempre te quiso —agrego.

—No era suficiente para mí.

—Y no te repudió.

Se gira y me mira, y susurra con la voz rota por las lágrimas:

—Gracias.

Aparto mis ojos de los suyos, me levanto del suelo y me alejo. ¿Qué quiere esta mujer de mí? Me estaba esperando, sabía que vendría, ¡pero César celebraba su cumpleaños conmigo desde antes de que ella naciera! ¿Por qué ha venido? Era inútil, y lo sabe.

Se levanta también, se dirige a la estatua de Venus y deposita una rosa delante del pedestal; luego vuelve hacia mí y me entrega la otra.

Miro la rosa y la miro a ella, sin entender.

—Tómala —me invita—. La recogí para ti. Venus verdadera, Venus de carne. Venus eres tú.

—¿Qué quieres de mí?

—Toma. Tu hijo, su hijo, el linaje de Venus.

—Mi hijo es *mi* hijo.

—César lo sabía.

—Solo una madre lo sabe.

—César lo sabía todo, y nunca se equivocaba. Mientras su daga atravesaba su piel, lo llamó hijo.

En un instante veo dos caballos galopando fuera de las murallas hacia el mar, a nosotros jugando como niños, y luego a la matrona y la fiesta de Juno Lucina, su mensaje, las calendas de abril, el maravilloso abril, un viejo carro de madera golpeado por la tormenta, y luego el verano más hermoso de mi vida, y a él creciendo dentro de mí, mi hijo. Mis pensamientos se rompen, me ahogo en rabia y gritos; mi hijo lo mató, no sabía que era su padre, pero sabía quién era para mí, ¡por eso lo mató! Tiemblo, y caigo de rodillas a los pies de Venus, ¿fue su semilla veneno, o mi vientre, o mi mentira, por qué toda mi vida he elegido el secreto? Quizás hubiéramos sido más felices. Pero César leyó los corazones, como lo hacen los dioses. Me estremecen los sollozos, en el templo de su diosa resuena mi llanto.

Calpurnia me pone una mano en el hombro, me ayuda a levantarme.

—Vamos, salgamos, es una noche clara.

Me arrastra con gracia. El aire es fresco, respiro flores y estrellas, la quietud de la noche disuelve el dolor.

Calpurnia habla en voz baja, para no perturbar la noche, con los labios curvados en una sonrisa.

—¿Te acuerdas de Herculano, del verano, de la villa de mi padre?

Yo también sonrío, saboreando la sal de las lágrimas.

—Eras una niña preciosa —le digo.

—Sí, estaba muy feliz. La luna estaba llena, así. Tan grande que parecía un sol blanco; iluminaba el mar con mil llamas, el cielo, te iluminaba a ti también. Una vez los vi, para mí era la hora de dormir, pero no tenía sueño; salí corriendo de mi habitación y me asomé entre las columnas, los vi en la terraza, se besaban abrazados.

Seguimos caminando, unos pasos hasta el borde de la escalinata, las gaviotas vuelan por encima, sin chillar.

—Esto es tuyo.

¡Mi dado!

Calpurnia me lo entrega, me escruta con severidad.

—¿Por qué lo aventaste?

—Era inútil, y yo estaba cansada de sus juegos.

—Tú lo arrojaste a este templo, yo lo recogí al pie de la estatua de oro.

—Lo tiré porque me traicionó, porque no lo entendí. César estaba jugando con la muerte.

Calpurnia me muestra otro dado similar en todo al mío: la misma estrella grabada y las letras desordenadas.

—Esto lo recibí de él —dice—. Me lo envió en una bolsa llena de tierra y plumas.

—Plumas de águila —preciso—. Y tierra del río Rubicón, el pacto violado.

Veo asombro en la joven, me alegro en secreto: solo a mí me había contado el tormento de aquella noche de invierno que cambiaría a Roma, al mundo y a nosotros. A mí...

De nuevo aprieto el dado entre las manos, con los párpados cerrados lo rozo, coloco mis labios sobre la estrella y siento su perfume que me impregna, y la nostalgia muerde mis miembros agotados. Pero de repente, una sacudida, un fuego en mi corazón. Abro bien los ojos, y las letras, la estrella, el significado de todo se vuelve claro. Hablo con Calpurnia, conmigo misma:

—Quiso revelarnos que la muerte no existe.

César, hijo de Venus que se sabía un dios, tocado por un rayo para brillar y no morir nunca. César, pontífice máximo que celebraba a los dioses, pero que se sentía más poderoso que ellos, más verdadero. Engañó a todos y todos le creyeron. Abrazó la muerte cuando sus logros lo habían iluminado con la más resplandeciente grandeza, jamás alcanzada por otro ser humano, y entonces el salto: Cayo Julio César se convirtió en materia de luz. Gloria para siempre.

Calpurnia me toma de la mano, ambas con vestidos blancos de luna y cabello suelto, viudas como niñas enamoradas del mismo fantasma; de sus ojos mirando al cielo fluyen las estrellas, de sus labios, la poesía.

Aeneadum genetrix hominum divomque voluptas,
¡Alma Venus!

Me uno a la canción que vuelve como un antiguo recuerdo; infelices Lucrecio y nosotras, velamos las noches serenas y las lunas llenas sobre el mar, y esta noche Venus detiene los vientos y disuelve las nubes, estira las aguas, sofoca el cielo con la luz y respira en cada criatura mortal sus dulces suspiros, perturbación del amor; la evocamos, hechizo de las brujas desesperadas, y viajamos con el corazón por el universo que no tiene centro, ni límite, ni medida; Calpurnia y yo perdidas en el vértigo del infinito, y vislumbramos los arcanos invisibles, las semillas primordiales de la vida, chispas ardientes que se unen y se separan, ¡como nosotras!, que chocan entre sí y rebotan lejos, ¡como sus soldados!, que parpadean como la llama y el relámpago, que crean nuevas formas y nuevas vidas, y nunca mueren. Como él, inmortal.

Lo echo de menos. *¿Dónde estás?* El vértigo me atenaza el pecho, me quema los ojos, y caigo en la oscuridad sin fondo, pero un cometa despliega sus alas de fuego y vuela cerca de la luna. *¿Dónde estás?*, siento su aliento, ¡está cerca de mí!, su tacto, *¿dónde estás?*, grito su nombre y lloro. Calpurnia sigue cantando, solo yo lloro, porque lo amo más allá de la muerte y, por fin, aquí está: una voz atronadora que llena el cielo y renace en la misma noche de verano para no volver a morir: «¡No tengan miedo!»

Calpurnia es feliz, ríe, lanza su dado por los aires y canta las confusas letras recompuestas por la luna: *Nec tibi caeca nox iter eripiet*; no, la noche oscura no nos impedirá caminar, y será un recuerdo eterno, César, de ti, de nosotras. Y yo también río y arrojo mi dado, pero la voz atronadora recompone las letras confusas; tú, César, que solo me confiaste el tormento, que junto a mí propagaste la semilla de Venus inmortal, tú que me criaste en tu inmensidad.

Ita res accendent lumina rebus.

Luz. De las cosas se encenderán otras luces, más intensas, abrumadoras, imparables. Luz como la vida.

Gracias

A Massimo Turchetta y Michele Rossi, que durante un almuerzo me animaron a contar sobre Cayo Julio César. Y me entusiasmaron. Eran los idus de enero.

A Caterina Campanini, una editora de extraordinaria competencia y determinación, empática y apasionada: nos encontramos charlando sobre senadores y matronas de hace dos mil años como si fueran nuestros vecinos.

A Barbara Di Landro, del estudio The World of Dot, que hizo la portada más bonita que podría desear.

Todos juntos dieron vida a mi texto, convirtiéndolo en un libro. Gracias.

Una editorial es una fábrica de sueños, y los editores son magos.